HEYNE

Das Buch
Lichtenvoorde ist ein idyllischer Ort. Hinter den Kulissen jedoch sieht es anders aus. Das muss die Kriminalkommissarin wieder einmal feststellen, als sie mit dem Mord an Tierarztgattin Julia Zuidema konfrontiert ist. Viele ihrer Bekannten hätten ein Motiv gehabt, doch der Ehemann der Ermordeten ist nicht zuletzt wegen der Spuren von Ketamin im Blut des Opfers für Nelleke de Winters exzellentes Team der Verdächtige Nummer eins. Doch gerade dieser Stoff führt die instinktiv handelnde Ermittlerin, die sich nicht täuschen lässt, auf eine andere, eine internationale Spur.

Die Autorin
Corine Hartman, geboren 1964, schreibt, solange sie sich erinnern kann. Die professionelle Werbetexterin studierte Kreatives Schreiben in Amsterdam. Nach dem Erfolg *Schöner als der Tod* legt sie mit *Der letzte Atem* ihren zweiten Nelleke de Winter-Kriminalroman vor.
Für weitere Informationen siehe auch www.corinehartman.nl

Lieferbare Titel
Schöner als der Tod

CORINE HARTMAN

Der letzte Atem

Roman

Aus dem Niederländischen
von Christiane Burkhardt

WILHELM HEYNE VERLAG
MÜNCHEN

Die Originalausgabe TWEEDE ADEM
erschien bei Karakter Uitgevers B. V., Niederlande

FSC
Mix
Produktgruppe aus vorbildlich bewirtschafteten Wäldern und anderen kontrollierten Herkünften
Zert.-Nr. SGS-COC-1940
www.fsc.org
© 1996 Forest Stewardship Council

Verlagsgruppe Random House FSC-DEU-0100
Das für dieses Buch verwendete
FSC-zertifizierte Papier *Holmen Book Cream*
liefert Holmen Paper, Hallstavik, Schweden.

Vollständige deutsche Taschenbuchausgabe 12/2008

Printed in Germany 2008
Umschlagfoto: © Kaz Mori/Taxi/Getty Images
Umschlaggestaltung: Nele Schütz Design, München
Satz: Leingärtner, Nabburg
Druck und Bindung: GGP Media GmbH, Pößneck
ISBN: 978-3-453-43388-5

www.heyne.de

Für Peter
»und gestern hörte ich dich im Wald lachen,
siehst du, ich weiß, dass du noch da bist.«

Hans Lodeizen

1

Bald läuft es sich wie von selbst, und Corry kann ihre Gedanken schweifen lassen, weil sich ihre Beine dann ganz automatisch bewegen, im regelmäßigen Rhythmus des Laufens.

Dann spürt sie die Anstrengung nicht mehr. Der Übergang von der Last zur Lust vollzieht sich manchmal ganz unmerklich. Jetzt wartet sie vergebens darauf. Sie läuft angespannt. Sie ist angespannt.

Am Regen, der sie inzwischen bis auf die Unterwäsche durchnässt hat, liegt es nicht. Das Wetter stört sie nie – wenn sie laufen gehen will, geht sie laufen. An der Umgebung liegt es auch nicht. Sie läuft zwischen Lievelde und Vragender, auf einem Kanaldamm der Engelse Schans. In ihrer Nähe grast eine Herde Drentscher Heideschafe. Ein Schäfer, der von zwei wieselflinken Border-Collies unterstützt wird, treibt die Herde vor sich her.

Schnell läuft sie die Betonstufen hinunter und den schlammigen Sandweg hoch. Ihre Muskeln protestieren. Zwei Damen mit Nordic-Walking-Stöcken kommen ihr entgegen. Eine davon nickt ihr zu. Ein wohlwollendes Nicken. Meist mustern sie andere Frauen mitleidig. So als sei sie nicht ganz dicht, sich so zu verausgaben. Aber das ist nur der blanke Neid. Weil sie dicker sind. Oder älter.

Wenn die bloß wüssten!

»Ashes to ashes, earth to earth and dust to dust.«

Normalerweise kann sie die Musik aus ihrem MP3-Player mühelos mitsummen. Sie hat eine ihrer Lieblingsscheiben auf das Gerät überspielt. Sie weiß noch, wie der Trainer ihr die

Musik zum ersten Mal vorgespielt hat, und erinnert sich an die Gänsehaut, die sie von der Stimme des Sprechers bekam, Orson Welles. *»All that we see or seem is but a dream within a dream.«* Musik, die einem unter die Haut geht, spannend wie ein Horrorfilm. So soll das sein, denn sonst spielt man keine CD ein, die ausschließlich Edgar Allan Poe gewidmet ist. Genau deshalb gehören die *»Tales of Mystery and Imagination«* ja auch zu ihren Lieblings-CDs. Sie liebt Poe, vor allem seine Gedichte. Sie empfindet Poe als tröstlich, es könnte schließlich alles noch schlimmer sein.

Mit Poe im Ohr muss sie nicht ans Laufen denken, das geht dann ganz automatisch.

Aber heute bleibt es mühsam, sogar bei ihrem Lieblingsstück, *The Cask of Amontillado* mit der beunruhigenden Stimme von John Miles. Sie läuft auf dem Gehsteig die Hauptstraße von Vragender entlang. Ein nichtssagendes Dorf. Das ändert sich erst im Sommer, wenn die Touristen flanierend und Fahrrad fahrend den Ort überschwemmen. Dann wimmelt es hier plötzlich von Menschen, und die Einwohner scheinen sich von der Lebenslust der Touristen anstecken zu lassen. Trotz des schlechten Wetters sitzen ein paar späte Feriengäste bei Beneman auf der Caféterrasse. Sie biegt links ab. Vielleicht wohnen sie in einem der vielen Ferienhäuschen in der Nähe von *De Schans*. Sie kann ihnen nur wünschen, dass sie keinen Zelturlaub machen. Letzte Woche hat es mehr oder weniger ununterbrochen geregnet. Der Sandboden auf den Campingplätzen muss sich in eine einzige Schlammpfütze verwandelt haben. Jetzt ist es gerade mal eine Viertelstunde lang trocken, aber die dunklen Wolken, die sich über ihr zusammenbrauen, verheißen nichts Gutes.

»You feel your life slipping away.«

Zelten. Dafür braucht man wirklich Mut. Das ist gut: Nicht mehr ans Laufen denken, sich ablenken. Denk ans Zelten. Früher hat sie auch gezeltet, mit Hanne und Julia. Unbeschwerte Jahre. Das Zelten war herrlich, obwohl sie mit einem viel zu kleinen Zelt nach Frankreich fuhren, wo sie sich abends mit Apfelkorn und billigem Wein aus dem Literkarton volllaufen ließen. Und am nächsten Morgen gleich damit weitermachten. Allein beim Gedanken daran bekommt sie einen fiesen Geschmack im Mund. Julia wollte abends unbedingt zu einer Disco trampen. Mit der Folge, dass sie Todesängste ausstanden, als sie alle drei in eine Ente gepfercht waren. In der bereits drei Bier trinkende Testosteronbomben saßen. Nachdem sie die unangenehme Fahrt – einschließlich der feuchten, tastenden Hände unter ihren T-Shirts – wie durch ein Wunder ohne zerfetzte Kleidung überstanden hatten, konnten sie sich kaum noch halten vor Lachen. So erleichtert waren sie. Später hatten sie darauf angestoßen, dass alles noch mal gut gegangen war. Sie fühlten sich einander näher als je zuvor.

Freundinnen fürs Leben. Schön wär's!

Sie verlangsamt ihr Tempo, fällt ins Gehen und bleibt stehen. Noch ein paar Dehnübungen.

Sie holt tief Luft, während sie sich ganz lang macht und die Arme hoch in die Luft streckt. Dass sie ihre Beine heute im Stich lassen, wundert sie nicht. Wenn es ihr nicht gut geht, wirkt sich das sofort auf ihre sportliche Leistung aus.

Der Grund dafür ist ein Name mit fünf Buchstaben: Julia.

Am Dienstag letzter Woche hat sie einfach, wie nebenbei, gesagt: »Ich will nicht mehr.« Von einem Tag auf den anderen, so als habe sie nur ein Fest abgesagt.

Es schüttet wieder wie aus Kübeln. Es ist sinnlos, sich die Tropfen aus dem Gesicht zu wischen, es kommen immer neue nach, und in ihrem Kopf tobt ein Gewitter. Ein dumpfes Geräusch. Jemand klopft an eine Tür. Sie bekommt Gänsehaut. Sie drückt das Lied weg und überspringt auch das nächste. Nummer neun ist flotter. Genau das, was sie jetzt braucht. Sie läuft bereits seit ihrem achten Lebensjahr, und sie ist begabt. Die Vitrine mit den Vereinstrophäen quillt beinahe über vor funkelndem Silber. Wie konnte es nur so weit kommen, dass sie jetzt gar keine Lust mehr hat, an dem Wettlauf am kommenden Sonntag teilzunehmen? Ein Lauf, den sie normalerweise gewinnen könnte, an dem sie jetzt aber lieber gar nicht teilnähme. Vor Kurzem wäre das noch undenkbar gewesen.

Gleich vor ihr auf dem Boden bewegt ein Schmetterling langsam seine Flügel. Sie sieht das Tier zu spät. Sie muss sich gar nicht erst umsehen, um zu wissen, dass ihre Schritte, ihre Anwesenheit Tod und Verderben in dieses Stück unberührte Natur gebracht haben. Poe hätte sicherlich ein Gedicht darüber geschrieben.

»Now I know what they mean, how could I be so blind.«

Wenn es damals anders gelaufen wäre, hätte sie bis an die Spitze vordringen können. Dann hätte man die Nationalhymne eigens für sie gespielt, während sie ein paar Tränen anmutig über die Wangen laufen ließe. So wie Maxima bei ihrer Hochzeit. Wenn. Damals. Doch das ist lange her, und jetzt fallen die Jahre immer mehr ins Gewicht. Ihre Bestzeit beim Halbmarathon ist vier Jahre her. Es war ein Lauf im Juli, bei beinahe dreißig Grad Celsius und in hügeligem Gelände. Sie ist seitdem zig Halbmarathons gelaufen, auch unter deutlich besseren Bedingungen, aber eine bessere Zeit hat sie nie mehr erreicht.

Halb vier. Bis dahin ist noch Zeit. Sie wird noch kurz bei Julia vorbeischauen. Dann kann sie ihr auch die CD mitbringen, die sie sich aufnehmen wollte. Sie muss und wird Julia umstimmen. Julia kann nicht einfach so Schluss machen. Das geht einfach nicht.

Nicht grübeln. Positiv denken. Laufen.

2

Halb vier. Er liegt gut in der Zeit.

Der schwarze Labrador niest und fährt sich mit seinen Vorderpfoten über die Schnauze. Ein unternehmungslustiges Kleinkind hat dem Tier Erbsen in die Nasenlöcher gesteckt. Tierarzt Hein Zuidema schiebt seine federleichte Titanbrille auf die Stirn. Aus den verschwommenen Flecken auf dem Etikett werden winzige Buchstaben, die er mit Mühe entziffern kann. Aber es steht doch tatsächlich Ketamin darauf, und er merkt, dass das Fläschchen bereits angebrochen ist. Sobald er die Augen zusammenkneift und sich etwas vorbeugt, rutscht ihm die Brille wieder auf die Nase. Er zieht mit der Spritze einen Milliliter der Flüssigkeit auf, um den Hund zu betäuben. Mit einer kleinen Pinzette befreit er das Tier wenige Minuten später von den grünen Kügelchen, schneidet ihm die Krallen und reinigt sein Gebiss. Reine Routine.

Aus den Augenwinkeln schielt er nach dem Fläschchen mit dem Betäubungsmittel. Man könnte meinen, es hätte es auf ihn abgesehen, wie ein böser Flaschengeist. Gestern konnte er sich einfach nicht konzentrieren. Julia sagt oft, er sei zerstreut, aber das war in diesem Fall noch stark untertrieben. Blind trifft es da deutlich besser. Der große Kopf von Guus lag schwer in seinem Schoß. Den hilflosen Blick aus diesen treuen Augen wird er nie vergessen.

Guus zog die linke Hinterpfote beim Laufen nach. Er wollte dem Hund eine leichte Betäubungsspritze geben und ein paar Röntgenaufnahmen machen. Woher sollte er wissen, dass das

Fläschchen gar kein Ketamin enthielt, sondern Frostschutzmittel. Die tödliche Flüssigkeit war innerhalb kürzester Zeit in Guus' Blutbahn gelangt. Jede Hilfe kam zu spät.

Er hätte es ahnen können, es vorhersehen müssen.

Am Montagmorgen war das Fläschchen noch mehr als halb voll gewesen, nachdem er am letzten Samstag eines mehr oder weniger geleert hatte. Hätte er aufgepasst, hätte ihn das alarmieren müssen. Er hätte seine Kollegen fragen sollen, ob sie am Samstag in seinem Behandlungsraum Ketamin benutzt hatten. Oder aber er hätte seine Arzneimittelvorräte kontrollieren müssen. Dann hätte er diese Katastrophe verhindern können. Doch leider ist es anders gekommen.

Gestern Abend haben sie sich gemeinsam von Guus verabschiedet, im Tierkrematorium »Kollenweide«. Er hatte vorgeschlagen, die Asche, sobald sie ihnen in einer Urne ausgehändigt würde, hinten im Garten zu verstreuen. Die Kinder protestierten, vor allem Saskia. Sie wollten nicht aus Versehen auf Guus herumtrampeln. Er wird ein Loch für die Urne ausheben müssen, und Julia wird dafür sorgen, dass er bei jedem Spatenstich spürt, dass das alles nur seine Schuld ist.

Zwei Fläschchen mit Ketamin sind aus dem Arzneischrank verschwunden. Das allein wäre nicht weiter beunruhigend, da Ketamin öfter mal aus der Praxis verschwindet. Unbegreiflich ist allerdings, dass der Dieb auch die Hälfte seiner teuersten Medikamente mitgenommen hat. Hinzu kommt, dass sich der Täter die Mühe gemacht hat, den kleinen Rest Ketamin aus dem Fläschchen durch Frostschutzmittel zu ersetzen. Der- oder diejenige muss gewusst haben, dass das nächste damit behandelte Tier sterben wird, anders kann es gar nicht sein. Vermutlich irgendwelche militanten Aktivisten. Wegen seines Forschungsgebiets. Dass die Forschungsergebnisse Tieren zugutekommen, scheinen diese langhaarigen Wollsockenträger allerdings nicht zu kapieren. Er hat schon alle möglichen Szenarios durchgespielt, aber eine plausible Erklärung hat er dafür immer noch nicht gefunden. Seit Sonntagabend ist er wie vernebelt.

Seit Julia ihm gesagt hat, dass sie ihn verlassen will. Endgültig. Jetzt ist es ein für alle Mal vorbei mit der Gestalttherapie, der Partnerkommunikation, der Beziehungsarbeit oder was auch immer. Aus und vorbei. Und das passt überhaupt nicht in seine Pläne.

Er kann nur hoffen, dass die Lokalpresse nicht Wind von diesem Vorfall bekommt. Erst recht nicht *De Gelderlander* oder die hiesigen Dumpfbacken. Er sieht die Schlagzeilen schon vor sich: *Tierarzt tötet Hund mit Frostschutzmittel*, und gleich darunter steht der Name seiner Praxis. Die Patienten werden ihm in Scharen davonlaufen, da kann er Gift drauf nehmen. Gift. Das ist gut! Ausgerechnet jetzt, wo er auf wissenschaftliche Anerkennung, ja vielleicht sogar internationalen Ruhm hofft. Zum Glück floriert die Praxis. Wenn alles nach Plan läuft, muss er bald eine zweite aufmachen, die dreimal so groß ist wie diese hier.

Früher hat man hier nur Großtiere behandelt, inzwischen verdankt er die Hälfte seines Umsatzes besorgten Haltern von Haustieren mit Schwellungen, Allergien und anderen Wehwehchen. Er träumt von etwas anderem. Meerschweinchen und Kaninchen kennt er in- und auswendig. Es ist ja nicht so, dass er keine Tiere mag, im Gegenteil. Ihm fehlt einfach die Herausforderung. Sterilisationen. Operationen. Katzen, die unters Auto gekommen sind und deren Eingeweide plötzlich auf der falschen Körperseite sind. Er hat ganz andere Ambitionen.

Doortje, eine der vier Arzthelferinnen, nimmt den Labrador mit in den Aufwachraum, und er ruft den folgenden Patienten herein. Troy, ein Kurzhaardackel, und sein Frauchen, Frau

Toebes. Eine stämmige Bäuerin aus Lievelde. Sie ist fast sechzig und arbeitet noch den ganzen Tag auf dem Hof mit Landwirtschaft und Milchvieh. Lievelde, der Weiler, der noch zur Gemeinde Oost Gelre gehört. Er kommt zwar nicht daher, ist aber dort aufgewachsen und kennt beinahe jeden, genau wie Julia.

Julia. Sie wurde leichenblass, als sie merkte, dass das mit Guus kein Witz war. Er hatte zu Hause erzählt, der Retriever habe während der Narkose einen Herzinfarkt bekommen. Die Chance, dass so etwas passiert, ist eins zu zigtausend. In diesem Moment hat sie ihn angesehen, als sei er eine Zecke, die entfernt werden muss, um weiteren Katastrophen vorzubeugen.

Er war sechsundzwanzig, sie einundzwanzig, als sie sich kennenlernten. Er war der glücklichste Mann der Welt, auch wenn er wegen Julia ein Aufbaustudium aufgab. Sie wollte nicht nach Utrecht ziehen, und er war dermaßen verknallt in sie, dass er es auch toll gefunden hätte, von nun an nur noch im Stroh zu schlafen. Hauptsache, sie waren zusammen. Julia. Eine blonde Braut in einem weißen Kleid mit einer fünf Meter langen Schleppe. Er sieht sie noch zur Kirche hereinschreiten – denn anders kann man das nicht nennen –, an der Hand ihres Vaters. Gott, was fühlte er sich privilegiert. Ein Mann wie er, nervös, vielleicht sogar chaotisch, immer auf der Suche nach seiner Brille, war der Einzige, der nicht ins Bild passte. Der Pastor gab ihnen seinen Segen. Die Worte gingen völlig an ihm vorbei, da sie ihm währenddessen ins Ohr flüsterte, dass sie ihn abends bis zur Besinnungslosigkeit vögeln würde. Er verschluckte sich am Wein. Der Leib Christi, amen. Inzwischen sind sie eine Praxis und drei Kinder weiter, seit gestern ist Guus Nummer zwei Geschichte und gibt ihrer Ehe den letzten Rest. Julia gibt auf. Gibt ihn auf.

Troy hat seinem Frauchen zufolge Schwierigkeiten beim Fressen, der Hund leidet sehr an verschleimtem Husten. Eine einfache Diagnose, denkt er, nachdem er Troy untersucht hat. Der Hund hat eine Halsentzündung. Zum Glück, denn er hat nur wenig von dem mitbekommen, was Frau Toebes ihm über das Tier erzählt hat. Er verschreibt Antibiotika und erklärt der Bäuerin, dass sie Troy vorübergehend weicheres Futter und einen Esslöffel Honig vor jeder Mahlzeit geben soll.

»Weiches Futter? Honig? Noch mehr Theater um die Viecher brauch ich wirklich nicht«, sagt Frau Toebes in breitestem Dialekt der Achterhoek. »Aber wenn's sein muss, werde ich Ihren Rat befolgen, Herr Doktor.« Sie klemmt sich Troy unter den Arm und gibt ihm die Hand. Ein fester, fast männlicher Händedruck. »Und grüßen Sie Ihren Kollegen von mir. Er musste gestern wegen Dieka 7 vorbeikommen.«

Frau Toebes ist gerade aus der Tür, als Doortje hereinkommt. »Hier, das Formular von der Polizei. Sie müssen nur noch unterschreiben. Dann kann ich es auf dem Revier von Lichtenvoorde abgeben, und die schicken es dann weiter nach Doetinchem, hat der Beamte gesagt.«

»Wetten, dass kein Hahn danach krähen wird? Ich bring es selbst zum Revier. Um wie viel Uhr habe ich den nächsten Termin?«

»Sie haben heute noch einen Patienten, um fünf.«

Die brave Doortje. Sie mustert ihn argwöhnisch, oder ist seine Fantasie jetzt völlig mit ihm durchgegangen? Sie ist die Einzige, die das mit dem Frostschutzmittel weiß. Er hat ihr geraten, zu schweigen wie ein Grab, wenn sie Wert auf ihr monatliches Gehalt legt.

Doortjes breiter Hintern verschwindet, sich langsam wiegend, aus seinem Blickfeld. Gereizt zerreißt er das Polizeiformular zur Erstattung einer Anzeige. Er redet sich ein, dass er das Formular deshalb in den Müll wirft, weil es bei der Polizei sowieso nur in der Schublade vergessen wird.

In der Zeit, die ihm noch bleibt, geht er lieber nach Hause. Sie müssen reden, Julia und er. Wie zwei erwachsene Menschen, die zumindest die Aufgabe eint, drei Kinder auf das Leben vorzubereiten.

Mit einem »Ich geh schnell aufs Revier« läuft er an Doortje, die hinter der Rezeption sitzt, vorbei und verlässt die Praxis. Der Regen stört ihn nicht weiter, er mag dieses stürmische Wetter. Er steigt in seinen silbergrauen Jeep Cherokee Limited. »Du willst doch bloß angeben mit diesem Luxusschlitten«, sagte sein dreizehnjähriger Sohn Harm neunmalklug. Womit er zu allem Überfluss auch noch recht hat. Seine Gedanken kehren zu Julia zurück. Wie so oft in letzter Zeit. Ob sie wohl einen anderen hat? Er hat eigentlich immer gedacht, dass man das merkt, wenn es so weit ist. Aber als er Anfang des Jahres so etwas vermutete, kam sie wieder öfter in die Praxis. Sie zeigte Interesse an seiner Forschung, und er glaubte, etwas von der alten Julia wiederzuerkennen. Jetzt hat er Angst, dass es doch so ist, und er will nicht ohne sie leben. Er kann es sich schlichtweg nicht erlauben. Das würde seine weitere Forschung verzögern. Vielleicht sogar unmöglich machen, ausgerechnet jetzt, wo er kurz vor dem Durchbruch steht. Sie müssen sich noch eine Chance geben. Die Gestalttherapie oder sonst irgendwas. Er wird sie überreden. Er hat gar keine andere Wahl. Er bekommt Gänsehaut auf den Armen.

3

Dass sie in den Hintern gekniffen wird, überrascht sie. Julia dreht sich blitzschnell um und hofft wider besseres Wissen auf einen Scherz. Sie sieht die Spritze, sie ist leer, und darüber ein grinsendes Gesicht. Plötzlich gehen ihr tausend Gedanken durch den Kopf. Alles verschwimmt vor ihren Augen, und sie muss sich auf einen Punkt konzentrieren, um nicht umzukippen. Fassungslosigkeit. Ihr fällt die Kinnlade herunter, das spürt sie, und irgendwie weiß sie, dass sie etwas tun muss, aber gleichzeitig ist sie völlig gelähmt und absolut hilflos. Ungläubigkeit. Damit hat sie nicht gerechnet, wie auch? Panik. Was soll das? Was geschieht da mit ihr? Sie schlägt wild um sich. Unbeholfen. Das ist sinnlos, begreift sie benommen. Vergebens. Zu spät. Sie spürt, wie sich das Betäubungsmittel in ihrer Blutbahn ausbreitet. Wie damals, als sie aus Versehen drei Codeintabletten anstatt Paracetamol genommen hatte. Sie glaubte, sterben zu müssen, so stark war die Wirkung. Ihr Kopf fühlt sich merkwürdig an, er scheint zu schweben, und ihre Arme werden schwer. In ihren Ohren braust es, ihr ganzer Schädel füllt sich mit einem merkwürdig pulsierenden Stampfen. Sie presst die Hände gegen die Schläfen bei dem Versuch, den unangenehmen Schwindel loszuwerden. Als sie sich an der Wand abstützen will, greift sie ins Leere. Ihre Beine geben nach, und ein Versuch, sich zu kratzen – ihre rechte Pobacke juckt – misslingt, weil ihr Arm nicht mitmacht.

Sie sieht, wie sich die Sitzgruppe vor ihren Augen dreht, sie beschreibt einen blassen, grauen Kreis. Oder ist er schwarz?

Irgendwas läuft hier gründlich schief. Ihre Beine versagen endgültig, und sie versucht sich einigermaßen stilvoll hinzusetzen, aber auch das misslingt. Wie ein Sack Mehl fällt sie zu Boden und schlägt sich um ein Haar den Kopf an. Sie merkt, dass sie schreit, weiß aber nicht, was.

Sie hat keine Kontrolle mehr über sich. Über ihre Worte. Über ihre Gedanken. Ganz so, als geschehe das einer anderen. Erinnerungen, Bilder von früher gehen ihr durch den Kopf. Ihre Mutter, die sie im Arm hält. Sie sitzt auf ihrem Schoß, und ihre Mutter erzählt ihr eine Geschichte. Die Geschichte ist nicht schön, sie handelt von einem Bösewicht, und trotzdem muss sie darüber lachen, denn sie weiß, dass es gut ausgehen wird. Wenn Mama da ist, wird alles gut. Ein Pflaster aufs Knie und ein Lakritzbonbon gegen die Tränen. Sie kneift mehrmals die Augen zusammen und versucht, die Sitzgruppe deutlich wahrzunehmen, ohne Kreise.

Ihr Gegenüber lacht nicht, oder täuscht sie sich? Dinge gehen kaputt, werden entzweigeschlagen, fallen zu Boden. Erleben sie gemeinsam einen schlechten Trip? Ist es das?

Sie will aufstehen, sie liegt hier so blöd rum. Sie muss aufräumen, gleich kommt Hein, der mag es nicht, wenn hier so ein Saustall ist. Grinsend versucht sie sich mit ihren Armen hochzuziehen, und als das nicht klappt, muss sie erst recht lachen. Hoffentlich dauert es nicht zu lange, wenn ihre Kinder nach Hause kommen, muss sie wieder normal sein. Irgendwas stimmt nicht. Hilf mir auf, will sie sagen, ich fühl mich merkwürdig. Ich komm mir albern vor, mir ist schwindlig. Kein Wort scheint aus ihrer Kehle zu dringen.

Ihr Gegenüber ist verschwunden, merkt sie auf einmal, und sie wird unruhig, auch wenn sie laut lachen muss, wegen ihrer Gedanken. Oder weint sie? Ihr wird schlecht, und sie spürt, dass sie sich immer schlechter bewegen kann.

Sie sieht ihren eigenen Körper daliegen, und sosehr sie sich auch anstrengt, sie kann sich nicht rühren. Der Stoff war Mist, das ist die Erklärung. Aufstehen. Sie befiehlt ihren Beinen aufzustehen, aber sie gehorchen ihr nicht. Das ist komisch. Zum ersten Mal denkt sie, das war's. Ende der Vorstellung. Sterben. Ein Überlebensinstinkt wird in ihr wach. Sie will nicht sterben. Sie wollte ihre Kinder nie ernsthaft verlassen, lieber Gott, vergib mir diesen Gedanken, ich werde für sie sorgen, jeden Tag, jede Stunde. Lass mich leben.

Sie hat keine Zeit, zu bereuen. Angst, sie spürt die Angst vor dem Tod. Es gibt keinen Gott. Es gibt keine Vergebung. Das ist es, das unwiderrufliche Ende.

Aus dem Augenwinkel nimmt sie die vier Beine des Couchtisches wahr, und mit einer Kraft, die sie gar nicht von sich kennt, schiebt sie mit ihrem einen Arm den anderen nach vorn. In einem unglaublichen Willensakt versucht sie danach zu greifen. Sie kann es schaffen, das weiß sie. Sie muss sich auf ihr Ziel konzentrieren. Sie muss es deutlich formulieren. Was wollte sie gleich wieder? Sie kann nicht mehr logisch denken. Ihr Arm scheint länger zu werden. Komische Gedanken. Wenn sie sich unheimlich anstrengt, muss sie doch danach greifen können. Kann sie ihren Arm noch länger machen? Sie muss einfach. Noch ein Versuch. Ausstrecken.

Es kommt jemand herein. Dieselben Schuhe, bemerkt sie benommen. Sie verschwinden hinter ihr.

Dann detoniert etwas in ihrem Kopf. Grelle Lichtblitze explodieren hinter ihren Augen, und sie spürt, wie sie Abstand gewinnt von ihrem Schmerz. Ihr Körper liegt auf dem Boden, sie sieht ihn vor sich, ganz deutlich und selbstverständlich, als sei das immer schon so gewesen. Perfekt.

Sie sitzt hinten auf dem Fahrradgepäckträger, lehnt sich gegen ihn, seine Haare kitzeln ihr Gesicht. Weg hier. Zusammen weg. Sie konzentriert sich auf ihre Atmung. Ruhig durchatmen. Der Schmerz verschwindet. Sie kann loslassen. Gleichzeitig breitet sich ein angenehmes Taubheitsgefühl in ihr aus. Eine Ruhe, die sie willkommen heißt.

4

»Anders als bei früheren Erhebungen sind die Ergebnisse nicht im Geringsten alarmierend. Im Gegenteil, man könnte sie sogar zufriedenstellend nennen«, sagt Markant, während er mit der rechten Hand über seine grauen Bartstoppeln fährt. Nach dem fünfzigsten Mal hat Nelleke aufgehört zu zählen. Viele Menschen haben solche Angewohnheiten. Ferry Wagener zum Beispiel, ihr Assistent, lässt einen Finger nach dem anderen knacken, wenn er nervös ist. Sie mustert das scharfe Profil des Commissaris, seine Nase steht selbstbewusst und kantig vor, und sein Mund ist nur ein schmaler Strich. »Aber …« Markants »aber« klingt so scharf, dass alle, die unaufmerksam oder mit den Gedanken woanders waren, sofort wieder bei der Sache sind. Das ist natürlich Absicht. »Aber«, wiederholt der Commissaris, »den Vorfällen der letzten Monate müssen wir natürlich mit der gebotenen Aufmerksamkeit nachgehen.«

Aus dem Besprechungsraum im zweiten Stock sieht Inspecteur Nelleke de Winter die Baumkronen, die sich an der Oude Ijssel sanft im Wind wiegen. Der Fluss, der gleich hinter dem Polizeirevier von Doetinchem entlangfließt, hat Hochwasser. Gleichzeitig schüttet es wie aus Kübeln. Der Sommer greift dem Herbst vor. Das macht die Landschaft in der Achterhoek grüner und saftiger denn je, aber das ist auch schon das einzig Positive, was die Nässe bewirkt. Das Wetter schlägt den Leuten langsam aufs Gemüt. In diesem Monat müssten eigentlich sommerliche Temperaturen herrschen. Schwüle Abende wären angesagt, an denen man bis tief in die Nacht mit einem kühlen Rosé draußen sitzt, in einem zu knappen Top und einem Minirock, die der Fantasie nicht mehr viel übrig lassen.

Commissaris Piet Markant trägt wie üblich einen maßgeschneiderten Dreiteiler, heute mit einer knalllila Krawatte. Er hat an die zehn Kollegen aus der Region Noordoost-Gelderland zusammengetrommelt. Eine interne Kommission hat einen Bericht erstellt und vorschriftsgemäß eine Untersuchung zum Thema Diskriminierung innerhalb der Polizei angestrengt. Eine Kommission, in der auch Markant sitzt, ja, die er sogar leitet. Deshalb ist sie eher skeptisch und weiß nicht, wie ernst sie diesen Bericht nehmen soll. Laut Markant ist er eine todernste Sache, aber sie kennt den Commissaris schließlich nicht erst seit heute. Er würde sich nie für so eine Kommission hergeben, wenn er nicht irgendwelche Vorteile davon hätte. Ihr fallen beinahe die Augen zu. Es ist fast Mittag, und sie ist müde. Sie ist todmüde und will nach Hause. Gemeinsam mit ihrem Team hat sie gerade einen Fall in Dieren gelöst. Zwei endlose Wochen lang waren sie rund um die Uhr damit beschäftigt, zwei Wochen, in denen sie ihren Partner samt Kindern kaum gesehen hat. Sie sehnt sich nach einem Abend zu Hause.

Trotzdem bemüht sie sich nach Kräften, Interesse zu heucheln, als Markant Grafiken zeigt. Sie fährt sich einmal mit den Händen durch die Locken, zupft ihre Leinenhose zurecht und holt tief Luft. Konzentration, bitte.

Der sechzigjährige Commissaris mit den großen Gesten ist rein körperlich immer noch eine attraktive Erscheinung. Sobald er einen Raum betritt, zieht er die ganze Aufmerksamkeit auf sich, auch wenn er kein Wort sagt. Das hat er seiner imposanten Statur, seinen breiten Schultern, den dichten grauen Haaren und nicht zuletzt seiner herrischen Art zu verdanken. Das Wort Bescheidenheit kommt in seinem Vokabular nicht vor.

Sie blättert in ihrem Kalender und macht sich eine Notiz. Unter den gestrigen Tag schreibt sie achtzehn Kilometer. Unter dem heutigen notiert sie 53,6 Kilo. Zu wenig. Sie isst wie ein Scheunendrescher und nimmt trotzdem ab. Zum ersten Mal wiegt sie weniger als 54. Zum Glück schaut Jaap nie in ihren Kalender.

Diskriminierung ist ein wichtiges Thema, daran hat Markant keinen Zweifel gelassen. Sie selbst glaubt jedoch eher, dass die Erhebung nur eine Pflichtveranstaltung ist, gezielt eingesetztes Futter für die Medien.

Sie selbst fühlt sich am allerwenigsten angesprochen. Sie leitet ein Team von Kollegen, für die Diskriminierung ein Fremdwort ist. Cornelissen, Simmelinck und Wagener sind alles Ermittler, denen sie hundert Prozent vertraut. Und dann ist da natürlich auch noch der Gerichtsmediziner Van der Haar. Wenn es jemanden gibt, der einen Orden für gutes Benehmen verdient hat, dann er.

Die Kollegen neben ihr sprühen nicht gerade vor Begeisterung. Auch sie kann mit den langweiligen Zahlen nicht viel anfangen. Bei ihrer Arbeit geht es nie um Durchschnitts-, geschweige denn um Jahresendergebnisse.

Ihre Gedanken schweifen ab, sie denkt an zu Hause. Jetzt eine Stunde laufen gehen, das wäre toll. Regen stört sie nicht, im Gegenteil. Es tut gut, nach einem Dauerlauf durchnässt nach Hause zu kommen, vor allem, wenn man danach in die heiße Badewanne gehen kann. Sie sehnt sich nach einem freien Nachmittag. Am liebsten ein Sonntagnachmittag. Zusammen *The Sound of Music* ansehen. Emma und Josien sind davon jedes Mal ganz hin und weg. Nur die Älteste, Anouk, die inzwischen siebzehn ist, findet das grauenhaft. Anouk befindet sich gerade im ersten Ausbildungsjahr auf der Rockakademie in Enschede, und Lieder wie *Do, re, mi* und *Edelweiß* kommen da nicht gut an, geschweige denn ein Haufen braver Kinder samt Gouvernante. Genau wie sie schaut sich Anouk lieber englische Krimiserien an wie *Im Auftrag der Toten* oder *Gerichtsmediziner Dr. Leo Dalton*. Aber wenn sie mit Chips und Cola vor dem Fernseher zusammensitzen, ist es ihr egal, was sie anschauen. Vor allem, wenn sich Josien auf dem Sofa an sie kuschelt. Das Nesthäkchen, das mittlerweile auch schon zwölf ist, macht das manchmal noch gern. Obwohl es Jaaps Kinder sind, fühlt sie sich in solchen Momenten wieder wie eine richtige Mutter. Sie lächelt, auch wenn sie bei der Szene mit Josien an Suzan denken muss. Irgendwo in weiter Ferne glimmt ein Funken Hoffnung, auch wenn es sicherlich kaum Anlass dafür gibt.

»Die faulen Äpfel müssen aussortiert werden.«

Während er mit diesen Worten endet, sieht er sie an. Ihr Team beschäftigt sich mit Mordfällen und Schwerverbrechen, vor allem, wenn Kinder beteiligt sind. Bei dem Fall in Dieren ging es um eine Muslimin, die ihren dreijährigen Sohn im Schrank eingeschlossen hatte, bis der Kleine an Austrocknung starb. Die Frau wollte ihnen weismachen, dass ihr Sohn krank gewesen war. Spielt er auf diesen Fall an? Vielleicht hat Cornelissen einen geschmacklosen Witz darüber gemacht. Oder hat die Verdächtige aus Rache noch schnell eine Beschwerde erfunden? Das kommt ihr allerdings unwahrscheinlich vor. Die Frau war ihrer Meinung nach nur noch ein trauriges Häuflein Elend. Sie machte eher den Eindruck, selbstmordgefährdet zu sein, als sich beschweren zu wollen.

Sie muss sich täuschen. Bestimmt. Piet Markant hat sie schon öfter auf dem Kieker gehabt. Einfach nur deswegen, weil er durch ihre Ernennung zur Inspecteur nicht zum Hoofdcommissaris befördert wurde. Als ob das ihre Schuld wäre. Aber wenn er ihr eins reinwürgen kann, scheint er sich so richtig in seinem Element zu fühlen. Das letzte Mal, dass er sie gelobt hat, war nach dieser Hauser-Sache. Das war aber auch ein besonders komplizierter Fall gewesen, bei dem es um den Mord an einer jungen Frau aus Lichtenvoorde gegangen war.

»Ich gebe dir den Bericht mit und bitte dich, ihn dir gründlich durchzulesen«, sagt der Commissaris schließlich.

Kein Problem. Nachdem ein Fall abgeschlossen ist, tut es gut, ein wenig zu verschnaufen. Da ist das Lesen langweiliger Berichte die reinste Erholung.

»Werden die Vorfälle in dem Bericht erwähnt?«, fragt sie den Commissaris.

Sie hat die Mutter des Opfers im Fall Hauser vor einiger Zeit im Supermarkt getroffen. Joriene Vos sah aus wie ein Gespenst: blass, mager und mit leerem Blick. Es ist ein gutes Jahr her, dass sie ihre Tochter begraben hat, aber es ist nicht weiter verwunderlich, dass sie aussieht, als sei es erst gestern gewesen.

Wenn man ein Kind verliert, verliert man Jahre. Man verliert sein ganzes Leben. Vielleicht überlebt man das nur, weil man zu feige ist, alldem ein Ende zu machen, hat sie sich oft im Stillen gedacht.

Sie war auf der Beerdigung von Lucienne Vos. Kurz spürt sie wieder jene bleischwere Leere bei der Erinnerung an den heißen Tag im letzten Juni, an dem Schweiß und Tränen ineinanderflossen.

»Nein, darauf komme ich später noch zu sprechen«, erwidert Markant. »Wir hielten es im Hinblick auf die ein oder andere undichte Stelle für klüger, keine Namen zu nennen.« Er bleibt kurz vor ihr stehen und flüstert ihr etwas ins Ohr, wobei sich der hochgewachsene Commissaris vorbeugen muss. »Wir müssen noch über Cornelissen reden.«

Bevor sie etwas entgegnen kann, wendet er sich schon wieder der Gruppe zu. »So. Zu guter Letzt möchte ich noch einen Punkt ansprechen, meine Damen und Herren.«

Sie unterdrückt ein Seufzen. Und sieht, wie die anderen Kollegen in sich zusammensacken.

»Und der betrifft die Fitness unseres Personals. Wir stellen fest, dass immer mehr Kollegen Schwierigkeiten mit dem jährlichen Fitnesstest haben. Das macht uns Sorgen. Wir alle wissen, dass wir in den Niederlanden sehr mit Übergewicht zu kämpfen haben, und in unserer Branche können wir das auf keinen Fall tolerieren. In Kürze wird sich jeder einem Test unterziehen müssen. Je nachdem, was dabei herauskommt, werden wir eine Strategie für die nächsten Jahre entwickeln. Bei unserer Besprechung nächsten Monat erwarte ich Vorschläge, wie wir die Fitness unserer Leute verbessern können. Weitere Informationen finden Sie in unserem Intranet.«

»Da kommt bestimmt noch ein Bericht auf uns zu, den kein Schwein liest«, flüstert ihr ein Kollege zu.

Sie nickt zustimmend. »Hauptsache, man macht sich wichtig.«

Ihr Handy klingelt. Sie steht auf und verlässt so schnell wie möglich den Besprechungsraum.

»Inspecteur De Winter.«

»Uns wurde eine Tote gemeldet. In Lievelde. Die Streife ist schon unterwegs. Kommen Sie nach?«, fragt Hoofdcommissaris Jaspers aus der Notrufzentrale. Der Kollege gibt ihr die Details, und sie bittet ihn, ihrem Team Bescheid zu sagen.

Als sie in den Besprechungsraum zurückkehrt, hat Markant die Versammlung soeben aufgehoben.

»Ich muss weg«, sagt sie, während sie ihre Jacke anzieht.

»Was ist?«, fragt der Commissaris.

»Wahrscheinlich ein Mordfall.«

»Wo?«

»In Lievelde.«

»Lievelde? Da gibt es doch sowieso schon kaum Einwohner.« Markant nimmt seinen Kalender und lacht über seinen eigenen Witz. Er möchte einen Termin vereinbaren. »Donnerstag komme ich nach dem Mittagessen zu dir.«

»Was haben Sie gegen Cornelissen? Gibt es Gerüchte? Bösen Klatsch?«

Der Ermittler hat eine Affäre mit einer Türkin gehabt, und die Frau hat die Beziehung ziemlich plötzlich beendet. Hat es vielleicht damit zu tun?

Markant notiert etwas in seinem Kalender. Er schweigt.

»Ich habe vollstes Vertrauen in meine Kollegen«, sagt sie. »Und für Cornelissen leg ich meine Hand ins Feuer.«

»Dann pass mal gut auf, dass du sie dir nicht verbrennst«, erwidert der Commissaris.

Wut steigt in ihr auf, und sie geht. Arroganter Schnösel. Trotzdem. Irgendeinen Grund muss er doch haben?

Wieder klingelt ihr Handy. Sie sieht die Vorwahl von Winterswijk auf dem Display. Im Gehen nimmt sie das Gespräch an.

»Nelleke de Winter.«

»Die Nachbarin hat angerufen. Sie haben mich abgeholt, Nelleke. Plötzlich bin ich lang hingeschlagen, und jetzt weiß ich gar nicht mehr, wo ich bin.« Die Stimme ihrer Mutter klingt ganz dünn und verängstigt.

»Was ist denn passiert, Mama?«

Nach einem lauten Rauschen am anderen Ende ertönt eine helle Stimme. »Hallo? Frau De Winter?« Eine Krankenschwester des Gemeindekrankenhauses Konigin Beatrix in Winterswijk sagt, dass sie sich keine Sorgen zu machen brauche. Ihre Mutter sei noch ganz benommen von den Schmerzmitteln, sie habe sich nach einem Sturz im Bad wahrscheinlich die Hüfte gebrochen.

Und da soll sie sich keine Sorgen machen?

5

Sie sieht das Gesicht des Tierarztes noch vor sich. Zuidema. Lievelde ist das Dorf der van de Reijrinks und Ten Haves. Ist Zuidema ein friesischer Name? Auf jeden Fall stammt er, genau wie De Winter, nicht aus der Achterhoek. Nellekes Vater wurde zwar in Lichtenvoordenaar geboren und wuchs auch dort auf, aber seine Vorfahren kamen aus dem Westen. Ihr Vater. Sie wehrt sich gegen die Erinnerung an seine letzten Lebensstunden. Sie versucht sich auf den neuen Fall zu konzentrieren. Aber die Erinnerung kommt automatisch. Vor fünf Jahren kam auch ihr Vater ins Krankenhaus. An einem Sonntagmorgen im Herbst rutschte er auf dem Bürgersteig aus, zwanzig Meter vor dem Kirchenportal. Gott wollte ihn wohl nicht mehr reinlassen, war ihr erster, zynischer Gedanke. Die realistische Erklärung lautete: »nasse Blätter«.

Sie dreht den Ehering ihres Vaters an ihrem Daumen hin und her.

Eine Infektion nach der Operation gab ihm endgültig den Rest. Als sie ihren Vater das letzte Mal sah, redete er wirr und erkannte sie nicht. Er fuchtelte mit den Armen und riss sich den Infusionsschlauch heraus, während die hellgrauen Augen in seinem gelben Gesicht wild hin und her rollten. Dem Arzt zufolge hat er nichts davon gemerkt. Trotz seiner beruhigenden Worte hat es lang gedauert, bis sie sich mit seinem Tod versöhnen konnte.

Ihr Vater, ein Biologe, der ausgerechnet auf einem seiner Lieblingsforschungsgegenstände ausrutschte. Er konnte stundenlang über Blätter reden. Über ihren Aufbau, ihre Funktion, ihre Verfärbung im Herbst. Sie konnte sie fasziniert betrachten und ihm dabei zuhören, aber seine Begeisterung für die Natur hat sie nicht geerbt. Sie ist zwar gern im Freien, kann aber kaum eine Kiefer von einer Birke unterscheiden. Sie sieht ihn noch vor sich, den stolzen Opa, eine kleine Kinderhand in seiner großen Faust.

Plötzlich ist da diese rote Ampel. Sie tritt heftig auf die Bremse, zu spät, sie wurde bereits geblitzt. »Das fängt ja gut an, De Winter«, murmelt sie. Sie sollte sich lieber auf den neuen Fall konzentrieren. Sie gähnt, blinzelt und schüttelt den Kopf. Sie kann es sich jetzt nicht leisten, unaufmerksam zu sein.

Ein Mord, so viel steht schon mal fest, wenn sie Van Hals Glauben schenken kann. Von viel Blut war die Rede. Sie seufzt unwillkürlich. Das gehört zwar zu ihrem Beruf, aber manchmal wünscht sie sich einen anderen. Sie wäre gern Kunstfotografin wie ihr Freund. Jaap wäre begeistert. Doch leider hat sie keinerlei künstlerischen Ehrgeiz. Die Ermittlungsarbeit ist ihre Leidenschaft, auch wenn sie ihre Arbeit manchmal abscheulich findet.

Aber wenn sie ehrlich ist: Sie kann nicht anders.

Willkommen in Lievelde steht auf dem blauen Ortsschild, als sie die Gemeinde erreicht. Genervt fährt sie im Schneckentempo über eine Straßenschwelle.

Eine beklemmende Atmosphäre empfängt sie. Das liegt nicht an dem trüben Wetter, sondern in erster Linie an dem Dorf. Ein verlassen daliegender Platz, riesig, so als habe sein Erbauer eine große Zukunft für die Gemeinde vorhergesehen. Trostlose Häuser mit blitzblank geputzten Stufen davor, das Dahinter versteckt sich hinter dicken Gardinen. Jahrelang machte jeder, der mit dem Zug nach Lievelde kam, als Erstes die wenig angenehme Bekanntschaft mit dem Schweineschlachthof. Früher fuhr sie mit dem Fahrrad daran vorbei, wenn sie eine Freundin zum Spielen auf dem Bauernhof besuchte. Sie musste mit ihrer Klasse in den Schlachthof, auf einem Schulausflug. Sie sieht sie immer noch vor sich: die intelligenten Schweinchen mit dem Tod vor Augen. Sie wussten genau, was sie erwartete.

Sie wechselt die Spur und lässt die Erinnerungen an die Schweine mitsamt dem Dorf hinter sich. Sie biegt links ab in den Eimersweg. Ein Mordfall in Lievelde. Eine Familientragödie? Ein außer Kontrolle geratener Ehekrach? Sie spürt die Anspannung in ihrem Körper. Sosehr sie ihre Arbeit auch manchmal verwünscht: Sie ist immer aufregend, und sie kann nicht umhin, sich immer wieder voll hineinzustürzen. Im Schritttempo fährt sie hinter einem Traktor her. Überholen kommt nicht infrage, die Straße ist zu schmal. Trotz des trüben Wetters ist die Gegend herrlich. Lievelde selbst mag deprimierend sein, aber seine Umgebung ist ein Idyll aus Weidelandschaft mit grasenden schwarzbunten Kühen und Wald.

Nicht nur wegen der Natur fühlt sie sich in der Achterhoek so zu Hause. Auch nicht, weil sie hier aufgewachsen ist. Das liegt vor allem an Jaap und seinen Kindern. In Utrecht, wo sie seit ihrem Psychologiestudium gewohnt hatte, machte ihr die Großstadthektik zu schaffen. Die Gleichgültigkeit der Leute fand sie oft befremdlich. Das gilt jedoch nicht für ihren Chef damals in Utrecht, Ruud Nummerdor, der sie heute noch manchmal um Hilfe bittet, wenn er mit wichtigen Ermittlungen nicht weiterkommt. Nummerdor ist ein alter Hase bei der Polizei, der unermüdlich gegen das Verbrechen und seine überflüssigen Pfunde ankämpft. Aber sie weiß, dass ihr Platz hier ist und nicht dort. Zum Beispiel, wenn Frau Vos ihr sagt, dass sie froh ist, dass der junge Mann gefasst wurde, der ihre Tochter umgebracht hat.

Die Landschaft kennt sie von ihrem Lauftraining. Sie fährt am Kloster vorbei, durch den Klosterwald und entlang der alten Trambahntrasse nach Groenlo, die Ende des 19. Jahrhunderts in Betrieb genommen wurde. Die Gleise sind verschwunden, aber die Trasse hebt sich noch deutlich vom Rest der Landschaft ab. Sie fährt am Erve Kots vorbei, ein Lokal, das wegen seiner Pfannkuchen weithin bekannt ist. Dann an dem nicht weniger berühmten Weenink, das wegen seines Käses und des sogenannten Bauerngolfens beliebt ist. Um so was zu machen, muss man wirklich total gaga sein, so lautete Anouks trockener Kommentar zu diesem Volkssport. Auch jetzt ist der Parkplatz dieser Touristenattraktion überfüllt. Ein Stück weiter muss sie rechts in den Avinkweg einbiegen.

Tierarzt Zuidema ist ein außergewöhnlicher Mann, den Eindruck hat er bei ihr hinterlassen, nachdem sie ein einziges Mal mit Daya bei ihm war, wegen einer Welpenimpfung, nichts Besonderes. Aber Zuidema hat Daya genau untersucht und sich besonders für die auffällig beweglichen Gelenke der Hündin interessiert. Ihre Tibet-Terrier-Dame ist mittlerweile ausgewachsen und ein lebhaftes, anhängliches Tier, das sich gerade mitten in der Pubertät befindet. Daya plus Emma ist Pubertät hoch zwei. Sogar Josien flüchtet vor den beiden auf ihr Zimmer. Die muntere Hündin überrascht sie immer wieder aufs Neue mit lustigen Kapriolen. Zum Beispiel indem sie lautstark gähnt oder sich die Pfoten vor die Augen hält, als ob sie nicht gesehen werden will.

Hier beginnt der Zandweg. Sie biegt links ab und greift ins Handschuhfach, um einen Energydrink herauszuholen.

Ihr Handy meldet sich, ein altmodisches Telefonklingeln wird langsam lauter. Auf dem Display sieht sie die Nummer von Evelien.

Sie geht nicht dran.

Bei dem Bauernhof mit den roten Fensterläden muss sie wieder links abbiegen. Sie wird später zurückrufen. Sie will erst mit Jaap darüber reden, auch wenn sie jetzt schon weiß, was er sagen wird. Er mag Evelien gern, und als waschechter Lebemann lautet sein Motto, »je mehr Leute kommen, desto mehr Spaß werden wir haben«. Vor allem, wenn sie zur Familie gehören … Er hat recht, rational gesehen. Doch sie fühlt sich in erster Linie unsicher, wenn es um ihre leibliche Mutter geht. Mit dem Versuch, die nicht zusammen verbrachte Vergangenheit wiedergutzumachen, scheint sie die Leere von damals erst recht zu betonen.

Die Forellenzucht. Fast ist sie da.

Nachdem es gerade mal eine Stunde trocken gewesen ist, fängt es erneut an, heftig zu regnen. Dicke Tropfen trommeln gegen ihre Windschutzscheibe, und die Scheibenwischer setzen sich automatisch in Bewegung. Der x-te Regenguss. Dieser August wird einen Negativrekord aufstellen. Während der Juli der heißeste der letzten fünfzig Jahre war. Einen größeren Gegensatz gibt es gar nicht. Ihr Handy piept. Eine SMS. Von Evelien? Sie überholt eine Gruppe von Mädchen auf Fahrrädern. Sie sehen aus wie ertränkte Kätzchen, die langen Haare kleben ihnen am Kopf.

Hier muss es sein, Hausnummer vier. Sie biegt mit ihrem silbernen Volvo in die breite Auffahrt ein. Graue Betonziegel. Die kalten Steine passen kein bisschen zu dem alten Bauernhof. Weder zu den alten rotbraunen Backsteinen mit der alten Verfugungstechnik noch zu dem Reetdach, den für ihre Gegend so typischen Fensterläden und der Buchenhecke um den Garten.

In der Auffahrt parken zwei Dienstwagen. Daneben steht ein Jeep Cherokee, der unten völlig mit Schlamm bespritzt ist. Er gehört zweifellos dem Tierarzt. Ferry Wagener steigt aus einem der Dienstwagen. Ob ihr Assistent wohl nervös ist angesichts dessen, was sie hier erwartet? Auch wenn er seine Angst vor Blut mittlerweile im Griff haben dürfte, graust ihm immer noch vor allem, was mit Leichen und Obduktionen zu tun hat. Aber er geht ihnen nicht aus dem Weg, und das rechnet sie dem jungen Ermittler hoch an. Wagener gehört inzwischen seit mehr als einem Jahr zu ihrem Team. Ihr Assistent kennt sich nicht nur ausgezeichnet mit Computern aus, sondern ist auch sehr engagiert bei der Sache. Sie sieht, dass er das Zeug zu einem richtig guten Ermittler hat.

Ein neuer Wettlauf – und das, obwohl sie sich von dem letzten noch gar nicht erholt hat. Wie dem auch sei, sie will auch diesmal die Schnellste sein. Die Schnellste und die Schlaueste. Sie will immer gewinnen, egal, ob es sich um einen Sprint oder um einen Langstreckenlauf handelt. Hauptsache, sie behält einen kühlen Kopf. Aber da ist sie sich nicht so sicher. Vor ein paar Tagen dachte sie, dass Jaap etwas ahnt, zumindest hat er sie so merkwürdig angesehen, als sie mit ihren Gedanken woanders war. Er erzählte gerade irgendwas von seiner x-ten Ausstellung, als sie »Ja« sagte, obwohl sie eigentlich »Nein« hätte sagen müssen. Vielleicht denkt er, dass dieser Monat daran schuld ist. Am Ersten hatte sie Geburtstag. Suzan wäre vierundzwanzig geworden.

Sie begrüßt Wagener, während sie gemeinsam auf die überdachte Haustür zueilen.

»Was für ein Mistwetter«, bemerkt Wagener. Seine Stimme klingt fast noch düsterer als das Wetter.

»Von wegen Klimawandel, Ferry! Das ist wirklich typisch für die Niederlande.«

Wagener wischt sich ungeduldig ein paar Tropfen vom Ärmel. Sie fragt ihn, ob die Pizza geschmeckt hat.

»Woher weißt du das jetzt wieder?«

»Das sagt mir mein sechster Sinn.« Sie sieht, wie er sie ungläubig anstarrt. »Du isst ungefähr zehnmal die Woche Pizza, insofern war die Chance recht groß, dass ich recht habe. Außerdem hast du Tomatensauce am Kinn.« Mit ihrem kleinen Finger zeigt sie an sich selbst, wo.

Wagener wischt sich ebenso angewidert wie beschämt die Sauce ab. Er wirft einen besorgten Blick auf seine zu große Hose mit den vielen Taschen und die Jacke mit dem offenen Reißverschluss, unter der ein buntes T-Shirt hervorblitzt. So wie sie Wagener kennt, hat der das T-Shirt erst heute Morgen gebügelt. Er zeigt lächelnd seine weißen Zähne, vor lauter Erleichterung, dass seine Sachen keine Flecken abbekommen haben.

»Hat sie heute nicht für dich gekocht?« Sie tut so, als merke sie nicht, wie er rot wird. »Gehen wir?«

Wagener nickt. »Ton und Han kommen auch gleich«, sagt er.

»Und Van der Haar?«, fragt sie.

»Der kann noch nicht weg aus dem Forensik-Institut. Doch er wird versuchen, heute Abend dazuzustoßen.«

Neben der Haustür hängt ein Porzellanschild mit den Namen der Familienmitglieder. Hein und Julia, Harm, Saskia und Lotte Zuidema. *Willkommen* steht in geschwungenen blauen Buchstaben darunter, die an Delfter Porzellan erinnern.

»Wer hat angerufen?«, will Wagener wissen.

»Hein Zuidema persönlich. Er ist Tierarzt, kennst du ihn nicht?«

Wagener schüttelt den Kopf. »Ich hatte mal einen Goldfisch, aber der hat mich kaum zu Gesicht bekommen, geschweige denn einen Tierarzt. Das arme Tier trieb nach ein paar Monaten mit dem Bauch nach oben im Aquarium. Danach wollte ich kein Haustier mehr.«

»Hast du ihn auch gefüttert oder nur sein Goldfischglas geputzt?«

»Ich war sechs.« In seiner Stimme schwingt Entrüstung mit.

Sie will gerade klingeln, als ihr ein Kollege von der Streife aufmacht.

6

Inmitten der beschäftigten Kollegen erfasst Nelleke die Lage auf einen Blick. Sie sieht die tiefroten Flecken auf Zuidemas beiger Cordhose und dem bordeauxrot-cremefarben karierten Hemd, aber vor allem an seinen Händen. Blut, so viel steht fest. Sie stellt sich dem Tierarzt vor.

Er schaut auf seine Hände, als gehörten sie nicht zu ihm. »Ihr Blut«, flüstert er. »Das gehört nicht hierher. Es sollte durch ihren Körper fließen. Sie denken sicher, dass ich Ihnen erklären kann, was hier passiert ist, aber da muss ich Sie enttäuschen.«

Sie lässt die Bemerkung des Mannes einfach so im Raum stehen. Die Frage, auf die er eine vorschnelle Antwort gibt, wird sie ihm später in verschiedenen Formulierungen erneut stellen. Sie beruhigt ihn, fordert ihn auf, es sich ruhig bequem zu machen und sitzen zu bleiben. Er erzählt weitschweifig und umständlich, und jetzt fällt ihr auch wieder ein, was sie so besonders an ihm fand. Er ist zu intelligent für seinen Beruf, hat sie damals gedacht. Ganz schön respektlos, obwohl sie den Tierarztberuf keineswegs unterschätzt.

Zuidema schiebt seine Nickelbrille mit dem Zeigefinger zurück auf die Nasenwurzel. Er starrt auf seine linke Hand, als sei sie ein fremdes Ding, das nicht zu ihm gehört, während er erklärt, wie er seine Frau beim Nachhausekommen vorfand. In seinen Augen sieht sie heftige Gefühle und Anspannung.

»Inspecteur De Winter?«

Simon Jolink, ein Kollege von der Spurensicherung, winkt sie herbei. »Einen Moment, bitte«, sagt sie zu Zuidema. »Bleiben Sie ruhig sitzen.«

Der Blitz des Fotografen blendet sie kurz. Dann sieht sie, worauf Jolink in der weißen, überwiegend gefliesten Küche zeigt. Die Hintertür aus Holz hat neun kleine Fensterscheiben. Eine davon ist kaputt. Eingeschlagen, vermutet sie. Glassplitter liegen überall verstreut herum. Daneben Schildchen mit Zahlen.

Zuidema wirkt so, als sei er in Gedanken völlig woanders. Er starrt benommen vor sich hin und scheint gar nicht mitzubekommen, was in seinem Wohnzimmer geschieht. Sie nimmt einen leichten Tiergeruch wahr. Ein Hund vielleicht, oder aber seine Kleidung riecht nach Praxis. Irgendwie passt er hier nicht her. Es besteht eine Art Widerspruch zwischen ihm und dem Zimmer. Wegen des Unumkehrbaren, das hier geschehen ist?

Einer von der Spurensicherung teilt ihr mit, dass er soeben die Blutspuren auf Zuidemas Händen gesichert hat. Sie brauchen nur noch seine Kleidung. Wagener kümmert sich um den Tierarzt und schirmt ihn, so gut es geht, vom Anblick seiner toten Frau ab.

Der Anblick der Leiche auf dem Boden hat den Assistenten selbst nicht unbeeindruckt gelassen. Das sieht sie an seinem Gesicht, das ein wenig blasser wirkt als vorhin, als sie draußen standen. Da sah sie auch, wie er seine Finger einen nach dem anderen nach hinten bog und knacken ließ.

Es ist beruhigend, dass sie ihm einiges übergeben kann. Ferry Wagener hat sich als gelehriger Schüler erwiesen. Er kennt seine Aufgaben, führt sie gewissenhaft aus und zeigt Initiative – und das obwohl er, als er zu ihr ins Team kam, noch zweifelte, ob diese Arbeit auf Dauer überhaupt das Richtige für ihn ist. Wagener wusste nicht, ob er nicht lieber eine Musikausbildung machen sollte. Jetzt entlädt er seine musikalische Energie in einer örtlichen Rockband, als Keyboarder und Sänger. Da macht er sich gar nicht schlecht, dank seiner dunklen, warmen Stimme. Sogar Anouk ist dieser Meinung.

Regentropfen prasseln gegen das Küchenfenster. Trotz des düsteren Wetters leuchtet ihr die helle, weiße Küche entgegen. Das große Fenster über der Küchentheke aus Granit geht auf einen mindestens dreißig Meter tiefen Garten hinaus. Um den runden Eichenholzesstisch stehen fünf Stühle. An der weißen Wand dahinter hängt eine Fotocollage aus Familienbildern. Zwei Fotos von einem Skiurlaub, ein Foto mit drei semmelblonden lachenden Kindern, die sich brav der Größe nach aufgestellt haben.

Der Kollege von der Spurensicherung und Wagener begleiten den Tierarzt aus dem Zimmer.

Die Küche ist durch ein beige gestrichenes halbhohes Mäuerchen vom Wohnzimmer abgetrennt. Darauf liegen gelbe und rosa Basteleien aus Papier. An der Wand steht ein vollgepacktes Regal, auf dessen unterstem Holzregalboden Kinderbücher unordentlich aufgestapelt wurden. Harry Potter, Carry Slee. Darüber befinden sich ordentlichere Buchreihen. Ein bestimmter Literaturgeschmack lässt sich daraus nicht ableiten. Sie sieht Max Havelaars *Multaluli* neben Dan Brown, Jeroen Brouwers neben Herman Finkers. Und mindestens vier Reihen über Tiere. Einige Regalböden biegen sich unter der schweren Last. Von *Schweinesignale* über das *Handbuch Viehhaltung* bis hin zum *Terrariumhandbuch*. Aber auch Coetzees *Das Leben der Tiere* und ein Buch von Aristoteles, *Über Tiere*, stehen im Regal, Bücher, die ein breiter gefächertes Interesse an Tieren verraten, als es für einen Tierarzt nötig wäre.

Dem Zimmer ist anzusehen, dass hier kleine Kinder aufwachsen und die Eltern mit einer neuen Einrichtung warten, bis die lieben Kleinen das Sofa nicht mehr einsauen. Fröhliche

Zeichnungen sind wie willkürlich an die Tapete geklebt. Sie nimmt den Tatort genau unter die Lupe, wie aus dem Lehrbuch. Auch wenn ihre Sinne hauptsächlich auf einen bestimmten Punkt gerichtet sind.

Und das ist auch nicht weiter verwunderlich.

Sie steht neben der Leiche, hält aber einen gewissen Abstand, um keine Spuren zu verwischen oder den Kollegen von der Spurensicherung im Weg zu stehen. Aber nahe genug, um sehen zu können, was sie sehen muss. Sie holt tief Luft. Sie hat Mitleid mit dem Opfer, das eines gewaltsamen Todes gestorben ist. Daran besteht wirklich kein Zweifel. Gleichzeitig ist da diese Aufregung wegen der Fragen, auf die sie eine Antwort finden muss.

Julia Zuidema. Der Name ruft eine Erinnerung in ihr wach, aber die Szene, die sie innerhalb weniger Sekunden in sich aufnimmt, lässt sie schwindelig werden, sodass sie nicht mehr systematisch denken kann. Der dicke Teppich, der unter dem rechteckigen Tisch liegt, ist beige, aber um den Kopf des Opfers herum ist er eher dunkel gefärbt. Auf dem Boden liegen eine weiße Plastikvase und ein Nintendo-Gameboy, er ist zerbrochen. Das Spielzeug sieht aus wie zertrampelt. Sie erkennt ein Stück des gelben Apparats wieder, denn etwas Ähnliches hat Josien im Juni zum Geburtstag bekommen. Sie registriert zerrissene Zeitschriften, Seiten aus einer Fernsehzeitung, ein Video von *Der König der Löwen*. Auf dem Kopf des Löwenjungen prangt einer von vielen Blutspritzern.

Es sieht so aus, als habe jemand in blinder Wut alles kaputt gemacht, was ihm in die Hände fiel. Weil es nicht so lief wie geplant? Die Male, bei denen sie die Folgen eines solchen Wutanfalls gesehen hat, kann sie an einer Hand abzählen. Jedes Mal ging es um einen Täter, der schon öfter zugeschlagen hatte.

Die Frau liegt auf dem Bauch, ihre linke Wange ruht auf ihrem linken Arm, den sie nach vorn gestreckt hat. Augen und Mund sind weit aufgerissen. Ein Gesicht, das Fassungslosigkeit, Erschrecken ausdrückt. Aber auch eine Art Aufmerksamkeit und Willenskraft, die auf einen bestimmten Punkt gerichtet ist. Ihre Züge sind verzerrt, die Augen starren konzentriert, aber leer nach oben. Sie tut sich schwer, die schöne Frau wiederzuerkennen, die sie auf den Fotos an der Wand gesehen hat. Eine perfekt geformte Augenbraue zeugt von Besuchen bei einer Kosmetikerin. Langes, blondes Haar, das sich am Hinterkopf dunkel verfärbt hat, wegen des Bluts. Einzelne Blutspritzer unten an der Wand bestätigen ihre Vermutung, dass die Frau einen Schlag auf den Kopf bekommen hat, als sie schon am Boden lag. Auf den Hinterkopf. Merkwürdigerweise sehen die Hände des Opfers so aus, als wäre sie gerade bei der Maniküre gewesen. Keine abgebrochenen Fingernägel, nirgendwo eine Spur von Dreck. Hat das Opfer keinerlei Widerstand geleistet?

Julia Zuidema trägt ein hellblaues T-Shirt mit kurzen Ärmeln und silbernen Pailletten auf der linken Schulter. Auf dem T-Shirt sind Blutspritzer zu sehen, genauso wie auf dem kurzen Jeansrock und auf einem Ledersessel in der Nähe des Opfers.

Aus dem Augenwinkel sieht sie, wie ihre Kollegen wieder mit dem Tierarzt ins Zimmer kommen. Wagener. Wird er das packen? Als sie das Gesicht ihres jungen Assistenten sieht, ist sie beruhigt. Er wirkt noch blass, aber sein Blick ist aufmerksam.

Der Tierarzt hat sich umgezogen. Er trägt eine rote Baumwollhose, ein schwarzes T-Shirt und ein gleichfarbiges Jackett darüber. Er sieht sich aufmerksam im Zimmer um und scheint sich gut im Griff zu haben. Waren seine vorher gezeigten Gefühle einstudiert? Rein intuitiv glaubt sie das nicht. Aber die Erfahrung lehrt: Alles ist möglich.

»Das muss furchtbar für Sie sein«, sagt sie mitfühlend. Aber lieber würde sie ihn anschreien, weil er Spuren vernichtet hat. Sie erklärt es ihm in einem möglichst neutralen Ton.

»Darüber hab ich nicht nachgedacht«, erwidert er.

»Wie meinen Sie das?«, fragt sie. Sie holt das Aufnahmegerät aus ihrer Tasche und sagt, dass sie mitschneiden wird, was sie für wichtig hält.

Der Tierarzt nickt. »Ich hab mich neben sie gesetzt, weil mir die Knie weich wurden. Ist das so verwunderlich?« Er scheint keine Antwort zu erwarten. »Ich habe meine Finger an ihren Hals gelegt, um nach ihrem Puls zu suchen. Obwohl ich natürlich wusste, dass sie nicht mehr lebt. Ich hab ihren Kopf in meine Hände genommen. Meine Spuren sind hier überall.« Der Tierarzt schaut zu seiner Frau hinüber, aber seine Augen scheinen sie gar nicht wahrzunehmen, so als suche er nach einem ferneren Horizont.

»Wir werden alles tun, um ihren Mörder zu finden.« Sie legt eine Hand auf seinen Arm. »Können Sie mir sagen, ob Ihre Frau jetzt anders daliegt als zum Zeitpunkt, als Sie sie fanden?«

»Wieso?«

»Sie haben sie in den Arm genommen.«

»Nur ihren Kopf. Ganz vorsichtig. Ich habe ihr einen Kuss auf die Stirn gedrückt und sie dann sanft wieder zu Boden gleiten lassen. Sie liegt nicht anders da, als ich sie fand, das schwör ich Ihnen.«

Sie fängt nicht von anderen Spuren an, die wichtig sein können.

Hein Zuidema ist kein gut aussehender Mann, dafür sind seine Züge zu unregelmäßig. Hinter der kleinen Brille auf der zu großen Nase wirken seine braunen Augen jedoch sehr anziehend. Er ist um die vierzig. Maximal fünfundvierzig. Er hat etwa Jaaps Größe, das fiel ihr auf, als sie hereinkam. Ein großer Mann mit einer stämmigen Figur, aber dick ist er nicht. Er müsste Sport treiben wie Jaap, der allerdings wirklich zu dick ist. Er hat dunkle, leicht verstrubbelte Haare, die hie und da graue Strähnen aufweisen. Wenn er sich heute Morgen rasiert hat, hat er einen ziemlich starken Bartwuchs, erste Bartstoppeln sind deutlich sichtbar.

Zuidema putzt sich die Nase und wischt sich mit einem Taschentuch mehrmals die Nase ab. »Muss ich irgendwen anrufen?«, fragt er.

»Leben ihre Eltern noch?«

»Nur ihr Vater.«

»Wollen Sie ihn anrufen?«

»Er liegt im Pflegeheim De Molenberg. Alzheimer. Nein, das halte ich für keine gute Idee.«

Wagener fragt, ob jemand Kaffee will.

Zuidema nickt zustimmend. »Kaffee, ja, das tut immer gut. Ein bisschen Trost. Als ob ein Getränk trösten kann! Ein Whiskey vielleicht.« Er lehnt sich zurück und putzt mit einem T-Shirt-Zipfel seine Brille.

»Zuidema, das klingt nicht nach Achterhoek.«

»Meine Vorfahren stammen aus Drente. Ich bin in Broek op Langedijk geboren, und meine Familie ist hierhergezogen, als ich sieben war. Ich fühl mich aber wie einer aus der Achterhoek.«

Der Tierarzt erzählt, dass Julia in Lievelde geboren und aufgewachsen ist. Ihr Mädchenname lautet Reijrink. Sie waren verheiratet. »Diese Woche waren es genau achtzehn Jahre.«

Seine Stimme klingt leicht verbittert. Eine unglückliche Ehe? Hatte sie deswegen das Gefühl, dass er nicht in dieses Zimmer passt?

Sie erkundigt sich, wo die Kinder sind, und er sagt, dass er die Nachbarin angerufen hat, die kümmert sich um die Mädchen.

»Und Ihr Sohn Harm?«

»Woher wissen Sie das?«

»Von dem Namensschild neben Ihrer Haustür.«

Zuidema nickt. »Harm hat noch irgendeine schulische Veranstaltung, soviel ich weiß.«

»Wie alt ist er?«

»Dreizehn.«

»Die gehört bestimmt nicht Ihnen.« Sie zeigt auf ein schwarzes Nike-Käppi auf einem der Esszimmerstühle. Ein typisches Männermodell und zu groß für seinen Sohn.

Zuidema schüttelt den Kopf.

Sie schiebt ihr Aufnahmegerät etwas näher an ihn heran und richtet das kleine Mikrofon auf sein Gesicht, als könne es ihn von nun an überwachen. »Wenn Sie das verkraften können, hätte ich gern, dass Sie mir die ganze Geschichte von Anfang an erzählen. Wann sind Sie nach Hause gekommen?«

7

Zuidema sagt, dass er kurz nach halb sechs nach Hause gekommen ist, und pustet in seinen heißen Kaffe. Er ist durch die Vordertür hereingekommen, und bevor er das Wohnzimmer betrat, ist ihm nichts Ungewöhnliches aufgefallen. Auf dem Heimweg hat er niemanden gesehen, soweit er sich daran erinnern kann.

»Im Flur stehen Asics, Größe neununddreißig.« Sie will ihn gerade fragen, ob die Laufschuhe seiner Frau gehören, als ihr einfällt, woher sie Julias Namen kennt. »Ihre Frau war Mitglied im Laufsportverein Groenlo.«

»Sie ist oft und weit gelaufen.«

»Sie nicht.«

»Beim Laufen muss ich ständig an die ganzen Bänder denken, die über Gelenke miteinander verbunden sind und die uns Bewegungen überhaupt erst ermöglichen. Ich setzte mich lieber wissenschaftlich mit diesem Thema auseinander.« Er schiebt die Brille zurück auf die Nasenwurzel. »Die Meinungen über das Laufen gehen übrigens auseinander. Julia wollte zwar nichts davon wissen, aber eine Studie mit Mäusen konnte nachweisen, dass Sportfreaks nicht länger leben als ihre gemütlicheren Artgenossen, die lieber mit einem Buch hinterm Ofen sitzen. Ein höherer Energieverbrauch führt außerdem zu Verschleißerscheinungen am Körper.«

»Aber der geringere Körperfettanteil bei sportlichen Menschen – und Mäusen – gleicht das wieder aus.« Es wundert sie, dass er über so etwas Belangloses redet, während seine Frau ein paar Meter weiter tot auf dem Boden liegt.

Die braunen Augen schauen überrascht durch das runde Brillengestell. »Sie interessieren sich noch für viele andere Dinge als nur für Menschen, die sich nach dem Leben trachten.«

»Ich tu, was ich kann, um meine Artgenossen zu begreifen.«

»Legen Sie weite Strecken zurück?«

»Im Oktober laufe ich einen Marathon.«

Zuidema schüttelt den Kopf. »Aus meiner Sicht müssen Sie sich nichts beweisen. Bis auf wenige Ausnahmen ist der Mensch für solche Extrembelastungen einfach nicht gemacht. Umso faszinierender, dass manche Läufer eine Vorliebe für die merkwürdigsten Dinge haben. Wussten Sie, dass Naoko Takahashi, die den Marathon bei den Olympischen Spielen im Jahr 2000 gewann, ihren Erfolg allein der Tatsache verdankt, dass sie den Magensaft von Hornissen getrunken hat? Zumindest behaupten das japanische Wissenschaftler.«

»Ja, und auch, dass sie wegen des vielen Lauftrainings keine Zeit für einen Mann oder Freund habe«, erwidert sie. »Es geht aber auch anders.«

»Tiere sind da klüger. Die hören auf ihren Körper, tun, wofür sie gemacht sind, nicht mehr und nicht weniger.«

Sie lenkt das Gespräch zurück auf Zuidemas Frau. Sie braucht Antworten und keine philosophischen Ergüsse.

Hein Zuidema weiß nicht, ob seine Frau irgendwelche Pläne für den Nachmittag hatte. »Wahrscheinlich wollte sie laufen gehen. Das macht sie jeden Dienstagnachmittag, als Vorbereitung auf das Abendtraining.«

Sie fragt Zuidema, ob er sich in der Lage fühlt, zusammen mit ihrem Assistenten alle Zimmer abzulaufen, um festzustellen, ob irgendetwas fehlt.

Der Arzt sieht sich um, als sehe er sein Wohnzimmer zum ersten Mal. Sie spürt, wie hilflos er ist. Wie würde sie reagieren, wenn sie nach Hause käme und Jaap so vorfände? Sie ermahnt sich, bei der Sache zu bleiben. Mach deine Arbeit, pass auf, dass du nichts übersiehst!

Der Tierarzt nickt, trinkt einen Schluck Kaffee und steht auf.

Frits van Amerongen streicht besorgt über seinen Bart. Der Arzt ist Ende fünfzig. Seine grauen Haare und die tiefe Falte zwischen den Brauen lassen ihn älter wirken. Er spricht manchmal davon aufzuhören, die Arbeit macht ihm immer mehr zu schaffen.

»Setz dich«, sagt sie. »Wir haben keine Eile.«

Sie macht zwei Tassen Kaffee. Das ist dann ihre fünfte heute. Sie hält sich nicht mehr streng an ihre Diät, kein Kaffee, kein Zucker, so wenig Fleisch wie möglich. Es geht schon so lange gut – keine geröteten Augen, keine heftigen Bauchschmerzen –, dass sie immer öfter nachlässig wird. Vor allem beim Kaffee. Das Koffein wirkt anregend und sorgt dafür, dass sie aufmerksam bleibt.

Van Amerongen kauert neben der Leiche und macht sich auf seine typische konzentrierte Art Notizen. Jede Bewegung ist wohlüberlegt und durchdacht und zeigt den nötigen Respekt vor dem Opfer.

Sie stellt dem Arzt einen Kaffee auf den Tisch. »Wie lange ist sie tot?«

»Die Leichenstarre hat noch nicht eingesetzt«, sagt der Arzt. »Ich schätze mal, dass sie heute Nachmittag zwischen drei und vier Uhr gestorben ist. Was für ein Drama. So eine junge Frau.«

»Ihr wurde der Schädel eingeschlagen«, vermutet sie.

»Angesichts ihrer Kopfverletzungen ja, vermutlich war der Schlag auf den Hinterkopf tödlich.«

Sie betrachtet das Opfer erneut. Trotz des Chaos im Zimmer ist ihr eine Sache aufgefallen, als sie hereinkam. Julia Zuidema hat, den Tod vor Augen, noch nach etwas greifen wollen. Ihr Arm ist entschlossen vorgestreckt, die Finger sind ausgestreckt. Selbst ihr Blick hat etwas Verbissenes, weil sie etwas packen will, das sie vor sich sah. Ihrer Haltung nach muss es das Telefon gewesen sein. Es steht auf einem Eichentischchen derselben Machart wie die übrigen Möbel. Darauf liegen außerdem mehrere CDs, obenauf eine von *The Alan Parsons Project*. Ihr Geschmack ist das nicht. Sie bevorzugt Musik, die von Herzen kommt und nicht aus dem Synthesizer. Joe Cocker. Die Stones. Mit ihren Händen in glatten Latexhandschuhen greift sie nach der obersten CD und klappt sie auf. »Alles Liebe, Hanne Wopereis«, steht darin, in einer altmodischen, zierlichen Schrift. Außerdem liegen da noch eine DVD von De Dijk, *We beginnen pas*, einige CDs mit klassischer Musik und ganz unten eine von *Kinderen voor Kinderen*. »Zu Lottes siebtem Geburtstag.« Sie legt den Stapel ordentlich zurück auf seinen Platz, genau wie sie ihn vorgefunden hat.

Sie betrachtet die Position des Opfers. Der Täter hat seine Tat nicht zu Ende gebracht und Julia während des Todeskampfs allein gelassen. Oder vielleicht stand er auch daneben und hat amüsiert zugesehen. Ein Er. Mehrere Täter? Sie kann und will keine voreiligen Schlüsse ziehen, aber das Opfer ist eine starke Frau. Die muskulösen Arme und Beine sprechen für sich. Warum lag sie auf dem Boden, als sie den tödlichen Schlag bekam? Und hat sie vorher gar nicht versucht zu fliehen, um sich in Sicherheit zu bringen?

Sie macht sich eine Notiz. Ausführliche Blutuntersuchung.

Neben dem Tischchen liegt ein Stift auf dem Boden. Ist er heruntergefallen? Vielleicht wollte sie danach greifen, um den Namen des Täters aufzuschreiben. Das wäre eine Möglichkeit, wenn auch nicht sehr wahrscheinlich. Sie muss gespürt haben, dass ihr wenig Zeit bleibt. Es liegt auf der Hand, dass sie Hilfe holen wollte. Ein letzter Versuch, um ihr Leben zu retten. Aber selbst die 1-1-2 lag für sie leider in weiter Ferne. Es ist ärgerlich, dass Van der Haar fehlt. Der Gerichtsmediziner macht alle Untersuchungen für ihr Team. Außerdem assistiert er bei den Obduktionen. Van der Haar genießt in Fachkreisen einen tadellosen Ruf. Sie schätzt den schmalen und scharfsinnigen Mann, der so minutiös arbeitet, dass sie seinen Analysen blind vertraut. Leider ist er nur selten in seinem kleinen Labor auf dem Revier von Doetinchem anzutreffen. Das liegt nicht daran, dass er und Markant sich nicht ausstehen können. Van der Haar ertrinkt regelrecht in Arbeit beim NFI, dem Niederländischen Forensik Institut, in Den Haag. Er ermittelt in einem Fall von fünf ermordeten Prostituierten in Noord-Holland. Ein Grab musste geöffnet werden, in dem möglicherweise ein weiteres Opfer desselben Täters lag. Seit zwanzig Jahren. Sie möchte gar nicht erst über eine solche Untersuchung nachdenken. Zwanzig Jahre. Sie bekommt Gänsehaut. Genauso lange ist es her, dass Suzan …

»Chef?«

Simmelincks laut tönende Stimme erschrickt sie. Die Augen des Beamten Han Simmelinck strahlen, seine Lippen bewegen sich schnell. Zweifellos kaut er einen Müsliriegel mit Schokoglasur. Obwohl seine Scheidung, die gerade vollzogen wird, für Probleme sorgt, ist er wieder der alte, joviale und aufmerksame Kollege von früher. Vor seiner Scheidung konnte man auf seine fröhlichen Scherze lange warten. Seit letzten September wohnt er in einem Apartment im Zentrum von Lichtenvoorde, und weil er so ein dunkler Typ ist, interessieren sich viele Frauen für ihn. Simmelinck ist so dunkel wie ein Italiener, der an Sonnentagen Weinreben schneidet. Sie vermutet, dass er verliebt ist. Er strahlt grundlos und stolziert herum wie ein Pfau.

Ganz anders sein Partner Cornelissen, der sofort hinter dem gebräunten Beamten auftaucht. Der Kontrast zwischen den beiden ist in den letzten Wochen größer denn je. Simmelinck ist fröhlich und lebhaft. Cornelissen mürrisch und kurz angebunden. »Wer hat denn hier mit Ketchup herumgesaut?«, lautet seine Zusammenfassung der Situation.

8

»He, Sjors, ich krepier gleich, wenn ich diese blöden Runden weiterdrehen muss.«

»Hör auf zu jammern, Nico, das geht auch schneller, komm schon.«

Nico läuft keuchend an ihm vorbei. »Was hast du gesagt?«

»Nicht jammern. Und denk an deine Schultern. Nicht so verkrampft laufen!«

Der Regen der letzten Wochen hat den Boden aufgeweicht. Sjors Seesink stellt die Hütchen immer wieder um und lässt die Kinder verschiedene Parcours laufen. Der Rasen darf nicht beschädigt werden.

Nico überholt Tom und tut so, als würde er sich die Finger abbeißen. Tom lacht schallend.

Ihm ist das egal, er ist das gewohnt. Ihn ärgert mehr, dass jemand beim Wettkampf letzten Sonntag meinte, ihn an 1978 erinnern zu müssen.

1978 wurde Jos Hermens nationaler Crossmeister in Stiphout. Er selbst gewann keinen Preis. Sein Darm spielte in der letzten Runde verrückt, und er lief unter Krämpfen ins Ziel. Als Vierter. Wieder nicht auf der Ehrentribüne. Zur Erinnerung bekam er einen viel zu grell funkelnden Pokal.

Ein einfacher Rasen. Sie bräuchten eine richtige Leichtathletikbahn wie in Aalten. Er fragt sich, warum sein Verein der Gemeinde nicht auf die Zehen steigt. Für ihre eigenen Räumlichkeiten gibt die Millionen aus.

Nico ist faul. Übrigens nicht nur Nico. Kinder in diesem Alter sitzen lieber vor ihrem Computer auf dem Hintern, als draußen Cowboy und Indianer zu spielen, so wie er früher.

Luuk kommt hinkend auf ihn zu. »Sjors, ich habe einen Krampf.«

»Eine Runde gehen und gut dehnen. Wenn er dann nicht weg ist, helfe ich dir.«

Die sechs Kinder, die sich rempelnd und stöhnend ihre Runden drehen, wurden von ihren Eltern hergeschickt. Das ist meist so. Die Eltern laufen selbst oder sind zumindest sportlich und wollen, dass sich ihre Kinder ausreichend bewegen. Und er kann sich um die Blagen kümmern. Er arbeitet gern als Trainer, aber mit Läufern, die sich verbessern wollen. Und zwar ohne faule Tricks. Sie müssen trainieren und aus eigener Kraft an die Spitze. Das will er erreichen. Talente fördern, wie Jos Hermens eines war. Auf dem Motorrad, während Gebrselassie einen Weltrekord im Marathonlaufen aufstellt. Das ist sein Traum, immer noch. Wenn der verfliegt, sitzt er lieber zu Hause und schaut sich Wettkämpfe auf Video an. Zu Hause in Corle. Von dort ist er sofort in der Natur. Man kann durch De Schans laufen, Richtung Lievelde, wo es so gut nach Wald riecht. Oder kilometerweit allein durch den Sand, vorbei an den Maisfeldern, zum Steinbruch am anderen Ende von Winterswijk, das schönste Fleckchen Niederlande überhaupt.

Er hätte gern Gerard Tebroke beerbt, im Verein von Aalten, nachdem Tebroke eine Hirnblutung hatte. Hat ihm das zu denken gegeben? Ja, natürlich. Er wollte so gut sein wie er. Wollte in allem mit ihm tauschen, auch wenn das bedeutet hätte, dass er jetzt schon gut zehn Jahre lang unter der Erde wäre.

Früher galt er als Talent. Er stellte einen Niederländischen Rekord im Fünftausendmeterlaufen auf, nur leider hatte sich niemand um eine offizielle Zeitmessung gekümmert. Darüber machen sie im Verein heute noch Witze. Das Einzige, was er davon hatte, war das x-te funkelnde Monster für die Trophäenvitrine.

In dieser Gruppe hat niemand Talent. Ein besonders Neunmalkluger kam sogar mit einem schmuddeligen Buch von diesem bescheuerten Katzenfreak an. Midas Dekkers. Der behauptet, dass jeder Sport ungesund sei für die Menschheit. Solchen Unsinn muss man dem Nachwuchs unter die Nase reiben! Nein, da ist Pommes und Kroketten essen natürlich viel gesünder für die Blagen.

Die Kinder stellen die Hütchen auf. Er erklärt das Intervallspiel. Sie kennen es schon vom letzten Mal und laufen begeistert los. Immer wieder versucht er sie zu motivieren. Man weiß schließlich nie, wann jemand vom Verein vorbeischaut.

Er hat das Gefühl, schon immer ein Läufer gewesen zu sein. Ob er jemandem hinterherlief oder jemand hinter ihm herlief, war ihm dabei egal. Am liebsten spielte er Indianer. Sein älterer Bruder Harrie behauptete, der Federschmuck würde ihm am besten stehen, weil man dann sein doofes Gesicht nicht so deutlich sähe. Da trat er ausnahmsweise mal wütend nach Harrie, aber eigentlich fand er es herrlich, kreischend um ein sogenanntes Lagerfeuer rennen zu können.

»Sjors! Ich bin fünf Runden gelaufen.« Femke steht mit hochrotem Kopf vor ihm und sieht ihn ungeduldig an. »Schläfst du etwa? Ich hab dich schon mindestens siebenmal gefragt.«

»Ich hab dich nicht gehört. Fünf Runden, sagst du? Gut so.

Dann mach gleich noch eine, dann bist du mit den anderen fertig und hast eine ganze Runde mehr gelaufen.«

»Wann erzählst du uns wieder eine Geschichte?«

»Nächste Woche vielleicht.«

Das sollte sein Jahr werden. 1972. München. Er hatte sogar zweimal gegen Hermens gewonnen, bei einem Trainingswettkampf. Aber leider wurde er nicht eingeladen. Die Trainingswettkämpfe werden bei der Auswahlprozedur nicht angerechnet. Dass Hermens letztendlich auch nicht an den Start ging – die Bilder von den Scharfschützen auf dem Dach haben sich ihm unauslöschlich eingeprägt –, fand er nur gerecht. Er hätte sich bestimmt auch geweigert hinzufahren. Obwohl …

Das einzige Mädchen in der Gruppe ist auch die Schnellste. Sie wird nie ganz vorne mit dabei sein, aber sie läuft leichtfüßig und erinnert ihn vage an Julia.

Kurz bekommt er ein unangenehmes Gefühl in der Magengegend.

Julia. Er wird sie vermissen.

Er ruft die Kinder mit der Trillerpfeife zu sich. Noch ein paar Dehnübungen, dann dürfen sie unter die Dusche.

»Was können wir diese Woche gewinnen, Sjors?«, fragt einer der Jungen. Auf einmal sind alle still und sehen ihn erwartungsvoll an.

Kinder sind leicht zu beeinflussen. »He, Ruhe, dafür muss ich mir erst mal eine Frage ausdenken. Letzte Woche war es leicht …«

Protest wird laut, letzte Woche war es nicht leicht. »Gut, die Frage lautet: Welchen Platz belegte Jos Hermens 1974 beim Fünftausendmeterlauf während der Leichtathletik-Europameisterschaft, und wo fand diese statt? Wer die Antwort weiß, bekommt eine super Schiedsrichterpfeife.«

Tom hat die Frage der Vorwoche beantworten können. Wie lautet der Weltrekord bei den Papendal-Games, und wer hat ihn aufgestellt?

Auf diese Weise lernen sie wenigstens was. Eltern kümmern sich heute viel zu wenig darum, was ihre Kinder machen. Wenn er welche hätte, wäre das anders.

Die Listen mit den Laufergebnissen der niederländischen Spitzensportler hat er immer abrufbar im Kopf.

Tom bekam ein reflektierendes Armband von ihm, mit blinkenden Lämpchen.

9

»Der Kuhflüsterer hat ganz schön rumgefuhrwerkt in diesem Zimmer«, murmelt Cornelissen mit seinem leichten Amsterdamer Akzent. Er zupft am Ärmel seines weißen Overalls, der über seinem Bauch spannt. Sein verwittertes, normalerweise fröhliches Gesicht sieht finster aus. Die knallblauen Augen, die eigentlich sehr attraktiv sind, wirken trüb und desinteressiert.

Das liegt nicht an den Gegebenheiten im Raum, so viel weiß Nelleke. Der Beamte ist einiges gewöhnt.

Cornelissen hat Schwierigkeiten, sich mit seinem unfreiwilligen Singledasein abzufinden. »Wenn er unser Mann ist, hat er die Beweise geschickt vernichtet.«

»Lasst ihr die Umgebung durchkämmen?«, fragt sie.

»Na logisch«, sagt Simmelinck nickend, während er seine Jacke auszieht. Der Beamte trägt ein Oberhemd, bemerkt Nelleke. Sie kennt ihn nur in schwarzen Jeans und schwarzem T-Shirt. Wieder ein Hinweis darauf, dass er unter weiblichem Einfluss steht. Die Dame scheint Geschmack zu haben.

»Und bis auf Widerruf darf niemand dieses Haus betreten. Ich will, dass alles so liegen bleibt, wie es vorgefunden wurde.«

Van Amerongen gibt zu verstehen, dass er fertig ist und sie seinen Bericht so schnell wie möglich bekommen wird. »Habt ihr übrigens gesehen, wie muskulös die Frau ist? Das erfordert einen sehr kräftigen Täter.«

Wagener berichtet von einer vermissten Trophäe. Einen Moment lang denkt sie, dass auf diesen Witz gleich noch eine Pointe folgen wird und dass das eigentlich nicht angebracht ist, ein Scherz im Beisein von Zuidema. Aber ihr Assistent meint es todernst. Der Tierarzt hat tatsächlich bemerkt, dass eine Trophäe verschwunden ist. Ein silberner Pokal, den Julia letzten Sonntag beim Wettlauf gewonnen hat. Der stand seiner Meinung nach auf der Vitrine. Und er vermisst einen der Schläger aus einem Golftrolley, der in der Abstellkammer steht.

»Vielleicht die Mordwaffe.«

Zwei Sanitäter kommen herein, eine fahrbare Trage zwischen sich.

»Ein Krankenwagen?«, fragt Cornelissen.

»Ja, aus Pietätsgründen. Zuidemas Kinder sind bei den Nachbarn«, antwortet sie, »und ich weiß nicht, wie die Nachbarin reagiert, wenn sie einen Leichenwagen in der Auffahrt stehen sieht.« Sie bittet Wagener, den Commissaris anzurufen. »Erklär Markant, was hier los ist. Ich will diesen Fall. Sag ihm, dass ich ihn so schnell wie möglich briefen werde. Und würdest du bitte Jaap Bescheid sagen, dass ich spät nach Hause komme? Anschließend kannst du zu den Nachbarn gehen und dafür sorgen, dass die Kinder nicht herkommen. Bleib am besten eine Weile dort.« Sie wendet sich an den Tierarzt. »Wo sind sie?«

»Ten Have, Hausnummer sechs. Das erste Haus rechts nach der Auffahrt.«

Am Küchentisch nimmt Nelleke das Gespräch mit Zuidema wieder auf. Sie fragt vorsichtig, ob seine Frau Feinde hatte. Streit. Einen Konflikt, egal was. Der Tierarzt verbirgt sein Gesicht in den Händen. Er holt tief Luft, wobei er sich verschluckt. Sie holt ihm ein Glas Wasser.

»Man könnte meinen, dass mir das gar nicht so viel ausmacht«, sagt er. »Aber ich habe Julia sehr geliebt, das müssen

Sie mir glauben. Feinde? Julia?« Zuidema putzt seine Brille, als wolle er die Gläser herausreiben. »Was für ein bedrohliches Wort. Das klingt nach Krieg. Nach Terroranschlägen, al-Quaida. Ich wohne im malerischen Lievelde, schon vergessen? Das größte Problem hier ist die Frage, was es jeweils zum Abendessen gibt.«

»Und in dem ein Mord verübt wurde.«

»Da haben Sie auch wieder recht.« Jetzt tut er sich sichtlich schwer, die Fassung zu bewahren.

»Das macht nichts«, sagt sie. »Lassen Sie sich Zeit.«

»Julia hat nie ein Blatt vor den Mund genommen«, sagt er laut seufzend, »aber soweit ich weiß, hat sie niemand gehasst.«

»Gab es nie Streit? Mit irgendjemandem aus der Familie? Mit einer Freundin?«

Er schüttelt nachdenklich den Kopf, aber dann scheint ihm etwas einzufallen. »Letzte Woche kam sie einmal wütend nach Hause. Sie hatte Krach mit Seesink, hat sie mir erzählt.«

»Seesink?«

»Sjors Seesink, ihr Trainer.«

»Worum ging es bei diesem Streit?«

»Ich glaube, sie wollte bei dem Verein aufhören.«

Jemanden totschlagen, weil man eine Vereinsmitgliedschaft aufgekündigt bekommt? Daran glaubt nicht einmal der Tierarzt, denn er schüttelt erneut den Kopf, diesmal energischer. »Das ist ja lächerlich.«

»Wir haben schon die verrücktesten Dinge erlebt, glauben Sie mir.«

Zuidema beobachtet die Männer, die sich neben der Leiche besprechen. »Das glaub ich gern. Ist nicht jeder ein potenzieller Mörder?«

Diese Frage lässt sie unbeantwortet. Sie können gerne eine philosophische Diskussion über dieses Thema führen, aber nicht jetzt. Die ersten Stunden nach einer Tat sind entscheidend. Sjors Seesink. Sie überlegt, ob das Käppi wohl von ihm ist. »Und das ist alles?«

»Julia hat nie viel übers Laufen geredet. Sie wusste, dass mich das nur mäßig interessiert.«

Sie holt dem Tierarzt einen neuen Kaffee. Simmelinck zeigt die Asics, die nass zu sein scheinen, und sie haben oben auch nasse Sportkleidung gefunden. Außerdem steht ein Laptop in einem der Zimmer. »Julias Name erschien, als wir ihn hochgefahren haben«, sagt der Beamte. Sie haben auch ihr Handy gefunden, und die Spurensicherung ist inzwischen in der Garage, wo man einen Golfschläger zwischen den Gartengeräten gefunden hat.

Der Tierarzt nimmt den Kaffee dankbar entgegen. Er sagt, er sei müde und wolle seine Kinder sehen.

Sie zeigt Verständnis. Noch ein paar Fragen, dann machen sie fürs Erste Schluss.

»Wir nehmen Julias Laptop mit, für die Spurensicherung. Hatte sie irgendein Passwort?«

»Keine Ahnung. Ich habe das Ding nie benutzt.«

Die beiden Sanitäter verlassen das Zimmer so leise und diskret wie möglich, das Opfer liegt unsichtbar unter einem weißen Laken. Die Männer ziehen die Flurtür hinter sich zu, und dann ist das Zimmer plötzlich merkwürdig leer. Ein Tatort ohne Opfer wirkt befremdlich. Es ist ein trauriger Ort.

»Wo waren Sie heute Nachmittag zwischen drei und fünf?«

»In der Praxis.«

Zuidema nennt die Namen einzelner Mitarbeiter, die das bestätigen können. Der wichtigste ist der seiner Arzthelferin, die mehrmals bei ihm hereingeschaut hat.

»Und zu guter Letzt: Wann haben Sie Ihre Frau das letzte Mal gesprochen?«

»Heute Morgen.«

»Haben Sie mit der ganzen Familie gefrühstückt?«

»Ja.«

»Kein Mittagessen zu Hause?«

»Mittags musste ich operieren, einen Hamster mit einem Geschwür. Können Sie sich vorstellen, dass man da eine ganze Stunde beschäftigt ist?«

Sie macht das Aufnahmegerät aus und sagt Zuidema, dass er ein, zwei Tage lang nicht mehr in sein Haus darf.

»Vielleicht kann ich im Ferienhaus meiner Eltern wohnen, in Lievelde.«

»Einer der Bungalows im Belegh van Groll?«

Zuidema nickt abwesend. »Wie soll ich den Kindern bloß beibringen, dass ihre Mutter tot ist?«

»Ich begleite Sie.«

Zuidema akzeptiert scheinbar gelassen, dass alles für ihn geregelt wird. Vielleicht empfindet er es auch als Erleichterung, dass er keine Entscheidungen treffen muss, denn er protestiert nicht.

Im Haus der Nachbarn schaut sie in die Gesichter der drei blonden Kinder, während der Vater ihnen sagt, was sie nicht hören wollen. Er versucht die Fassung zu bewahren in einer Situation, die er nicht unter Kontrolle hat. Es tut ihr körperlich weh, das mit ansehen zu müssen.

»Ist Mama jetzt bei Guus?«, hört sie die Kleinste mit tränennassen Augen tapfer fragen.

»Ein Hund kommt nicht in denselben Himmel«, sagt die ältere Tochter entschieden. »Dann würde es dort viel zu voll. Oder, Paps?«

Guus. Der Hund. Sie macht ein Fragezeichen dahinter und konzentriert sich wieder auf Hein Zuidema. Darauf, ob sie irgendetwas an ihm entdecken kann, das seine Unschuld beweist. Wenn er schuldig wäre – würde er dann nicht viel mehr Gefühle vorspiegeln? Entsprechende Beispiele kennt sie zur Genüge. Sie macht sich Notizen. Unter »Seesink, Lauftrainer« schreibt sie »Alibi überprüfen«. Und »Hintertür, kleine Fensterscheibe kaputt. Achtzehn Jahre. Ehe?«

Sie gibt Wagener ein Zeichen. Sie haben hier vorläufig nichts mehr zu suchen.

»Sjors Seesink trainiert gerade in Groenlo«, sagt ihr Assistent, als sie zu Zuidemas Auffahrt zurücklaufen. »Ich hab ihn überprüfen lassen, er hat keine Vorstrafen.«

10

Was für ein Mist! Totaler Mist, anders kann man das nicht ausdrücken. Ton Cornelissen leidet unter den Nächten, die er wieder allein verbringt, anstatt seinen Kopf in den großen, behaarten Achseln seiner Aliye zu verstecken. Aliye, die ihm im Kopf herumspukt, statt neben ihm zu liegen. Er hat sogar ihr Schnarchen geliebt.

Sie sagte zwar, es wäre nicht so, aber es liegt an ihrer Familie. Diese zurückgebliebenen Türken mit ihrem moralischen Getue! Soll er sie besuchen, sich der Konfrontation mit ihrer Familie stellen und versuchen, doch noch ihre Sympathie zu gewinnen? Als ob das noch etwas ändern könnte. Glauben die etwa, dass ihre Schwester, ihre ach so tolle Aliye, mit vierzig immer noch Jungfrau ist? Er grinst bei dem Gedanken, dass sie ihre prächtigen Beine noch nie für einen anderen breit gemacht haben soll. Was für ein Haufen naiver Idioten!

Der Brigadier zieht die Tür hinter sich zu und stopft sein Notizbuch oder, besser gesagt, das Heftchen mit den schmuddeligen, unbeschriebenen Seiten in die hintere Hosentasche seiner Jeans und zündet sich eine Marlboro an. Das Ehepaar, mit dem er gerade gesprochen hat, konnte ihm auch nicht weiterhelfen, es hat wenig Kontakt zur Familie Zuidema, weil es erst seit einem halben Jahr hier wohnt. Man hat sich beim alljährlichen Grillen mit der Nachbarschaft getroffen, und sie haben die Zuidemas für ein nettes Paar gehalten, aber anschließend hatten sie keinen Kontakt mehr.

Als ihm die Frau eine Sirupwaffel zum Kaffee anbot und er den süßen Duft des Gebäcks einatmete, musste er wieder an Aliye denken. Er vermisst es, ihre weiche Haut zu streicheln, vermisst ihre breiten Hüften, an denen man sich festhalten kann, und neckisch an ihren Ohrläppchen zu knabbern. Er vermisst das gemeinsame Duschen, das gemeinsame Jeanseinkaufen, einfach alles. Ständig kommen ihm solche Gedanken in den Sinn. Dabei muss er sie vergessen.

Besser, er konzentriert sich auf die Arbeit. Sein Partner hat ihn letzte Woche schon einmal vor einem dummen Fehler bewahrt. Das geht so nicht weiter. Simmelinck und er müssen sich aufeinander verlassen können, genau dasselbe hat er doch auch gesagt, als Han letztes Jahr so dick in der Tinte saß! Nelleke hat Geduld mit ihm, das spürt er. Sie ist eine tolle Chefin, aber auch ihre Geduld ist irgendwann am Ende.

Er wünscht sich eine Frau wie Nelleke. Nicht, dass sie sein Typ wäre. Sie ist schmal, beinahe mädchenhaft. Manche Männer finden das schön, und für die meisten Frauen hat sie die Idealfigur, aber er steht auf runde, üppige Frauen, die außerdem, um mal ganz ehrlich zu sein, nicht ganz so schlau sind. Damit sie sich nicht in seine Angelegenheiten einmischen und vor allem nicht in seine Arbeit. Aber eine Frau wie Nelleke hätte er schon gern, eine, die so offen und ehrlich ist. Immer geradeheraus, er nennt das männlich direkt. Wie sie einen anschauen kann mit ihren grünen Augen, als ob sie in einen hineinschaut. Sie sind ehrlich zueinander, und das ist ihm wichtig. Deshalb arbeitet er auch schon so lange mit Simmelinck zusammen, sie verarschen sich nicht. Gleichzeitig weiß er, dass das nicht stimmt. Nicht mehr. Er verarscht Simmelinck. Und was das Schlimmste ist, er verarscht sich selbst. Aber er will an die Zukunft denken, sich das, was er hat, nicht kaputt machen. Nicht auch noch das verlieren. Es wird vorbeigehen, wenn er sie vergisst. Bei anderen Frauen hat das auch funktioniert. Deshalb muss er sich ganz auf die Arbeit konzentrieren. Und erst recht auf diesen gruseligen Mord, der so ganz in der Nähe verübt wurde. In diesem Haus ist jemand dermaßen ausgetickt, dass alles, was mit menschlichen Normen und Werten zu tun hat, in Vergessenheit geraten ist. Von wegen, die ruhige Achterhoek! Sollen sich die Hinterwäldler das in Lievelde doch mal ansehen, von dem sie natürlich noch nie was gehört haben. Das ging ihm ganz genauso, als er noch in Amsterdam lebte. Hunderttausend Marlboros ist das jetzt her. Damals hatte er noch keinen Bauchansatz, die Locken auf seinem Kopf waren dichter, und die Frauen an der Bar zwinkerten ihm noch zu, vor allem, nachdem sie in seine blauen Augen geschaut hatten. Augen, in denen man ertrinken kann wie im Meer, hat Aliye immer gesagt, mit ihrer heiseren, tiefen Stimme. Wie die ihn anmacht!

Er muss jetzt arbeiten.

Die Nachbarn verhören. Normalerweise geht er gern auf Streife. Man muss ihn nur raus, unter Menschen lassen, dann erzählen die ihm alles, selbst ihre liebsten Lästereien und sonstigen Tratsch. Er grinst humorlos.

Das nächste Haus.

Eine Stunde später ist er im fünften Haus der unmittelbaren Nachbarschaft von Zuidema. Simmelinck hat den Wagen genommen und fährt die Bauernhöfe ab, die etwas weiter weg liegen. Er selbst hat keine besonderen Neuigkeiten oder belastenden Informationen erfahren. Die Familie Zuidema hat nicht viel Kontakt zu den Nachbarn, das ist das Einzige, das er überall zu hören bekommt. Nur die Kinder kommen manchmal vorbei, betteln um Süßigkeiten oder fragen, wie spät es ist. Das ist wirklich sensationell und wird ihnen helfen, den Mord aufzuklären. Bei einer Adresse hat er sich gehen lassen, und das war nicht sehr geschickt. Allerdings fiel ihm das erst auf, als es schon zu spät war. Der Bauer, mit dem er sprach, ein stämmiger Mann um die fünfzig, machte seinem Unmut über die zunehmende Kriminalität in der Gegend Luft. Seiner Meinung nach sind die Asylbewerber in Lichtenvoorde an allem schuld. Er wollte schon sagen, dass das Heim doch schon eine ganze Weile nicht mehr existiert, ließ sich dann aber unbewusst dazu hinreißen, seinen ganzen Frust loszuwerden. Das war dumm. Die Bäuerin, die so tat, als fege sie den Stallboden sauber, hat verärgert zugehört. Das sah er an ihrem missbilligenden Blick, der nicht nur ihrem Mann, sondern auch ihm galt. Er hätte den Mund halten sollen.

Er klingelt. Keine Reaktion. Er geht zur Hintertür, die schwere Holztür steht offen. Nachdem er laut angeklopft hat, ruft er laut »Hallo, ist da jemand?« und betritt das Haus. Er findet sich in einem großen Raum mit einem ebenso großen rechteckigen Tisch wieder, um den acht Stühle stehen. Eine schwarze Katze streicht leise an ihm vorbei. Er unterdrückt den Impuls, nach dem Tier zu treten. Die Küche ist altmodisch, aber aufgeräumt. Ein kariertes Tischtuch liegt auf dem Tisch, schwere Eichenstühle und ebensolche Küchenschränke. Apfelstücke wurden anscheinend zum Trocknen auf den Herd gelegt. Eine alte Frau, klein und krumm, kommt herein und gibt ihm die Hand. Es scheint ihr schwerzufallen, ihm in die Augen zu sehen, und er bückt sich.

»Rheuma«, sagt sie. »Wenn man Jahre lang gebückt arbeitet, bleibt man irgendwann automatisch in dieser Haltung stecken.«

Er stellt sich vor und zeigt seinen Ausweis.

»Ich dachte schon, was ist denn da los«, sagt sie. »Irgendwas mit den Zuidemas, stimmt's? Sogar einen Krankenwagen hab ich gesehen. Die Nachbarin meinte, irgendwas ist mit der Frau vom Tierarzt.«

Er nickt. »Sie heißen?«

»Frau Klein Gebbink.«

»Kannten Sie Frau Zuidema?«

»Kannten? Ist sie tot?«, fragt die Frau.

Er seufzt und verflucht sich wegen seiner Unaufmerksamkeit.

»Tut mir leid, aber dazu darf ich nichts sagen. Kennen Sie sie?«

Frau Klein Gebbink schüttelt den Kopf. »Was hätte so eine schöne junge Frau auch bei mir zu suchen? Ich hab sie allerdings manchmal vorbeilaufen sehen. Toll, wie ihr langes, blondes Haar im Wind wehte. Ein Bild von einer Frau. In solchen Momenten werde ich direkt eifersüchtig auf die Jugend. Aber ich habe ein schönes Leben gehabt, wissen Sie. Zumindest, nachdem der Krieg ...«

»Haben Sie sie heute Nachmittag gesehen?« Er weiß, dass das unhöflich ist, aber er hat die Frau so freundlich wie möglich angesehen, als er sie bei ihrer Geschichte unterbrochen hat. Wenn er die alten Leute erst einmal anfangen ließe, vom Krieg zu erzählen, wäre er an Weihnachten immer noch nicht zu Hause.

»Nein, heute Nachmittag nicht.«

»Kennen Sie ihren Mann? Waren Sie vielleicht mal mit Ihrer Katze beim Tierarzt?«

»Mit einer Katze zum Tierarzt? Haben Sie noch alle Tassen im Schrank, junger Mann? Ich habe neun von den Viechern, da würde mir kein Geld mehr übrig bleiben. Die vermehren sich wie verrückt und sorgen selbst dafür, dass sie nicht aussterben. Dafür brauchen sie weder mich noch einen Tierarzt.«

»Vielleicht, um genau das zu verhindern«, wirft er vorsichtig ein.

Die Frau schüttelt energisch den Kopf. »Das überlass ich mal lieber der Natur. Ein Tässchen Kaffee, junger Mann? Ich hab gerade welchen frisch aufgebrüht, warten Sie.«

Während Frau Klein Gebbink den Kaffee holt, ruft er seinen Kollegen an.

»Han, bist du so weit?«

»Ja, ich fahr in deine Richtung. Zwei waren nicht zu Hause, aber das muss fürs Erste reichen. Haben wir bei dir noch irgendwas zu erledigen?«

»Nein, ich hab meine Runde gedreht. Machen wir Schluss?«, schlägt er vor.

»Gut. Ich hol dich ab. Wo bist du?«

»In der Nähe vom Revier. Zwei Bauernhäuser weiter.«

Er nimmt einen Schluck Kaffee und steht auf. »Ich muss leider weiter. Vielen Dank für Ihre Hilfe. Sind Sie sicher, dass Ihnen nicht doch noch etwas einfällt, das uns weiterhilft?«

Die alte Frau überlegt. »Ich habe schon drüber nachgedacht, als ich den Kaffee eingegossen habe. Ich habe heute Nachmittag eine Dame gesehen.«

»Eine Dame?«

»Eine Läuferin.«

»Wissen Sie, wer das war?«

»Nein, tut mir leid.«

»Welche Haarfarbe hatte sie? War sie groß?«

Frau Klein Gebbink schüttelt den Kopf. »Das weiß ich nicht. In diesen Sportklamotten sehen doch alle gleich aus.«

Kurz darauf wirft er eine Kippe zu Boden und steigt zu Simmelinck ins Auto.

»Weißt du noch, wie uns der Zuidema was von seiner Frau vorgeheult hat? Der scheint was mit einer ihrer Freundinnen zu haben«, erzählt er seinem Kollegen.

»Na so was«, sagt der. »Ich habe gerade erfahren, dass sie einen andern hatte.«

»Wo Rauch ist …?«

Er murmelt irgendetwas Unverständliches.

»Hast du heute Morgen eigentlich Zeitung gelesen?«, fragt Simmelinck.

»Nein, warum?«

»Ein Mädchen wurde misshandelt, weil sie nicht mit einem Jungen tanzen wollte.«

»Ein starkes Stück«, sagt er.

»Dass man wegen so was misshandelt wird, klar«, sagt Simmelinck zustimmend.

»Nein, dass man einem Jungen ein harmloses Tänzchen verweigert«, sagt er grinsend. »Da ist doch nichts dabei?«

Simmelinck knufft ihn in die Schulter.

Ein Witz zwischendurch. Er bemüht sich wirklich, aber eigentlich fehlt ihm die Energie dazu, und er merkt selbst, wie gezwungen das klingt.

»Ich habe gerade die Arzthelferin vom Zuidema angerufen«, sagt Simmelinck. »Sie hat bestätigt, dass ihr Chef heute Nachmittag in der Praxis gewesen ist. Aber sie hat auch gesagt, dass sie ihn nicht die ganze Zeit gesehen hat.«

»Na toll.«

»Wir können ja mal ausprobieren, wie lange man von seinem Haus zur Praxis braucht«, schlägt sein Kollege vor. »Dann wissen wir, wie lang er weg gewesen sein muss, um den Mord begangen haben zu können.«

»Dann musst du aber ein bisschen Gas geben. Das macht der Arzt mit seiner fetten Karre auch.« Bei so einer Herausforderung ist sein Kollege meist mit von der Partie.

»Ganz wie du willst. Mit Blaulicht?«

»Du hast Geburtstag. Hat Nelleke nicht gesagt, dass um sieben Besprechung ist? Es ist jetzt Viertel vor. Das schaffen wir locker.« Er wirft heute schon die x-te Kippe weg.

11

Die Anlage wirkt sehr gepflegt. Ein Rasen, an dem man eine Wasserwaage eichen könnte. Im Vergleich dazu ist der Bolzplatz in Lichtenvoorde ein Witz. Im Sommer stinkt es dort nach Tierkadavern wegen der Gerberei nebenan, und im Winter erinnert die Sportanlage eher an eine Schlammpfütze. Der Verein von Groenlo hat Laufbahn und Clubhaus am Stadtrand, sodass die Mitglieder sofort in die Natur können. Nicht umsonst sind einige Einwohner von Lichtenvoorde hier Mitglied, und auch Nelleke schließt sich den »Grolschen Läufern« ab und zu an. Wer am frühen Sonntagmorgen Lust hat, läuft mit in das Naturschutzgebiet Het Zwillbrocker Venn, gleich hinter der deutschen Grenze, das wegen seiner exotischen Flamingos bekannt ist. Die rosa Paradiesvögel kamen in den 1980er-Jahren einfach angeflogen und sind nie mehr weitergezogen. Die Kolonie bildete anfangs einen merkwürdigen Kontrast zu der vertrauten dunkelgrünen Landschaft, aber inzwischen gehören die vornehmen Tiere auf ihren langen Stelzen fest zum Moorsee. Das Gekreisch von Möwen begleitet einen beim Laufen um den See, und die sich grazil bewegenden Flamingos bieten immer einen Vorwand, um eine Pause mit Dehnübungen einzulegen.

»Ich hab doch den dritten Platz gemacht, Sjors, stimmt's?«

»Nein, den zweiten, den zweiten«, ruft eine andere Kinderstimme.

»Ich will auch noch wissen, wo die Leichtathletik-Europameisterschaft stattgefunden hat«, antwortet der Trainer der

Kindergruppe im Dialekt der Achterhoek, »hört endlich auf zu raten.«

Der Trainer gibt einem der Jungen einen liebevollen Klaps aufs Hinterteil und schickt ihn in die Umkleide. Ausgelassen durcheinanderschreiend verschwinden die Kinder. »Man darf diese Scheusale nicht unterschätzen. Der hier hat gerade noch einen Witz über meine Behinderung gerissen.« Er zeigt seine rechte Hand, an der Teile des Zeige-, Mittel- und Ringfingers fehlen.

»Kinder können grausam sein«, sagt Nelleke.

»Er ist Vierter geworden«, sagt Seesink, als ob ihn das jemand gefragt hätte. »Sogar Hermens hat manchmal versagt.« Er hebt eine Jacke vom Boden auf.

»Wer?«

»Hermens. Jos Hermens. Aber das ist nicht so wichtig. Was ist denn los? Sind Sie die Mutter eines der Kinder? Bestimmt von Femke, die sieht Ihnen ähnlich.«

»Deshalb sind wir nicht hier«, sagt Wagener rasch.

Sie lässt sich nicht anmerken, dass Seesinks Bemerkung sie kurz aus dem Konzept gebracht hat. »Ermittlungen. Wir haben ein paar Fragen an Sie.« Sie zeigt ihren Ausweis. »Sollen wir ins Clubhaus gehen?«

»Dort ist es hoffentlich trocken«, sagt Wagener, während er sich mit der Hand durchs nasse Haar fährt.

Seesink schenkt ihnen ein Glas Wasser ein und erzählt, dass er schon zwanzig Jahre für den Laufverein Groenlo arbeitet. »Ich trainiere auch eine Mannschaft in Winterswijk. Und eine gleich hinter der Grenze, in Vreden.« Er erzählt von seiner Trainerlaufbahn. Dabei bemüht er sich sehr, Niederländisch zu sprechen, aber gleich nach dem ersten Satz ist der gute Vorsatz wieder vergessen, und er verfällt wieder in breitesten Dialekt. Es kostet Nelleke einige Mühe, ihm zu folgen, aber sie versteht, was er sagt. Seine Stimme klingt ziemlich nasal, seine Art zu reden passt zu ihm. Hastig, wie im Stakkato. In ihren Augen sieht er aus, wie man sich einen Marathonläufer vorstellt. Klein und muskulös, ein drahtiger Körper. Und erschreckend dünn, wie Josien sagen würde. Ein verwittertes Gesicht und eingefallene Wangen, die aussehen, als ob auch der restliche Körper kein Gramm Fett zu viel hat. Ein Mann, der lieber im Freien ist als drinnen und sich nicht für Trends oder Mode interessiert, wie man an seinem schlampigen Outfit sieht. Sie überlegt, ob er wohl ein Auto hat. Wenn, dann bestimmt einen alten Klapperkasten, der kaum benutzt wird. Sein Name kommt ihr irgendwie bekannt vor, und so, wie er über den Marathonläufer Jos Hermens spricht – der ungefähr in seinem Alter sein muss –, hat er damals vermutlich auch Leistungssport betrieben.

Ihr Assistent mustert die Vitrine, die voller Silberpokale und anderen Trophäen ist. »Sie haben viele Preise für den Verein gewonnen«, sagt er.

»Für mich«, erwidert Seesink verstimmt. Dann sieht er sie an. »Bei den Langstrecken wird bestimmt mal eine Frau die Schnellste. Was meinen Sie?«

Die Frage überrascht sie. Sie trinkt einen Schluck Wasser und denkt über eine Antwort nach. »Je länger die Strecke, desto mehr Chancen haben wir, denke ich. Den Rekord im Kanalschwimmen hält nicht umsonst seit 1973 eine Frau. Sie sind doch auch ein guter Marathonläufer gewesen, früher, in den Siebziger- und Achtzigerjahren?« Sie rät, und sie rät richtig, das verrät sein Gesicht, das plötzlich offener wird.

»Der erste Platz bei der nationalen Crossmeisterschaft«, liest ihr Assistent auf einer der Trophäen. »1976.«

Seesink erzählt stolz von seinen Leistungen, bis sie ihn unterbricht.

»Wir sind in einer traurigen Angelegenheit hier.«

Der Lauftrainer reagiert betroffen, als sie ihm den Grund ihres Kommens verrät. Er verliert den roten Faden, als er fragt, wie Julia ermordet wurde, und dann spontan irgendwas übers Laufen erzählt, über seine Leistungen von früher, ohne dass sie schlau daraus wird.

Sie bittet ihn, etwas mehr über Julia Zuidema zu reden.

»Da haben sie immer gesessen«, sagt Seesink, während er auf den billigen Resopaltisch neben ihnen zeigt.

»Wen meinen Sie? Julia Zuidema?«

»Und ihre Freundinnen.« Der Trainer erwähnt zwei Frauen und bricht danach in Tränen aus, woraufhin er sein Gesicht abwendet.

»Das muss ein ziemlicher Schock für Sie sein«, sagt Nelleke, nachdem er sich die Nase geputzt hat. »Wie heißen die Freundinnen gleich wieder?« Sie hat die Namen noch im Kopf, aber es ist leichter, eine Frage zu stellen, auf die er mit Sicherheit eine Antwort weiß.

Er redet von Corry und Hanne. »Eine richtige Frauenclique. Immer mussten sie das letzte Wort haben. Vor allem Julia.«

Seesink ist nervös, und das war er schon, bevor sie ihm den Grund ihres Kommens nannte. Das kann an den anstrengenden Kindern liegen, aber das glaubt sie nicht. Wahrscheinlich hat er so einiges mitgemacht im Laufe seiner scheinbar missglückten Läuferkarriere. Es kann sicherlich nicht schaden, sich eingehender mit diesem Mann zu beschäftigen. Als sie wie nebenbei fragt, ob er einen Unfall gehabt hat, und auf seine rechte Hand zeigt, sagt Seesink, dass er drei Finger in einer Sägemaschine verloren hat. Er hat eine Schreinerlehre gemacht. Danach hat er sich voll und ganz aufs Laufen konzentriert.

»Wo waren Sie heute Nachmittag, Herr Seesink, zwischen drei und fünf?«

»Ich war in De Schans laufen«, entgegnet er und kratzt sich an seinen Fingerstummeln. Soweit er sich erinnern kann, hat ihn niemand dabei gesehen.

Als sie Seesink das Käppi zeigt, gibt er sofort zu, dass die Kopfbedeckung ihm gehört. »Gestern habe ich bei Julia vorbeigeschaut. Auf meiner Laufrunde«, erklärt er. »Ich hab vergessen, es wieder mitzunehmen.«

Der Trainer erzählt, dass Julia den Verein tatsächlich verlassen wollte, auch wenn er nicht wisse, was das mit ihm zu tun hätte. Er spielt den sogenannten Streit herunter. »Ich fand es schade. Julia war wichtig für unsere Wettkämpfe. Aber sie muss selbst wissen, was sie tut. Vielleicht war sie sauer, weil ich sie nicht angefleht habe zu bleiben. Das hätte ihr natürlich gefallen.«

Auf einmal fällt ihr der Artikel im Lokalblatt über die Konkurrenz zwischen Groenlo und Lichtenvoorde wieder ein.

»Groenlo hat einen Punktevorsprung, oder?«, fragt sie.

»Am Sonntag ist der letzte Halbmarathon«, sagt der Trainer und nickt. »Ob der jetzt noch stattfindet?«

Kaum dass sie draußen sind, schüttelt Wagener mitleidig den Kopf. »Was für ein nervöser Typ. Der Mann ist doch nicht ganz dicht. Wer nach diesem Mord noch an so einen unbedeutenden Wettkampf denkt, muss echt *weird* sein.«

Ab und zu schleichen sich immer noch englische Wörter in Wageners Sätze. Das liegt an seiner zweijährigen Ausbildung in London, wo er als Polizist gearbeitet hat, bevor er in ihr Team kam. *Weird* hin oder her – ihr Assistent hat recht. Dasselbe hat sie sich während des Gesprächs mit Seesink auch gedacht.

»Ein Pokal von Julia Zuidema steht nicht in der Vitrine«, sagt Wagener. »Aber was das Käppi betrifft, hat er gelogen.«

»Gut aufgepasst, Watson. Hast du das an seiner Reaktion gemerkt?«

»Ja.«

»Du kannst sogar beweisen, dass er gelogen hat.«

»Wieso?«

»Die Essecke bei Zuidema. Fünf Stühle. Fünf Familienmitglieder. Wenn er gestern dort gewesen wäre, hätte das Käppi nach dem Frühstück nicht mehr auf dem Stuhl gelegen.«

»Und der Streit? Da hast du gar nicht mehr nachgehakt.«

»Erst mal Beweise sammeln.«

»Das habe ich mir schon gedacht. Diese fanatischen Sportler – ich weiß nicht recht. Sie sehen nicht gerade gesund aus mit ihren eingefallenen Wangen und den faltigen Gesichtern. Nimm's mir bitte nicht übel, aber damit bist du auch nicht gemeint, noch nicht. Aber wenn du diesen Marathon läufst …«

»Ich bin schon mal einen gelaufen.«

»Das kann nicht gesund sein.«

Sie gibt nicht zu, dass ein Teil von ihr seiner Meinung ist.

Auf dem Weg zum Revier klingelt ihr Handy. Nummerdor, das sieht sie auf dem Display.

»Was ist denn das?«, fragt er, wie immer ohne viel Worte zu machen. »Holt die Achterhoek jetzt auf?«

»Ja, auf meine ausdrückliche Bitte hin. Ich wollte es nicht mehr so weit zur Arbeit haben.«

Sie hört, wie der Hoofdcommissaris aus Utrecht lacht. In Gedanken sieht sie, wie sein Doppelkinn mitwackelt.

»Du weißt aber schnell Bescheid«, sagt sie.

»Ich habe gerade mit Markant gesprochen«, meint Nummerdor. »Du hast den Verdächtigen im Fall Dieren zum Reden gebracht. Herzlichen Glückwunsch!«

»Danke«, sagt sie. »Und wie geht es mit deiner Internetsache?«

Kollegen von Nummerdor sind in der Domstadt gerade damit beschäftigt, einen alten Fall detailliert ins Internet zu stellen, und zwar via SCC, »System Cold Case«. Bislang nicht veröffentlichte Detailfotos werden Medien und Bürgern zugänglich gemacht. In der Hoffnung, brauchbare Reaktionen zu bekommen, um den Fall doch noch lösen zu können. In England ist dieses System ein Erfolg, und Wagener überlegt ebenfalls, einen alten Fall so anzugehen.

»Die funktioniert, glaube ich. Im Moment bin ich allerdings anderweitig beschäftigt. Ich bekomme gerade einen Anruf, Nel. Grüß Jaap von mir.«

Sie hatte ihm eigentlich noch Grüße an Jaqueline ausrichten wollen, aber der Name von Ruuds neuer Flamme fällt ihr zu spät ein.

12

»Laut einer Nachbarin«, sagt Cornelissen, während er einen verknitterten Zettel aus seinem Oberhemd zieht, »laut Frau Klein Gebbink, lief heute Nachmittag ein Jogger an ihrem Haus vorbei. Sie weiß nicht, wer, und sie weiß auch die genaue Uhrzeit nicht, aber auf jeden Fall war es vor ihrer Lieblingsfernsehserie. Die fing um fünf Uhr an.«

»Eine andere Nachbarin von mindestens achtzig glaubt, etwa um dieselbe Zeit einen Mann gesehen zu haben«, sagt Simmelinck. »Sie glaubt allerdings auch, dass Zuidema Schwimmlehrer ist und sich scheiden lassen will, weil seine Frau immer so schnell von zu Hause wegläuft.«

»Klatsch. Der Volkssport Nummer zwei, nach Bauerngolfen«, meint Cornelissen. »Sie haben dafür wohl jeweils einen anderen Mitspieler gehabt.«

»Raubmord?«, schlägt Simmelinck vor. »Ein Dieb, der leider erwischt wurde und Panik bekommen hat?«

»Und der dann so einen dämlichen Pokal mitgehen lässt? Aber klar doch«, brummt Cornelissen. »Jemand, der so ein Chaos anrichtet, ist mit Sicherheit ein Psychopath. Den sollte man am besten in eine Zwangsjacke stecken, einsperren und seinen Zellenschlüssel wegwerfen.«

Cornelissen wird von Tag zu Tag zynischer, stellt Nelleke verärgert fest. Der Beamte ist nicht sehr gesprächig und wirkt irgendwie aufgedunsen. Wenn er zu einem Fitnesstest antreten muss – und der wird in Kürze unweigerlich auf sie zukommen, wenn man Markant glauben darf –, fällt er garantiert durch. Wagener mag seine Zweifel haben, was zu viel Sport anbelangt, genau wie Zuidema, aber der Beweis, dass gar kein Sport auch keine Alternative ist, sitzt direkt vor ihr. Was ihr Sorgen macht, ist, wie lange er diese Arbeit noch machen kann.

»Es liegen aber keine Meldungen vor, dass jemand aus Harreveld ausgebrochen ist, oder?«, überlegt sie laut. »Oder aus Rekken?«

Sie haben sich im Besprechungsraum auf dem Revier von Lichtenvoorde versammelt. Von hier aus arbeitet ihr Team. Ihm stehen die Büroräume jederzeit zur Verfügung, so auch dieser Besprechungsraum, drei Verhörräume und sogar eine Zelle. Die wird kaum gebraucht. Obwohl, vor zwei Wochen hat hier ein Mann mehrere Stunden zugebracht, nachdem er wegen eines Strafzettels völlig ausgeflippt ist. Das Revier von Lichtenvoorde ist ein zum Büro umgebautes Doppelhaus in einem älteren Viertel unweit des Zentrums. Während der Bürozeiten ist es mit uniformierten Kollegen besetzt, als Service für die Einwohner, die den Diebstahl irgendeines Ladenschilds oder den Fund eines Fahrrads anzeigen wollen, das sich auf wundersame Weise um einen Laternenmast gewickelt hat. Viel ist hier nicht los. Der Besprechungsraum ist ein kahler, ungemütlicher Raum, aber der Blick in den Garten hinter dem Büro mit der alten Kastanie macht so einiges wieder wett. Das Auffälligste im Zimmer ist ein sehr stabiler Konferenztisch, mit einer Platte aus Eichenholzfurnier und viereckigen Metallbeinen. Ihre eigenen Büros sind genauso eingerichtet, fantasielos und unverwüstlich. Auf dem Tisch liegen Papiertüten, aus denen die meisten Brötchen inzwischen verschwunden sind. Wagener hat am stärksten zugeschlagen.

Sie nimmt einen roten Filzstift aus dem Behälter. »Gut, meine Herren. Die Fakten.«

Gemeinsam formulieren sie Schlüsselbegriffe, die sie auf die durchsichtige, wandfüllende Tafel schreiben. Darum herum kommen Fotos vom Tatort und ein Foto des Opfers aus besseren Zeiten, wie Cornelissen den Abzug mit einer lachenden Julia Zuidema-Reijrink beschreibt. Sie tragen Fakten zusammen, tauschen sich aus und suchen nach Hinweisen. Simmelinck sagt, dass sie Fingerabdrücke nehmen, dass die Kleider von Zuidema im Labor sind und dass sie höchstwahrscheinlich die Mordwaffe gefunden haben. »In der Scheune lag der fehlende Golfschläger. Daran befinden sich Blutspuren.« Das Sportgerät ist bei der Spurensicherung, nach einer gründlichen Untersuchung werden sie mehr wissen. Die Position von Julia Zuidema. Ihre Hand, die nach dem Telefon greifen will. »Behalten wir das alles für uns«, legt sie ihren Kollegen nahe. Laut Simmelinck und Cornelissen braucht man mit dem Wagen maximal fünf Minuten von der Praxis zum Haus von Zuidema. Die Kollegen von der Spurensicherung in Doetinchem haben bis vor einer Viertelstunde mit zwei Spürhunden die gesamte Umgebung durchgekämmt und keinerlei Auffälligkeiten gemeldet.

Sie müssen Fäden spinnen, ein Netz entwickeln, mit dem sie ihre Beute fangen können. Daraus zieht sie ihre Befriedigung. Ihre Mission ist dann erfolgreich, wenn sie Eltern, einem Ehepartner oder der Freundin die Unsicherheit nehmen kann, was genau mit ihrem Kind oder ihrem Liebsten passiert ist.

Denn das ist wichtig. Und sie ist froh, dass sie das hier, in der Achterhoek, machen kann. Seit sie vor zehn Jahren hierhin zurückgekehrt ist, an den Ort, an dem sie aufgewachsen ist, ist sie ruhiger geworden. Das hätte sie nie gedacht, da sie annahm, dass sie in der Nähe des Ortes bleiben muss, wo es passiert ist. Es fällt ihr jetzt leichter, über Suzan zu sprechen, als in den Jahren davor. Dass es schon so lange her ist, hat nichts damit zu tun. Es liegt vielmehr daran, dass sie endlich eine Entscheidung gefällt hat.

Sie ermahnt sich zur Konzentration.

Cornelissen steht auf. »Dann werd ich mir mal ansehen, ob das Innere von Frau Zuidema genauso hübsch ist wie das Äußere. Anschließend geh ich in die Kneipe.«

Simmelinck macht ebenfalls Anstalten, sich zu erheben, und die beiden Kollegen stehen gleichzeitig auf. Der eine stemmt sich mit gesenktem Kopf schwerfällig hoch, der andere springt lebhaft aus seinem Stuhl. Als die beiden durch die Tür verschwinden, kommt Markant herein, und die drei prallen beinahe zusammen. Cornelissen bleibt ungerührt stehen, und sie wartet schon auf eine Strafpredigt vom Commissaris, aber kein böses Wort kommt über seine Lippen.

Markant überragt Cornelissen um Längen. »Ich möchte noch mal darauf hinweisen, dass du bitte bis Donnerstag den Bericht gelesen hast«, sagt er zu ihr. »Wir werden kurzfristig Entscheidungen bezüglich der einzelnen Vorkommnisse fällen müssen.«

Plötzlich schlägt ihr das Herz bis zum Hals. »Wann?«, fragt sie so beherrscht wie möglich.

»Am Donnerstag wird alles mit der Kommission besprochen und am Montag gibt es eine Personalversammlung«, erwidert Markant. »Aber lass dich nicht von der Arbeit abhalten«, sagt er auf einmal freundlicher. »Ich hab vom Hoofdcommissaris grünes Licht bekommen, alle Unterstützung, die du benötigst, aus Doetinchem abzuziehen. Zumindest, solange es keine dringenderen Fälle gibt.« Er hat leicht reden. Erst Unruhe stiften und dann sagen, dass sie einfach weitermachen soll wie bisher. Sie bemerkt Markants Blick, der auf Cornelissen gerichtet ist. Ein typisches Machtspielchen. Sollte er wirklich etwas Konkretes gegen den Beamten in der Hand haben? Eine schriftliche Beschwerde? Der Commissaris kann den eigens aus Amsterdam angeforderten Beamten nicht leiden, weil er sich so schnell nichts sagen lässt. Heute Nachmittag schien er noch ganz der Alte zu sein, mit seinen Anspielungen, aber jetzt übergibt er ihr die volle Verantwortung. Es fühlt sich an, als bekäme sie eine Henkersmahlzeit serviert. Sie muss Cornelissen fragen, ob er weiß, auf was Markant anspielt. Sie muss sich vorbereiten, sich eine Strategie zurechtlegen. Sie will Cornelissen unbedingt halten.

»Viel Erfolg bei dem Fall«, sagt Markant. »Ich werde ihn übers Intranet verfolgen.« Kurz glaubt sie, einen freundlichen Zug um seinen Mund zu sehen, aber dann ist er genauso schnell wieder verschwunden.

»Was ist denn mit dem los? Hat der vielleicht Glückspillen eingeworfen?«, fragt Cornelissen. »Dann müssen wir nie mehr unter seinem Ego leiden und sind alle dämlichen Vorschriften los.«

»Ist ja gut, komm, los, an die Arbeit. Morgen früh um halb neun machen wir eine Teambesprechung. Ton, komm mal bitte mit.«

»Ich wette, es war der Trainer«, hört sie Simmelinck noch sagen, als er mit Wagener das Zimmer verlässt. Selbst die Beamten in Uniform geben Wetten ab. Sie sagt den Leuten immer wieder, dass sie bei ihren Ermittlungen vorurteilsfrei vorgehen müssen, aber das ist und bleibt vergebens. Ihre mahnenden Worte haben inzwischen genauso Tradition wie die Wetten.

Seit drei große Kunstfotos von Jaap an der Wand hängen, hat ihr Büro eine Seele. Sie ist gerne hier, um in Ruhe nachzudenken. Der Galerist Martin Peters hatte ihr dazu geraten, als er damals, im Fall Hauser, in ihr Büro kam. »Ein stimmungsvolles Landschaftsbild würde diesem Raum guttun«, hat er gesagt. Jaap hat Aufnahmen von frühlingsgrünen Blättern gemacht und – auf ihren ausdrücklichen Wunsch hin – ein Spinnwebdetail so stark vergrößert, dass die Fäden und Regentropfen, die daran hängen, nicht mehr zu erkennen sind. Abstrakt, aber genau deshalb immer noch reizvoll.

Cornelissen lässt sich in den ihr gegenüberstehenden Stuhl fallen. Sie erzählt ihm von den Anschuldigungen. Ihr Kollege schweigt.

»Wir alle wissen, dass du manchmal eine etwas große Klappe hast, Ton. Hat sich Markant über einen deiner schlechteren Scherze geärgert?«

Der Beamte brummt etwas Unverständliches.

Sie wird ungeduldig. »Ziehen sie dich in Doetinchem immer noch mit Türkenwitzen auf?«

»Und ob. Du wirst es nicht glauben, Nel, aber ich war früher ziemlich mickrig. Beim Sport wurde ich immer zuletzt in die Mannschaft gewählt. Aber das habe ich alles ganz gut überstanden, und ich werde auch das hier überstehen.«

»Ich hoffe nur, dass das nicht mehr allzu lange dauert. Ton, du musst dich jetzt hundertprozentig konzentrieren, sonst passiert ein Unglück.«

Der Beamte zieht die Augenbrauen hoch, als wolle er widersprechen, schweigt dann aber. Wenn er nicht reden will, ist das seine Entscheidung, er ist schließlich erwachsen und weiß, wie die Welt funktioniert. Und wie sein Körper funktioniert. Wollte er sie auf ihre eigene Unkonzentriertheit hinweisen? Sie hört nicht auf die Stimme, die ihr einflüstert, dass sie ihren Kopf vielleicht noch tiefer in den Sand steckt als ihr Kollege.

»Wie geht's dir eigentlich?«, fragt der Kollege. »Du siehst nicht umsonst müde aus, also mach mir nichts vor.«

Also doch. »Ich wünsche mir eine Woche in meiner Hängematte, mit einem Buch, und ohne Mord«, sagt sie.

»Und dann siehst du nach zwei Seiten nach, ob dein Handy vielleicht aus ist.«

»Wahrscheinlich hast du recht. Komm, suchen wir den Mörder.«

»Ein Psychopath.«

»Genau.«

Er zieht eine Zigarette aus seinem Hemd und steckt sie sich zwischen die Lippen. Nur zu, Ton, denkt sie, wenn du so weitermachst, brauch ich gar nicht mehr darüber nachdenken, ob du in meinem Team bleiben kannst.

Der Beamte geht aus dem Zimmer und dreht sich plötzlich noch einmal um.

»Wenn du einen Abend abhängen willst – du weißt ja, wo du mich findest.«

Sie nickt.

Also ist es sogar Cornelissen aufgefallen, der selbst schon genug um die Ohren hat. Auf dem Weg nach Hause begreift sie, dass sie der Sache heute, aber spätestens morgen, nicht mehr aus dem Weg gehen kann. Und eigentlich will sie das auch gar nicht. Was sie wirklich will? Sich hineinstürzen. Seit etwa drei Wochen hat sich etwas verändert. Etwas nagt an ihrer Überzeugung, dass sie nichts übersehen hat, vor Jahren, als sie das Dossier zum x-ten Mal las. Berge von Berichten. Von Verhören, Zeugenaussagen, der Spurensicherung. Die Zweifel wurden laut, seit sie einen der Zeugen im Mordfall von Dieren verhört hat. Eine ältere Frau erzählte, dass sie das Kleinkind, das spätere Opfer, einmal gesehen habe, mit einem blauen Mützchen auf dem Kopf, das dem Kind gar nicht zu passen schien. In diesem Moment ging ihr ein Bild durch den Kopf. Kein

Déjà-vu, sondern etwas …, etwas, das sie irgendwie an Suzan erinnert. Als sie fast zu Hause ist, fällt ihr wieder ein, dass sie ihr Handy abhören muss. Die SMS scheint von Josien zu sein. Es sind noch zwei Pfannkuchen übrig, die sie für sie aufgehoben haben.

13

Der Kies der Auffahrt knirscht unter den Reifen ihres Autos, während sie ungeniert gähnt. Wenn sie es nicht so eilig hätte, wäre Nelleke langsamer gefahren, um den Moment des Nachhausekommens zu genießen. Diese einfache Ansammlung von Kieseln macht sie auf einmal ganz glücklich. Weil sie lange dachte, dass sie das nicht mehr erleben würde. Ein Zuhause, einen Mann. Sogar eine Familie. Auch wenn es nicht ihre eigenen Kinder sind, nimmt sie sie doch immer öfter als echte Familie wahr.

Doch heute hat sie keine Zeit für solch unbeschwerte Gedanken. Es ist fast Viertel nach acht, sie muss sich beeilen.

Jaaps Wagen fehlt, und im Haus ist niemand zu entdecken. Auf der Anrichte steht ein Teller mit zwei Pfannkuchen. Dann hört sie ein begeistertes Bellen, auf das ein Fellknäuel an einer Leine folgt, an der Josien hängt.

»Wir haben dich kommen sehen, und Daya ist total ausgeflippt«, sagt Josien keuchend. »Tante Jettie ist da.«

Die Nachbarin, die sich von Josien mit Vorliebe »Tante« nennen lässt, ist eine resolute Frau um die fünfzig, die gern ab und zu ein Stündchen auf die Kinder aufpasst. Obwohl Josien findet, dass sie keine Aufpasserin mehr braucht, genießt Jaaps Jüngste insgeheim die Anekdoten der Tante über deren – zumindest laut Josien – faszinierende Arbeit als Journalistin für das lokale Käseblatt.

Das sommersprossige Kind verschwindet mit dem Hund in den alten Gebäudeteil, und Nelleke geht ihr nach, um Frau Hummelink zu begrüßen.

Einen Moment lang steht sie unentschlossen in der Küche herum. Dann stellt sie den Teller mit den Pfannkuchen in die Mikrowelle und ruft Simone an, um einen Termin zum gemeinsamen Joggen auszumachen.

»Ist hier in der Gegend was passiert? Ich hörte so was im Supermarkt.«

»Ein Mord.«

»Schon wieder? Du hast den letzten doch gerade erst abgeschlossen.«

Sie murmelt irgendwas Beruhigendes.

»Und hast du schon mit Jaap geredet, wegen du weißt schon was …?«

Im Moment muss sie nicht darauf antworten, denn ihr Lebensgefährte kommt herein. »Siem, ich muss Schluss machen.«

»Wir sehen uns morgen.«

Dann fällt es ihr ein. Der Elternabend von Emma. Den hat sie doch glatt vergessen. Blöd. Sie wollten eigentlich zusammen hingehen.

»Tut mir leid, dass ich nicht mitkonnte. Wie war's?«, fragt sie und versucht Jaaps Laune einzuschätzen.

Die besorgte Steilfalte auf seiner Stirn spricht Bände. Früher war er stets guter Laune. Aber mit dem zunehmenden Erfolg seiner Ausstellungen wachsen auch die Sorgen. Er hat zu viel um die Ohren, und genau das wollte er nicht mehr. Sie spricht ihn manchmal vorsichtig darauf an.

Auf der Fahrt zum Krankenhaus von Winterswijk scheint sich Jaap keine Sorgen über Emmas Schulleistungen zu machen. »Sie findet die Mode mit den Praxisstunden super und ist sehr kreativ, wenn man dem Lehrer glaubt. Das kommt also gut an«, sagt er. Was ihm dagegen Sorgen macht, ist Emmas desinteressiertes Benehmen.

»Und sie wird immer dünner. Emma isst schlecht, ist dir das auch aufgefallen?«

»Sie wächst«, sagt Jaap beschwichtigend. »Das war bei Anouk auch so. Besser so, als diese Speckröllchen unter den zu kurzen Pullis von heute.«

Volle Parkplätze, lange Gänge mit laut hallenden Schritten. Besorgniserregend nennt der Arzt die Lage. Er will abwarten, ob die Hüfte ihrer Mutter nach der Nachtruhe etwas weniger wehtut, und dann Röntgenaufnahmen machen. Obwohl der Arzt es nicht so deutlich sagt, schließt sie aus seinen Worten, dass eine Operation unvermeidlich ist.

Auf der Rückfahrt, sie hat den Geruch der Desinfektionsmittel noch in der Nase, überlässt sie Jaap das Steuer. Sie ist zu unruhig, um sich auf Vorfahrtsschilder konzentrieren zu können. Sie denkt an ihre Mutter, die zerbrechlich in dem weißen Krankenhausbett liegt. Anschließend sieht sie die tote Julia Zuidema vor sich. Kann ihr Mann der Täter sein und es geschafft haben, gleich nach der Tat mit ihr zu reden, ohne größere Gefühle zu zeigen?

Möglich wäre das schon. Natürlich ist das möglich.

Genauso möglich, wie dass sich ihre Mutter wieder erholt.

»Solche Operationen gehen schon auch gut.« Jaap legt eine Hand auf ihr Knie. »Bleib optimistisch.«

Er hat recht. Man muss nicht immer gleich das Schlimmste annehmen. »Wie war's in der Galerie?«

»Zwei Punkte«, sagt Jaap strahlend. »Ich muss mich unbedingt wieder an die Arbeit machen, sonst hab ich bald nichts mehr auszustellen.«

»Behältst du da denn noch die Bodenhaftung?«

»Bei meinem Gewicht habe ich gar keine andere Wahl.«

Seit Jaap im letzten Sommer das erste Mal in der Lichtenvoorder Galerie The Arthouse ausstellte, ziehen seine Kunstfotografien das Interesse der Presse und des Publikums auf sich. Er ist so beschäftigt wie noch nie und eröffnet und promotet eine Ausstellung nach der anderen. Erst nur in der Region, jetzt auch landesweit, ja selbst jenseits der Grenze, auch wenn das nicht weit von hier ist. The Arthouse hat zum zweiten Mal eine Ausstellung mit Künstlern aus der Gegend zwischen Lichtenvoorde und Bocholt organisiert.

»Donnerstag und Freitag habe ich wieder Termine. Maarten erwartet wichtige potenzielle Käufer.«

»Wenn es sein muss, fragen wir Jettie.«

»Unsere Nachbarin erhofft sich meiner Meinung nach nur Neuigkeiten für ihre Zeitung.«

»Sie ist sehr nett zu Josien.«

»Und was ist mit Evelien?«, schlägt Jaap vor.

Sie fand es immer angenehm, dass Evelien in Drenthe lebt, sodass sie sich nicht so oft sehen. Ihre Besuche bringen sie jedes Mal durcheinander und streuen Salz in die Wunde, statt sie zu heilen. Außerdem hat sie andere Prioritäten. Erst war da Gijs, dann kam Suzan, und danach …

»Die hat bestimmt zu tun«, drückt sie sich vor einer ehrlicheren Antwort. Sie würde sich gern eine Scheibe von Jaap abschneiden, der jeden so leicht und vorbehaltlos ins Herz schließt.

»Sie wird dich schon nicht fressen.«

Sie seufzt.

»Simone rät dir doch auch schon seit einer Ewigkeit, dass du ihr erzählen sollst, wie du dich fühlst. Mach das doch mal. Evelien würde nie etwas tun, das du nicht willst«, sagt Jaap. »Ist es das, was dich so beschäftigt?«

Soll sie jetzt davon anfangen? Nein, nicht jetzt. Sie nickt vage. »Wir sind gleich da.«

Ihr Handy klingelt. Der Commissaris fragt, ob es schon neue Entwicklungen in dem Mordfall gibt. Sie sagt, dass gerade die Obduktion vorgenommen wird und sie keine Neuigkeiten hat.

Markant hat keine Zeit, morgen bei der Teambesprechung dabei zu sein. »Wenn es etwas Interessantes gibt, gib mir Bescheid.«

Verblüfft beendet sie das Gespräch. Wieder ein Commissaris Markant, der nett klingt.

Da braut sich was zusammen, im eigentlichen und im übertragenen Sinne.

Unter der Veranda, wo heute Morgen zu guter Letzt die Beleuchtung angebracht wurde, reicht ihr Jaap ein Glas Rotwein. »Prost, auf die neueste Baumaßnahme. Jetzt gibt es keinen Grund mehr, nicht zu heiraten.«

Man hört einen dumpfen, lauten Knall, der sie beide aufschrecken lässt. Im selben Moment öffnen sich die Himmelsschleusen.

Kurz zweifelt sie, ob sie Jaap richtig verstanden hat. Sie sieht ihn überrascht an, während er sie breit angrinst. Hat er das ernst gemeint?

»Soll ich ein paar *bruschette* machen?«, fragt er, wie wenn nichts wäre.

»Wunderbar!«

Sie erzählt Jaap von den drei Kindern, deren Leben heute unwiderruflich Schaden erlitten hat, und von dem merkwürdigen Ehemann des Opfers.

»Nicht dumm, der Mann. Soweit ich weiß, nimmt er irgendwelche komplizierten Untersuchungen an Hunden vor.«

Als Jaap einen Anruf bekommt, wedelt Daya hoffnungsfroh zu ihren Füßen. Der Regen hat inzwischen nachgelassen, ist aber immer noch hartnäckig. Sie achtet nicht darauf und geht mit dem begeisterten Tier in den Garten. Der Hund kratzt sich wie schon öfter in letzter Zeit an den Ohren und schnuppert anschließend am Salat in Josiens Gemüsebeet. Stolz kam die Jüngste letztes Jahr mit ihrem ersten selbst angebauten Rhabarber an. Auf der Weide, hinter der Buchenhecke, stehen drei Ziegen unter ihrem schiefen Stalldach. Als sie näher kommt, hoppeln sie begeistert meckernd auf sie zu, die kleinste vorneweg. Sie nimmt eine Handvoll Futter aus dem Eimer und atmet tief die frische Abendluft ein. Trotz ihrer Müdigkeit und des schlechten Wetters genießt sie die Stille der Natur. Die Weiden und Wälder, die von Wegen und Holzzäunen durchzogen werden, wechseln mit jeder Jahreszeit ihr Aussehen und ihren Duft.

So langsam neigt sich der Sommer seinem Ende zu. Der Regen hilft einem auch nicht gerade dabei, diese Tatsache zu leugnen, und verleiht dem Abend eine melancholische Stimmung. Die Bilder vom Todeskampf ihres Vaters spuken ihr erneut durch den Kopf, und sie verscheucht sie. Ein Mord. Darauf muss sie sich konzentrieren.

»Kennst du die Zuidemas?«, fragt sie, als ihr Jaap am späten Abend ein Glas Cognac einschenkt.

»Nein, nicht persönlich. Aber Zuidemas Partner, Gerard van Vlijmen. Der ging mit mir in eine Klasse und hat sich damals schon für Tiere interessiert, vor allem für das Aufblasen von Fröschen.«

»Ih, hör auf!«

»Der ist bestimmt ein potenzieller Mörder.« Jaap nimmt einen Schluck von dem starken alkoholischen Getränk, an dem er sich beinahe verschluckt, weil er noch etwas sagen will. »Kennst du nicht die Geschichte von seinem Vater? Der war auch Tierarzt. Der alte Van Vlijmen hat in Groenlo einmal eine Scheune in Brand gesteckt. Eine der Kühe vom Bauer Ten Have hatte Darmprobleme. Er ist hin, wollte überprüfen, ob die Kuh wirklich Blähungen hat, hält sein Feuerzeug hinter das Vieh, während es einen gewaltigen Furz lässt, und wusch, ist der ganze Bauernhof weg. Seitdem heißt er nur noch der alte Van Vlammen«, sagt er grinsend.

»Und da sagen die Leute immer, dass man hier nichts erleben kann.«

Der Cognac vertreibt die Müdigkeit, und gemeinsam genießen sie eine entspannende Whirlpoolmassage. Sie ergreift die Initiative für ein Schäferstündchen. Sie atmet schwer, patschnass auf der flauschigen Badematte. Sie trocknet sich ab, putzt die Zähne und fährt einmal mit der Hand durch ihre roten Locken. Sie zupft sich ein graues Haar aus. Mehr Aufhebens um ihr Äußeres muss sie nicht machen. Sie schläft schon fast, als Jaap neben sie kriecht und ihr erzählt, dass er sich auf ihr Essen am kommenden Samstag freut. Darauf, dass sie endlich mal wieder einen gemeinsamen Abend verbringen. Ihre Unruhe macht sich erneut bemerkbar, wegen des Abendessens, das er gestern plötzlich erwähnt hat. Angeblich einfach nur so, aber dafür hat er sie viel zu verträumt angesehen. Oder zu romantisch. Das hat sie in seinen Augen gesehen. Ein Blick, der sie dahinschmelzen lässt, weil so viel Liebe darin zu erkennen ist, der ihr aber gleichzeitig die Luft zum Atmen nimmt, weil es ihr Angst macht. Und er hat heute Abend vom Heiraten gesprochen, da hat sie sich nicht verhört. Blass und verschwommen sieht sie sich vor einer Ewigkeit mit verliebtem Blick mit Gijs vor dem Altar.

Früher dachte sie, dass es nichts Schöneres gibt als »Bis dass der Tod uns scheidet«. Wie naiv man nur sein kann! Gijs wollte nach ihrem Verlust weitermachen oder besser gesagt, noch einmal neu anfangen. Doch sie konnte nicht Abschied nehmen. Noch heute geht kein Tag vorbei, an dem sie nicht denkt: Wäre ich nur … Hätte ich nur … Manche Gedanken lassen sich nicht so leicht beiseiteschieben.

Andererseits will sie nichts lieber, als Jaap heiraten. Sich selbst etwas vormachen und davon überzeugt sein, dass es diesmal für immer ist. Wie naiv will sie sein?

Sie sollte nicht so viel denken. Vielleicht will er nur schön essen gehen, um den Verkauf seiner Fotos zu feiern.

Jetzt hat sie ihm immer noch nicht erzählt, was sie so beschäftigt.

Morgen.

14

Das Piepen des Weckers dringt langsam zu ihr durch. Nelleke schiebt sich zu Jaap hinüber und schmiegt sich an seinen warmen Körper. Wenn sie wach wird, will sie mit jeder Faser ihres Körpers noch im Bett bleiben und weiterschlafen. Sie spürt, wie er den Arm über sie legt, Härchen kitzeln sie im Nacken. Seine Seite des Wasserbetts ist immer wärmer, obwohl die Temperatur um ein paar Grad tiefer eingestellt ist.

»Ich will weiterträumen«, flüstert sie. Ihre Stimme ist heiser, wie so oft morgens. Alles an ihr muss erst mal in Gang kommen. Sie hat so ein Gefühl in der Magengegend, das mit ihrem Traum zu tun hat. Der Gedanke verschwindet, als sich der Nebel in ihrem Kopf lichtet und sie im Alltag ankommt.

Sie beäugt sich kritisch im mannshohen Spiegel. Die Schwerkraft fordert ihren Tribut, wenn auch nicht auf dramatische Weise. Hoffentlich ein angenehmer Nebeneffekt des Laufens. Aber die Fakten sprechen für sich. Sechsundvierzig. Wir gehen auf die fünfzig zu, sagt sie zu ihrem Spiegelbild. Gestern schon wieder ein graues Haar. Bald muss sie färben. Als sie noch zur Schule ging, fand sie vierzig alt. Jetzt scheinen die fünfzig eine magische Grenze zu sein, die in den kommenden Jahren sicherlich noch weiter hinausgeschoben wird.

Sie zieht ihren Bademantel an, checkt ihre E-Mails und sieht, dass ihre Astrokarte für heute der Stern ist. Harmonie, Aufrichtigkeit und Erholung. Das klingt gut. Den Stern kann sie heute gut gebrauchen. Die Karte der Hoffnung und Einsicht in übergeordnete Zusammenhänge. Der Stern kündigt Wohlbefinden an und steht für innere Ruhe. Ob das wohl stimmt? »Ihre Reise wird von einer Ruhephase unterbrochen. Das ist ein wohltuender Prozess, der keine Ängste wachruft.« Hat das was mit Suzan zu tun? Eine Szene aus ihrem Traum kommt ihr wieder ins Gedächtnis. Sie passt perfekt zu der Karte. Es ist der Traum, den sie heute Nacht zum x-ten Mal geträumt hat. Das Merkwürdige daran ist, dass er sich angenehm angefühlt hat. Nicht traurig oder unheimlich. Sie ist daran gewöhnt, dass sie sich nachts im Leben mit Suzan wiederfindet oder in der Zeit kurz darauf. Meist endet die verzweifelte Suche ergebnislos und damit, dass sie sich auf scharfkantigem Spielzeug die Füße blutig läuft. Dann wacht sie panisch und schweißgebadet auf. Aber seit ein paar Wochen, seit dem Fall in Dieren, verbringt sie ruhigere Nächte, sogar wenn sie von Suzan träumt. Deshalb wäre es gut, sich das zunutze zu machen, davon ist sie überzeugt. Das ist eine Botschaft.

Das Ganze ist Aberglaube. Nonsens. Trotzdem.

Während sie über die Bedeutung der Wörter nachdenkt, hüpft sie unter die Dusche. Dicke Wasserstrahlen lassen sie wach werden.

Eine Viertelstunde später ist sie startklar. Sie überprüft ihre Kleidung im Spiegel. Die beige Cordhose und der cremefarbene Pulli, unter dem ein orangenes Hemdchen hervorblitzt. Jetzt kommt es auf Schnelligkeit, Technik und Intelligenz an. Sie muss gewinnen, denn darum geht es.

Sie reißt ein Leinenjäckchen aus dem Schrank und rennt die Treppe hinunter.

In *De Gelderlander* liest sie einen kurzen Artikel über den Mord an einem Mann in Enschede, der seine Internetfreundin besuchte und sich Sex erhoffte, an ihrer Stelle jedoch den Ehemann und dessen Sohn antraf. Die beiden haben den Mann zusammengeschlagen, in sein Auto gesetzt und das dann angezündet. Das Opfer ist bei lebendigem Leib verbrannt. Der Tod von Julia Zuidema prangt nicht auf der Titelseite. Wahrscheinlich, weil sie die Pressestelle gebeten hat, nichts nach außen dringen zu lassen.

Sie trinkt mit Jaap einen Espresso an der Küchentheke. Wie viele Gläser und vertrauliche Dinge hier über die Anrichte hin und her gingen, kann sie nicht sagen. Sie schweigen, was morgens eher die Regel als die Ausnahme ist, bis sich die Kinder melden. Emma und Josien schlafen noch. Kurz vermisst sie Anouk. Sie muss sich erst noch daran gewöhnen, dass die Älteste nicht mehr zum Frühstück erscheint, und fragt sich, ob sie wohl anständig isst in diesem Studentenwohnheim. Sie ist noch so jung. Aber das ist natürlich Unsinn, sie selbst war schließlich kaum ein Jahr älter, als sie sich für ihr Psychologiestudium ein Zimmer in Utrecht nahm.

Dann kommt eine verschlafene, gähnende Emma in die Küche. Kurz darauf folgt ihr Josien mit Daya im Schlepptau, für den Fall, dass etwas Leckeres zu Boden fällt. Die Küche ist auf einmal voller Morgenrituale. Ein Butterbrot mit Zuckerstreuseln für die Jüngste, und Emma, die widerwillig einen Cracker hinunterwürgt. Futter für den Hund. Langsam werden die Mädels wach, wodurch auch der Geräuschpegel deutlich steigt. Obwohl sie einen Moment braucht, bis sie morgens wach wird, ist das so eine Familienszene, die sie wirklich genießt. Die Kinder werden groß. Josien kommt dieses Jahr aufs Gymnasium, obwohl sie in ihren Augen noch ein Kind ist.

»Ich muss was für den Biounterricht vorbereiten«, meldet sich die Jüngste mit vollem Mund zu Wort. »Es muss etwas mit Tieren und Umwelt zu tun haben, und ich möchte das Thema Genmanipulation behandeln. Damit wollen sie Schafe und Kühe züchten, die weniger furzen.«

Emma verschluckt sich an ihrem Cracker und prustet vor Lachen. »Du spinnst ja!«

»So verrückt ist das gar nicht, glaub mir«, faucht Josien. Sie holt einen Zeitungsartikel aus ihrem Schulranzen. »Mr. Houghton von der UN sagt, dass zwanzig bis dreißig Prozent der Erderwärmung auf das von Tieren produzierte Methangas zurückzuführen ist«, liest sie stolz vor. Sie legt Emma den Artikel hin und tippt selbstbewusst darauf. »Wenn du Dummie mehr lesen würdest, wüsstest du das auch.«

Doch damit ist sie bei Emma an der falschen Adresse. Sie wirft den Artikel in Richtung Josien und beschimpft ihre Schwester als sommersprossige Hexe.

Selbst dieses Gekabbel verfolgt sie mit Vergnügen, zumal Jaap zu allen Mitteln greift, um die beiden zum Schweigen zu bringen. Letztendlich scheint sich die Drohung mit Hausarrest zu bewähren.

»Was wolltest du eigentlich fragen, Josien?«

»Ich hab mir gedacht, dass wir ein Kälbchen von Esther nehmen könnten. Dann kann ich Fotos davon machen und so. Ihr Vater erlaubt es. Er hat gesagt, dass er sowieso eines davon loswerden will. Und wir haben doch Gras genug.«

»Dann handelt es sich bestimmt um ein männliches Kalb, du Naseweis.« Jaap will nichts davon wissen, das hört sie sofort.

»Ja und?«

»Das wird dir nicht lange Freude machen, glaub mir. Sobald die Viecher ausgewachsen sind, nimmt man am besten vor ihnen Reißaus. Aber jetzt iss auf, du musst los.«

Es ist ruhig im Wartezimmer des Tierarztes. Sie setzt Daya auf die Waage, die gerade mal siebeneinhalb Kilo anzeigt, und gibt dem Hund eine Plüschbulldogge. Daya beschnüffelt das große flauschige Ding vorsichtig, bevor sie ihre Zähne hineingräbt und das Stofftier hin und her schüttelt. Eine Tür mit einem Schild »Doktor Zuidema« geht auf.

»Daya, komm, ich habe ein Leckerchen für dich.« Tierarzt Berendsen stellt sich ihr vor, und sie erzählt ihm, dass sich der Hund oft kratzt.

»An beiden Ohren?«, fragt der Arzt.

»Keine Ahnung eigentlich, aber jetzt, wo Sie es sagen, glaube ich, eher am rechten.«

»Schüttelt Daya auch oft den Kopf?«

»Ja.«

Die Arzthelferin hebt den Hund auf den Untersuchungstisch. Der Arzt streichelt das Tier, hört sein Herz ab und schaut ihm mit einem Gerät in die Ohren.

»Ein Otoskop«, erklärt Berendsen. »Eine Art Trichter, mit dem ich tief ins Ohr schauen kann. Ein Lämpchen erhellt den Gehörgang, damit ich genau sehen kann, was da nicht stimmt.«

Das Ganze gefällt Daya überhaupt nicht. Sie springt auf und will den Tisch verlassen. Nelleke hält den Hund fest.

»Lassen Sie nur«, sagt der Tierarzt. »Ich hab schon alles gesehen. Ein typisches Problem bei Hunden mit Schlappohren, weil die den Gehörgang verschließen. Dadurch kommt zu wenig Sauerstoff und frische Luft an die Ohren. Das rechte Ohr ist entzündet, da sitzt Dreck drin. Mit bloßem Auge ist das nicht zu erkennen, dafür sitzt er zu tief. Wir werden sie ein wenig betäuben, und dann spülen wir den Gehörgang aus. Doortje, bereitest du schon mal das Ketamin vor? Wie viel wiegt der Hund?«

Die Arzthelferin, die sich als Doortje Schuurmans vorstellt, kommt mit der Spritze. Berendsen hebt den Hund wieder auf den Tisch und gibt ihm ein Leckerchen. Bevor Daya überhaupt weiß, was los ist, hat sie die Spritze bekommen. Sie wird ruhig, und Berendsen kann mit der Behandlung beginnen, ohne dass der Vierbeiner protestiert.

Das ist also das Sprechzimmer des Mannes, dessen Frau ermordet wurde. Ein Zimmer, das eindeutig das eines Tierliebhabers ist.

Bücher über den alternden Hund, Osteoporose und deren Behandlungsmöglichkeiten und ähnliche Titel füllen ganze Regalreihen. Auf dem Schreibtisch entdeckt sie Berichte. Fotos von kranken Hunden mit verkrümmten Wirbeln. Eine Schale mit Hundeknochen, ein Bildschirmschoner mit herumtollenden Welpen. Sie lässt die äußerste von fünf hängenden Kugeln gegen die anderen klicken, wodurch die am anderen Ende in Bewegung gerät. Ein Ding, das das dritte Newton'sche Gesetz beweist. Actio gleich Reactio.

Und dann entdeckt sie etwas Merkwürdiges. Unter seinem Schreibtisch. Im Papierkorb liegt ein Zettel, auf dem sie das Logo der Polizei erkennt.

»Hat Dr. Zuidema hier gestern gearbeitet?«, fragt sie die Arzthelferin.

Die nickt. »Er ist die nächsten Tage nicht da«, sagt sie.

»Ich weiß.« Sie zeigt der Tierarzthelferin ihren Ausweis.

Die erschrickt. »Polizei?«

»Ich ermittle in dem Fall. Ich bin Inspecteur De Winter. Sie hätten heute sowieso Besuch von mir oder einem Kollegen bekommen. Dass ich jetzt mit meinem Hund hier bin, ist reiner Zufall.« Sie greift in den Papierkorb, sucht die Schnipsel zusammen und fügt sie aneinander. Ein einfaches Puzzle. »Dieses Formular meldet einen Diebstahl an, und zwar von … Moment mal …«

»Ketamin.« Die Lippen der Arzthelferin sind nur noch ein schmaler Strich. »Er wollte das Formular auf dem Revier von Lichtenvoorde abgeben. Es ist schon öfter Ketamin verschwunden. Junge Leute nehmen das gern mal, um high zu werden.«

Sie nickt. »Niedrig dosiert wirkt es anregend, ein bisschen so wie Kokain, aber bei höheren Dosierungen kann man die merkwürdigsten Visionen bekommen, bis hin zu Nahtod-Erfahrungen und Lähmungserscheinungen.«

»Vielleicht dachte er, dass es nichts bringt, eine Anzeige zu erstatten. Hätte er das gleich gesagt, hätte ich das Ding nicht so lange ausfüllen müssen.« Sie klingt genervt.

Berendsen weiß nichts von der Anzeige, er war in den letzten Tagen beim Bauern. Dafür weiß er, dass sich Daya von nun an nicht mehr kratzen wird. »Sie bekommen noch Ohrensalbe und eine Gebrauchsanweisung mit.«

Die Arzthelferin erzählt, dass der Inhalt eines Fläschchens manipuliert wurde. »Am Montagmorgen ist deshalb ein Hund gestorben, Dr. Zuidema hat Guus …« Sie stockt und scheint zu überlegen, wie sie es am besten formulieren soll.

»Wie bitte?«, fragt Berendsen entsetzt.

»Zuidema hat aus Versehen seinen eigenen Hund umgebracht«, flüstert Nelleke. Sie sieht das traurige Gesicht der jüngsten Zuidema-Tochter Lotte noch vor sich.

»Woher wissen Sie das?« Doortje schaut sie erstaunt an, begreift dann aber, dass das so merkwürdig auch wieder nicht ist. »Ach so, ja stimmt, Sie haben die Kinder natürlich gesehen. Die armen Kleinen.«

»Was für ein Mittel befand sich denn statt des Ketamins in dem Fläschchen?«

»Der Doktor hat gesagt, es sei Frostschutzmittel gewesen, er hat es untersuchen lassen. Guus war mehr oder weniger sofort tot. Wer kann das gewollt haben?«

Die Betäubung lässt bei Daya langsam nach, sie wird verspielt und langt mit ihren Pfoten nach den Knöpfen am weißen Kittel des Arztes.

Nelleke bittet um ein Tütchen für die Papierschnipsel und fordert Doortje auf mitzukommen. Daya springt fröhlich herum, und sie nimmt den Hund an die Leine. Berendsen gibt dem Tier noch ein Leckerchen, und Nelleke bekommt ein paar Probetütchen mit Futter mit.

»Ich ruf die Kollegen von der Spurensicherung.«

Sie bittet die Kollegen aus Doetinchem schnell herzukommen. Doortje soll dafür sorgen, dass die Kollegen so wenig wie möglich verändern oder anfassen. Spuren von Erbrochenem sind ihr nicht aufgefallen. »Wir nehmen immer die Hintertür. Ich habe einen Schlüssel, aber nein, die Tür war ganz normal abgeschlossen. Ich hab nichts gemerkt. Bis dann am Montagfrüh das mit Guus passiert ist …«

»Waren noch andere Kollegen dabei?«

»Nein, ich war allein mit ihm in der Praxis, es war noch früh.«

»Kommen Sie immer so zeitig?«

»Meist schon, dafür geh ich auch manchmal eher, weil ich meinen Sohn von der Krippe abholen muss.«

»Wenn ich mich nicht täusche, sind Sie gar nicht damit einverstanden, dass Dr. Zuidema das Formular in den Papierkorb geworfen hat.«

»Ich bin hier nicht die Einzige, die nicht immer einer Meinung mit ihm ist«, sagt die Tierarzthelferin knapp.

»Wie meinen Sie das?«

»Nun ja, ich will nicht lästern.« Die Tierarzthelferin fummelt an einem Blusenknopf herum und ist eindeutig verlegen.

»Ich will alles wissen, was uns bei den Ermittlungen helfen kann.«

»Sie hatten Streit.«

»Wer?«

»Zuidema und Van Vlijmen, der Miteigentümer dieser Praxis«, erwidert Doortje.

»Weshalb?«

»Vermutlich ging es um Geld, darum geht es öfter.«

»Spielen Sie auf einen bestimmten Vorfall an?«

»Meiner Meinung nach ging es um Materialkosten, aber so genau weiß ich das nicht.«

15

»Sjors Seesink? Nie gehört.« Ton Cornelissen öffnet ein Fenster des Besprechungsraums. Trotz des Rauchverbots im Büro zündet sich der Beamte eine Marlboro an. »Tut mir leid«, sagt er. »Ich muss dringend eine rauchen.«

Sogar Van der Haar sagt nichts dazu, obwohl Nelleke sieht, wie er die Stirn runzelt. Der Gerichtsmediziner sieht wie immer tadellos aus, das Oberhemd ist blütenweiß, und die schwarze Hose mit Bügelfalte fällt genau in der richtigen Länge auf blank polierte Schuhe.

»Du bist auch nicht gerade ein Sportfan.« Wagener wirft einen abschätzigen Blick auf Cornelissens Bauch. Ihr Assistent hat gerade berichtet, dass Seesink früher ein guter Läufer gewesen ist, aber keiner der Kollegen kennt seinen Namen.

»Können wir uns ein bisschen beeilen?«, fragt Van der Haar, während er mit seinen Unterlagen raschelt. »Ich muss los.«

»Also wird es heute Abend nichts mit der Kneipe«, sagt Cornelissen. »Du wirst auf deine alten Tage richtig langweilig, Harm.«

»Wenn man im Alter etwas ruhiger wird, ist das nur natürlich«, meint Simmelinck.

»Arsen ist auch natürlich«, mischt sie sich ein. »Meine Damen, können wir uns den Kaffeeklatsch bitte für später aufheben?«

»Apropos Kaffee, für ein Tässchen könnte ich glatt einen Mord begehen«, schaltet sich Cornelissen ein.

»Du fängst an, Harm«, sagt sie.

In der darauffolgenden Viertelstunde bekommen sie jede Menge medizinische Fachbegriffe zu hören. Sie hört sich die Fakten zu Julia Zuidemas Tod an, die ihre Vermutungen bestätigen. Die Todesursache ist ein tödlicher Schlag auf den Kopf. Eine Untersuchung des Gehirns hat das unumstößlich nachgewiesen. Sie ist gestern Nachmittag zwischen halb fünf und fünf gestorben. »Anhand der Senkungsblutfülle können wir davon ausgehen, dass Herr Zuidema die Wahrheit gesagt hat: Sie ist dort gestorben, wo sie aufgefunden wurde.« Van der Haar zeigt ein Foto des Golfschlägers. »Die Mordwaffe. Ein sogenannter Driver. Das Blut darauf stammt von Julia Zuidema. Die Fingerabdrücke auf dem Schläger gehören Herrn Hein Zuidema. Also ist entweder er unser Mann oder der Täter trug Handschuhe, was natürlich sehr wahrscheinlich ist. Aber das fällt in eure Abteilung.« Der Gerichtsmediziner lässt ein weiteres Foto herumgehen. »Darauf seht ihr die Kopfwunde, an der das Opfer gestorben ist. Nach dem Schlag auf den Hinterkopf war Julia Zuidema mehr oder weniger sofort tot. Es war eine Frage von Sekunden.«

Abscheu steigt in ihr auf, als sie die Detailaufnahmen des deformierten Schädels sieht. Gleichzeitig spürt sie, wie das Adrenalin durch ihren Körper strömt. Sie will sich auf den Fall stürzen, den Täter finden.

Van der Haar macht mit der Mordwaffe vor, wie der Täter zugeschlagen hat, wobei er Wagener das Opfer mimen lässt.

»War Tiger Woods in der Nähe?«, fragt Cornelissen.

»Hat sie sich nicht gewehrt?«, hakt Simmelinck nach.

»Vielleicht liegt es daran.« Van der Haar zeigt ein Detailfoto, auf dem man den Einstich einer Injektionsnadel auf der rechten Pobacke des Opfers erkennt. »Die Nadel wurde Chirawari zufolge kurz vor ihrem Tod eingestochen.«

Eine Injektion. »Wurden Spuren von Ketamin im Körper gefunden?«, fragt sie.

Der Gerichtsmediziner blättert in seinen Unterlagen. »Ich habe Proben und Formulare in Doetinchem gelassen, aber ich hatte nicht die Anweisung, mehr als die Standardblutuntersuchung durchzuführen.«

Sie hat wie immer Cornelissen gebeten, das mit den Blutuntersuchungen zu organisieren.

Der Verantwortliche drückt gerade seine zweite Kippe in einer Untertasse aus. Er erschrickt, als er seinen Namen hört. »Mist, hab ich das vergessen?« Wieder ein Hinweis darauf, dass Cornelissen nicht in Form ist. Obwohl er alles, was mit Formularen zu tun hat, hasst, übersieht er nichts, wenn es um Beweismaterial geht. Eine Weile wird es still im Besprechungsraum. Alle Augen sind auf den Beamten gerichtet, der hastig den schlampigen Stapel Papier vor sich auf dem Tisch durchblättert. »Da ist die Anweisung.«

»Gib sie mir am besten gleich mit«, sagt Van der Haar. »Wie kommst du auf Ketamin?«

»Es sind Fläschchen mit diesem Wirkstoff aus Zuidemas Praxis verschwunden«, erwidert sie. »Kannst du das schnell für mich rausfinden?«

»Ich tu, was ich kann.«

Davon ausgehend, dass tatsächlich Ketamin verwendet wurde, hat der Täter Julia Zuidema eine Spritze gegeben, um sie ermorden zu können. Aber die Dosis war zu niedrig, und er ist gescheitert. Er ist wütend geworden, hat rund um das Opfer Dinge zerstört und ihm anschließend einen tödlichen Schlag verpasst. Julia Zuidema hat vergeblich versucht, nach dem Telefon zu greifen – wahrscheinlich, als sie spürte, dass sie ihr Bewusstsein verlieren würde.

Van der Haar sammelt seine Fotos wieder ein. Er geht ausführlich auf die Ergebnisse der Obduktion von Julia Zuidema ein.

»Selten so gesunde Organe gesehen. Da hätte sie sich das ganze Gerenne sparen und sich genauso gut in die Kneipe hocken können«, meint Cornelissen angestrengt witzig.

»Ob man davon wirklich glücklich wird …«, meint Simmelinck schlagfertig.

Sie erfahren, was Julia Zuidema zu Mittag gegessen hat, und dass sie im wahrsten Sinne des Wortes ein großes Herz besaß. Das ist typisch für Menschen, die viel Sport treiben. Die Frau hat sich die Lider korrigieren lassen. Van der Haar zufolge beweisen das kleine Narben über ihren Augen. »Vermutlich vor etwa einem Jahr. Und dann haben wir noch ein paar alte, runde Narben an ihrem linken Knie gefunden, von einer Operation aus Jugendtagen.«

Während der feingliedrige Forscher noch einige Fragen zur Spurensicherung beantwortet, fährt er mit einer Hand über seinen kahlen Schädel, so als wolle er überprüfen, dass dort wirklich kein Haar mehr wächst. »Harm Potter«, wie Markant ihn manchmal nennt, wegen der unverständlichen Sprache, in der seiner Berichte abgefasst sind, und seiner runden Nickelbrille, sammelt seine Unterlagen ein. Einige verschwinden in einer roten, andere in einer knallgelben Mappe.

Als Cornelissen den Besprechungsraum verlässt, um auf die Toilette zu gehen, bittet sie Simmelinck, besonders aufmerksam zu sein. »Ich will ihn jetzt nicht verwarnen, weil er heute Mittag vor der Kommission erscheinen muss. Aber nur, wenn du damit einverstanden bist.«

Simmelinck nickt zustimmend. »In Ordnung.«

»Verhaften wir Herrn Zuidema?«, fragt Wagener.

»Nein. Das mit dem Golfschläger überzeugt mich nicht,

auch wenn er ihm gehört«, sagt sie. »Jeder kann das Ding genommen haben. Ich will mehr Hinweise, oder besser noch Beweise. Wir fangen mit den Leuten an, mit denen Julia am meisten zu tun hatte. Mit ihrer Familie. Vielleicht hat sie Schwestern oder Brüder, die in der Nähe wohnen. Auf jeden Fall Freundinnen. Als Erstes werde ich gleich noch mal Hein Zuidema vernehmen.« Sie muss nicht viele Worte machen. Die Kollegen wissen, was von ihnen erwartet wird. Wagener wird sich die Tierarztpraxis näher ansehen. Er wird mit Zuidemas Mitarbeitern sprechen und herausfinden, was die Arzthelferin genau über den Streit zwischen Zuidema und seinem Geschäftspartner Van Vlijmen weiß.

»Vergiss nicht, Zuidemas Hund ist tot. Das und die Art, wie seine Frau ermordet wurde, lässt auf einen unglaublichen Hass schließen. Wollte der Täter ihn treffen?«

»Oder er war es selbst«, sagt Simmelinck. »Als Ablenkungsmanöver. Er hat das Tier schließlich gleich einäschern lassen.«

»Und uns nichts davon gesagt«, fügt sie hinzu. »Kann sein. Zuidema hat das Gift untersuchen lassen. Seiner Arzthelferin zufolge scheint es ein sehr starkes Frostschutzmittel gewesen zu sein. Das kann gut sein, denn es enthält Ethylenglykol. Die tödliche Dosis für einen Erwachsenen beträgt etwa 100 ml, für einen Hund genügt eine wesentlich niedrigere Dosis. Fakt ist, dass der Hund mit Absicht getötet wurde. Vielleicht von Zuidema selbst. Vielleicht vom Mörder, der Angst vor Hunden hat und verhindern wollte, dass das Tier am Dienstag zu Hause ist. Oder von jemandem, der Zuidema oder die Praxis in ein schlechtes Licht rücken will und gar nichts mit dem Mord zu tun hat. Ich meine ja nur, wir sollten alle Möglichkeiten in Betracht ziehen. Die wichtigste Frage lautet: Wer hat etwas von Julia Zuidemas Tod?«

Wagener nickt und macht sich Notizen.

»Haben Nachfragen in Harreveld oder Rekken irgendwas ergeben?«

»Nein. Niemand wird vermisst. Auch landesweit gibt es niemanden, der aus einer Anstalt ausgebrochen ist.«

»Was wolltest du mir noch über den Trainer erzählen?«, fragt sie, als Cornelissen wieder hereinkommt.

»Seesink wohnt in Corle«, antwortet Wagener. »Und das seit ungefähr fünfzehn Jahren. In der Akte steht, dass er das Haus von seinen Eltern geerbt hat. Aber er ist in Lievelde geboren und aufgewachsen. Vielleicht kennt er Julia von früher, auch wenn er ein ganzes Stück älter ist. Ach ja, und dann hat er doch erzählt, dass er 1976 die nationale Cross-Meisterschaft gewonnen hat.«

»Ja und?«

»In dem Jahr war Hermens übertrainiert.«

»Ruf bei der Zeitung an«, murmelt Cornelissen.

»Das verstärkt meinen Eindruck, dass er ein frustrierter Läufer ohne echte Karriere gewesen ist. Das einzige Mal, wo er wirklich etwas gewonnen hat, ist so zu erklären, dass der beste Läufer nicht teilnahm. Außerdem wird in seinem Dossier erwähnt, dass er in eine psychiatrische Einrichtung eingewiesen wurde«, fügt Wagener hinzu. »Um mehr zu erfahren, müssen wir seine Patientenakte anfordern.«

»Sofort in die Wege leiten«, sagt Nelleke.

»Sollen wir mit ihm reden, Nel?«, fragt Simmelinck.

»Ich will erst wissen, wie weit die Spurensicherung ist. Wurden Nachrichten auf ihrem Handy gefunden? Was ist mit den E-Mails in ihrem Laptop? Nicht alle Nachbarn wurden vernommen. Befragt auch diese Frau Klein Gebbink noch mal. Zeigt ihr Fotos von Bekannten des Opfers, das hilft ihrem Gedächtnis vielleicht auf die Sprünge. Danach könnt ihr gleich überprüfen, ob Zuidemas Haus vorschriftsgemäß bewacht wird. Das ganz normale Prozedere. Ich will alles wissen. Wer war Julia Zuidema, womit hat sie sich beschäftigt, was dachten ihre Freundinnen über sie, was war ihr Lieblingsfilm, welches Parfüm hat sie benutzt? Und vor allem, wer profitiert von ihrem Tod? Ihr Ehemann? Ich will, dass ihr euch beeilt. Dieser Fall muss schnell aufgeklärt werden.« Keiner der Kollegen fragt nach dem Grund für ihre letzte Bemerkung. Vermuten auch sie, dass es in diesem Fall vielleicht nicht bei einem einzigen Opfer bleiben wird?

Nach der Besprechung berichtet Gerritsen, dass ein Utrechter Streifenpolizist ein paar Kartons in ihr Büro gebracht hat. »Auf Befehl von Hoofdcommissaris Nummerdor«, sagt der Hoofdagent. »Sie hatten ein Dossier angefordert.«

Die Unterlagen zu dem Fall. Endlich.

Zwei Archivkartons voller Aktenordner mit vergilbten Etiketten auf den Rückseiten. Die Fallnummer auf den Ordnern ist kaum noch lesbar. Sie braucht sie nicht zu lesen. Sie hat sich ihr bis in alle Ewigkeit eingeprägt: 1987-03114.

Diese Kartons enthalten ihr Leben, vor allem aber den vermeintlichen Tod ihrer Tochter. Drei Jahre war sie damals alt. Als die letzte Akte geschlossen wurde, war sie auf dem Papier gestorben. Das sprach zwar niemand aus, aber das war auch gar nicht nötig. Sie erinnert sich noch genau an das Gefühl von damals.

Dieser Schmerz, gleich unter ihrem Zwerchfell, der aus jedem unbewussten Atemzug plötzlich eine Qual macht, ist sofort wieder da, als sie einen der Ordner berührt. Sie spürt, wie sich ihre Muskeln zusammenziehen. Sie hat jetzt alle Dokumente vor sich, auch den Mitschnitt scheinbar unwichtiger Telefonate, Gespräche mit Bekannten, mit Menschen, die damals im Einkaufszentrum waren. Sie musste Nummerdor schriftlich bestätigen, dass sie persönlich dafür haftet, dass sämtliche Unterlagen nach Utrecht zurückgehen.

Sie streicht vorsichtig über die Ordner, wie um sich zu vergewissern, dass es sie wirklich gibt. Ihre Handflächen sind mit weißgrauem Staub bedeckt. Sie klappt den ersten Ordner auf und sieht das Datum, das sie nie mehr vergessen wird. Es scheint eine Ewigkeit her zu sein, aber manchmal fühlt es sich an, als sei es erst gestern gewesen. Der 16. März 1987. Das Jahr, in dem Den Uyl und Simon Carmiggelt starben, dasselbe Jahr, in dem Gerrit-Jan Heijn entführt wurde. Der Täter wohnt jetzt bei ihr in der Nähe, in Ruurlo. Unvorstellbar.

Sie kann nicht vergessen, nie. Nie. Selbst die Hoffnung kann sie nicht endgültig begraben. Solange sie keine Leiche beerdigen kann, bleibt noch ein Funken Hoffnung übrig, der vielleicht lieber nicht da sein sollte. Vor Jahren hätte sie sich das niemals eingestanden.

Es hatte an jenem Nachmittag um die fünf Grad, und es war nasskalt, als sie mit Suzan in das überdachte Einkaufszentrum ging, weil es schüttete. Wie oft hat sie sich dafür verflucht, dass sie nicht in ein anderes Einkaufszentrum gegangen ist. Aber das ist natürlich Quatsch, wirft sie sich zum x-ten Mal vor. Sie waren schon so oft dort gewesen, und Suzan wollte ins Bällebad und dann zur Rutsche. Sie sieht die blonden Locken mit dem Rotstich noch heute jeden Tag vor sich.

Zunächst empfand sie nichts als Panik. Dann begann die Suche, gefolgt von ungläubiger Fassungslosigkeit, dass sie nicht einfach wieder auftauchte. Und danach kam das Schlimmste. Die Stille. Vor allem morgens, nach dem Aufstehen. Keine weichen Ärmchen mehr, die sich um ihren Hals legten, kein lebhaftes Gebrabbel, auf das sie sich keinen Reim machen konnte. Das leere Zimmer. Die Stofftiere Kaninchen, Tiger und Pip, die geduldig auf ihre Rückkehr warteten.

Zeit, sich mit der Lektüre, die sie sich da aufhalst, zu beschäftigen, hat sie nicht. Ihr Handy klingelt. Der Rufton ist auf leise eingestellt, aber sie erschrickt trotzdem, als sie die Nummer sieht. Das Krankenhaus. Eine Frauenstimme bittet sie herzukommen.

Sie steht automatisch auf und greift nach ihren Autoschlüsseln. »Was ist los?«

»Komplikationen.«

Sie erteilt Gerritsen Anweisungen, ruft Jaap an und holt ihn von der Galerie ab.

Ihre Hände zittern, als sie die Intensivstation betritt. Obwohl sie sich auf das Schlimmste gefasst gemacht hat, weicht sie doch zurück, als sie ihre Mutter mit blassem, schweißbedecktem Gesicht im Bett sieht.

Eine Krankenschwester kontrolliert die Infusion und dreht an einem Knopf.

Sie nimmt all ihren Mut zusammen und greift nach der Hand ihrer Mutter, die sich kalt und feucht anfühlt. »Mam?«

Die faltigen Hände auf dem Laken könnten genauso gut einer Toten gehören. Ihr graut vor ihren eigenen Gedanken, aber es stimmt: Bei Obduktionen hat sie Hände gesehen, die einen lebendigeren Eindruck machten als diese Knochen mit blauer, durchsichtiger Haut. Eine Szene aus ihrem Traum geht ihr wieder durch den Kopf. Einen Moment lang hat sie einen Erinnerungsflash, aber als sie ihn einordnen will, ist er wieder verschwunden. Sie holt ein paarmal tief Luft und flüstert noch einmal leise »Mam«. Ihre Mutter reagiert nicht.

Jaap fragt den behandelnden Arzt, wie es denn nun um sie steht. Sie bekommt dessen weitschweifige Antwort nur halb mit, aber das Wichtigste entgeht ihr nicht. Sie ist geröntgt worden, die Hüfte ist gebrochen, und ihre Mutter hat Fieber. Sie müssen jetzt entscheiden, ob operiert werden soll. Das Ganze erinnert sie sehr an die Sache vor fünf Jahren.

»Operieren«, sagt Rien. Ihr Bruder sieht erschöpft aus, stellt sie fest. Gleichzeitig wird ihr bewusst, dass er bestimmt genau dasselbe von ihr denkt. Sie hat keine Ahnung, was in ihm vorgeht. Sie reden nur über organisatorische Dinge, die mit ihrer Mutter zu tun haben. Wer holt sie an ihrem Geburtstag ab? An welchem Sonntag gehst du zu ihr? Am nächsten Sonntag kommt sie dann zu uns zum Essen. Was ihm im Leben wirklich wichtig ist? Keine Ahnung. Das ist auch ihre eigene Schuld, sie hat es zugelassen, dass sie sich so weit voneinander entfernt haben. Früher glaubte sie, ihn zu kennen. Als sie beide aus dem Haus waren, froh über die neu gewonnene Freiheit und voller Pläne, und sie beide nach dem Studium heiraten wollten. Eine Familie gründen.

Sie nickt zögernd. Im Grunde bleibt ihnen keine andere Wahl.

»Sie bekommt Medikamente, und dann hoffe ich, dass wir morgen operieren können«, sagt der Arzt. »Wenn sich ihr Zustand verschlechtert, melden wir uns.«

Auf der Rückfahrt würde sie am liebsten sofort wieder kehrtmachen.

Was, wenn ihre Mutter nicht mehr aufwacht? Sie hat sich nicht mal verabschiedet und will sie noch so vieles fragen. Noch so viel von ihr wissen. Sie muss unbedingt dabei sein, wenn sie aufwacht. Dem Arzt zufolge stellen sie sie ruhig, ohne genau zu wissen, wann operiert werden kann. Will sie solange hilflos zusehen und an ihrem Bett sitzen, während ein Mord aufgeklärt werden muss?

Jaap findet, dass sie nach Hause fahren soll.
»Und dann? Rumsitzen und grübeln?«
»Wie wär's denn zur Abwechslung mal mit ausruhen?«
Sie schüttelt den Kopf. Er versteht das nicht.

16

Hein Zuidema hat sich heute Morgen nicht rasiert, stellt Nelleke fest. Außerdem müsste seine Brille auch mal wieder geputzt werden. Der Tierarzt hat einen gehetzten Blick. Er erzählt, dass er kein Auge zugetan hat. Das Bild seiner Frau, die zugedeckt im Wohnzimmer liegt, geht ihm einfach nicht mehr aus dem Kopf. Als er in den Morgenstunden schließlich einschlief, träumte er, dass er in Blut ertrank.

Es ist knapp zehn, aber sie ist so müde, als sei der Arbeitstag so gut wie zu Ende. Sie muss sich zusammenreißen, nicht zu gähnen. Zuidema erzählt, dass seine Eltern gestern Abend sofort gekommen sind. »Und jetzt hocken wir aufeinander wie ein Bienenvolk in einem zu vollen Bienenstock.«

Der Tierarzt entspannt sich ein wenig, als sie über seine Liebe zu Tieren und seine Arbeit reden. Heißt es nicht, dass Menschen, die ein Herz für Tiere haben, auch eines für Menschen haben? Aber auf Zuidema trifft das ihrer Meinung nach nicht zu. Er erzählt engagiert von seiner Arbeit, muss aber nachdenken, wie viele Leute im Moment für ihn arbeiten, und kann bestimmte Funktionen nicht bestimmten Personen zuordnen.

»Am liebsten würde ich in meine Praxis gehen. Das ist der einzige Ort, an dem ich mich wohlfühle.« Er scheint gar nicht zu merken, wie herzlos seine Bemerkung klingt. »Was für eine unangenehme Situation! Ausgerechnet jetzt, wo ich kurz davorstehe, eine Revolution in der Hundewelt auszulösen.«

»Eine Revolution?«

Der Tierarzt erzählt ihr leidenschaftlich von Knorpeln, dem Knochengerüst und davon, wie Arthrose und Osteoporose entstehen. »Bei der Arthrose geht der Knorpel kaputt. Die Knorpeldichte wird immer dünner, und der darunterliegende Knochen bildet Osteophyten.«

Zuidema hat ein Mittel entwickelt, mit dem man Osteoporose und Arthrose vorbeugen kann. »Und heilen! Das ist ja das Wunder. Eine der größten Entdeckungen der letzten Jahre ist die Wirkung von Chondroitinsäure, ein Stoff, der aus Haifischknorpel isoliert wird. Aber was ich damit gemacht habe, führt zu wirklich revolutionären Ergebnissen. Ich habe die Chondroitinsäure mit einem Konzentrat aus Glucosamin, Histidin und ...« Zuidema zögert. »Tut mir leid. Ich darf die Inhaltsstoffe natürlich nicht vollkommen preisgeben. Das wird Sie sicherlich auch nur mäßig interessieren. Wichtig ist, dass endlich eine hundertprozentige Wiederherstellung möglich ist. Begreifen Sie, was das bedeutet? Ich kann Hunde, die an Osteoporose oder Arthrose leiden, wieder heilen. Und Hunde, die von klein auf eine kleine Dosis meines Mittels nehmen, bekommen später keine Probleme damit. Noch einen Monat, dann kann ich meine dreijährigen Untersuchungen abschließen, meine Schlussfolgerungen präsentieren und das Produkt lancieren.«

»Drei Jahre?«

»Das letzte Jahr bestand aus Tests mit Hunden, die mein Mittel verabreicht bekommen haben. Sie haben ja keine Ahnung, wie viele Formulare wir für die Zulassung der Tests ausgefüllt haben.«

»Wir?«

»Ich mache das zusammen mit einer Firma, die die Untersuchung mitfinanziert, sonst wäre das unbezahlbar. Aber jetzt ist es endlich so weit.«

Er strahlt, und für einen Moment ist der Grund ihres Besuchs vergessen. Zumindest gilt das für ihn.

»Und beim Menschen?«

»Wie meinen Sie das?«, fragt er verwundert.

»Wirkt das Mittel auch beim Menschen?«

»Beim Menschen?«

»Ja. Das wäre doch schön?«

Der Tierarzt beschäftigt sich nicht mit Menschen, sagt er. »Zu viele Vorschriften. Dagegen sind die Stapel von Formularen und Anträgen, mit denen wir uns jetzt schon herumschlagen mussten, ein Klacks. Ich habe lieber mit Tieren zu tun. Vor allem mit Hunden.« Er scheint sich wieder zu erinnern, was vor zwei Tagen mit seinem eigenen Hund passiert ist, und beendet seine Ausführungen mit dem pathetischen Satz: »Hunde sind ehrlich und führen einen nicht an der Nase herum. Sie sind treu bis in den Tod, ja sogar darüber hinaus. Haben Sie den Artikel gelesen über den Pudel, der mit seinem Herrchen tot in der Wohnung gefunden wurde? Der Hund ist bei ihm geblieben und an Austrocknung gestorben. Sein Wassernapf war noch voll. Das nenne ich wirklich bedingungslose Liebe.«

Zuidema zückt sein Taschentuch.

Sie schaltet die eingebaute Audio- und Videoüberwachungsanlage im Verhörraum eins ein. Heute ist sie froh über die Anlage, denn sie hat Mühe, sich auf das Gespräch zu konzentrieren, obwohl Zuidema Interessantes über sein Forschungsgebiet zu berichten weiß. »Mittwochmorgen, neun nach zehn. Herr Zuidema, wir werden doch über Menschen sprechen müssen. Und über gestern. Wir haben die Mordwaffe gefunden.«

Sie beobachtet den Mann, der ihr gegenübersitzt, aufmerksam und nimmt sich vor, sich seine Reaktionen noch einmal auf Band anzusehen. Aber ihr erster Eindruck ist der, dass er von nichts weiß.

»Ja?«

»Sie wissen nicht, was es sein könnte?«

»Ich habe meine Frau tot vorgefunden. Ich weiß noch, dass ich die Polizei gerufen habe. Dass ich sie im Arm gehalten habe. Gestern Abend kam mein Kollege Van Vlijmen zu mir. Den hab ich anscheinend auch angerufen, aber keine einzige graue Zelle hier drin hat sich das gemerkt.«

Er zeigt auf seinen Kopf und beschreibt Kreise mit dem Zeigefinger.

»Eine Überlastung der rechten Gehirnhälfte. Die ist bei mir schon unter normalen Umständen nicht sehr aktiv.«

Wenn das ein Witz wäre, würde sie lächeln, doch stattdessen beschließt sie, seine rechte Gehirnhälfte etwas mehr zu stimulieren, und fragt, wie er seine Ehe mit Julia beschreiben würde.

»Meine Ehe? Ist das wichtig?«

»Das weiß ich erst, nachdem meine linke Gehirnhälfte Ihre Antwort analysiert hat.«

Das Thema belastet ihn sichtlich. »Was wollen Sie hören?« Er seufzt. »Man kann nicht mehr jeden Abend wie die Teenager übereinander herfallen. Zumindest ich schaffe das nicht.« Das schiefe Grinsen des Tierarztes ist eher sarkastisch als humorvoll. Er erzählt, dass sie nicht mehr viele Gemeinsamkeiten hatten. »Und das ist noch untertrieben ausgedrückt. Wenn wir über Bewegung sprachen, redete sie vom Lauftraining und ich von der Ortsveränderung eines Objekts mit der Zeit. Nicht, dass sie dumm war, im Gegenteil. Sich geistig weiterzuentwickeln hat sie bloß einfach nicht mehr interessiert. Ihr Körper war ihr wichtiger. Aber was ich noch schlimmer fand: Sie teilte unsere frühere Leidenschaft für Tiere nicht mehr. Sie ging laufen, aber Guus durfte nicht mit. Wenn sie am Montag trotzdem geweint hat, als Guus tot war, dann nur, weil es ihr wegen der Kinder leidtat.«

Könnte sie unter anderen Umständen mit diesem Mann gemütlich ein Glas Wein trinken? Wahrscheinlich schon. Ein ruhiger, intelligenter Mann. Etwas reserviert vielleicht. Den Umständen entsprechend. Er ist oft geistesabwesend oder macht zumindest diesen Eindruck. Als ob er dem Gespräch gedanklich schon vorausgeeilt sei oder über andere Dinge nachdenkt. Ihr fällt ein, dass Gijs auch so war. Sogar, als er um ihre Hand anhielt, im heißen Hinterland Spaniens. Zwei Störche sahen von ihrem hohen, sicheren Nest auf sie herab, bei der weißen Kirche von Santa Maria. Gijs steckte ihr den Ring an. Sie fragte ihn, warum er sie liebe, und er antwortete nicht darauf. Er erschrak regelrecht über ihre Stimme, als sie anschließend sagte, sie habe Durst.

Sie muss sich konzentrieren. Ein möglicher Mörder sitzt vor dir, Frau De Winter. Setz ihn unter Druck. »Sie wollten sich scheiden lassen.«

»Nein, Julia wollte die Scheidung. Anfang des Jahres hat sie mir und Van Vlijmen das erste Mal Anteile unserer Praxis verkauft.«

»Brauchte sie Geld?«

»Ich wüsste nicht, wofür. Sie wollte weg. Aus der Praxis aussteigen, aus unserer Ehe. Nach Therapien, Streit und Schweigen war es für sie einfach vorbei.«

»Und was ist mit Ihnen?«

»Das Schweigen war mir am liebsten, dann konnte ich mich wenigstens auf meine Forschung konzentrieren.«

»Was ich eigentlich meine, ist, brauchten Sie Geld? Tut mir leid, dass ich das fragen muss, aber welche Vorteile haben Sie durch ihren Tod?«

»Selbstverständlich haben wir beide eine Lebensversicherung. Ich werde dafür sorgen, dass Sie Einsicht in die Unterlagen bekommen.« Zuidema rutscht auf dem Stuhl hin und her und schiebt sich die Brille zurück auf die Nasenwurzel.

»Sie verstehen, dass wir solche Fragen stellen müssen, und sei es nur, um bestimmte Dinge auszuschließen. Herr Zuidema, hatte sie einen anderen kennengelernt?«

»So etwas habe ich auch schon vermutet.«

»Warum?«

»Sie hatte viel bessere Laune, ja sie kam sogar wieder öfter in die Praxis. Andererseits«, meint der Tierarzt, »habe ich die Frauen noch nie verstanden, deshalb habe ich nichts dazu gesagt. Vogel-Strauß-Politik, ich weiß. Wussten Sie, dass die Männchen mehrere Weibchen haben? Manchmal scheint mir das klüger. Frauen glucken gern zusammen, hab ich recht?«

»Ach ja? Das scheint mir eine Verallgemeinerung zu sein, auf jeden Fall gehört das jetzt nicht hierher. Ich wüsste lieber, wer es war.«

»Wie bitte?«

»Wen Julia kennengelernt hat.«

»Ich habe keine Ahnung.«

»Und Sie?«

»Ich?«

»Hatten Sie eine andere?«

»Wenn Sie meine Arbeit meinen, ja. Man kann durchaus sagen, dass ich mit meiner Arbeit verheiratet bin.«

Ein Witwer, denkt sie plötzlich, während sie sich Notizen macht und Zuidema nicht aus den Augen lässt. Sie hat nicht den Eindruck, dass er am Boden zerstört ist. Er scheint ihr Gespräch nicht unangenehm zu finden. Dass er ohne große Gefühlsausbrüche über seine verstorbene Frau sprechen kann, ist nicht schwer zu verstehen. Er hat sie geliebt, sehr sogar, aber es ist ein altes Gefühl, das der Vergangenheit angehört. Zuidema ist seiner Ehe entwachsen. Er sagt zwar, dass sie die Scheidung wollte, aber für ihn war die Ehe auch vorbei. Er blieb aus Bequemlichkeit. Und vielleicht aus finanziellen Erwägungen heraus.

Er sah das Bild seiner toten Frau im Traum vor sich, spricht aber ganz sachlich darüber. Erst, als er vom Tod seines Hundes berichtete, sah sie die Trauer in seinen Augen. Dann schon.

Menschen reagieren nun mal unterschiedlich. Diese beiden Menschen wollten sich scheiden lassen, die Liebe hatte sich verflüchtigt. Zuidema hat sich tief in seinem Innern schon länger von seiner Frau verabschiedet. Aber auf so eine brutale Art und Weise?

Zuidema erzählt offen von den Auseinandersetzungen zwischen ihm und seinem Geschäftspartner. »Van Vlijmen ist stur. Und viel zu sozial. Wenn ein Kunde nicht zahlen kann, zerreißt Gerard die Rechnung. Aber diese Meinungsverschiedenheiten bereichern uns auch. Wir finden immer eine Lösung, mit der wir beide zufrieden sind. Unsere Praxis ist in den letzten Jahren gewachsen und steht finanziell sehr gut da.«

Sie will einen Schluck Kaffee trinken, spürt aber an der Tasse, dass der Kaffee lauwarm ist. Eine kurze Pause ist angebracht. Sie ist in Gedanken in Winterswijk. Und bei vergilbten Aktenordnern.

Der Tierarzt will keinen frischen Kaffee und auch kein Wasser. Sie entschuldigt sich und holt ein Glas Wasser für sich selbst.

Kurz darauf stellt sie ihr Glas, aus dem sie bereits ein paarmal getrunken hat, zurück auf den Tisch im Verhörraum eins und schaltet die Überwachungsanlage wieder ein.

»Ist Ihnen etwas aufgefallen? Im Haus, an Ihrer Frau?«

Zuidema schüttelt den Kopf.

Nein, natürlich ist ihm nichts aufgefallen. Er war mit anderen Dingen beschäftigt als mit alltäglichem Familienkram. Wahrscheinlich hat er kaum gemerkt, dass seine Frau überhaupt zu Hause war oder dass seine Kinder mit am Frühstückstisch saßen.

»Wir haben festgestellt, dass Ihre Frau sich letztes Jahr die Lider hat liften lassen. Sie sagten bereits, dass sie mehr Wert auf ihren Körper gelegt hat als auf ihren Geist. Fanden Sie, dass sie in diesem Punkt übertreibt?«

Er schiebt gedankenverloren die Brille zurück auf die Nasenwurzel. Die braunen Augen sehen nachdenklich drein. »Ja, ich finde schon. Ich weiß noch, wie sie etwa vor einem Monat mit ihren Freundinnen im Wohnzimmer saß, und als ich reinkam, wurde es plötzlich still. Sie haben ihren Körperfettanteil miteinander verglichen. Das hat sie mir später erzählt. Julia hat auch die eine oder andere Kur gemacht. Auf jeden Fall konnte sie ziemlich unzufrieden mit ihrem Äußeren sein, ganz so, als wolle sie das Vierzigwerden immer weiter hinausschieben. Das fand ich auffällig, denn sie hatte eine gute Figur und ein schönes, offenes, symmetrisches Gesicht.«

Die Distanz, mit der er über seine ermordete Frau spricht, passt zu ihrer Einschätzung, dass er bereits dabei war, sich innerlich von ihr zu verabschieden. Obwohl er sich aus finanziellen Gründen vielleicht doch noch nicht von ihr trennen wollte. Die Frage ist, ob sich seine Liebe bereits so weit verflüchtigt hatte, dass er in der Lage war, Julia zu ermorden, als diese von Scheidung sprach. Hatte er Angst um seine Zukunft, die Zukunft seiner Praxis und die seiner Forschung? Sie konfrontiert ihn mit diesem Verdacht, ist aber angesichts seiner Reaktion nicht erleichtert. Er gibt zu, dass sich seine Gefühle in der Tat verändert hätten und dass eine Scheidung in finanzieller Hinsicht im Moment denkbar ungünstig für ihn wäre. Den Mord streitet er nachdrücklich ab. Seine Worte beruhigen sie nicht, weil er sie nicht ansieht, als er das sagt.

Sie schaut sich den Obduktionsbericht an und konfrontiert den Ehemann mit der Injektion.

Zuidema wirkt aufrichtig überrascht und erzählt, dass Julia eine Heidenangst vor Spritzen hatte. »Ich glaube, sie bekam mal ein Kontrastmittel unter die Kniescheibe gespritzt. Für Röntgenaufnahmen wegen einer Zyste. Wenn man ihren Schilderungen glaubt, ist sie beinahe umgekommen vor Schmerzen. Sie haben noch mal darüber geredet, als sie ihre Verletzungen Revue passieren ließen. Ihre Freundin, Corry Fierink, war auch dabei. Die hat damals als Krankenschwester oder so was gearbeitet.«

Sie macht sich eine entsprechende Notiz. »Warum haben Sie das Formular mit der Anzeige des Ketamindiebstahls zerrissen?«, fragt sie und mustert aufmerksam sein Gesicht. Das verrät keine Überraschung, aber sie sieht so etwas wie Zweifel in seinen Augen.

»Die Chance, dass Sie den Dieb finden, ist genauso groß wie die Chance, dass ich hundert werde«, sagt er.

»Ich glaube nicht, dass das der Grund ist. Sie haben mir auch das mit Ihrem Hund verheimlicht.«

Jetzt sieht er sie wirklich überrascht an. »Sie ziehen messerscharfe Schlüsse. Vielleicht sollte ich es machen wie Sie und auch nur Wasser trinken. Der Whiskey von gestern Abend vernebelt mir noch immer den Kopf.«

»Wenn Sie Informationen zurückhalten, riskieren Sie, dass ich falsche Schlüsse ziehe.«

»Wenn ich meine Frau ermorden wollte, wieso sollte ich dann vorher absichtlich meinen Hund töten?«

Trotz des Nebels in seinem Kopf kontert er sehr scharfsinnig. Seine Augen scheinen sie ehrlich entrüstet anzusehen oder wenigstens verwundert, aber sie hat schon viel erlebt. Ein so intelligenter Mann wie Zuidema könnte das mit Absicht getan haben, nur, um den Verdacht von sich abzulenken. »Ja, warum wohl, Herr Zuidema? Haben Sie so viel Angst vor negativer Presse?«

»Aber natürlich. Wenn die Medien Wind davon bekommen, dass Ketamin gestohlen wurde, ja dass in der Praxis ein Hund gestorben ist, was tun dann die Kunden Ihrer Meinung nach? Außer dem Ketamin sind übrigens auch jede Menge Medikamente verschwunden.«

»Was denn für Medikamente?«

»Die Medikamente, die ich für meine Forschung brauche und von denen ich Ihnen vorhin erzählt habe.«

»Sind sie gefährlich?«

»Nein.«

»Warum hat sie der Dieb dann mitgenommen?«

»Keine Ahnung. Vielleicht hielt er sie für Ecstasy-Pillen oder so was, die er verchecken kann?«

Sie macht sich eine entsprechende Notiz.

»Ich würde jetzt gern gehen. Ich muss noch alles Mögliche organisieren. Das Begräbnis, die Kinder …«

»Aber natürlich.« Mittlerweile fragt sie sich, ob sie ihn nicht härter anpacken muss. »Es sind übrigens Ihre Fingerabdrücke, die auf der Mordwaffe gefunden wurden.«

»Das ist nicht weiter verwunderlich. Ich habe am letzten Sonntag gespielt.«

»Wo?«

»Im Golfclub von Lochem. Ich bin da seit Jahren Mitglied. Achtzehn Löcher, 72 Par und eine Gesamtlänge von etwa sechs Kilometern. Julia fand, das sei kein Sport, aber ich golfe gern. Da läuft man nicht bloß im Kreis rum wie ein kopfloses Huhn, sondern strengt auch noch seine grauen Zellen an.«

Sie lässt die Bemerkung auf sich beruhen.

»Können Sie uns sonst noch was erzählen? Denken Sie bitte gut nach. Hatte Ihre Frau vor irgendetwas Angst? Wie war sie zu den Kindern, zu ihren Freundinnen? Wollte sie öfter weg, hat sie etwas Ungewöhnliches gesagt? Hat sie sich merkwürdig verhalten? Egal, was.«

Zuidema sieht sie nachdenklich an. Er fährt sich mit den Fingern über die Stirn, als wolle er einen Kopfschmerz vertreiben. »Ich habe dem keine große Bedeutung beigemessen, aber mir fällt ein, dass Julia vor ein paar Wochen gesagt hat, jemand habe sie wahrscheinlich während des Lauftrainings beobachtet.«

»Wo war sie trainieren?«

»Hier in der Umgebung. Korenburgerveen, De Schans.«

»Klang sie beunruhigt?«

»Nein, eigentlich nicht, deshalb bin ich nicht weiter darauf eingegangen. Hier passiert schließlich nie etwas.«

»Aber dann passierte doch etwas«, verbessert sie ihn.

»Ja. Die Vergangenheitsform«, sagt er nickend. »Die Vorvergangenheitsform.«

17

Ferry Wagener erzählt Nelleke, dass die Mitarbeiter der Tierarztpraxis ziemlich mitgenommen seien. Er hat Zuidemas Partner hergebracht. Ein sympathischer Mann. Van Vlijmen fand Zuidema in letzter Zeit ziemlich zerstreut. Er schob das auf seine Forschung. Es erstaunte Van Vlijmen, dass jetzt wirklich etwas schiefgegangen war, und er schien mehr oder weniger erleichtert zu sein, dass es sich um Zuidemas eigenen Hund gehandelt hatte. Ferry bekam ohne Widerrede Einsicht in die Buchhaltung der Praxis, nachdem er sich bei dem Mann nach finanziellen Problemen erkundigt hatte. Sie stecken nicht in Geldschwierigkeiten, stellte er fest, die Praxis läuft gut, es gibt genügend Eigenkapital, und die beiden haben ihre Angelegenheiten gut untereinander geregelt.

»Worüber haben sie gestritten?«, fragt seine Vorgesetzte.

»Er sagt, dass sie manchmal Auseinandersetzungen über Anschaffungskosten hatten. Aber die waren Van Vlijmen zufolge nicht weiter schlimm und sind längst beigelegt. Van Vlijmen unterstützt die Forschungsarbeit seines Partners und hilft ihm, so viel er kann. Ein gutes Team. Und es gibt in der Tat eine Firma, die einen Teil der Forschungskosten übernimmt.«

»Hat die Spurensicherung noch irgendwas zu möglichen Einbruchsspuren gesagt?«

»Sie haben nichts gefunden. Der Täter muss einen Schlüssel zur Praxis gehabt haben, so lautet die vorläufige Schlussfolgerung. Keiner der Kollegen ist am Sonntag dort gewesen, und als Frau Schuurmans am Samstag gegen fünf abschloss, ist ihr nichts Besonderes aufgefallen.«

Wagener zögert, und sie fragt, ob er noch etwas mit ihr besprechen will.

Er sieht, wie sie die rechte Braue hochzieht. Sie wird ungeduldig. Er will schon gehen, kann sich dann aber doch nicht beherrschen. Er will es wissen. »Wirft man Ton irgendetwas vor?«, fragt er. Er merkt selbst, wie ängstlich seine Stimme klingt.

»Es wird schon nicht so schlimm werden«, meint seine Chefin.

Er nickt. »Wo sind die Bänder?«

»Die stecken noch im Gerät.« Nelleke sieht ihn lachend an. »Ferry, hast du einen Jackpot im Lotto gewonnen, oder hat dich Karin zum Essen eingeladen?«

Sieht man ihm das so deutlich an? Er holt das Band aus dem Aufnahmegerät im Verhörraum eins und legt gleich wieder ein neues für die nächste Vernehmung ein. Ferry, du *fool*, jetzt pfeifst du schon wieder vor dich hin, ermahnt er sich leise. Hat er das vorhin bei Nelleke auch getan? Welche Melodie ist das gleich wieder, die kam doch gerade erst im Autoradio? *Brand New Day* von Diana Ross und Michael Jackson, genau, das war's. Er muss sich direkt zusammenreißen, nicht zu tanzen. Er und tanzen! Karin hat ihm eine SMS geschickt und ihn eingeladen. Zu ihr nach Hause, zum Pizzaessen. Selbst gebackene Pizza, mit Salami und schwarzen Oliven. Sie weiß, was er am liebsten mag. Sie weiß eigentlich alles über ihn. Seine Angewohnheiten, seine Macken. Dass er übertrieben ordentlich ist, außer es geht um Bic-Kugelschreiber. Die kaut er ab, bis nichts mehr davon übrig ist. Dafür weiß er, dass sie nachts manchmal den Daumen in den Mund steckt. Dass sie kalte Füße bekommt, wenn sie nervös ist, und dass sie drei Kinder will.

Kein Wunder, dass sie sich durch und durch kennen. Sie hielten schon Händchen, als sie kaum wussten, was das Wort Geschlechtsverkehr bedeutet. Sie wohnte zwei Straßen weiter. Es hat wieder zwischen ihnen gefunkt, und wie! Sie haben gigantisch guten Sex. Der ist ihm in früheren Beziehungen nie so überwältigend vorgekommen, er musste immer die Initiative ergreifen. Er kann es kaum glauben. Kann kaum glauben, dass er in Karin, mit der er doch tatsächlich im Sandkasten gespielt hat, die Liebe fürs Leben gefunden hat. Andererseits: Eine Jugendliebe und solcher Sex?

Er würde gern mal mit jemandem darüber sprechen, weiß aber nicht, mit wem.

Nelleke würde ihm zuhören und ihm eine ehrliche Antwort auf seine Fragen geben. Aber er will sich nicht anmerken lassen, wie grün er noch hinter den Ohren ist. Denn wenn es um ernsthafte Beziehungen geht, ist das *the case*.

Er hört Nellekes Verhör Zuidemas ab und hackt die Wörter in den Computer. Ein Bildschirm voller Buchstaben und Sätze, vielleicht steht ein wichtiger drin. Karin kommt mit zu seinen Eltern. Freiwillig. Dabei ist ihm das eigentlich gar nicht so recht. Sein Vater jammert mehr denn je. Als ob er nicht selbst an seinem Unglück schuld wäre! Er muss sich beherrschen, ihm die Wahrheit nicht knallhart ins Gesicht zu sagen. Eine Konfrontation, von Mann zu Mann. Dass er betrunken Auto gefahren und im Graben gelandet ist. Seine Mutter hat seitdem nichts mehr zu lachen. Tagein, tagaus sitzt sie mit einem frustrierten, behinderten Mann zu Hause, der nur noch Spaß daran zu haben scheint, Befehle zu erteilen und ihr das Leben zur Hölle zu machen. *Anyway*. Es ist schließlich nicht sein Leben. Andererseits macht er sich oft Sorgen um seine labile Mutter. Sie war auch der Grund, warum er aus England zurückgekommen ist. Aber wenn er mit Karin zu seinen Eltern muss, fühlt er sich verpflichtet, ihr alles zu erklären. Und er hat keine Lust auf die ewige Leier seines Vaters über einen Laden, der einen im Stich lässt, wenn er einen nicht mehr braucht. Am besten, er behält seine Vermutung für sich, dass irgendwas mit Cornelissen ist. Außerdem zweifelt er manchmal selbst daran, ob er wirklich für den Polizeidienst geeignet ist. Nelleke ist mit ihm zufrieden, das weiß er, aber er ist nicht hundertprozentig überzeugt. Manchmal träumt er sogar davon aufzuhören, weil er es nicht packt. Kann er dann immer noch auf die Rockakademie? *Out of the question*. Er ist siebenundzwanzig, das ist ja lächerlich.

»Wenn du Zeit hast, kümmerst du dich dann so schnell wie möglich um Seesinks Patientenakte?« Nelleke legt ein Blatt Papier auf seinen Schreibtisch, darauf stehen mehrere Fragen. »Kann sein, dass Seesink damals in Warnsveld war. Ansonsten kontaktierst du seinen Hausarzt.«

»Okay.«

Er ist neugierig, was Nelleke denkt, wen sie verdächtigt. Sie sagt es nie, nicht, bevor sie sozusagen das Geständnis in Händen hält. Seine Chefin! Obwohl sie sich ständig über alle Fakten und Details eines Falles austauschen, ist sie doch immer besorgt, einen Tunnelblick zu bekommen. Und deshalb hält sie sich auch mit Spekulationen zurück. Er hat während seiner – zugegeben kurzen – Polizeilaufbahn nie mit einem Inspecteur mit solcher Menschenkenntnis zu tun gehabt. Umso mehr überrascht es ihn, dass in ihrem Privatleben so einiges im Argen ist. Heute wünscht er sich nur eines: dass ihr Team so bleibt, wie es ist, mit Cornelissen. Er hat über den Flurfunk was von wegen eines Diskriminierungsvorfalls gehört und gesehen, wie Nelleke die rechte Braue hochzog. Dann stimmt es also. Doch was passiert, wenn Ton ausfällt? Vielleicht wird das

Team dann aufgeteilt. Redet Nelleke nicht manchmal von Utrecht? Dass Nummerdor sie gern dort hätte? Er will in diesem Team bleiben. Nicht schon wieder eine Veränderung! Es ist gerade mal ein Jahr, dass er sich wohl in seiner Haut fühlt, und zwar seitdem er fest zu ihrem Team gehört.

Er hat nicht darauf gewettet, dass Zuidema der Täter ist, weil andere das wahrscheinlich durchaus getan haben. Außerdem ist es ja nur ein Spiel. Doch inzwischen geht er davon aus, dass der Ehemann ganz oben auf der Liste mit den drei Verdächtigen steht. Gestern ging er noch spätabends ein Fleischbrötchen bei Broodje Bram holen, und was er da über Julia Zuidema gehört hat, spricht Bände. Eine wunderschöne Frau, die sich, vorsichtig ausgedrückt, nicht gerade über einen Mangel an Verehrern beklagen konnte.

Er sieht die Szene regelrecht vor sich, wie der eifersüchtige Ehemann seine Frau zu Hause mit einem anderen erwischt.

18

Nelleke holt einmal tief Luft und wählt die Nummer des Hauptreviers in Utrecht. Sie fragt die Telefonistin nach Hoofdcommissaris Ruud Nummerdor und bekommt Annemieke an den Apparat. Nachdem sie einige Neuigkeiten ausgetauscht haben, verbindet sie seine Sekretärin weiter.

»Ruud? Danke für das Dossier über Suzan.«

»Wenn du Hilfe brauchst, regel ich das, das weißt du.«

»Ich habe noch eine andere Bitte.« Sie hört den Zweifel in ihrer Stimme, und das merkt ihr früherer Vorgesetzter, der sie durch und durch kennt, bestimmt auch.

»Ja?«

»Ist da irgendwas mit dem Diskriminierungsbericht?«

»Wie kommst du darauf?«

»Cornelissen muss vor der Kommission antanzen, und Markant will mich morgen wegen ihm sprechen. Werden Köpfe rollen, Ruud? Befehl von oben?« Sie sieht den Hoofdcommissaris vor sich, wie er in seinem schicken Büro auf dem schwarzen Ledersessel sitzt, der unter seinem Gewicht ächzt. Auch er gehört zur Polizeispitze und bestimmt mit seinen Entscheidungen die Zukunft ihres Teams. Die Zukunft von Cornelissen. Ein unangenehmes Schweigen entsteht, und so langsam wird die Anspannung immer größer.

»Ich darf nichts dazu sagen.«

Soll sie nichts wissen, bis sie vor vollendete Tatsachen gestellt wird? Hat sich Markant verplappert? Wenn, dann natürlich absichtlich, er muss sich totgelacht haben, als er gegangen ist.

»Noch ist nichts entschieden, das muss dir vorläufig reichen. Es tut mir leid. Konzentrier dich auf den Fall, dann sehen wir weiter.«

Seine Stimme bekommt eine positive Färbung. »Warten wir also ab«, sagt sie nicht sehr beruhigt. Sie könnte sich jetzt einreden, dass ihr das nichts ausmacht. Dass er der alte Ruud von früher ist. Dass er sein Leben nach Ans Tod wieder aufgenommen, eine neue Freundin gefunden hat und weniger trinkt. Aber das wäre gelogen. Etwas ist anders. Er ist anders, irgendwie distanzierter.

Ton Cornelissen ist alles andere als ein unbeschriebenes Blatt. Wenn Markant will, kann er eine schlechte Beurteilung schreiben, ohne groß lügen zu müssen. Was, wenn sie ein Exempel statuieren wollen und Cornelissen an die Luft setzen? Soll sie dann aus lauter Solidarität die Kündigung einreichen? Sie überlegt, was sie dann machen würde. Mit Jaap auf Weltreise gehen. Bei Simone in der Praxis mitarbeiten. Eine Praxisgemeinschaft mit ihr bilden – Simone wäre begeistert. Dann würde sie ihre Tage mit Beziehungsproblemen verbringen oder mit Frauen, die Probleme mit ihrer Vergangenheit oder Zukunft haben. Nein, sie will ihre jetzige Arbeit fortsetzen. Sie wird natürlich um Cornelissen kämpfen. Das Team ist gut eingespielt, erzielt die besten Ergebnisse. In diesem Team ist sie zu Hause. Das ist ihre Arbeit, das, was sie gut kann. Sie ist für sie genauso selbstverständlich wie das Laufen. Wie das Atmen. Sie macht den Rücken gerade. Ihre Müdigkeit verscheucht sie mit einer Tasse Kaffee. Sie sieht Gespenster. Erst mal abwarten, was Markant tatsächlich gegen ihren Kollegen in der Hand hat. Vielleicht ist es nur ein Sturm im Wasserglas.

»Das lag im Briefkasten.« Wagener legt einen Umschlag auf ihren Schreibtisch.

Der Umschlag ist an die Polizei von Lichtenvoorde adressiert. Keine Briefmarke, also wurde er persönlich eingeworfen. Kurz bereut sie es, dass es keine Überwachungskamera gibt, aber in diesem Fall hätte sich der Absender bestimmt etwas anderes ausgedacht, um ihr den Umschlag zukommen zu lassen.

Mit einer Pinzette zieht sie den Inhalt heraus.

Ein Foto.

Läufer. Sie erkennt auf Anhieb, dass es Frauen sind. Drei Läuferinnen, die von hinten fotografiert wurden. Sie laufen in einem Wald. Drei lange Hosen, eine schwarze, eine mit hellblauen und eine mit roten Streifen. Die Sonne scheint, denn es gibt viele Schatten. Das üppige Grün lässt vermuten, dass das Foto im Mai oder Juni aufgenommen wurde. Eher im Mai, denn es kann nicht sehr heiß gewesen sein, eine Läuferin trägt eine Jacke. Eine rote Jacke, mit einem Werbeaufdruck. Druckerei De Haas. Eine blonde Frau mit langen Haaren, die an Julia Zuidema erinnert. Die anderen beiden sind weiter weg und etwas verschwommen. Eine Frau mit einem dunklen Lockenkopf, die andere hat rote oder eher rötliche Haare, die ein gutes Stück dunkler sind als ihre. Es wird Zeit, dass sie die beiden Freundinnen kennenlernt. Irgendwie zweifelt sie keine Sekunde daran, dass es ihre Hinterteile sind, die sie auf diesem Foto mustert. Sie dreht es um, auf der Rückseite steht ein Text in Großbuchstaben: »*Wenn ein Verrückter einen völlig gesunden Eindruck macht, wird es höchste Zeit, ihn in eine Zwangsjacke zu stecken.*«

»Lass beides analysieren und auf Fingerabdrücke überprüfen. Bring es so schnell wie möglich zur Spurensicherung, und mach ein paar gute Farbkopien«, befiehlt sie Wagener. Vorsichtig, weil sie keine Spuren zerstören will, gibt sie ihm das Foto und den Umschlag. »Und verteile sie. Zeig jedem, dem du begegnest, den Text, vielleicht kennt ihn jemand.«

Will ihr jemand weismachen, dass Seesink hinter dem Mord steckt? Dann hat dieser Jemand unter Umständen auch Angst, dass es nicht bei einem Opfer bleiben wird.

»Hast du Seesinks Krankenakte schon beantragt?«

»Das mach ich gleich.«

Als Wagener das Büro verlässt, hört sie eine Frauenstimme, die ihr bekannt vorkommt.

Sie läuft zum Büro ihres Kollegen und stößt beinahe mit ihrer Nachbarin zusammen.

»Frau Hummelink?«

»Nelleke! Ich habe schon nach Ihnen gefragt, aber der junge Kerl am Eingang hat mich an diese beiden Herren verwiesen. Ich habe ihnen genau erzählt, was ich weiß.«

»Und zwar?«, fragt sie, jetzt neugierig geworden, was diese Frau für so wichtig hält, dass sie extra dafür aufs Revier kommt.

Frau Hummelink, die trotz ihrer Diäten kein Gramm abgenommen hat, ja vielleicht sogar deswegen so dick geworden ist, flüstert den Namen beinahe: »Hanne te Brake.«

»Was ist mit ihr?«

»Die habe ich gestern Abend spät gesehen, im Wäldchen hinter dem Erve Kots«, sagt ihre Nachbarin vertraulich im breitesten Dialekt der Achterhoek. »Ich war genau gegenüber, Sie wissen schon, in dem gemütlichen Saal. Dort fand ein Fest der Landfrauen statt. Ich bin aufs Rad gestiegen und wollte durch den Wald nach Hause, über den Sandweg. Da kommt man genau bei unserer Straße raus. Und in dem Moment habe ich sie gesehen.«

»Wie spät war das?«, fragt sie.

»So gegen elf, halb zwölf.«

»Wissen Sie auch, was sie da gemacht hat?«

»Sie hat was versteckt oder geholt. Ich hab gesehen, wie sie sich bückte. Sie hatte was in der Hand.«

»Sind Sie nicht auf sie zugegangen?«

Frau Hummelink schüttelt den Kopf, wobei ihr Doppelkinn mitschwingt. »Sie war schon weg, bevor ich sie eingeholt hatte. Ich bin natürlich auch nicht mehr die Schnellste, und als sie weg war, dachte ich: hat nicht sein sollen.«

»Das hilft uns sehr. Danke für die Information, wir kümmern uns darum.«

Die Nachbarin beugt sich vertraulich vor. »Diese Frau war früher in Harreveld, wussten Sie das?«

»Wir werden genaue Nachforschungen anstellen, darauf können Sie sich verlassen«, sagt sie.

»Wenn es was für unsere Zeitung ist, rufen Sie mich aber als Erste an?«

Sie nickt. Eine stumme Notlüge.

Cornelissen und Simmelinck haben amüsiert zugesehen und lachen laut los, nachdem Frau Hummelink verschwunden ist.

»Das ist also deine neue Nachbarin«, sagt Simmelinck.

»Wer die zur Frau hat, kann wirklich von Glück sagen«, sagt Cornelissen grinsend. »Die ist ja noch schöner als die vorherige. Welchen Spitznamen hat Josien der hier gegeben?«

»Ich bitte Sie, meine Herren.« Sie muss selbst lachen. »Sie ist ein herzensguter Mensch, bringt Josien bloß nicht auf dumme Ideen.«

»Wir haben übrigens schon mit dieser Hanne te Brake gesprochen«, sagt Simmelinck.

»Und?«

»Sehr sachlich.«

»Nicht gerade eine Frohnatur«, fügt Cornelissen hinzu. »Geschieden, im Moment Single. Vom Typ her wie Markant, einschließlich des dicken Audis. So eine fanatische Sportlerin. Druckereibesitzerin. Wenn alles gut geht, ist sie in einer halben Stunde hier.«

Mit Corry Fierink haben sie auch gesprochen.

»Die dritte im Bunde«, sagt Simmelinck. Sie ist mit einem Vertreter verheiratet. Zwei Kinder. Sie wirkte eher schüchtern auf mich.«

»Auch so eine Gesundheitsfanatikerin«, sagt Cornelissen, »jede Menge Multivitamine und so.«

»Die sie weggeräumt hat, als wir kamen. Wahrscheinlich hatte sie Angst, dass Ton ihr welche wegisst.«

»Ich bin von Natur aus gesund. Dafür brauche ich keine Pillen«, brummt der und streicht sich über den Bauch.

Simmelinck informiert sie noch weiter über den gestrigen Abend. Sie erzählt ihren Kollegen, was Frau Hummelink berichtet hat, und bittet sie, der Frau auf den Zahn zu fühlen. »Nehmt zur Not jemanden von der Spurensicherung mit«, sagt sie.

Die beiden Polizisten haben die interessanteren Neuigkeiten. Sie sind noch einmal bei Zuidemas Nachbarn gewesen. Frau Klein Gebbink, die gestern gegen halb fünf eine Frau gesehen haben will, war leider nicht zu Hause. Aber eine andere, Frau Beerten, hat Simmelinck zufolge nach wie vor behauptet, einen Mann gesehen zu haben. »Sie ist zwar steinalt, aber was das betrifft, war sie sich ganz sicher. Doch diesmal sagte sie auch, dass der Mann in einem dicken Auto saß.«

»In einem Jeep oder so«, fügt sein Kollege hinzu.

Ein Jeep. Das ist doch schon mal was. Es kommt Bewegung in den Fall.

Sie ruft in der Tierarztpraxis an. Doortje Schuurmans sagt, dass sie ihren Chef heute noch nicht gesehen hat. Er sei sicherlich zu seinen Eltern gefahren und komme später in die Praxis.

Sie bittet Wagener, sich Hanne te Brake zu widmen, greift nach ihrer Handtasche und verlässt das Büro.

19

Die Ferienwohnungen von Het Belegh van Groll liegen versteckt hinter hohen Bäumen. Die Sächsischen Bauernhöfe, wie man die luxuriösen Sommerhäuser auch nennt, werden nicht nur als Ferienunterkunft genutzt, sondern beherbergen auch frisch geschiedene Männer und Frauen, die vorübergehend im »Wald der Tränen« Zuflucht suchen. Nelleke sieht, wie Hein Zuidema aus der Tür kommt, und als sie ihn begrüßt, sagt er, dass er gerade zur Praxis fahren will.

»Herr Zuidema, es gibt eine Zeugin, die Sie gestern gesehen hat. Gegen Viertel nach vier, in der Nähe Ihres Hauses, in Ihrem Auto.«

Sie beobachtet genau, wie er reagiert, konfrontiert ihn absichtlich mit ihrem Wissen und meint, ein leichtes Zucken um seinen linken Mundwinkel wahrzunehmen, bevor er tief seufzt. »Ich habe mir ein Käsebrot gemacht und bin wieder gegangen. Es war niemand zu Hause.«

»Warum haben Sie uns das nicht gleich erzählt?«, fragt sie.

»Das hab ich vergessen. Sie haben nur gefragt, wann ich Julia das letzte Mal gesprochen habe«, entgegnet Zuidema, ihrer Meinung nach ein wenig zu heftig. »Ich dachte, so was Banales wie ein Käsebrot interessiert Sie bestimmt nicht.«

»Meinen Sie nicht, dass Sie es lieber uns überlassen sollten, was wir für wichtig halten?«

Zuidema nickt. »Ich hab schon verstanden.«

Der Tierarzt erklärt, dass er das Haus mittags wie immer durch die Vordertür betreten hat. Er war nicht in der Abstellkammer und weiß nicht, ob sie abgeschlossen war.

»Sie sagten heute Morgen, dass Ihre Frau vermutlich jemand anderes kennengelernt hat. Wann war das genau?«

»Als es so kalt war. War das nicht Anfang Februar? Sie kam in mein Büro gestürmt, während ich eine Besprechung mit einem Lieferanten hatte. Sie ist rot geworden. In dem Moment dachte ich: Sie denkt jetzt an einen anderen und fühlt sich von mir ertappt. Wussten Sie, dass Rotwerden eine Reaktion ist, die uns kein Tier nachmacht?« Er lächelt, während er offensichtlich an glücklichere Zeiten mit seiner Ehefrau zurückdenkt. »Seit damals war sie auf jeden Fall fröhlicher und kam öfter in die Praxis. Ich habe sie nicht nach dem Grund gefragt. Vielleicht habe ich mich auch vor ihrer Antwort gefürchtet.«

»Dass sie sich wirklich in einen anderen verliebt hat.«

»Genau.«

»Und Sie haben keine Ahnung, wer das sein könnte?«

»Nein.«

»Wer war der Lieferant?«

»Ein Deutscher, und auf keinen Fall Julias Typ.«

In einem älteren Mann, der näher kommt, erkennt sie sofort Zuidemas Vater. Dieselbe große Nase, sogar die Brille, die darauf sitzt, ist beinahe dieselbe wie die seines Sohnes.

Früher war sie neugierig, wem sie wohl ähnlich sieht. An ihrem achtzehnten Geburtstag erfuhr sie, von wem sie ihre grünen Augen, die langen Finger und die zierliche Figur hat. Sie erfuhr, dass es in der Familie ihrer Mutter keine beängstigenden Krankheiten gibt. Die Ähnlichkeit mit Evelien nahm ihr jeden Zweifel, und danach hatte sie keine Lust mehr, ihren Vater ausfindig zu machen. Auf Eveliens alten Fotos erkannte sie ihre eigenen widerspenstigen roten Locken wieder. Jetzt föhnt Evelien sie glatt, was sie eleganter aussehen lässt. Ob sie das später wohl genauso macht? Die Ähnlichkeit ist so groß, dass es sich anfühlt, wie nach Hause zu kommen. Gleichzeitig spürt sie bei jedem Gedanken an Evelien den Schmerz und die Einsamkeit und möchte beides am liebsten verdrängen.

Simone zufolge ist das ein Fehler. Jetzt, wo sie Suzans Akte geöffnet hat, will sie auch in Bezug auf Evelien einen wichtigen weiteren Schritt machen. Das ist die einzige Möglichkeit, sich selbst näherzukommen.

Sie stellt sich vor und schlägt seine Einladung auf einen Kaffee aus. »Ich muss wieder los, danke.«

Der Senior sieht seinen Sohn an. »Hein, die Bestatterin hat angerufen und ist um eins hier. Eine gewisse Frau De Boer. Du hast mir gar nicht erzählt, dass es sich um eine Frau handelt.«

»Bis dahin bin ich wieder da«, sagt der Junior.

»Zum Schluss noch eine Frage, Herr Zuidema.« Sie zeigt ihm das Foto. Zuidema erkennt seine Frau nach anfänglichem Zweifeln, weil ihm die Laufklamotten nicht bekannt vorkommen. »Von den Haaren und von der Figur her muss das Julia sein.«

Sie dreht das Foto um. »Sagt Ihnen das etwas?«

Zuidema murmelt den Text vor sich hin. Bei dem Wort *Zwangsjacke* sieht er sie an. »Das gibt es doch heutzutage gar nicht mehr? Vielleicht ein Zitat aus einem Buch?«

»Das habe ich mir auch schon gedacht«, sagt sie. »Fragt sich nur, aus welchem.«

»Das scheint mir kein Buch zu sein, das ich normalerweise lesen würde.«

Sie hat noch etwa zehn Minuten Zeit und fährt nach Hause, um nach Daya zu sehen. Nach dem kleinen Wirbelwind, der mit seiner Fröhlichkeit und seinen lustigen Kapriolen im letzten Jahr ihr Herz erobert hat. Als sie die Hintertür aufschließt, rennt ihr der Hund begeistert entgegen. Ihre Hand wird ausgiebig abgeleckt, und mit dem wild neben ihr auf und ab hüpfenden Hund geht sie in die Küche. Frida versucht, Daya wieder aus der Küche zu scheuchen, indem sie mit einem Handtuch fuchtelt, aber stattdessen packt der Hund das Handtuch und lässt sich ausgelassen mitschleudern. Nelleke muss lachen. Frida schüttelt nur den Kopf und wischt sich den Schweiß von der Stirn, die ganz rot ist vor Anstrengung. »Wenn du das lustig findest, werde ich mich auch nicht darüber aufregen.«

»Recht hast du.«

Der Küchenboden glänzt, und alle Schränke sind ausgeräumt, ohne dass sie bedacht hat, dass es andersherum praktischer wäre. Nelleke verliert kein Wort darüber. Die Putzfrau macht ihre mangelnde Effizienz mit ihrer gut gelaunten Art und ihrem nie nachlassenden Eifer locker wieder wett. Während sich Nelleke zwischen den Kräutertöpfen und Kaffeetassen ein Brot schmiert, verspricht sie Frida, dass sie bleibt, bis Josien von der Schule kommt.

20

Ein dunkel gelockter Haarschopf und ein leicht dunkler Teint lassen auf südliche Vorfahren schließen. Hanne te Brake hat ein fast symmetrisches Gesicht. Aber nur fast, denn sie hat einen Silberblick, wie Nelleke feststellt. Ihr rechtes Auge weist unter den langen Wimpern eine leichte Fehlstellung auf. Nelleke findet das anziehend, es verleiht der Frau etwas Verletzliches, Geheimnisvolles.

»Vierzehn Angestellte, das ist aber eine ziemliche Verantwortung«, sagt sie zu Julias Freundin.

»So habe ich das noch nie gesehen. Die Druckerei ist mein Leben, und ohne Personal funktioniert die nicht.«

»Und der Laufsport?«

»Ein Hobby.« Die Frau, die ihr gegenübersteht, betrachtet ihre langen, perfekt manikürten Fingernägel.

»Für Ihre Freundin Julia war das mehr als nur ein Hobby«, sagt sie, »wenn man an die Zeit denkt, die sie in diesen Sport investiert hat.«

Hanne te Brake schlägt ihre langen Beine übereinander. Sie passen kaum unter den billigen Resopaltisch von Verhörraum eins.

»Julia hatte mehr Zeit zum Trainieren, genau wie Corry. Aber die haben ja auch keinen Fulltimejob und keinen Onkel, um den sie sich kümmern müssen.«

»Ärgert Sie das?«

»Ich finde tragisch, was da passiert ist. Ich finde es schlimm, eine Freundin verloren zu haben. Aber ich verstehe nicht ganz, was das mit unserem Training zu tun hat. Der

Laufsport hat uns nun mal zusammengehalten, von Anfang an.«

Ein Arbeitstier, so hatte Cornelissens nicht sehr sensible Beschreibung gelautet. Eher ein Rassepferd, denkt Nelleke, wenn sie sich Hanne te Brake so ansieht. Die Frau ist schlank und hochgewachsen, sie hat eine geradezu ideale Figur fürs Laufen. Sie leitet die Druckerei De Haas in Groenlo, bis vor vier Jahren noch zusammen mit ihrem Onkel, dem Bruder ihrer Mutter, der laut Simmelinck und Cornelissen ein sehr netter Herr ist. Seit der Onkel einen Herzinfarkt hatte, macht sie den Job allein. Sie war also in Harreveld, einer pädagogischen Einrichtung, die damals noch ein Internat von denkbar schlechtem Ruf war. Es hieß, Mädchen seien dort nicht sicher vor den pubertierenden, geilen Jungs, und mit Drogen würde dort auch gehandelt. Cornelissen hat sofort Witze darüber gemacht, aber Hanne te Brake scheint kein bisschen in dieses Milieu zu passen.

Mit einer grazilen Geste gibt Julias Freundin einen Schuss Milch in ihren Kaffee und rührt vorsichtig um. »Wir waren ein tolles Trio«, sagt die Frau. Sie hat eine tiefe, dunkle, leicht heisere Stimme. Das sagen die Leute über Nellekes Stimme auch immer. Jaap findet das fraulich, manchmal auch sexy. Bei Hanne nimmt sie einen versteckten Achterhoek-Dialekt wahr. »Wir gingen seit der Grundschule in dieselbe Klasse. Wir steckten ständig zusammen, selbst beim Leichtathletiktraining jeden Mittwoch- und Samstagnachmittag. Wir haben uns gemeinsam totgelacht und zusammen um die Wette geheult. Alles haben wir zusammen gemacht. Da kann doch nicht plötzlich eine verschwinden? Ich kann es immer noch nicht fassen und denke, jeden Moment kommt Julia herein. Oder aber sie ruft an oder schickt eine SMS.«

»Julia ist nicht einfach so verschwunden«, sagt Nelleke. »Ihre Freundin wurde ermordet, und wir möchten ihren Mörder so schnell wie möglich hinter Schloss und Riegel bringen. Wollen Sie mir dabei behilflich sein?«

Hanne te Brake nickt traurig. »Selbstverständlich.«

Nelleke nimmt den Duft der Frau in sich auf. Lilien, Amber, Moschus. Kein penetrantes Parfüm. Etwas Unaufdringliches, vielleicht von Elizabeth Arden. Sie ist schlicht gekleidet, trägt eine geschmackvolle anthrazitfarbene Hose, die ihre schlanke Figur betont, und ein kurzes graues Jackett. Ein einzelner schmaler Ring schmückt ihre schlanken Finger. Eine ernsthafte Frau, die sichtlich kein Interesse an oberflächlichen Gesprächen hat. Aber wenn sie keinen möglichen Täter nennen kann, fragt Nelleke sie eben nach der Beziehung zwischen Julia und Hein.

»Wie Wasser und Feuer, im wahrsten Sinne des Wortes. Er ruhig und gelassen, sie nicht zu bremsen, immer für irgendeine verrückte Unternehmung zu haben. Meiner Meinung nach sind sich die beiden in den letzten Jahren nur noch aus dem Weg gegangen. Aus dem stillen Wasser war eine stumme Pfütze geworden, und das wollte die feurige Julia einfach nicht akzeptieren.«

»Sie wollte ausbrechen.«

»Sie wollte etwas Spannenderes, suchte nach einer Herausforderung.«

»Was hat die beiden Ihrer Meinung nach überhaupt zusammengeführt?«

»Ein Tierarzt war damals für Julia das Höchste und Größte, das sie sich vorstellen konnte.«

Sie spürt, wie Hanne zögert.

»Aber?«

»Irgendwie war das schon paradox. Sie wollte, dass er bei ihr bleibt, tut, was sie will und nicht weiterstudiert. Später hat sie ihm genau das vorgeworfen. Hein sah die Lösung in seiner

Forschungsarbeit, aber das dauerte ihr zu lange. Ungeduldig war sie schon. Wenn sie sich einmal etwas in den Kopf gesetzt hatte, musste es auch sofort in die Tat umgesetzt werden. So war Julia eben.«

Hanne erzählt scheinbar aufrichtig mehr von ihrer Freundin. Über ihre Familie, ihre Arbeit, über das Laufen. Nelleke spürt jedoch eine gewisse Zurückhaltung. Vielleicht aus Loyalität, um Julia zu schützen. Oder es ist einfach nicht ihre Art, aus dem Nähkästchen zu plaudern.

»Und wie war das Verhältnis zwischen den Freundinnen?«

»Zwiespältig. Wir fühlen uns seit unserer Jugend eng verbunden und haben schon so manches durchgemacht. Aber je länger man sich kennt, desto mehr Schwächen entdeckt man natürlich auch bei den anderen. Das gilt für jeden von uns, auch für mich.«

»Streit?«

Hanne te Brakes Lächeln macht sie ihr auf Anhieb sympathisch. So als eröffne es ihr plötzlich einen Zugang zu ihren Gefühlen. »Bei so unterschiedlichen Charakteren geht das gar nicht anders. Julia konnte ziemlich arrogant sein. Sie hat immer gesagt, was sie denkt, provozierte gern und wickelte jeden Mann um den Finger. Corry war der kleine Rotschopf, die Stille, Sensible. Sie hat sich angepasst wie ein Chamäleon, aber inzwischen gewinnt sie jeden Wettkampf, sodass wir sie gern mal für ein Jahr außer Gefecht gesetzt hätten«, sagt Hanne te Brake. Nelleke muss beinahe lachen, wie knochentrocken die Frau ihre Freundinnen charakterisiert. »Doch letzten Sonntag musste sie diesen Triumph Julia gönnen, und das hat ihr gar nicht gefallen.«

»Wie meinen Sie das?«

»Ich glaube, dass sie sich geärgert hat, weil sie verloren hat. Julia und Corry hatten Krach. Na ja, wie Sie hören, ist uns nichts Menschliches fremd. Aber das heißt noch lange nicht, dass wir uns gegenseitig den Schädel einschlagen.«

Sie macht sich eine entsprechende Notiz.

Hanne sieht auf ihre Armbanduhr. »Haben Sie sonst noch Fragen? Ich muss nämlich zurück ins Büro.«

»Danach wollte ich Sie gerade fragen.«

Hanne erzählt, dass sie ihren Onkel von klein auf in der Druckerei besucht hat. »Der Geruch, die tollen Maschinen – ich bekam nie genug davon.« Seit vier Jahren, seit ihr Onkel einen Herzinfarkt hatte, leitet sie den Betrieb allein. »Onkel Vincent hat niemanden, der den Laden sonst übernehmen kann.«

»Hat Ihnen Ihr Onkel den Tod seines Sohnes denn nie verübelt?«

»Er am allerwenigsten.« Hannes Stimme scheint kurz zu zittern, aber nur so kurz, dass Nelleke das schon als Einbildung abtut.

»Was ist passiert?«

»Das haben Sie doch längst gelesen. Muss ich Ihnen das jetzt wirklich noch mal erzählen?«

»Ich würde das gern von Ihnen hören und wissen, wie Sie den Vorfall nach so vielen Jahren heute beurteilen. Wenn ich Julia besser kennenlernen will, muss ich mir ein Bild von den Menschen machen, mit denen sie sich umgab.«

Hanne antwortet mit einem lauten Seufzen. »Seine Freunde wollten ihm einen Streich spielen. Opa De Haas, wie ich ihn damals nannte, also der Vater von Onkel Vincent, musste ein Blutverdünnungsmittel einnehmen. Onkel Vincent pulverisierte oft eine Handvoll von den Pillen und schüttete dieses Gift dann hinter die Druckmaschinen, um Ratten und Mäuse zu vernichten. Einer seiner Freunde hat Bart einen Löffel von diesen pulverisierten Pillen in die Limonade getan. Tage später bekam er Zahnfleischbluten. Die Ärzte konnten ihn nicht mehr retten.« Der verbitterte Unterton in ihrer Stimme überzeugt Nelleke davon, dass sie das furchtbare Unglück aufrichtig berührt.

»Sie waren damals selbst noch ein Kind.«

»Ich habe des Öfteren aufgepasst und dafür gesorgt, dass die Jungs nicht in die Druckerei kommen. Aber sie haben mich angefleht, dass sie Zeichenpapier brauchen, und da habe ich die Tür aufgemacht und bin draußen Murmeln spielen gegangen. Die Freunde haben natürlich nie erzählt, was sie da angestellt haben. Hätte ich aufgepasst, hätte ich bemerkt, was sie vorhaben, und Bart hätte nicht sterben müssen.«

Eine unglückliche Verkettung von Zufällen, für die sie sich verantwortlich fühlt und für die sie hat büßen müssen. Hanne steht das deutlich ins Gesicht geschrieben.

»Und zur Strafe mussten Sie ein Jahr aufs Internat.«

»Ich fand es dort nicht mal schlimm. Als ich dann auf die alte Schule zurückkam, wollten anfangs alle ganz genau wissen, was passiert ist. Aber dann machten wir weiter, als sei nichts gewesen.« Eine Zeit lang glaubt sie doch ein Zittern in Hannes Stimme zu hören. Die Frau weicht ihrem Blick aus, greift nach ihrer Tasche auf dem Boden und macht deutlich, dass sie auf heißen Kohlen sitzt.

Ihre letzten Worte klangen ziemlich verbittert, findet Nelleke, und sie beschließt Hannes Frage, ob sie jetzt gehen könne, zu überhören. »Julia hatte Streit mit Sjors Seesink, dem Trainer.« Sie hofft, dass Hanne nicht merkt, dass sie blufft, indem sie einfach behauptet, dass die beiden Streit hatten. »Ich glaube nicht, dass es bei diesem Streit nur um Julias Ausscheiden aus dem Verein ging. Was war da wirklich los?«

»Meinen Sie dieses Gerede von wegen Doping?«

Sie nickt, als wisse sie längst Bescheid, merkt aber, dass sie Herzklopfen bekommt. Julia und Doping?

»Sjors hatte den Verdacht, dass Julia dopt, und wenn Sjors etwas hasst, dann …«

»Hatte er recht?«

»Sie hat Vitaminpillen geschluckt, mit Doping hat das nichts zu tun. Allein die Vorstellung! Nein, Julia hat viel zu sehr auf ihren Körper geachtet, um solchen Mist einzuwerfen. So etwas hätte sie nie getan, nicht mal, wenn sie dadurch den New York-Marathon gewonnen hätte!«

Nelleke hat da so ihre Zweifel. Hannes Stimme klingt etwas zu energisch. Sie macht sich eine entsprechende Notiz. Hat einer ihrer Kollegen vorhin nicht auch von Vitamintabletten gesprochen?

»Gibt es jemanden, der Julia nicht leiden konnte?«

»Nicht dass ich wüsste.«

»Jemand aus dem Verein?«

»Wieso? Glauben Sie, dass … Sjors? Die beiden haben sich regelmäßig getriezt, aber das habe ich nie ernst genommen.« Hanne erzählt, dass Sjors Seesink seit mindestens zwanzig Jahren Trainer bei diesem Verein ist. Julias Freundin zufolge hat er mal von was Besserem geträumt, nach seiner Läuferkarriere. »Na ja, Karriere kann man das kaum nennen. Er hat ein paar anständige Leistungen gebracht, aber nichts Weltbewegendes. Wenn Sie Sjors Seesink auf die Palme bringen wollen, müssen Sie nur Jos Hermens erwähnen.«

»Was wäre so schlimm für Seesink, wenn Julia den Verein verlässt?«

Während Hanne die Stirn runzelt und mit dem rechten Auge an Nelleke vorbeischielt, scheint sie zu überlegen, ob sie wirklich sagen soll, was sie denkt. »Julia hat öfter vom Aufhören geredet, aber ernst hat sie das meiner Meinung nach nie gemeint. Aber wer weiß, vielleicht war er ja verliebt in sie. Keine Ahnung.« Hanne wirkt plötzlich nervös. »Das sollten Sie ihn lieber selbst fragen. Aber jetzt muss ich wirklich los.«

»Warum reagieren Sie so heftig?«

»Sjors war mal kurz in einer psychiatrischen Einrichtung. Ich erzähle Ihnen das nur, weil sie das ohnehin herausfinden werden. Sie werden verstehen, dass ich die Menschen lieber nicht nach ihrer Vergangenheit beurteile. Die Leute fällen oft sehr harte, vorschnelle Urteile. Deshalb bin ich auch froh, dass ich nicht in diesem Kaff wohne. Lievelde, meine ich. Groenlo ist da schon etwas anders. Etwas zivilisierter.«

»Julias Mann hat erzählt, dass sie beim Lauftraining verfolgt wurde. Sie soll so was erzählt haben. Wissen Sie etwas darüber?«

Hanne sieht sie erst an, als hätte sie nicht die leiseste Ahnung, wovon sie spricht, nickt dann jedoch zustimmend. »Obwohl, wenn ich so drüber nachdenke … Wir haben das alle drei gemerkt. Später sahen wir unser Foto auf der Website des Vereins, und da hat Sjors gestanden, dass er eine Zeit lang mit dem Fotoapparat hinter uns hergelaufen ist. Ehrlich gesagt hat mir das damals ganz und gar nicht gefallen, und Julia auch nicht. Als dann herauskam, dass es Sjors war, haben wir uns totgelacht.«

Nelleke greift nach dem Foto von den drei Läuferinnen. »Ein Bild wie das hier?«

»Ja, genau. Dieses Foto ist typisch für Sjors. Hauptsache, man sieht die Beine. Vor allem die von Julia. Meiner Meinung nach steht er total auf blond und schöne Beine.«

Hanne liest den Text auf der Rückseite des Fotos und vermutet, er könnte vielleicht aus einem Gedicht stammen. »Sie haben gerade Seesink erwähnt«, sagt sie. »Gehen Sie etwa davon aus, dass er etwas mit Julias Tod zu tun hat, ja vielleicht sogar der Täter ist?«

Sie reagiert nicht auf Hannes Frage. »Haben Sie Angst vor Hunden?« Julias Freundin wirkt aufrichtig überrascht. »Ich? Nein, wieso? Wir hatten zehn Jahre lang einen in der Druckerei, einen Berner Sennenhund. Nein, ich habe wirklich keine Angst vor Hunden. Aber Corry. Die macht um jeden Bauernhof, den ein schwarzer Schäferhund oder Bouvier bewacht, einen großen Bogen.«

»Eines noch«, sagt sie. »Sind Sie gestern Abend in der Nähe vom Erve Kots gewesen?«

Julias Freundin erzählt, dass sie dort eine Kerze angezündet hat.

»Wir hatten im Wäldchen gegenüber, an der Nordseite, früher mal ein Baumhaus. Von dort hatte man einen wunderbaren Blick über die Weiden. Mit einem Feldstecher konnte man sogar sehen, wie Bauer Driekus zwischen seinen Kühen auf der Weide herumlief. Und wie es sein Sohn mit einer Freundin hinter der Scheune trieb. Wir hatten auch eine Art Geheimversteck, wo wir gespielt haben und Süßigkeiten und Kreide versteckt haben. Wir hatten sogar einen Goldfisch im Glas. Der war tot, aber wir haben mit ihm geredet, weil wir dachten, davon wird er wieder lebendig. Später haben wir da unseren ersten Apfelkorn getrunken.« Hannes Blick ist melancholisch. »Nachdem wir gemeinsam im Clubhaus gewesen waren, konnte ich noch nicht schlafen und fand es angemessen, an diesem Ort Julias zu gedenken.«

Hanne kann ihr nicht weiterhelfen. Sie ist gestern Nachmittag in der Druckerei gewesen und hat Verwaltungskram erledigt. Danach war sie laufen und hat durchgearbeitet, bis sie hörte, was passiert ist. Abends war sie dann mit Corry im Clubhaus.

Sie spricht ohne zu zögern und ohne jeden Anflug von Zweifel. Doch Nelleke schließt daraus nur, dass sie eine gute Schauspielerin sein könnte.

»Hat Sie jemand gesehen beim Laufen?«

»Ich bin ein paar Jugendlichen auf dem Fahrrad begegnet und ein paar Wanderern im Regen. Aber keinem Bekannten.«

21

Sjors Seesink streicht mit einem Daumen über die Kuppe seines kleinen Fingers. »Drei Felder auf Ihrem Formular sind leer geblieben.« Seine Stimme hat einen sarkastischen Unterton, während er auf seine rechte Hand schaut. »Wenn Sie meine Abdrücke im Computer speichern wollen, bekommen Sie bestimmt eine Fehlermeldung.« Er grinst und zeigt ungepflegte, gelbe Zähne.

Nachdem ein Kollege von der Spurensicherung Seesinks Fingerabdrücke genommen hat, hat sie den Trainer gebeten, im Verhörraum eins Platz zu nehmen.

Er will keinen Kaffee und gibt vor, in Eile zu sein.

Sie fragt ihn freundlich, wie er es nun wirklich fand, dass Julia den Verein verlassen wollte. »Ich glaube, dass Ihnen das mehr ausgemacht hat, als Sie jetzt zugeben wollen.«

Sie überlegt, wie es wohl Cornelissen geht, der um diese Zeit vor der Kommission erscheinen muss. Sie kennt den Polizisten gut genug, um zu wissen, dass er niemanden auf sich herumtrampeln lässt. Ein leichter, pochender Kopfschmerz macht sich bemerkbar.

Der Trainer versucht erneut, seine Fingerkuppen mit einem Papiertaschentuch zu säubern. »Sie hat gewusst, dass ich immer noch echte Talente trainieren will. Leute vom Schlage eines Bram Som und so.« Das Taschentuch zerreißt. Er knüllt es zu einer kleinen Kugel, die er zwischen den Handflächen kreisen lässt. »Julia hat gern provoziert. Wenn man etwas will, muss man sich auch mit Leib und Seele dafür einsetzen, davon war sie überzeugt. Ich glaube, sie fand es schwach, dass ich nicht mehr versuchte, weiterzukommen. Manchmal behauptete sie, wieder nach Aalten zu gehen. Nur weil die eine Leichtathletikbahn haben, die ich für unseren Verein auch will. Oder sie machte Werbung für den Gerard-Tebroke-Gedächtnislauf. Weil der zu meiner Zeit so ein guter Läufer war.«

»Hat Sie das manchmal wütend gemacht?«

»Ja.«

Sie sieht Seesink nachdenklich an und versucht einzuschätzen, wie ehrlich er ist. Er sieht anders aus in Jeans und Oberhemd. Älter. Das Hemd ist bestimmt von Zeeman, blau-gelb kariert mit schlechter Passform. Aber frisch gewaschen und gebügelt. Das Schlimmste sind die weißen Socken in den Sandalen. Sogar Hoofdagent Gerritsen, für den das Wort modebewusst bestimmt auch nicht erfunden wurde, hat sich bei deren Anblick an seinem Kaffee verschluckt.

Auf Seesinks Schläfen glänzen Schweißperlen.

»Haben Sie Julia beim Trainieren jemals verfolgt?«

Sie merkt, dass er zögert.

Er schweigt, schüttelt den Kopf.

»Haben Sie Julia je fotografiert?«

»Wie meinen Sie das, fotografiert? Während des Trainings oder so?«

Sie nimmt das Foto aus einer Mappe und zeigt es ihm. Seesink nickt, das Bild könnte von ihm sein. Er fotografiert regelmäßig Läufer, für die Vereinszeitschrift und die Website, sagt er. »Das ist doch eine schöne Aufnahme, oder?« Als er die Rückseite des Bildes sieht, wirkt er völlig ahnungslos. Er bezieht das Bild nicht auf sich und fragt nur, ob der Verrückte, der das geschrieben ist, auch Julias Mörder ist.

Womit er gar nicht mal so unrecht hat, wenn man bedenkt, dass Julia von einem Psychopathen ermordet wurde. Psychopathen helfen der Polizei manchmal gern auf eine mysteriöse Art und Weise, um die Aufmerksamkeit auf sich zu lenken.

Sie steht dem Mann eher zwiespältig gegenüber. Gestern hätte sie ihm die Kinder noch bedenkenlos zum Trainieren anvertraut, doch heute kann sie ihn sich auch als Spanner in De Schans vorstellen.

»Haben Sie den bei uns in den Briefkasten geworfen?«

Seesink verneint.

Irgendwas ist da mit Julia Zuidema und dem Trainer. Er spricht Julias Namen sowohl mit Respekt als auch mit Verachtung aus. Wieder so ein zwiespältiges Gefühl.

»Gibt es noch etwas, das wir über Julia wissen sollten? Ich habe so den Eindruck, dass Sie mir nicht alles erzählen. Vielleicht, dass Sie sie geliebt haben?«

»Ich soll sie geliebt haben?«

»So ungewöhnlich wäre das auch wieder nicht.«

»Wie kommen Sie nur darauf! Bin ich wirklich verpflichtet, mit Ihnen zu reden? Ich muss noch Trainingsstunden geben.«

»Nein. Sie sind zu nichts verpflichtet. Aber ich nehme an, dass Sie auch etwas zu der Verhaftung des Mörders beitragen wollen?«

Sie könnte wetten, dass er ihr irgendwas verschweigt. Hat er Julia Zuidema geliebt, oder ist es etwas anderes?

Seesink sieht keine Veranlassung, ihr zu antworten, und geht mit einem kurz angebundenen »Dann bin ich hier weg«.

Sie schaltet das Gerät aus und schlägt wütend mit der Faust gegen die Wand. Doch damit erreicht sie nur, dass ihr die Hand wehtut.

Von ihren Kollegen ist nur Han Simmelinck da. Sein südländisches Aussehen macht ihr plötzlich Lust auf eine Woche Toskanaurlaub. Auf eine Rundreise durch die hügelige Landschaft mit den vornehmen Zypressen, darauf, bei einem Bauern Chianti oder Grappa zu verkosten und abends über die Piazza dieses oder jenes Städtchens zu schlendern.

Simmelinck sagt, er habe sich den Ort einmal angesehen, den Hanne te Brake erwähnt hat. Es scheint sich in der Tat um eine Art Geheimversteck zu handeln. »Wir haben die Reste eines Baumhauses entdeckt und einen Treffpunkt zwischen den Bäumen. Da lagen ein paar Decken und leere Flaschen rum.«

»Hanne war gestern Abend dort, angeblich um eine Kerze für ihre Freundin anzuzünden.«

»Das könnte stimmen, denn wir haben auch einige halb heruntergebrannte Kerzen gefunden.«

Nelleke fragt, ob er was Neues über Cornelissen weiß.

Doch Simmelincks Partner scheint noch immer vor der Kommission zu sein, soweit sein Kollege informiert ist. Er macht sich ebenfalls Sorgen. »Ich kann mir gut vorstellen, dass er den ein oder anderen geschmacklosen Witz losgelassen hat, deshalb ahne ich nichts Gutes. Aber er wollte mir nichts erzählen.«

»Wir können also nur abwarten.«

»Kaffee?«

Sie nickt. »Und ein Glas Wasser bitte, danke.«

Ein lautes Seufzen, dann ist sie endlich allein mit ihren Ordnern. Allein mit Suzan, schießt es ihr durch den Kopf. Sie versucht die Akte zu öffnen und fährt mit den Fingern über den dicken Karton. Sie will darin lesen, alle Informationen in sich aufnehmen, entdecken, ob es noch Anknüpfungspunkte für weitere Nachforschungen gibt. Gedanken bestürmen sie, Gedanken, die sie verdrängen will. Wird ihr kleines Mädchen noch einmal zum Leben erwachen, wenn sie diese Berichte und Zeugenaussagen liest? Hält sie das aus? Sie richtet sich an ihrem Schreibtisch auf und schnuppert an den Ordnern.

Muffige Kartonluft. Keine Spur von Suzan. Noch nicht. Sie klappt den ersten Ordner auf. Ihre Augen fliegen begierig über die Buchstaben, Wörter und Sätze. Sie sucht nach Erinnerungen. Ihr Kopf sehnt sich nach Gewissheit, Ruhe. Der dumpfe Kopfschmerz wird schlimmer, und sie schließt kurz die Augen, um tief Luft zu holen und sich die Schläfen zu massieren. Sie sollte sich hinlegen. Schlafen.

Als sie eine Paracetamol mit Kodein aus ihrer Tasche holen will, entdeckt sie einen Apfel und ein paar gesunde Energieriegel. In Gedanken sieht sie Jaap vor sich, wie er ihr die Sachen heimlich in die Tasche steckt. Wagener klopft an ihre Tür und kommt nach ihrem »Ja« mit Simmelinck im Schlepptau herein.

»Hat jemand von euch was zu essen? Ich verhungere.«

Wagener kündigt Neuigkeiten an.

Sie nimmt einen Müsliriegel aus ihrer Tasche und wirft ihn ihrem Kollegen zu. »Leider ohne Schokolade.«

Sie starrt auf die Fotos an der Wand. Heute Abend muss sie mit Jaap über Suzan sprechen. Wenn sie nur etwas Konkretes in der Hand hätte und nicht nur einen vagen Hinweis, an den sie sich kaum noch erinnern kann.

»Das wäre doch möglich.«

»Was wäre doch möglich?«

Wagener scheint sich nicht darüber zu wundern, dass sie nicht zugehört hat, zumindest lässt er sich nichts anmerken. Er wiederholt seine Worte. »Seesinks Patientenakte.« Ist es schon so normal, dass ihr Informationen entgehen? Demnächst verpasst sie noch etwas wirklich Wichtiges und wird einen entscheidenden Fehler machen.

»Seesink war 1982 eine Zeit lang in Warnsveld. Eine Psychose.« Wagener legt eine Mappe vor sie hin und zeigt auf eine Textpassage.

Sie überfliegt den Bericht, dem sie entnimmt, dass Sjors dreimal wegen einer Psychose gekommen ist, einmal war es so schlimm, dass er aufgenommen werden musste. Anschließend hat er ein paar Monate in einer betreuten Wohngruppe in Winterswijk gelebt. Er nimmt Lithium und Tranquilizer, und es geht ihm bereits seit Jahren gut. »Alles Medikamente, die Extreme dämpfen«, murmelt sie.

»Was, wenn er seine Medikamente in letzter Zeit nicht mehr so diszipliniert eingenommen hat?«, schlägt ihr Assistent vor.

Seesink war nervös bei ihrem Gespräch. Auf seiner Stirn standen Schweißperlen. Das wäre doch möglich. Sie macht eine Notiz, die Meinung von Seesinks Arzt einzuholen, und bittet Simmelinck, das zu übernehmen.

Simmelinck nickt. »Kein Problem.« Er hat auch Neuigkeiten: Auf dem Foto und dem Umschlag wurden keine Fingerabdrücke gefunden. »Und der Text auf der Rückseite scheint in der Tat Seesink als den Täter hinstellen zu wollen«, schlussfolgert er.

»Also ist nicht Zuidema der Täter, sondern Seesink?«, überlegt Wagener laut.

»Oder jemand will uns das weismachen«, sagt sie. »Wir dürfen keine Möglichkeit außer Acht lassen.«

»Klar. Hauptsache, wir machen es uns nicht zu leicht«, sagt Simmelinck.

Sie überlegt, ob Seesink ihr Psychopath ist. Aber wer wollte sie dann warnen?

»Und noch etwas. Er kassiert fünfhunderttausend«, sagt Simmelinck, während er ihr mehrere Blatt Papier hinschiebt. »Zuidemas Versicherungspapiere. Keine Kleinigkeit.«

Wagener pfeift anerkennend. »Das Motiv?«

Ihr Assistent hat recht. Sie tut sich schwer, in Zuidema einen Mörder zu sehen, vor allem, wenn Geld das Motiv sein sollte, aber sie muss auf alles gefasst sein.

Die Spurensicherung hat es inzwischen geschafft, das Passwort des Laptops zu umgehen. Sie überprüfen, ob der Computer brauchbare Informationen enthält.

»Und ihr Handy, hat das noch etwas ergeben?«

»Man hat die Nummern zurückverfolgt, die in den letzten Tagen gewählt worden sind. Das sind die Festnetznummer von Corry Fierink, die Handynummer von Hein Zuidema und ein Anschluss in Düsseldorf, Deutschland. Er ist auf den Namen Hans-Jürgen Schallmann eingetragen. Hier, bitte«, sagt Wagener und gibt ihr den Zettel. »Von diesem Anschluss aus wurde Julia Zuidema am letzten Samstag angerufen.«

»Würdest du bitte die üblichen Daten von den Kollegen in Düsseldorf beschaffen, Ferry? Und lass feststellen, ob er schon mal auffällig geworden ist.«

22

Sie muss eine Weile in ihrem Gedächtnis kramen, um sich an Düsseldorf zu erinnern. Wie lange ist das jetzt her, dass sie dort mit Gijs in der Altstadt ein Altbier trank, die Königsallee entlangflanierte und den kühlen Schatten unter den majestätischen Platanen aufsuchte? Das war auf jeden Fall nach Suzans Verschwinden, denn obwohl sie sich beide redlich bemühten, war es alles andere als ein romantischer Ausflug. So etwas hatte es nur davor gegeben. Danach hielten sie bloß noch die Fassade aufrecht, ihre Ehe war nichts als eine einzige Farce. Manchmal kommt es ihr vor, als fiele ihr Leben in zwei Teile. In den ersten »vor Suzan« und einen zweiten, der alles umfasst, was danach kam.

Cornelissen, der laut in ihr Büro galoppiert kommt, reißt sie aus ihren Gedanken. »Ich wurde suspendiert.« Er spuckt das Wort förmlich aus.

Sie erschrickt. Was hat Cornelissen ausgefressen? Er ist manchmal etwas zu sehr von sich überzeugt und etwas grob, aber wenn er suspendiert wurde, muss es noch andere Gründe geben.

Aus ihrer Handtasche holt sie jetzt doch noch das Paracetamol, um den Kopfschmerz zu lindern, der sich hinter ihren Augen immer deutlicher bemerkbar macht. Damit kann sie weiterarbeiten, und das ist die einzige Methode, wenn auch erschöpft und nicht gerade hellwach.

Cornelissen lässt sich in den Stuhl fallen, der ihrem Schreibtisch gegenübersteht. Er wirft einen missbilligenden Blick auf ihr Glas Wasser, aus dem sie gerade einen großen Schluck nimmt, um die Tablette hinunterzuspülen.

»Wenn das wenigstens Whiskey wäre«, sagt er erstaunlich fröhlich. Gleich darauf verdüstert sich sein Blick. »Es gab Beschwerden gegen mich.«

»Von Kollegen?«

»Ein Türke von der Spurensicherung in Arnheim, vor einer Woche. Der Mistkerl meinte, mir erzählen zu müssen, dass Aliye recht hatte, mich zu verlassen. Und dass sie intelligenter sei als alle Niederländerinnen zusammen. Da wurde ich wütend und habe ihm die Meinung gesagt.«

»Darüber gibt es also doch einen Bericht? Ich dachte, davon würde kein Aufhebens gemacht werden.«

»Das dachte ich auch.«

»Du hast Beschwerden gesagt. Mehrzahl.«

»Es gab noch mehr, aber die sind schon länger her. Lauter Lappalien, Nel, die jetzt unglaublich hochgespielt werden. Markant zufolge reicht das für eine Suspendierung. Die Kommission hatte ihre Zweifel, aber dann kam das mit gestern auch noch dazu«, sagt er schon etwas leiser.

»Gestern?«

»Als ich die Nachbarn verhörte, war da so ein älteres Ehepaar, bei dem der Mann sich wahnsinnig über Ausländer aufgeregt hat. Einer von denen, die Ausländer nur tolerieren, solange sie in ihrem eigenen Land bleiben. Der hat solchen Mist geredet, dass ich plötzlich meinen ganzen Frust an ihm ausgelassen habe, von wegen, du weißt schon. Seine Frau hat anscheinend später beim Revier in Doetinchem angerufen, um sich über mich zu beschweren.«

Sie merkt, wie sie gereizt wird. Wegen seiner Blödheit, aber auch, weil er ihr nichts davon erzählt hat. »Markant gegenüber habe ich dich noch vehement verteidigt.«

»Ich dachte, du hast genug um die Ohren, und so schlimm fand ich es, ehrlich gesagt, auch wieder nicht. Ich meine, der Mann hat auch nicht gerade ein Blatt vor den Mund genommen. Es tut mir leid.«

»Und worauf soll das hinauslaufen? Willst du entlassen werden?«

Ihr Kollege schweigt.

»Ausgerechnet jetzt, verdammt! Ich kann auf niemanden verzichten.«

»Ich kann bleiben.«

»Nein, das geht nicht.« Frustriert schlägt sie mit der flachen Hand auf den Tisch. »Wenn du von der Kommission nicht suspendiert worden wärest, hätte ich es jetzt noch geschafft. Deinen Ausweis und deine Waffe, bitte.«

Cornelissen legt das, mit dem er sich völlig identifiziert, auf ihren Schreibtisch. An seinem eingefallenen Gesicht sieht man, dass er kurz davorsteht zusammenzubrechen.

»Denk mal darüber nach, wie du dir deine Zukunft vorstellst«, sagt sie. Sie hört das vertraute Klingeln ihres Handys. Sie nickt Cornelissen zu. »Du kannst gehen.« Sie beschließt, das Gespräch anzunehmen. »De Winter«, sagt sie ungeduldig, während der Beamte mit hängenden Schultern ihr Zimmer verlässt.

»Ich bin's, Evelien. Störe ich?«

Einen Moment lang will sie schon Ja sagen und auflegen, doch dann lässt ihre Wut nach. Evelien kann schließlich nichts dafür und hat so eine Reaktion nicht verdient. »Nein, aber ich habe leider nicht viel Zeit.« Und bevor sie überhaupt merkt, was los ist, sprudelt es nur so aus ihr heraus: »Willst du am Samstag babysitten? Jaap möchte mit mir essen gehen, und Josien würde sich freuen. Wenn du eine Stunde früher kommst, können wir uns in Ruhe unterhalten. Über uns. Geht das?«

»Ja.« Sie klingt begeistert.

Nelleke legt auf und wird noch nachträglich nervös, das Herz schlägt ihr bis zum Hals. Gleichzeitig merkt sie, dass sie nicht mal weiß, warum Evelien eigentlich angerufen hat, und drückt die Rückruftaste.

Evelien hat einfach so angerufen, nur um zu hören, wie es ihr geht.

»Gut«, antwortet sie. »Aber Mutter geht es schlecht, sie muss operiert werden.« Als sie kurz darauf das zweite Gespräch beendet hat, ist sie nicht mehr so nervös. Das Kodein tut seine Wirkung. Aber nein, daran liegt es nicht. Ihre Frage, ob Evelien zum Babysitten kommen will, mag unbedeutend klingen, aber Evelien weiß es besser.

Sie liest Berichte. Macht Anmerkungen, manchmal zu scheinbar unwichtigen Details. Das ist ihre Art, den Überblick zu behalten oder zu bekommen. Sie lehnt sich nachdenklich in ihrem Bürostuhl zurück, ihr Blick folgt einem Spinnwebfaden auf dem meterbreiten Foto gegenüber. Hanne zufolge hat Corry Angst vor Hunden. Hat das etwas zu bedeuten? Der Täter wollte verhindern, dass der Hund am Dienstag Laut gibt, Lärm macht. Das wäre Grund genug, das Tier ein für alle Mal auszuschalten, egal, ob der Täter nun Angst vor Hunden hat oder nicht. Sie macht sich eine entsprechende Notiz neben ihren Anmerkungen zu Hanne. Es reicht für heute. Auf der Toilette korrigiert sie ihren Lidschatten und deckt die dunklen Ringe unter ihren Augen ab. Sie ist zwar müde, hat aber seit dem letzten Sommer keine geröteten Augen und geschwollenen Lider mehr. Ihrem chinesischen Arzt zufolge hängt das mit ihrer emotionalen Verfassung zusammen, und insofern geht es ihr gut. Und das trotz ihrer schwierigen Beziehung zu Evelien, trotz ihrer Gedanken, die immer wieder zu Suzan zurückkehren, und trotz des Hoffnungsfunkens, dass sie noch lebt, auch wenn das wahrscheinlich eine Illusion ist. Nach Simone ist es wichtig, dass sie darüber spricht, es nicht in sich hineinfrisst und etwas unternimmt. Die Psychologin in ihr muss zugeben, dass sie damit recht hat.

Bild dir bloß nichts ein, De Winter, sagt sie zu ihrem Spiegelbild. Du hast es noch lange nicht geschafft. Sie streckt ihm die Zunge heraus. Aber sie arbeitet daran.

Ferry Wagener meldet sich. Er hat etwas über Schallmann herausgefunden. »Er ist ein alter Bekannter der Tierarztpraxis und arbeitet für einen Lieferanten, die Firma Mayer.«

Hatte Zuidema nicht auch einen deutschen Lieferanten erwähnt? »Dann ist sein Anruf nicht weiter merkwürdig.«

»Ich habe nachgeschaut, für welche Wettkämpfe sich Julia eingetragen hat. Bei einigen davon war auch Schallmann dabei. Er hat am 6. Januar am Neujahrslauf von Nijverdal teilgenommen. Im Mai war er in Aalten und letzten Dienstag in Egmond.«

»Das hast du alles von ihrer Festplatte? Ging er da auch als Läufer an den Start?«

»Nein. Er war für seine Firma in Nijverdal und Aalten, die die Wettkämpfe gesponsert hat. Das stand auf der Website, neben den Ergebnissen. Warum er in Egmond war, weiß ich nicht, aber er hat eine Hotelübernachtung mit seiner Kreditkarte bezahlt.«

»Setzt du die deutschen Kollegen auf ihn an?«

»Ja, die kümmern sich um Schallmann«, sagt Wagener. »›Sofort, Herr Kollege‹, haben sie gesagt. Ein Polizeihauptkommissar. Meiner Meinung nach hat er sich gelangweilt und war froh über den Job. Corry Fierink hat übrigens gewonnen, in Egmond.«

»Hast du unsere Informationen an die deutschen Kollegen weitergegeben?«

»Nein, ich dachte, du willst, dass Schallmann erst mal selbst erzählt, warum er hier gewesen ist.«

»Gut so, Watson.«

Sie ruft zu Hause an. Frida sagt, niemand sei zu Hause. Josien spielt bei einer Freundin, und Emma ist noch nicht da. Das Wohnzimmer ist so jungfräulich wie Neuschnee, sagt ihre Hilfe, die gerade nach Hause gehen will.

Soll sie Emma auf dem Handy anrufen und fragen, wo sie sich herumtreibt? Sie ist schon vierzehn. Heutzutage sind die Mädchen in diesem Alter viel erwachsener als früher. Sie war damals unsicher. Vor allem wegen ihrer Abstammung, aber auch wegen ihres Äußeren, ihrer Freundinnen, im Hinblick darauf, was sie einmal werden wollte. Nein, nach dieser Zeit sehnt sie sich nicht zurück, dann schon eher nach ihrer Studentenzeit. Nach damals, als sie Gijs erneut begegnete. Sie waren eine Zeit lang zusammen gewesen, als sie noch viel zu jung war, um überhaupt an Jungen zu denken. Aber beim zweiten Mal hatte sie richtig Schmetterlinge im Bauch. Gijs studierte auch Psychologie, war aber zwei Jahre weiter als sie. Ihre Gedanken schweifen ab. Sie versucht sich erneut auf Emma zu konzentrieren. Emma geht es nicht besonders gut, und Nelleke überlegt, was das Mädchen wohl hat. Dabei müsste es seine sorglose Jugend eigentlich genießen. Aber was heißt schon sorglos? Ihre Eltern sind geschieden, und eine schwierige Zeit liegt hinter ihr. Aber Jaap und seine Ex haben sich das Leben nicht gegenseitig zur Hölle gemacht und sich auch nicht vor den Kindern bekriegt. Und Emma hat ja jetzt ein warmes Nest.

Sie ruft Jaap an und bittet ihn, zu Hause vorbeizuschauen.

»In einer halben Stunde.«

»Was machst du gerade?«

»Ich sitze gerade in einer Besprechung mit zwei Deutschen.«

»Emma kommt gleich von der Schule, und niemand ist zu Hause.«

»Ich bin hier gleich weg, einverstanden?«

Mit gemischten Gefühlen beendet sie das kurze Gespräch. Jaap schiebt Emmas Verhalten auf die Pubertät, aber sie sieht das nicht so locker.

23

Corry Fierink meinte, sie wolle lieber zu Hause bleiben, da eine Nachbarin mit einem gebrochenen Knöchel eventuell Hilfe benötige. Für Nelleke ist das kein Problem, im Gegenteil. Sie ist froh, dass sie mal raus und ihren Gedanken nachhängen kann, und macht das Autofenster auf. Es regnet nicht. Mal sehen, wie lange noch, denn im Westen türmen sich bereits dunkle Wolken auf. Sie saugt die frische Luft tief in ihre Lunge und denkt nach. Über Julia Zuidema. Nach und nach entsteht in ihrem Kopf ein Bild des Opfers. Eine attraktive Frau, die schön bleiben wollte und sich deshalb nicht gerade auf die magische Grenze von vierzig freute. Eine Frau, die ihr Leben ändern wollte, vielleicht sogar drastisch umkrempeln. Gibt es da jemanden, der ihr das nicht gönnte oder sich davon betrogen fühlte? Jemand wie Hein Zuidema? Einige Fragen wurden beantwortet, neue sind aufgetaucht. Hanne te Brake ist nicht sehr gesprächig. Sie hat geleugnet, dass Doping im Spiel sein könnte, aber sehr überzeugend war sie nicht, beziehungsweise zu überzeugend. Wie gut kannte sie ihre Freundinnen? Sie gingen zusammen laufen. Wenn sie an sich denkt: Ihre Freundin Simone weiß beinahe alles von ihr, eben durch das Laufen. Während sie im Gleichschritt nebeneinander hertraben, führen sie die tiefsinnigsten Gespräche. Doping. Das ist auf jeden Fall eine genauere Untersuchung wert.

Eine Gruppe Jugendlicher auf dem Fahrrad ruft ihr die anderen Ermittlungen wieder ins Gedächtnis, in die sie sich stürzen will. Suzan. Es ist schon so lange her, da machen die paar Tage auch nichts mehr aus. Andererseits: Wer garantiert ihr, dass sie nicht mit jedem neuen Tag die Chance auf Hinweise verspielt? Aber das ist noch nicht alles: Jeden Tag wird die Hoffnung schwächer, und sie wird mutloser. Darum will sie sich unbedingt dahinterklemmen. Sie nimmt einen Müslieriegel aus dem Handschuhfach und hoppelt erneut über die zu hohe Straßenschwelle am Ortseingang von Lievelde. Ein bisschen Energie tanken. Die Müdigkeit abwehren und sich auf Julia Zuidema konzentrieren, ermahnt sie sich. Das hat erste Priorität. Sie biegt nach rechts in die Bergstraat ein, spült die Körner mir einem Energy-Drink hinunter und steigt aus. Sie atmet die muffige Dorfluft ein. Obwohl die Schweineschlachterei schon seit Jahren ihre Pforten geschlossen hat, glaubt sie die toten Tiere immer noch zu riechen. Ein alter, abgestandener Geruch. Sie läuft zu Corrys Haus und nickt zum Fenster der Nachbarn hinüber, die sofort die Gardine vorziehen.

»Kommen Sie schnell rein. Dieses Mistwetter hört wohl gar nicht mehr auf, was? Ich nehme Ihnen die Jacke ab. Inspecteur De Winter, sagten Sie? Das ist doch nicht Ihre Mutter auf der Intensivstation?«, fragt Corry Fierink. Die Rothaarige hängt Nellekes Jacke an die Garderobe.

Nelleke lässt den Wortschwall über sich ergehen, nur die letzte Frage irritiert sie. »Woher wissen Sie das?«

»Einer meiner Patienten musste heute Morgen auf die Intensivstation, und da habe ich ihre Krankenakte gesehen. Eine willensstarke Dame, Ihre Mutter, die gibt noch lange nicht auf. Ich hoffe sehr, dass ich sie bald auf meiner Station willkommen heißen kann«, sagt die Krankenschwester lächelnd. Nelleke überlegt, ob sie sich die Unsicherheit, die sie an ihr wahrnimmt, nur einbildet. Sie hat eine hohe, fast kindliche Stimme, die ihr zu versprechen scheint, dass alles gut wird. »Kaffee, Tee? Etwas anderes?«

Nelleke bittet um ein Glas Wasser. Corry Fierink schenkt zwei hohe Gläser mit stillem Mineralwasser ein und stellt eines vor ihr auf den Küchentisch. Die Frau sieht mager aus, trotz des Pullis, der um ihren Körper schlabbert. Sie hat ihr dickes Haar straff zu einem Pferdeschwanz zurückgebunden. Helle Haut, genau wie sie, nur dass Corry viel mehr Sommersprossen hat. Sie ist nicht schön im klassischen Sinn, hat aber herrliche Wangenknochen.

Die Frau, die das Freundinnentrio vervollständigt, wirkt wegen ihrer zierlichen Figur und dem Pferdeschwanz jünger als neununddreißig. Sie ist Oberschwester auf der Reha-Station in Winterswijk. Dort erholen sich ältere Menschen von einer Operation, bevor sie in ihre Seniorenwohnung oder in ihr betreutes Wohnen zurückkehren können, zumindest konnte Nelleke das so den Berichten ihrer Kollegen entnehmen. Dieser zerbrechlichen Frau hätte sie so einen Job eigentlich gar nicht zugetraut. Auch wenn sie die Station jetzt leitet, muss sie früher bei Pflegeaufgaben die schweren körperlichen Belastungen ausgehalten haben, die zu so einem Job gehören. Corry ist zweifellos stärker, als sie auf den ersten Blick aussieht.

Nelleke stellt ihr Fragen über die Arbeit, und so, wie Corry von »ihrer« Abteilung und »ihren« Patienten spricht, wirkt sie sehr engagiert.

Ihr fällt wieder ein, was Simmelinck über die Familie berichtet hat. Corry ist mit Eduard Fierink verheiratet, Handelsvertreter für Kaffeeautomaten mit dem Gebiet Oost-Nederland, die beiden haben zwei Söhne, achtzehn und fünfzehn Jahre alt. Beide gehen zur Schule, der jüngere besucht das Gymnasium, der ältere eine Fachhochschule. Irgendwas mit Medien. Auf Simmelinck machte Corry Fierink in erster Linie einen unsicheren Eindruck.

Als Nelleke Corry zum Verlust ihrer Freundin kondoliert, werden Corrys Augen feucht. »Es ist furchtbar. Ich … Ihre Kleinen … schrecklich«, sagt sie unter Tränen.

Sie reicht Corry ein Papiertaschentuch und nickt ihr beruhigend zu. »Lassen Sie sich nur Zeit.«

»Entschuldigen Sie«, sagt Corry. »Es ist ein solcher Schock.«

Während sich Corry die gerötete Nase schnäuzt, fragt Nelleke sie, wo sie gestern Nachmittag war.

Corry trinkt einen Schluck Wasser. Mit leiser Stimme erzählt sie, dass sie um Viertel nach zwei von der Arbeit gekommen sei. Sie habe einen Zwieback mit Erdbeeren gegessen und die Wäsche aufgehängt. Danach sei sie laufen gegangen und habe für ihren Mann und die Kinder gekocht, die erst gekommen seien, als die Kartoffeln schon kalt waren.

Der Tod ihrer Freundin macht Corry schwer zu schaffen. Während sich Hanne te Brake während des Gesprächs einigermaßen unter Kontrolle hatte, reagiert diese Freundin mehrfach sehr emotional.

»Ich habe im Clubhaus mehrere Trophäen von Ihnen gesehen«, sagt Nelleke. »Aber hier erinnert gar nichts an Ihre Lauferfolge.«

Julias Freundin spielt die sogenannten Erfolge sofort herunter.

»Früher habe ich davon geträumt, Beste zu werden, aber das ist lange her. Es gibt so viele Sportler, die nicht bis an die Spitze kommen oder die einmal gute Leistungen bringen, aber danach wieder in Vergessenheit geraten.«

Nelleke kann die Antwort nicht einordnen. »Kommt es darauf an? Auf Ruhm?«

Corry sagt lakonisch, das wisse sie nicht, aber ihre Augen, die eine undefinierbare graublaue Farbe haben, sagen etwas anderes. Sie verraten Unruhe, flackern von links nach rechts. »Das wird das Alter sein«, sagt Corry. »Wenn man vierzig wird, kommen einem solche Gedanken ganz automatisch. Der Sinn des Lebens. Was will man noch vom Leben, solche Dinge eben. Die Kinder werden größer und zeigen einem immer mehr, dass sie auch alleine klarkommen. Außerdem …« Corry verstummt kopfschüttelnd. »Na ja«, relativiert sie, »manchmal frage ich mich schon, wozu das alles? Bis mich ein Patient dankbar anlächelt. Dann weiß ich es wieder.« Corry rutscht auf ihrem Stuhl hin und her und schlägt die Beine übereinander. »Schon mal was von Diane Leather gehört? Die ist inzwischen über siebzig und war früher eine großartige Läuferin. Sie lief eine Meile in fünf Minuten. Und jetzt? Keiner kennt sie mehr.«

»Diane Leather hatte ihre Glanzzeit in einer nicht sehr frauenfreundlichen Ära. Damals konnte sie sich gar keinen richtigen Namen machen«, sagt Nelleke nach einer kurzen Pause. »Meiner Meinung nach kommt es nur darauf an, dass man selbst mit seinen Leistungen zufrieden ist. Den Rest kann man sowieso nicht beeinflussen.«

Corry Fierink strahlt und sieht gleich weniger traurig aus. »Sie kennen sie.« Ihre Begeisterung für die Läuferin scheint sich nicht damit zu vertragen, dass sie ihre eigenen Leistungen herunterspielt.

»Dass Sie und ich ihren Namen kennen und jetzt über sie sprechen, bedeutet doch auch etwas.«

»Im Grunde ist das alles nicht so wichtig.« Der rote Pferdeschwanz wippt hin und her, um ihre Meinung zu unterstreichen. Aber Corrys gesenkter Blick verrät, dass sie sich da nicht so sicher ist.

»Ist es auch nicht so wichtig, dass Julia am letzten Sonntag gewonnen hat? Ihnen den Titel abgejagt hat?«

»Im Nachhinein ist das doch eigentlich schön, finden Sie

nicht?« Corry lächelt. Es kommt nicht von Herzen, aber sie sieht ihr unverwandt in die Augen, sodass Nelleke den Eindruck gewinnt, die Frau meint, was sie sagt.

»Sie hatten am letzten Sonntag eine Auseinandersetzung mit Julia Zuidema«, sagt sie. »Weil Sie verloren haben?«

Corry fegt den unausgesprochenen Vorwurf mit einer Handbewegung beiseite. »Nein, ich kann gut mit Niederlagen umgehen. Julia wollte aufhören. Mit dem Laufen, meine ich. Weil Hanne auch kaum noch an Wettkämpfen teilnimmt, machte sie einen blöden Witz. Von wegen, dass ich auch nicht mehr lang durchhalten würde oder so. Diese Bemerkung habe ich kurz in den falschen Hals bekommen.«

Nelleke spürt, dass das nicht alles ist. Das bestärkt sie in ihrer Vermutung, dass das Laufen eine wichtigere Rolle in Corrys Leben spielt, als sie zugeben will. »Und Julia hat gewonnen.«

»Zugegeben, das fand ich nicht so toll. Aber als Hanne sagte, dass Groenlo kurz davorstand, uns zu überrunden, habe ich mich wieder beruhigt. Bei dem Wettkampf geht es schließlich um den Verein, nicht um Einzelpersonen.«

»Was hat Ihnen Julia bedeutet?«

»Ich war früher noch viel rothaariger als jetzt, wurde also immer gehänselt und war ziemlich unsicher. Hanne hat mich überallhin mitgenommen, die wusste, wie es ist, ständig geärgert zu werden. Hanne und ich haben Julia kurz darauf gerettet, als sie Drops geklaut hatte. Wir kamen gerade noch rechtzeitig dazu, um ihre Süßigkeiten zu nehmen, bevor der Ladeninhaber Julia aufforderte, ihre Taschen auszuräumen. Als dann am Tag darauf irgendein Depp an meinem Zopf zog, hat ihn Julia vermöbelt. Ab da waren wir Freundinnen.«

»Und die beiden haben Sie auch beschützt, wenn Sie Angst vor Hunden hatten.«

Corry sieht sie forschend an. »Warum sagen Sie das? Weil Julias Hund tot ist?«

Sie nickt.

»Laufen Sie mal an einem Hof vorbei, wenn so ein Koloss auf Sie zukommt«, sagt Corry. »Aber Guus war ein ganz lieber. Der Täter wollte nicht, dass ihn das Tier verbellt. Insofern dürfte es kaum eine Rolle spielen, ob er Angst vor ihm hatte oder nicht.«

Zu diesem Schluss ist sie auch schon gekommen. Aber Corry Fierink hat sich anscheinend Gedanken darüber gemacht. Sie hat sich ihre Antwort gut zurechtgelegt. Vielleicht zu gut.

Sie trinkt einen Schluck Wasser, während sie Corry beobachtet. Die Krankenschwester sieht im Moment nicht so aus, als könne sie andere pflegen. Die steile Stirnfalte, die geröteten Augen und der finstere Blick verraten Besorgnis und Missmut. »Was für eine furchtbare Sache. Haben Sie schon mit Hein Zuidema gesprochen? Natürlich haben Sie das«, setzt sie schnell nach. »Möchten Sie was?« Sie zeigt auf Nellekes leeres Glas.

»Gern.«

Sie steht auf und geht mit Corry zur offenen Küche.

»Nehmen Sie Vitamine?«

»Multivitamine. Schon seit Jahren.« Corry holt welche aus einer Küchenschublade. »Für irgendwas werden die schon gut sein.« Ein schlichter Behälter, die Eigenmarke einer Drogerie. Corry sagt, sie wisse nichts von einem möglichen Dopingmissbrauch bei Julia. Auch Julia nahm Multivitamintabletten, aber das ist auch schon alles. Julia nahm eine andere Sorte, aber sie schwört auf diese hier, die sie schon seit Jahren kauft.

Nelleke ist beinahe enttäuscht, sie hatte auf irgendeinen Hinweis gehofft. Sie geht ins Wohnzimmer und bleibt interessiert vor der Vitrine stehen, in der ein Service und Gläser zur Schau gestellt werden. Drei kleine Einlageböden sind mit Computerbüchern und Romanen von Dan Brown, Edgar Allan Poe, Stephen King gefüllt. Männerliteratur, schlussfolgert sie. Eine Reihe weiter unten entdeckt sie die Frauenabteilung: Nicci French, Jessica Durlacher. Die Wohnzimmereinrichtung ist schon älter, helle Kiefernholzmöbel und ein braunes Ledersofa. Grüne Kissen auf dem Sofa und zahlreiche Wohnaccessoires auf den Schränken sorgen für Farbakzente. Alles nett arrangiert und staubfrei. Zwei neue Kerzen stehen nebeneinander in einem Ständer. Zwei Pflanzen mit frischen grünen Blättern auf der Fensterbank. Auf einem Fernseher stehen Fotos, an der Wand hängen noch mehr. Corrys Familie, einzelne Fotos nur von den Kindern. Der Jüngste trägt eine Zahnspange.

Genau in dem Moment kommt er herein. Er sieht älter aus als auf dem Foto und hat keine Zahnspange mehr. Ein hoch aufgeschossener, schlaksiger Kerl, der seine Schultasche in die Ecke wirft. Corry bittet ihn, die Schuhe auszuziehen, um keinen Dreck reinzutragen. Die Größe hat der Sohn nicht von seiner Mutter geerbt – sie ist sogar kleiner als Nelleke –, aber die Haarfarbe schon. Durch seine roten Haare und den Trubel bringt er noch mehr Leben in das Zimmer. Corry fragt, ob er etwas trinken will, und stellt ihn ihr vor. Bas macht sich ziemlich verlegen aus dem Staub und murmelt: »Hausaufgaben«. »Dafür mach ich das auf jeden Fall«, sagt Corry. »Aber das sagen alle Eltern. Für seine Kinder tut man alles. Eine so vorbehaltlose Liebe stellt alles andere in den Schatten. Sogar die Liebe zwischen einem Paar, finden Sie nicht auch?«

Nelleke trinkt einen Schluck Wasser. Sie verdrängt den Gedanken an Suzan. Sie muss sich auf dieses Gespräch konzentrieren. Corrys Mimik ist irgendwie widersprüchlich. Die Mutter schaute stolz, doch gleichzeitig erkannte sie auch so etwas wie Reue in ihrem Blick. »Leben Ihre Eltern noch?«, fragt sie.

»Wieso?«

»Nur so, aus Interesse.«

»Mein Vater ist vor zehn Jahren gestorben und meine Mutter letztes Jahr.«

Nelleke schiebt das Foto der Läuferinnen zu Corry hinüber. »Will uns da vielleicht jemand etwas sagen?«

»›Wenn ein Verrückter einen völlig gesunden Eindruck macht, wird es höchste Zeit, ihn in eine Zwangsjacke zu stecken‹«, murmelt Corry. »Eine Zwangsjacke? Was soll das bedeuten? Das sagt mir nichts.«

»Nie gehört?«

»Nein.«

Diesmal sieht Corry sie nicht an, deshalb kann sie nicht beurteilen, ob Corry wirklich die Wahrheit sagt. Sie dreht das Foto um. »Ihre Freundin glaubt, dass es vielleicht in De Schans aufgenommen wurde.«

Corry beugt sich vor, um das Bild genauer zu betrachten. »Ja, das im Hintergrund, das könnte De Berenkuil sein.«

»Wie spät sind Sie gestern laufen gegangen?«

»Kurz nach drei.«

»Allein?«

»Ja.«

»Ihre Freundin auch.«

»Das ist ja der Vorteil am Laufen. Schuhe an und schon geht's los. Manchmal laufen wir auch zusammen, aber nicht immer. Am Dienstagnachmittag laufen wir übrigens oft zu dritt. Liefen«, verbessert sie sich. »Weil wir dann abends unser Intervalltraining machen, ist so ein Lauftraining gut zum Aufwärmen. Dann holen wir Hanne von der Druckerei ab und laufen eine oder anderthalb Stunden. Meist liegt es an Hanne, wie lange wir laufen. Gestern wollte Julia allein laufen, keine Ahnung, warum. Und Hanne wusste nicht genau, ob sie laufen würde.«

»Wer war die neue Flamme Ihrer Freundin?«

»Hat er etwas damit zu tun?«

»Wer ist es?«

»Woher soll ich das wissen?«

»Weil Sie mich gerade gefragt haben, ob er etwas damit zu tun hat.«

»Keine Ahnung. Aber sie hat sich nach einem Wettkampf mal mit jemandem unterhalten.« Ihr Hin- und Herrutschen auf dem Stuhl verrät, dass Corry sich nicht wohlfühlt in ihrer Haut.

»Wann war das?«

»Im Mai, nach einem Wettkampf in Aalten. Wir waren alle drei da und haben anschließend Apfelkorn getrunken. Es war ein älterer Mann, deshalb konnte ich mir eigentlich nicht vorstellen, dass sie was mit ihm hat. Bei Julia hätte ich eher einen Jüngeren erwartet, einen eher südländischen Typ, denn darauf stand sie. Sie hat ihn später auch nie mehr erwähnt und wirkte auch nicht so, als sei sie verliebt, obwohl sie sehr extrovertiert war. Aber jetzt, wo Sie es sagen … damals dachte ich, vielleicht ist er das.«

Aalten. Davon hat Wagener auch gesprochen.

»Ist das bei Ihnen Tradition mit dem Apfelkorn?«

»Nur, wenn wir alle drei laufen. Das ist so ein Ritual, mit dem wir unsere Freundschaft feiern. Ich weiß nicht mal mehr seit wann, so lange machen wir das schon. Ich habe immer drei von diesen kleinen Plastikflaschen mitgenommen und in meinen Laufgürtel gesteckt. Heute verdünnen wir das Zeug natürlich mit Wasser. Früher tranken wir es pur, aber wenn wir das heute noch täten, würden wir gleich umkippen.«

»Hatten Sie in letzter Zeit das Gefühl, beim Laufen verfolgt oder beobachtet zu werden?«

Corry schüttelt den Kopf. Als Nelleke ihr erzählt, was Hanne gesagt hat, erinnert sie sich an den Vorfall. Stimmt, das war schon eine Zeit her, in De Schans. Aber sie hat sich die Fotos auf der Vereinswebsite nie angesehen und sich nicht weiter darum gekümmert. Später hätten sie darüber gelacht, dass sie sich vor ihrem eigenen Trainer gefürchtet hatten, und das Ganze vergessen, sie zumindest. In dieser Gegend passierte doch nie etwas.

Bis gestern.

Nelleke erzählt, dass sie auch läuft, und sie unterhalten sich noch kurz über den Verein, über Sjors Seesink und Julias angeblichen Wunsch auszutreten. Doch Corry bestätigt nur, was Nelleke ohnehin schon weiß. Und sie berichtet noch einmal ohne zu zögern, was sie gestern Abend getan hat. Ihre Schilderungen stimmen genau mit dem überein, was Simmelinck auch gesagt hat.

Auf der Rückfahrt zum Büro überlegt sie, was für einen Eindruck Corry Fierink auf sie macht. Sie teilt Simmelincks Einschätzung, dass die rothaarige Frau unsicher ist. Aber sie ist ihrer Meinung nach auch ziemlich kompliziert gestrickt, auch wenn sie nicht genau sagen kann, warum. Vielleicht, weil Corry mehrmals anders reagiert hat, als sie das erwartet hätte. Sie hat sie auf dem falschen Fuß erwischt, und das kann sie nun mal nicht leiden, das ist sie mit Sicherheit nicht gewohnt. Corry hat einen sehr widersprüchlichen Charakter. Da gibt es eine soziale, gefühlsbetonte Seite und eine, die all das herunterspielt. Vielleicht lernt man das in der Ausbildung, sonst würden die Krankenschwestern viel zu viel Leid mit nach Hause nehmen.

Die drei Freundinnen sind wirklich sehr unterschiedlich. Nicht nur äußerlich – Julia ist hellblond, Hanne dunkel und Corry hat rote Haare und Sommersprossen –, auch vom Charakter her. Vielleicht ist das so wie bei Ehen, hält die Freundschaft deshalb schon so lange? Gegensätze ziehen sich an, ergänzen sich. Sie ist auch ein völlig anderer Typ als Simone. Ihre Freundin ist groß, dunkelhaarig und hat einen dunklen Teint – eine echte Südländerin, genau wie Hanne. Insofern ist sie ihr gar nicht ähnlich mit ihren dunkelroten, kurzen Locken und der hellen Haut. Auch in ihrer Grundhaltung sind sie sehr unterschiedlich. Simone ist rational, wägt alles genau ab, während sie eher intuitiv vorgeht. Trotzdem, auch sie sind schon seit der Grundschule befreundet.

Beiden Frauen hat der Tod ihrer Freundin zu schaffen gemacht. Sie hofft, dass sie sich gegenseitig auffangen können in dieser schweren Zeit.

24

Wieder im Büro, setzt Nelleke Wagener über die Gespräche mit Hanne te Brake und Corry Fierink in Kenntnis und bittet ihn, die Berichte zu schreiben. »Sag Bescheid, wenn dir etwas auffällt. Dasselbe gilt für das Gespräch mit Sjors Seesink. Und finde bitte heraus, an welchem Wirkstoff der Cousin von Hanne te Brake gestorben ist. Es muss ein Blutverdünnungsmittel gewesen sein.«

Hoofdagent Gerritsen meldet, dass »Düsseldorf« am Telefon sei.

Der deutsche Kollege, Hauptkommissar Wildmann, hat Jürgen Schallmann noch heute Morgen gesprochen. Er hat ihn persönlich aufgesucht. Schallmann ist Goldschmied und hat Wohnung und Atelier in Kaiserswerth, einem Stadtteil im Norden von Düsseldorf. Er ist Witwer. Seine Frau starb vor zwei Jahren an einer heimtückischen Krankheit. »Er ist außerdem Vertreter für eine Firma, die Medikamente und Nahrungsergänzungsmittel produziert«, erzählt Wildmann. »Die Firma hat Kunden in ganz Europa, vor allem in Belgien und den Niederlanden, und dazu gehört auch die Tierarztpraxis. Schallmann sagt, dass er vorige Woche das letzte Mal in den Niederlanden gewesen ist, in Egmond, für das Sponsoring eines Strandlaufs.«

Sie hat Mühe, den Hauptkommissar zu verstehen. Sein rheinischer Dialekt ist an und für sich kein Problem, aber er spricht ihn so laut und breit, dass ihre Ohren klingeln.

»Als wir wissen wollten, warum er dort übernachtet hat, gab er ohne Umschweife zu, dass er wegen Julia Zuidema geblieben ist. Sie hatten sich in Egmond verabredet. Anschließend wollte er sich bei einem Strandspaziergang den Wind um die Ohren wehen lassen und hatte keine Lust mehr, abends zurückzufahren.«

»Wie alt ist Schallmann?«

»Mal sehen, einundfünfzig, beinahe zweiundfünfzig.«

Das passt. Der ältere Mann.

»Hatten Sie eine ernsthafte Beziehung?«

»Er hat erzählt, dass er auf eine gemeinsame Zukunft gehofft hat. Moment, er hat noch etwas gesagt, das ich mir extra aufgeschrieben habe. Ja, hier ist es: ›Das Vergangene können wir nicht zurückrufen, über die Zukunft sind wir eher Meister‹, sagte er. Poetisch, was?«

»Goethe«, sagt sie.

»Echt?«, fragt ihr deutscher Kollege. »Was für eine Schande, dass Sie mir das sagen müssen.«

»Sie haben sogar ein Goethe-Museum in Ihrer Stadt«, sagt sie grinsend. »Herr Hauptkommissar, noch einmal zu Schallmann. War er nervös?«

»Ja, natürlich. Er hat während unseres Gesprächs mindestens zehn Zigaretten geraucht.«

»Fanden Sie ihn verdächtig?«

»Das ist schwer zu sagen«, meint Wildmann. »Wenn ich raten müsste, würde ich Ja sagen.«

Sie bittet Wildmann dafür zu sorgen, dass sie mit Schallmann sprechen kann. Wenn es sein muss, kommt sie auch nach Düsseldorf.

»Sie sind uns jederzeit herzlich willkommen, Düsseldorf ist eine sehr schöne Stadt.«

»Ich weiß, leider habe ich keine Zeit für Ausflüge.«

»Das verstehe ich. Ich rufe Sie wieder an.«

»Ausgezeichnet«, sagt sie in ihrem besten Deutsch.

Van der Haar hat eine E-Mail geschickt. Die Blutuntersuchung hat keine Besonderheiten ergeben. Julia Zuidema war so munter wie ein Fisch im Wasser. Aber das hat sie sich schon gedacht. Es sind allerdings noch nicht alle Untersuchungen abgeschlossen, liest sie. Der Gerichtsmediziner wird auf ihre Bitte hin extra den Tatort aufsuchen, bevor er nach Den Haag zurückfährt. Auch das Untersuchungsergebnis zum Ketamin ist noch nicht da. Unter seinem Namen hat er noch einen Satz hinzugefügt. Ein PS. Er hat von Cornelissens Suspendierung gehört. Er kann sich nicht vorstellen, dass Ton sich so hat gehen lassen, dass man ihn angezeigt hat.

Warum hat sie nicht so ein großes Vertrauen in ihren Mitarbeiter? Weil sie ihn in letzter Zeit öfter erlebt hat als Van der Haar?

Sie hat eine Nachricht verpasst, sagt ihr Handy, als sie es aus der Tasche holt. Sie wollte jemanden anrufen, hat jedoch in all der Hektik vergessen, wen. Es wurde auf ihre Mailbox gesprochen. Commissaris Markant ist froh, dass sie die Entscheidung der Kommission, Cornelissen zu suspendieren, teilt und ihn gebeten hat, seine Dienstwaffe abzugeben. Sie hat kaum Zeit, sich Gedanken über seine Bemerkung zu machen, weil Evelien anruft. Josien ist heute Mittag bei ihr gewesen, das wollte sie nur eben durchgeben. Sie waren zusammen einkaufen und haben Pflanzen für ihre Fensterbank gekauft. Eveliens neue Dachwohnung im Zentrum von Lichtenvoorde kann noch ein paar fröhliche Blumen gebrauchen, fand Josien. Wenn sie Hilfe braucht, soll sie einfach Bescheid sagen.

Sie dankt Evelien für das Angebot.

Jaap. Den wollte sie anrufen. Weswegen gleich wieder? Sie beschließt stattdessen nach Hause zu fahren. Als sie sich bei ihren Kollegen abmeldet, sagt Simmelinck, dass er den Wirkstoff herausgefunden hat. Das Gift in der Leiche des Cousins,

Bart de Haas. »Acenocoumarol«, sagt er mühsam. »In der Apotheke wird es auch unter dem Markennamen Sintrom verkauft. Es gehört zu den Cumarinen, Wirkstoffe mit blutverdünnenden Eigenschaften, zum Beispiel gegen Thrombose.«

Dann ruft Jaap selbst an. Emma ist immer noch nicht zu Hause. Er hat sie mehrmals auf dem Handy angerufen, aber sie geht nicht dran. Ob Emma sich vielleicht bei ihr gemeldet hätte? Er mache sich Sorgen, sagt er. Weil in letzter Zeit kaum jemand zu Hause sei, um sich um die Kinder zu kümmern.

Sie bekommt sofort ein schlechtes Gewissen, als sie daran denkt, wie wenig Zeit sie für die Kinder hat. Wäre das anders, wenn sie jeden Nachmittag bei Tee und Keksen zu Hause säße? Andererseits wusste Jaap von Anfang an, was für einen Beruf sie hat. Er hat sich freiwillig um die Kinder gekümmert, eigentlich schon, bevor sie sich kennenlernten. Jaap hat sein gut gehendes Fotoatelier in Amsterdam verkauft, nachdem sein Geschäftspartner an einem Herzinfarkt gestorben war. Das hat ihm die Augen geöffnet, und von diesem Zeitpunkt an wollte er etwas ändern. Das Leben genießen, seine Kinder, etwas tun, das er schon immer tun wollte: Kunstfotos machen. Deshalb ist er in seine Heimat, die Achterhoek, zurückgekehrt. Jetzt, wo seine neue Karriere unerwartet gut läuft, kann er nicht erwarten, dass sie ihr Leben einfach so über den Haufen wirft.

Sie sagt, dass sie schon unterwegs ist.

Emma habe sich entschuldigt, wegen des leeren Akkus in ihrem Handy, und sei so schnell wie möglich auf ihr Zimmer verschwunden, sagt Jaap.

Sie sieht ihm an, dass er gereizt ist. Seine braunen Augen sehen sie durchdringend an, das dunkelblonde Haar steht ihm kreuz und quer vom Kopf ab, weil er es sich rauft. Sie weicht seinem Blick nicht aus, soll er doch gucken. Wenn er wütend werden will, dann bitte auf seine Tochter. Sie ist schließlich der Grund für diese plötzliche eisige Stille. Er soll doch froh sein, dass Emma überhaupt wieder zu Hause ist, wer weiß, was für kranke Idioten gerade wieder frei herumlaufen.

»Ich hab ihr für den Rest des Tages Hausarrest gegeben«, sagt er.

Das ist vielleicht keine gute Idee, da sie selbst auch nie da sind. Aber sie sagt nichts. Er räumt Zeitschriften und Zeitungen weg und fängt plötzlich an zu schimpfen, dass hier jeder nach Hause kommt, wann er will. Ohne Rücksicht, ohne Maß. Er schichtet die Zeitschriften ungewöhnlich ordentlich übereinander. Er regt sich auf. Danach läuft er im Zimmer auf und ab und regt sich noch mehr auf, bis er seinen Frust los ist. Oft passiert ihm das nicht.

»Ich stecke mitten in einem Mordfall, Jaap«, sagt sie mit ruhiger Stimme. »Ich muss den Täter finden, bevor es noch mehr Opfer gibt.«

Je mehr er sich aufregt, desto ruhiger wird sie. In solchen Momenten würde sie am liebsten die Koffer packen. Dann hat sie Angst, dass sie sich nicht mehr vertragen werden, dass er sie nicht mehr liebt. Die Bindungsangst sitzt tief, ein Gefühl, das nie verschwindet, auch wenn sie diesbezüglich durchaus schon Fortschritte gemacht hat.

Sie sieht ihn nur schweigend an.

»Ja und? Ich war in einer Besprechung, kapiert?«, sagt Jaap, der ihren Blick bemerkt hat. Er wirft die *Yes* und den *Elsevier* auf einen Stapel, um sie anschließend millimetergenau übereinanderzulegen. Sie ist neidisch auf ihn. Er lässt seinen Frust raus und ist ihn anschließend los. Sie trinkt ein Glas Wasser und lässt ihn toben. Bis es nichts mehr zu sagen, nichts mehr aufzuräumen gibt und er sich erschöpft aufs Dreiersofa fallen lässt.

Sie holt einen Trinkjoghurt aus dem Kühlschrank und greift nach ihren Autoschlüsseln. »Ich fahr ins Krankenhaus.«

Jaap wischt sich ein paar Schweißtropfen von der Stirn. »Soll ich nicht mitfahren?«, fragt er überrascht.

»Bleib du mal lieber bei Emma und Josien, sonst sind sie wieder allein.«

Unterwegs beruhigt sich ihr Puls wieder, und sie trinkt den zu süßen Joghurt. Sie zwingt sich, an den Fall zu denken und fragt sich, ob da draußen ein Psychopath rumläuft. Ist Seesink der Psychopath, und ist es nicht bei ein paar unschuldigen Fotos geblieben? Muss sie Corry und Hanne warnen, nicht allein laufen zu gehen?

Zu viele Fragen, zu wenige Antworten.

Im Flur der Intensivstation trifft sie ihren Bruder Rien. »Wie geht es dir?«, fragt sie.

»Mir geht es gut. Meinst du, dass Mutter das schafft?« Sein Blick ist nicht sehr optimistisch, und die Bemerkung schnürt ihr die Kehle zu.

Ihre Mutter soll es nicht schaffen? Was für eine negative Einstellung! Sie wird misstrauisch. »Hast du mit dem Arzt gesprochen?«

Rien nickt. »Ihm zufolge ist die Situation unverändert.«

Sie sehen sich schweigend an. Soll sie fragen, wie es in seinem Job geht? Ob er sie besuchen will? Er kommt doch nie.

»Wir sehen uns«, sagt Rien.

Sie nickt.

Rien hat recht. Die eingefallenen, faltigen Wangen und die dunklen Ringe unter den Augen ihrer Mutter sprechen Bände. Sie bleibt vor dem hohen Krankenhausbett stehen und weiß nicht recht, ob sie näher treten soll. Es ist eine fremde alte Frau, die da im Bett liegt, und sie unterdrückt die Regung, wegzurennen. Wenn sie an ihre Mutter denkt, denkt sie an eine starke, entschlossene Frau, die Abstand hält. Ihre Unfähigkeit näher zu treten steht im Widerstreit zu dem Bedürfnis, sich auf den Schoß ihrer Mutter zu flüchten. Es ist nicht ihr Job, Nähe zu suchen. Oder vielleicht doch, solange es noch geht? Was soll sie sagen? Wird sie die Angst in ihren Augen sehen? Vielleicht sollte sie lieber morgen wiederkommen.

Dann öffnet die alte Frau die Augen, und es ist wieder ihre Mutter, die da liegt.

»Nelleke«, flüstert sie.

Sie läuft zum Bett, beugt sich vor und haucht einen Kuss in die Luft, unweit des erschöpften Gesichts. »Hast du Schmerzen?«, fragt sie leise.

»Man behandelt mich hier sehr gut.« Das Sprechen fällt ihr schwer.

Jetzt, wo sie wirklich krank ist, ist es vorbei mit dem Jammern. Jetzt, wo ihr jede Aufmerksamkeit sicher ist, braucht sie die Wehwehchen nicht mehr aufzubauschen. So etwas darf sie nicht denken. Im Bett daneben röchelt ein alter Mann derart heftig, dass sie befürchtet, dass er nicht mehr hier rauskommt. Eine Krankenschwester eilt zu seinem Bett und saugt Schleim ab. Bei diesem Anblick dreht sich ihr der Magen um. Als sie selbst am Ende war, nach dieser Schießerei vor ein paar Jahren, war sie zu krank, um noch etwas von der Krankenhausumgebung mitzubekommen. Außerdem hatte sie das Glück, ein Einzelzimmer zu haben, sodass sie nicht von den Krankheiten anderer Leute belästigt wurde. Es muss furchtbar sein, in so einem Zimmer zu liegen und alles von seinen Bettnachbarn mitzubekommen.

Merkwürdige Gedanken gehen ihr durch den Kopf, dabei sollte sie sich lieber auf ihre Mutter konzentrieren.

Die greift plötzlich nach ihrer Hand.

»Du warst immer so selbstbewusst. So selbstständig.« Es kostet sie große Mühe, die Worte ihrer Mutter zu verstehen. »Als du zum ersten Mal in den Kindergarten musstest und ich dich hinbringen wollte, sagtest du: ›Lass nur, ich geh allein.‹ Alles Mögliche wolltest du alleine machen. Selbst deinen ersten Besuch bei Evelien, bei dem du vor lauter Nervosität beinahe einen Auffahrunfall gebaut hättest. Ich war so froh, dass du danach sofort zu uns kamst.« Ihre Mutter hustet. Das Sprechen kostet sie Kraft, die dünne Stimme ist kaum mehr als ein Flüstern. »Ich hatte immer Angst, du könntest weggehen und nicht mehr zurückkommen. Das machte mir Angst. Angst, dich zu verlieren, aber auch Angst, dir meine Liebe zu zeigen. Kannst du das verstehen?«

Sie würde sich am liebsten auf den Schoß ihrer Mutter flüchten, sie umarmen, aber das kann sie nicht. Sie traut sich nicht. Was ihr bei Jaap, wenn auch nach Jahren, endlich gelang, ist bei ihrer Mutter ein Ding der Unmöglichkeit. Da ist sie völlig blockiert. Die Angst vor Zurückweisung sitzt tief. Statt einer Umarmung nickt sie und drückt sanft die Hand ihrer Mutter.

»Schenk Evelien alle Gefühle, die du in dir hast, sie hat es verdient. Sie liebt dich, sie ist nicht umsonst hierhergezogen. Ich durfte dich all die Jahre bei mir haben, durfte dich aufwachsen sehen. Glaubst du wirklich, ich wäre eifersüchtig auf sie?« Den letzten Satz hustet sie heraus, trotzdem wundert sich Nelleke über die klaren Worte ihrer Mutter, ausgerechnet jetzt.

Sie nimmt einen Becher mit Wasser und gibt ihr zu trinken. Ein kleiner Schluck, danach schüttelt sie unmerklich den Kopf. Es reicht.

»Ist schon gut, Mam, das weiß ich doch.«

»Mit anderen Worten: Du machst sowieso, was du willst.« Ihre Mutter lächelt angestrengt. »Vergiss nicht, dass das Leben zu kurz ist, um einander nicht zu lieben.« Sie hustet und räuspert sich mit letzter Kraft. »Ich liebe dich, und ich hoffe, dass du das weißt.« Sie seufzt laut und schließt ihre alten Augen.

Warum hat sie das früher nie gesagt?

Dann legt sie ihre Hand doch noch auf die Wange ihrer Mutter und streichelt sie. »Ich bin froh, dass ich zu euch gekommen bin, ehrlich«, flüstert sie ganz nah neben dem faltigen Gesicht. Sie küsst ihre alte Wange. »Jetzt schlaf mal schön.« Sie schluckt, damit ihr das Herz nicht mehr bis zum Hals schlägt, und läuft verwirrt weg. Gleichzeitig spürt sie eine merkwürdige Erleichterung, ihr Kopf scheint zu schweben. Als sie ein Stück den Flur hinuntergelaufen ist, merkt sie, dass es die falsche Richtung ist. Sie muss also kehrtmachen und noch einmal an der Intensivstation vorbeigehen. Ein kurzer Blick ins Zimmer. Ihre Augen sind noch immer geschlossen, aber Nelleke ist froh, dass sie das Lächeln auf den Lippen ihrer Mutter sieht.

Auf dem Weg zum Ausgang lauscht sie geistesabwesend den hallenden Schritten in den Krankenhausfluren und sieht plötzlich das Schild zur Reha-Station. Sie beschließt instinktiv, sich Corrys Station einmal anzusehen, obwohl es schon spät und Besuch nicht mehr willkommen ist. Die diensthabende Schwester ist tatsächlich nicht sehr begeistert, also zeigt sie ihren Ausweis, um ihren Besuch zu erklären. »Ich kann auch morgen mit einem Durchsuchungsbefehl wiederkommen«, blufft sie. Dafür gäbe es gar keinen Grundlage, aber die junge Schwester reagiert wie erhofft. Sie kommt hinter ihrem Tresen hervor und zeigt ihr den Weg.

Zu ihrer Überraschung hängen die älteren Patienten auf der Station nicht vor dem Fernseher, sondern laufen fleißig mit Rollatoren und Krücken hin und her. Ein Vierergrüppchen spielt Karten. Die Patienten sind im Schnitt bestimmt achtzig.

»Hella Gierkink«, stellt sich ihr eine dunkelblonde Frau um die dreißig vor. »Suchen Sie nach einem Familienangehörigen?«

Sie schüttelt den Kopf und zeigt ihren Ausweis. »Inspecteur De Winter. Ich hatte gehofft, eine meiner Zeuginnen hier anzutreffen«, lügt sie. »Corry Fierink.«

»Unsere Chefin«, sagt Hella nickend, die sich als Krankenschwester vorstellt. »Was kann ich für Sie tun?«

Sie fragt, ob ihr Hella mehr über die Behandlungsmethoden erzählen kann, die hier auf der Station angewendet werden. »Sie scheinen ja recht gute Erfolge zu erzielen.«

Hella Gierkink ist auch begeistert, und nicht nur sie. Die Schwester bittet sie, mit ins Büro ihrer Chefin zu kommen. Dort zeigt sie Nelleke einige Fotos und Tabellen. »Corry wird sicherlich bald befördert. Sie leistet aber auch Erstaunliches bei diesen Patienten.«

»Wie sieht die Therapie konkret aus?«

»Bewegung in Kombination mit einer gesunden Spezialernährung und Nahrungsergänzungsmitteln. Damit bekommen wir Leute wieder auf die Beine, die schon zwei Jahre an den Rollstuhl gefesselt waren.«

»Gibt es Statistiken über die Ergebnisse?«

Die Krankenschwester nickt.

Kurz darauf ist sie in ein Computerprogramm vertieft, das Corry laut Hella größtenteils selbst erstellt hat. Nach ein paar Erklärungen begreift sie die Menüführung und sieht sich aufmerksam die Daten von zig Patienten an.

»Bei zwei Patienten endet die Behandlung mit einem roten Punkt.«

Sie zeigt auf die entsprechenden Namen auf dem Bildschirm. »Wurden die entlassen?«

»Nein, die sind gestorben«, sagt Hella. »Ein grüner Punkt bedeutet, dass sie entlassen wurden.«

»Gestorben?«

»Unsere Patienten, wie auch diese hier, sind über achtzig«, sagt die Schwester. »Leider kriegen wir hier nicht alle zum Boogie-Woogie-Tanzen.«

»Können Sie mir diese Seite ausdrucken?«

»Aber natürlich.« Mit ein paar Mausklicks sorgt Hella dafür, dass Nelleke bald darauf einen Farbausdruck in Händen hält.

25

Als sie in den Spiegel sieht, erkennt sie ihre eigene Laufhose nicht wieder. Erst dann merkt Nelleke, dass sie geistesabwesend eine Winterstrumpfhose aus dem Schrank gezogen hat. Sie ist in Gedanken immer noch auf der Reha-Station von Corry Fierink und denkt dann an Julia Zuidema. Sie nimmt sich vor, sich die Tatortfotos morgen noch einmal genau anzusehen und aufzuschreiben, was sie definitiv weiß. Irgendetwas hat sie übersehen. Sie weiß nicht, was, aber irgendeinen Zusammenhang hat sie übersehen, irgendeinen Hinweis, da ist sie sich sicher.

Ohne etwas zu schmecken, schlingt sie in der Küche zwei Brote mit Erdnussbutter hinunter. Iss lieber was Warmes, fällt ihr ein, das ist unvernünftig. Also doch noch eine aufgewärmte Portion Sommereintopf. Sie hat noch einen Rest im Kühlschrank entdeckt, aber große Lust hat sie darauf nicht.

Jaap kommt in die Küche und gibt ihr einen Kuss. »Hallo Pumuckl. Es tut mir leid, das war alles meine Schuld. Obwohl du auch viel zu viel um die Ohren hast, und das meine ich ernst.«

»Du hast recht. Ich kann nur nichts dagegen tun. Nicht jetzt.«

»Hast du den Eintopf gegessen?«

Sie schüttelt den Kopf. »Keine Lust.«

»Dann habe ich mich ganz umsonst angestrengt«, sagt er mit gespielter Beleidigung.

»Ich ess mich sonst noch blöd«, erwidert sie und merkt, dass davon in den letzten beiden Tagen bestimmt nicht die Rede sein kann. Heute Morgen zeigte die Waage 53,4. »Wenn ich einmal ein bisschen weniger esse, ist das noch lange keine Katastrophe«, sagt sie begütigend. »Ich muss dir was gestehen«, fügt sie im Flüsterton hinzu. »Suzan. Ich habe mir ihre Akte aus dem Archiv heraussuchen lassen.« Jetzt ist es raus, bevor es ihr leidtun kann, und sie ist froh, dass sie endlich mit der Sprache herausgerückt ist.

»Wie bitte?« Er sieht sie an, als habe sie vor, den Mount Everest bei minus vierzig Grad nackt zu besteigen.

»Vielleicht hat man irgendetwas übersehen. Das könnte doch sein? Es ist damals so viel schiefgegangen bei den Ermittlungen.«

Hoffentlich sagt er nichts dazu.

Genau in dem Moment stürmt Simone herein. »Hallo, ihr Lieben, das Training wartet.« Simone spürt, dass dicke Luft herrscht. »Störe ich? Dann geh ich wieder.«

»Nein, nein.« Nelleke gibt Jaap einen Kuss. »Später«, sagt sie leise.

Seine Stirnfalte wird tiefer, wie so oft in letzter Zeit.

Sie laufen über Lievelde nach Groenlo. In dem Städtchen sind viele alte Häuser erhalten geblieben, die einen Besuch wert sind. Groenlo hat früher einmal zu Borculo gehört und bekam im dreizehnten Jahrhundert die Stadtrechte. Die »Stadt« Groenlo, darüber machen die Einwohner von Lichtenvoorde oft Witze. Für Außenstehende scheinen sich die beiden Orte schon immer bekriegt zu haben, und das merkt man auch dem Laufwettkampf zwischen den Gemeinden an. Sie kennt die Geschichte von dem Findling, den die Groenloer angeblich gestohlen haben, was der Grund für den Streit sein soll. Aber sie weiß, dass das nur Show ist. Wenn es darauf ankommt, springt Lichtenvoorde für Groenlo in die Bresche und umgekehrt, beide Orte gehören nicht umsonst zu einer Gemeinde. Sjors Seesink und sein Fanatismus, Lichtenvoorde zu schlagen, ist da eher die Ausnahme.

Simone holt sie wieder in die Realität zurück, als sie fragt, wie die Ermittlungen voranschreiten.

»Gar nicht«, lautet ihre Antwort. »Und wie war's bei dir in der Praxis?«

»Chaotisch. Ich muss sogar ein paar Abende mit einplanen. Pim ist, ehrlich gesagt, gar nicht begeistert, aber anders schaff ich das nicht. Und dann noch diese Schulungen ...«

»Vielleicht wird es Zeit für mehr Personal?«

Simone sieht sie erwartungsvoll an.

»Man weiß ja nie, vielleicht kündige ich eines Tages meinen Job und kauf mich in deiner Praxis ein«, sagt sie ernster, als eigentlich beabsichtigt.

»Hör auf!«, sagt Simone, während sie mit den Armen ausholt, als übe sie Delfinschwimmen auf dem Trockenen. »Du und deine Ermittlungen, das gehört doch noch mehr zusammen als ... na ja, als Dick & Doof.«

»Auch die haben sich am Ende getrennt.«

Ohne Cornelissens Namen zu nennen, erzählt sie, was bei ihr auf der Arbeit gerade los ist. Simone findet es gut, dass sie Partei für ihren Kollegen ergreift. Nelleke will nicht mehr darüber nachdenken. Solche Momente, in denen das Laufen wie von selbst geht, dienen der Entspannung. Und das genießt sie sehr. Sie schlägt der Freundin vor, am Sonntag den Halbmarathon mitzulaufen. »Das ist der letzte Wettkampf des jährlichen Turniers Groenlo gegen Lichtenvoorde. Vorausgesetzt, er findet überhaupt statt.«

Die Route soll durch das Naturschutzgebiet De Leemputten führen. Der Groenlo-Verein trainiert dort wohl öfter. Dreißig Hektar Natur, in der früher sogar Haifisch- und Walfischzähne gefunden wurden. Aus dem Lehm in diesem Gebiet wurden in einer Groenloer Fabrik einst Dachziegel hergestellt. Im Sommer kommen die Touristen zum Wandern und Radfahren her, aber die meisten ziehen erst ab elf los, und bis dahin sind sie mit dem Training längst fertig.

Simone findet die Idee prima. Doch in Nellekes Ohren klingt ihre Freundin nicht sehr begeistert. Aber bevor sie nachhaken kann, hat Simone schon ein anderes Thema angeschnitten.

»Ich ess momentan ununterbrochen. Hast du auch ständig Hunger?«

»In den letzten Tagen ausnahmsweise mal nicht.«

Sie laufen jetzt so sechzig, siebzig Kilometer die Woche, obwohl sie das diese Woche wahrscheinlich nicht schafft. Letzte Woche sind sie sogar einmal morgens um sieben laufen gewesen, und auch in Gedanken beschäftigt sie sich regelmäßig mit den zweiundvierzig Kilometern und hundertfünfundneunzig Metern. »Was meinst du, welche Zeit werden wir laufen?« Ihre Freundin antwortet nicht, aber Nelleke hofft, dass sie es in dreieinhalb Stunden schaffen. »Das wäre eine tolle Zeit.«

»Wenn man sich vorstellt, dass diese Engländerin, Paula Radcliffe, das in zwei Stunden und fünfzehn Minuten geschafft hat. Einfach unglaublich«, sagt Simone.

»Vor allem wenn man sie laufen sieht, mit diesem rhythmischen Kopfnicken.« Der Zeitunterschied zu den Männern beträgt noch zehn Minuten. Vielleicht wird eine Frau irgendwann wirklich die schnellste sein in dieser, ihrer Meinung nach, faszinierendsten olympischen Disziplin. Obwohl zehn Minuten sogar bei einer so langen Strecke ziemlich viel sind. »Ich hab neulich irgendwo gelesen, dass wir die letzten zwei Kilometer und hundertfünfundneunzig Meter der englischen Königin zu verdanken haben.«

»Wieso?«, fragt Simone.

»Pheidippides, der Bote, der von Marathon nach Athen lief, um die Nachricht vom Sieg über die Perser zu überbringen, lief nur vierzig Kilometer, wenn auch über gewundene Bergpfade.«

»Und wie kamen die zusätzlichen Kilometer dazu?«

»Weil die Olympischen Spiele irgendwann um 1900 in England stattfanden und der Parcours schlecht gewählt war. Nach vierzig Kilometern endete die Strecke ungünstig. Angeblich wollte die Königin, dass man direkt vor ihr ins Ziel läuft, und so kam es zu den zusätzlichen Kilometern.«

»Ist das wirklich wahr?«

»Wahrscheinlich ist die ganze Geschichte mit dem Griechen eine Legende. Aber mir gefällt die Vorstellung, dass wir die Königin verwünschen dürfen, wenn wir die Vierzig-Kilometer-Marke erreicht haben.«

Eine Zeit lang hängen sie beim Laufen ihren eigenen Gedanken nach. Sie laufen in einem regelmäßigen Rhythmus, im Gleichschritt, so als hätten sie nie etwas anderes getan.

»Hast du mit deinen Ermittlungen schon angefangen?«, fragt Simone.

»Noch nicht. Meinst du, ich soll die Sache auf sich beruhen lassen?«

»Wie du bereits sagtest: Du hörst immer auf dein Gefühl, und das lässt dich nur selten im Stich. Also warum solltest du ausgerechnet jetzt nicht darauf hören? Wenn du dann jedes Blatt dreimal umgedreht, durchleuchtet und durchdacht hast, und es kommt nichts dabei raus, kannst du dieses Kapitel vielleicht endgültig abschließen. Ich würde einfach abwarten, was es dir bringt.«

»Es lenkt mich von der Arbeit ab.«

»Dann musst du die alten Akten liegen lassen, bist du den Kopf dafür frei hast«, sagt Simone.

Das weiß sie auch. Es klingt logisch, aber so einfach ist es nicht. Irgendwas arbeitet in ihr. Etwas, das ihre volle Aufmerksamkeit erfordert. Sie will so schnell wie möglich Antworten finden. Außerdem gibt es immer etwas anderes, auf das sie sich konzentrieren muss.

Sie atmet den starken Duft von Kampferöl ein. Inzwischen haben sie Vragender hinter sich gelassen und machen ein kurzes Intervalltraining um den Biezenplas. Anschließend werden sie kurz am Industriegebiet von Lichtenvoorde entlanglaufen, und dann ist der heimische Hafen auch schon bald wieder in Sichtweite.

»Meine Mutter war heute bestimmt ganz high vom Morphium«, sagt sie.

»Wieso, hat sie merkwürdige Dinge erzählt?«

»Sie hat gesagt, dass ich Evelien mit offenen Armen aufnehmen soll. Sie sei nicht eifersüchtig, sagt sie.«

»Dann würde ich das an deiner Stelle auch tun«, sagt Simone. »Wenn deine Mutter das so sagt.« Sie hört den neckenden Unterton in der Stimme ihrer Freundin. Simone kennt sie gut. Zu gut. Denn als sie das Ganze gerade mit einem Witz abtun will, weil doch alles bestens ist, wird ihre Freundin plötzlich ernst.

»Komm schon, du zweifelst immer noch daran, ob du Menschen wirklich an dich, in dein Haus und dein Herz lassen willst. Und du traust dich nicht, zu dem Mann, den du liebst, ›Ja‹ zu sagen. Wenn das bestens ist …«

»Zugegeben, ich trau mich nicht. Wenn ich noch tiefer gehe, tut sich ein echter Abgrund auf, und das kann ich nicht verkraften.«

»Diesen Schacht kannst du zwar nicht mit dem Originalmaterial füllen, aber vielleicht lässt du zu, dass er anders gefüllt wird. Dann kannst du mit deinen Gefühlen nicht mehr in ein so tiefes Loch fallen und wirst weniger enttäuscht. Du bist doch diejenige, die immer wieder Kierkegaard zitiert? Die Vergangenheit begreifen und weiterleben. Na, dann verhalte dich auch endlich entsprechend. Mit den Menschen, die dich jetzt lieben.«

»Das macht mir Angst.«

»Das könnte durchaus eine wertvolle Investition sein. Nel, du bist verdammt noch mal ihr Fleisch und Blut, das Einzige, was sie noch hat!«

Sie legt einen kurzen Sprint ein, um wieder zu sich zu kommen. Simone schafft es immer wieder, den Finger auf die Wunde zu legen. Sie ist eine gute Psychologin … und ein Miststück.

Simone kommt ihr nicht nach. Dafür ist sie ihr dankbar.

Ihr Training lief genau nach Plan. Nach anderthalb Stunden haben sie fast siebzehn Kilometer geschafft, verkündet Simone. Sie hat einen Chip in ihren Schuhen, der alle relevanten Laufaktivitäten registriert und an einen Empfänger sendet.

»Das macht also siebenhundert Kalorien«, rechnet sie aus.

»Siebenhundertsechzehn.«

»Dann muss ich jetzt wirklich was essen.«

Auf jeden Fall haben sie ihren Kilometerstand für diese Woche heute gehörig nach oben korrigiert.

Nach einer erfrischenden Dusche und einer Portion Eintopf geht sie mit Jaap in den Garten, Daya im Schlepptau. Die entdeckt prompt ein vorwitziges Eichhörnchen und jagt es in die Flucht. Nelleke deklamiert ohne nachzudenken den Satz, der ihr ständig im Kopf herumspukt. »*Wenn ein Verrückter einen völlig gesunden Eindruck macht, wird es höchste Zeit, ihn in eine Zwangsjacke zu stecken.*« Sie grinst über seinen verwirrten Blick. »Sagt dir dieser Satz irgendwas? Wahrscheinlich stammt er aus einem Buch. Jemand möchte den Verdacht in eine ganz bestimmte Richtung lenken. Wenn ich weiß, von wem der Satz stammt, weiß ich vielleicht auch mehr über den Absender.«

Jaap bittet sie, den Satz zu wiederholen. Ihm geht da auch kein Licht auf. »Hast du schon im Internet nachgeschaut?«

»Ja. Ich fand Links zum Weblog eines Politikers und wurde auf eine negative Reisebesprechung verwiesen. Und auf einen Wikipedia-Eintrag, in dem steht, dass Zwangsjacken heute nur noch zu SM-Spielchen eingesetzt werden. Aber das hilft mir auch nicht weiter.«

Sie gehen nach drinnen, wo Daya sofort in ihr Körbchen krabbelt. »Unsere ADH-Daya hat für heute genug. Du auch?«, fragt Jaap.

»Einen Schlummertrunk?«, schlägt sie gähnend vor. Sie fällt beinahe um vor Müdigkeit.

Er nickt und schenkt jedem ein Glas Cognac ein.

Und dann, als ob es ihr gerade einfiele, erzählt sie mit großem Herzklopfen, warum sie die Akte zu Suzans Verschwinden wieder geöffnet hat. Dank des Cognacs, der ihre Nervosität dämpft, erzählt sie sogar von den Träumen, die sie in letzter Zeit hat. Seit diesem Fall in Dieren.

Da fällt Jaap plötzlich etwas ein. Er rennt nach oben und ist kurz darauf zurück. Er legt eine Zeitschrift vor sie hin. »Dieses Heft hast du vor ein paar Wochen spätabends beiseitegelegt. Meiner Meinung nach war das an dem Abend, als Pim und Simone hier waren und wir so versackt sind. In dieser Nacht hast du das erste Mal komisch geträumt. Du hast von einer Frau gesprochen. Und als ich mir am nächsten Morgen die Zeitschrift ansah, sah ich es. Zwischen diese Seiten hast du einen Zettel als Einmerker gelegt. Ich hab dir das Heft rausgesucht, es dann aber wieder vergessen, tut mir leid.« Er schlägt die Zeitschrift auf. Vor ihr liegt ein Artikel, neben dem eine Frau abgebildet ist. Plötzlich erinnert sie sich wieder, dass sie die Zeitschrift durchgeblättert hat und dass ihr irgendwas an dem Artikel bekannt vorkam. Blöd, dass sie das anschließend wieder ganz vergessen hat. So was darf auf keinen Fall mehr vorkommen.

»Warum habe ich das Heft aufgehoben?«, fragt sie sich laut.

»Keine Ahnung«, sagt ihr Freund, während er sie auf seinen Schoß zieht. »Vielleicht ist dir beim Lesen irgendwas aufgefallen?«

»Wie heißt die Frau, die hier interviewt wird?« Sie überfliegt den Text, aber Jaap ist schneller.

»Eine Frau Berendsen. Aus Zutphen. Ich habe mich gefragt, ob du sie kennst.«

Der Name sagt ihr nichts. Sie reißt den Artikel aus dem Heft und steckt ihn in ihre Handtasche. Vielleicht kann sie ihn morgen noch mal lesen, und dann fällt ihr wieder ein, warum sie ihn aufgehoben hat.

Jaap sagt wie Simone, dass sie auf ihr Gefühl hören soll. Das macht sie unglaublich froh. Sie ist erleichtert. Sie hat das Gefühl, grünes Licht bekommen zu haben. Warum hatte sie eigentlich solche Angst, er könnte sie davon abhalten wollen? Sie kann ihm vertrauen, das sollte sie doch inzwischen wissen.

»Du musst nur aufpassen, dass du dich nicht überforderst«, sagt Jaap. »Erst dieser Fall in Lievelde, und jetzt ist auch noch deine Mutter krank … Wäre es nicht vernünftiger, Suzans Fall erst mal liegen zu lassen?«

»Im Büro ist immer irgendwas. Oder mit einer Mutter, einer Tochter oder sonst irgendwem«, wehrt sie sich.

Warten. Sie kann und will nicht warten. »Wenn es noch Hoffnung gibt, Jaap, dann muss ich mich jetzt auf die Suche machen.«

Am liebsten würde sie sofort sämtliche Ordner aufklappen und durcharbeiten, bis sie findet, was sie sucht. Und den Artikel, den ihr Jaap gebracht hat, will sie auch lesen, sie hat ihn schließlich nicht umsonst aufgehoben auf ihrer Suche nach dem einen Hinweis, der ihr weiterhilft. Falls ihr überhaupt etwas helfen kann. Diesen negativen Gedanken verbannt sie sofort wieder aus ihrem Kopf.

Jetzt, wo sie mit Jaap zu Hause an ihrem Lieblingsplatz an der Bar sitzt, entspannt und völlig ohne Zeitgefühl, genießt sie es, mit ihm darüber zu sprechen. Jetzt, wo sie weiß, dass er hinter ihr steht, will sie reden. Will ihn teilhaben lassen an ihrem Hirngespinst, an ihren Träumen und Hoffnungen, auch wenn sie eigentlich nur noch ins Bett will.

»Hoffnungen?« Jaap sieht sie besorgt an. »Ich würde alles dafür geben, aber pass bitte auf, dass du dich da nicht in irgendwas verrennst, das es gar nicht gibt.«

26

Das warme Wasser strömt an ihrem Körper herab. Sie lässt die Wasserstrahlen ihr wohltuendes Werk verrichten und sie wach machen. Das dauert heute Morgen nicht lange, denn noch bevor sie unter der Dusche steht, ist sie in Gedanken schon im Büro. Teambesprechung. Sie muss sich konzentrieren, dahinterkommen, was sie übersehen hat. Sie müssen sich mit diesen Ermittlungen beeilen. Sie trocknet sich ab, cremt sich mit Bodylotion ein und sprüht sich einen Hauch *Musk* auf das rechte Handgelenk. Eine sandfarbene Leinenhose und eine schlichte Bluse, in der sie sich wohlfühlt. Sie dreht den Ring ihres Vaters, den sie am Daumen trägt, hin und her. Das Hochzeitsdatum ihrer Eltern ist darin eingraviert, der 14.6.1950, und der Name ihrer Mutter: Jannie. Mehr als ein halbes Jahrhundert ist das jetzt her.

Tagescreme und ein leichtes Make-up müssen reichen. Wegen des vielen Laufens an der frischen Luft hat sie genügend Farbe, obwohl sie neben der dunklen Simone immer blass aussieht. Ihre Haut wird einfach nicht brauner, sie bekommt höchstens mehr Sommersprossen. Sie knetet Gel in ihre Locken, reißt sich schon wieder ein graues Haar aus und fährt einmal mit den Händen durch die Haare. Brauner Lidschatten, und schon ist sie fertig.

Sie ist aufgeregt, so merkwürdig sich das in dieser Situation auch anhören mag. Sie ist nun mal kein Morgenmensch und so früh nicht gerade in Stimmung, zu singen. Ansonsten würde sie es tun, trotz der Kopfschmerzen, die sich so kurz nach dem Aufstehen schon wieder leicht, aber hartnäckig hinter ihren Augen bemerkbar machen.

Sie will sich an die Arbeit machen, sich auf Suzans Fall stürzen.

Das liegt an dem kleinen Funken Hoffnung, und sei er noch so winzig. Sie checkt ihre Mails, aber klickt die Astrokarte des Tages noch nicht an. Manchmal beginnt der Tag auch ohne sie gut.

Und sie will diesen Mord aufklären, das natürlich auch.

Summend geht sie ins Schlafzimmer, um Jaap zu fragen, ob er auf eine Tasse Kaffee mit nach unten kommt.

So wie er aussieht, ist er noch nicht startklar, aber als sie näher kommt, umarmt er sie. Sie setzt sich auf die Bettkante und schaukelt hin und her, in der Hoffnung, dass Jaap durch die Bewegungen des Wasserbetts in Fahrt kommt. Er massiert ihre Schultern, und einen Moment lang lehnt sie sich entspannt zurück. Schade, dass die Arbeit wartet, denn sonst würde sie jetzt …

Bevor sie aufstehen kann, hat sie Jaap fest im Griff und küsst sie leidenschaftlich.

»Ich muss zur Arbeit«, sagt sie.

»Komm schon«, flüstert er.

Die wichtigste Nachricht des Tages steht auf der Titelseite. Das wird Markant aber gar nicht freuen. Sie nickt, als Jaap fragt, ob sie noch einen Espresso will. Zwei Polizisten haben die Verhöre von Verdächtigen gefälscht. Sie hat schon von einem anderen Inspecteur davon gehört. Die Namen werden vor der Öffentlichkeit natürlich geheim gehalten. Eine wirklich ärgerliche Angelegenheit, wenn sie denn stimmt. Hinzu kommt, dass die Verdächtigen jetzt freigelassen werden müssen. Die Ermittler werden auch verdächtigt, Zeugenaussagen gefälscht zu haben. Sie ist froh, dass nichts über Cornelissens Suspendierung in der Zeitung steht. Denn sonst wäre ihr Name bestimmt auch auf der Titelseite aufgetaucht, und darauf ist sie nun wirklich nicht scharf. Lieber würde sie lesen, dass der Lievelde-Fall aufgeklärt wurde.

Auf der Fahrt ins Büro ruft Jaap an. Er wünscht ihr viel Erfolg und sagt, dass sie auf sich aufpassen soll. Das sagt er jeden Morgen, und heute hat er es vergessen. Sie hat es gar nicht gemerkt. Lieb, dass er daran denkt. Als sie das Revier erreicht, lächelt sie immer noch. Trotz des Regens, der sie auf der Suche nach dem Mörder heute bestimmt noch den ganzen Tag begleiten wird. Sie wirft einen prüfenden Blick in den Außenspiegel des Volvo und wischt sich einen Regentropfen von der Stirn.

Während der Teambesprechung macht die anfängliche Aufregung Besorgnis Platz. Wagener sagt, dass man in der Tat Ketamin in Julias Blut gefunden hat. Van der Haar hat heute Morgen per E-Mail die Ergebnisse geschickt.

»Macht das Zuidema nicht besonders verdächtig?«, fragt ihr Assistent.

»Ich finde schon«, sagt Simmelinck. »Wir dürfen auch das Geldmotiv nicht vergessen.«

Sie erklärt den Kollegen die Wirkung von Ketamin. High werden, Lähmungserscheinungen. »Unser Täter muss also nicht unbedingt ein Mann sein, das dürfen wir nicht aus den Augen verlieren. Die Mordmethode lässt allerdings auf einen psychotischen Charakter schließen. Gut durchdacht und gleichzeitig krank. Wir müssen uns mit den Ermittlungen in diesem Fall noch mehr beeilen.«

Seesinks Arzt hat ihnen nicht viel Neues sagen können,

meint Simmelinck. »Sjors Seesink kommt brav zu den Kontrolluntersuchungen, und soweit sein Arzt das beurteilen kann, nimmt er seine Medikamente regelmäßig ein. Ihm zufolge gibt es kein erhöhtes Risiko für ein psychisch abweichendes Verhalten.«

Auch die Fingerabdrücke der Leute, die sie in den letzten Tagen verhört haben, ergeben nichts Neues. Im Wohnzimmer von Zuidema wurden mehrere Abdrücke gefunden, auch welche, die sie noch nicht zuordnen können. Vielleicht bringt das noch was, wenn neue Verdächtige auftauchen. Die anderen Fingerabdrücke gehören Zeugen, mit denen sie bereits gesprochen haben, alles Bekannte des Opfers.

Auf dem Käppi von Seesink wurden nur seine Fingerabdrücke gefunden. Immerhin etwas. »Er ist also am Dienstag doch bei den Zuidemas gewesen«, sagt sie.

»Genau wie du vermutet hast«, meint Wagener.

»Dann bestell ihn mal her.«

Nelleke wird ungeduldig, als sie merkt, dass die Ermittlungen, und vor allem die Arbeit der Spurensicherung, keine Fortschritte machen. »Und was ist mit dem Laptop von Julia, hat man E-Mails gefunden? So eine Frau kommuniziert doch per E-Mail, hat MSN-Kontakte – wie lange dauert das denn noch, bis die uns was Interessantes liefern?«

Wagener verspricht, sich erneut dahinterzuklemmen.

Sie verteilen die Aufgaben für den Vormittag. »Wir haben jede Menge zu tun, außerdem wird ein Mann vermisst. Wir müssen unsere Zeit also so effizient wie möglich einteilen«, sagt Nelleke. »Macht den Jungs von der Spurensicherung mal etwas Dampf! Der kleinste Hinweis kann zur Aufklärung führen.«

Gleich nach der Besprechung steigt sie ins Auto. Sie ruft wegen Zuidemas Haus den örtlichen Reinigungsdienst an. Die Leute versprechen, gegen elf zu kommen. Das liegt eigentlich nicht in ihrem Zuständigkeitsbereich, aber sie will Hein Zuidema und den Kindern nicht zumuten, in ein Haus zurückkehren zu müssen, wo der Tod sichtbare Spuren hinterlassen hat. Anschließend ruft sie den Tierarzt an und sagt ihm, dass er heute Mittag ab zwei wieder in sein Haus kann. Auf der Fahrt nach Lievelde würdigt sie die üppigen violetten und roten Blumen am Randstreifen kaum eines Blickes.

Eine knappe Viertelstunde später ist sie im Haus von Zuidema, mit einer Kopie des Berichts der Spurensicherung unter dem Arm, einschließlich der entsprechenden Fotos und Schlussfolgerungen. Denn jetzt geht das ja noch, gleich wird es im Wohnzimmer keinerlei Mordspuren mehr geben. Es ist still, das einzige Geräusch stammt vom Regen, der gegen die Scheiben prasselt. Sie liest Teile des Berichts. Die eingeschmissene Türscheibe hat sie gestört, und sie hat recht behalten mit ihrer Vermutung. Sie musste an Corry Fierink denken, als die ihren Sohn bat, die Schuhe auszuziehen, um keinen Dreck reinzutragen. Im Wohnzimmer und in der Küche wurden keine Scherben gefunden. Nur an der Hintertür im Abstellraum. Die Scheibe wurde also eingeschlagen, als der Täter ging, sonst hätten dort Scherben gelegen. Der Täter hat die Scheibe also nur eingeschlagen, um einen Einbruch vorzutäuschen. Geahnt hat sie das schon vorher, doch das ist der Beweis, wenigstens in diesem Punkt gibt ihr die Spurensicherung recht.

Dieser Mord hat nichts mit einem missglückten Einbruch zu tun. Aber mit was dann, verdammt noch mal?

Sie setzt sich in den Sessel am Fenster und denkt nach. Sie sieht sich um, betrachtet den fleckigen Teppich, das Tischchen, auf dem die CDs liegen, und das Telefon. Sie greift nach dem Telefon, dem alten Apparat, der für das Opfer leider zu weit weg war, es aber auch nicht mehr hätte retten können. Als sie auf die grüne Taste drückt, bekommt sie kein Freizeichen.

Das Telefon ist tot.

Sie versucht es noch einmal, mit demselben Ergebnis, und flucht leise. Bedeutet das, dass jemand von der Spurensicherung daran gedacht hat, gewählte Nummern zu überprüfen oder Nachrichten auf der Mailbox abzuhören? Cornelissen hätte das eigentlich tun oder zumindest veranlassen müssen, aber sie hat nichts darüber in den Berichten gelesen. Cornelissen. Der ist wirklich ziemlich daneben in letzter Zeit. Wäre er nicht suspendiert worden – spätestens jetzt hätte sie ihn suspendiert.

Doch es gibt noch ein Telefon, fällt ihr wieder ein. In der Küche entdeckt sie tatsächlich einen baugleichen Apparat. Ein Telefon, das wirklich funktioniert. Als sie ein paar Menüoptionen ausprobiert, findet sie die einprogrammierten Nummern, die zuletzt gewählt wurden. In der Tierarztpraxis wurde angerufen, und eine ihr unbekannte Nummer ist auch zu sehen. Sie schreibt sie auf.

Sie müssen herausfinden, wann damit zuletzt telefoniert wurde, seit wann der andere Apparat kaputt ist.

Angenommen, das Telefon war schon länger kaputt, und Julia Zuidema hat das gewusst. Wonach wollte die Frau dann greifen? Sie betrachtet noch einmal die Fotos und legt sich in Julias Position vor das Tischchen. Sie schaut, wo ihre Hand zu liegen kommt. Julia hat tatsächlich nicht nach dem Telefon gegriffen. Sie holt ein paar Plastikhüllen aus dem Auto und nimmt darin die CDs vom Tisch mit. Die wurden bereits auf Fingerabdrücke untersucht, aber sie geht auf Nummer sicher und nimmt sie als Beweismaterial mit.

27

Er hatte alle Berichte fertig und sechs Sandwiches mit Salami und Käse intus. Vier sind noch übrig. Ein Kollege aus der Spurensicherung, der seine Lunchbox noch nie gesehen hat, fragte ihn verblüfft, ob er vorhabe, hier zu übernachten. Ferry wirft einen leeren Bic-Kugelschreiber in den Müll und holt einen neuen aus seiner Schublade. Höchste Zeit, loszulegen. Es gibt ihm jedes Mal einen richtigen Kick, wenn er auf Informationen stößt, die die Ermittlungen voranbringen. Aber er merkt auch, dass er sich mehr in seinem Element fühlt, wenn er Zeugen vernimmt oder einen Tatort besichtigt. Ganz so, als löse er ein Sudoku, ein Zahlenrätsel, nach dem er seit ein paar Monaten regelrecht süchtig ist, vor allem, wenn es in die Kategorie »sehr schwer« fällt, wie in der *NRC*. Er löst jeden Samstagmorgen eins, wenn er zu Hause ist. Eine kleine Herausforderung zu einer Tasse Kaffee. Alle Möglichkeiten eruieren, sich für eine entscheiden und schauen, ob sie zur Lösung führt, aber sich die anderen Optionen offenhalten. Genau wie bei den Ermittlungen in einem Mordfall. Nur dass die immer viel länger dauern als das Lösen eines Sudokus.

Er ertappt sich dabei, dass er pfeift. Das hat er heute Morgen beim Aufstehen auch schon getan. Er tut eigentlich schon seit Tagen nichts anderes. Auch dieser Tag erschien ihm trotz des Regens äußerst vielversprechend, vor allem, als er die Augen öffnete und in die von Karin sah. Oder aber er hat geträumt, dass er den Fall allein gelöst hat. Im Flur hört er die Stimme seiner Chefin. Sie klingt wie immer etwas heiser. Eine zweite Stimme hört er nicht. Sie telefoniert.

Er klickt auf das kleine Kreuz rechts oben in der Ecke und schließt damit das Fenster des Textverarbeitungsprogramms. Er nimmt die ausgedruckten Seiten und legt sie in das rote Ablagekörbchen. *Reports.* Sie dürfen zwar schon gelesen werden, sollen aber zurückgelegt werden, damit er sie gegebenenfalls noch überarbeiten kann.

Sobald er sie überprüft hat, fügt er sie der Akte hinzu und legt ein Exemplar in Nellekes Eingangskörbchen. Die digitale Version schickt er ans Revier von Doetinchem.

Kollegen, Mitarbeiter von der Spurensicherung und Vorgesetzte – jeder kann auf dem Netzwerkserver nach sämtlichen Informationen suchen, die er braucht.

Das ist doch was ganz anderes als eine Leiche im Wohnzimmer.

Davon hat er heute Nacht auf jeden Fall geträumt. Dafür träumt er nicht mehr von Blut, das auf seine Füße tropft, und von Obduktionen, bei denen schleimige Organe entnommen werden, so wie früher. Seine Kollegen hatten recht: Man gewöhnt sich daran.

Morgens gemeinsam frühstücken. Das hat er noch nie mit solchem Bedacht getan. Nach einem One-Night-Stand hat er sich nie bemüht, die erste Stunde des Tages zu etwas Besonderem zu machen. Aber jetzt ist das anders. Er hofft, dass sie bleibt.

»So, junger Mann, wie sieht es mit den Berichten aus?«, fragt Simmelinck, während er ihm eine Tasse Kaffee hinstellt.

Er hätte seinen Kollegen beinahe ganz vergessen, so still hat dieser hinter seinem Schreibtisch gearbeitet. Aber jetzt, mit einer Tasse Kaffee in der Hand, scheint er Lust auf einen Schwatz zu haben. Vermisst er seinen Partner? Macht sich Simmelinck auch Sorgen über Cornelissens Zukunft bei der Polizei? Ferry ist sich da nicht so sicher, dass sich alles wieder einrenken wird, auch wenn er das seinem Kollegen gegenüber nur ungern zugeben würde. Sie sehen ihn hier als Greenhorn, vor allem so alte Hasen wie Simmelinck und Cornelissen. Obwohl sie mit seiner Arbeit sehr zufrieden sind, betrachten sie ihn immer noch als Newcomer. Und verglichen mit ihnen, ist er das natürlich auch. Er hat noch nie erlebt, dass auf einen Kollegen geschossen oder eingestochen wurde. Er wurde noch nie mit einer Waffe bedroht.

»Die sind fertig, ich muss nur noch eine Telefonnummer überprüfen.«

»Und, ist dir was aufgefallen?«

»Ja, und zwar zu Seesink. Aus seinem Vereinsausweis geht hervor, dass er im Mai 1986 vom Verein Aalten in den von Groenlo gewechselt ist.«

»Ein echter Fall für den Privatdetektiv«, sagt Simmelinck grinsend.

Er sieht seinen Kollegen an. Unsicher, aber auch ungeduldig. »Ich war noch nicht fertig. Das Wichtigste kommt erst noch, nämlich dass Julia Zuidema dort genau einen Monat vorher Mitglied wurde. Einige Jahre lang war sie nicht Mitglied, vermutlich wegen ihres Studiums, aber egal. *The point is*: Seesink wollte gern Spitzentrainer werden, besuchte die Nationalauswahl bei Wettkämpfen und tat sein Bestes, sich bei dem Verein einen Namen zu machen. Aber dann geht man doch nicht zu einem Mini-Verein nach Groenlo? Selbst in Aalten, wo er vorher war, waren die Bedingungen deutlich besser und es gab wichtigere Wettkämpfe.«

»Da hast du auch wieder recht, Ferry.«

Genau. Das musste jetzt auch mal gesagt werden.

Karin war gestern Abend, bei seinen Eltern, anfangs ziemlich nervös. Seine Mutter bemühte sich redlich, das muss er zugeben, aber sein Vater fing sofort damit an, kaum dass sie sich die Hand gegeben hatten. Von wegen: »Was willst du mit einem

Mann, der bei der Polizei ist« und »Die haben mich sauber sitzen lassen, die sogenannten Freunde und Helfer«. Nachdem sie pflichtschuldig zwei Tässchen Kaffee getrunken hatten, hat er seine Freundin so schnell wie möglich wieder mitgenommen, raus an die frische Luft. Wo er vor einer verblüfften Karin beinahe explodiert ist, vor lauter Frust. Sie fand es nicht schlimm. »Jeder Mensch ist anders«, sagte sie, und »wahrscheinlich leidet er selbst am meisten darunter, glaubst du nicht? Wie schön, dass du in England gelebt hast. Da möchte ich unbedingt mal mit dir hin.« Was für ein cooles Mädchen. Und er dachte schon, sie würde nach dem Besuch bei seinem Vater gleich die Flucht ergreifen. Aber nichts da, sie ist geblieben. Sie bleibt. Er muss sich beherrschen, nicht den ganzen Tag laut vor sich hin zu pfeifen und zu tanzen.

Nelleke kommt in ihr Büro und setzt sich auf den Schreibtisch von Cornelissen. Sie fragt ihn und Simmelinck, ob sie Corry Fierink und Hanne te Brake nicht warnen sollten. »Ich will den beiden keine Angst machen«, sagt seine Vorgesetzte. »Aber wenn hier ein Psychopath rumläuft, möchte ich nicht dafür verantwortlich sein, wenn er eine der beiden Frauen zu fassen bekommt. Vielleicht ist es kein Zufall, dass sie auch auf dem Foto abgebildet sind. Was meint ihr?«

»Lieber auf Nummer sicher gehen und sie warnen«, meint Simmelinck.

Er teilt die Meinung seines Kollegen und nickt. »Sie können doch gemeinsam laufen gehen?«

»Ruft ihr sie an?«, fragt Nelleke.

Ferry übernimmt den Job und ruft die beiden Damen an.

»Sie werden auf sich aufpassen«, sagt er kurz darauf zu Simmelinck, »auch wenn ich das Gefühl habe, dass Corry meine Warnung nicht besonders ernst genommen hat.«

Er versteht das nicht. Corrys Freundin wurde verdammt noch mal ermordet, sie sollte lieber auf ihn hören. Das ärgert ihn. Hat er sich nicht verständlich genug ausgedrückt? Aber so schwer ist das nun auch wieder nicht zu verstehen. Die Chance, dass hier ein Psychopath sein Unwesen treibt, wäre für ihn Grund genug, eine solche Warnung nicht einfach so abzutun.

Obwohl er noch keine lebensbedrohliche Situation erlebt hat, spürt er schon, wenn es gefährlich wird. Und das ist jetzt durchaus der Fall.

In dem fertigen Bericht über Corry Fierink macht er eine entsprechende Notiz.

Seine Gedanken kehren zu Karin zurück. Er kann nichts dagegen tun, jeden Moment sieht er ihr fröhliches Lachen vor sich. Heute könnten Dinosaurier durchs Dorf ziehen, ja er könnte den Lotto-Jackpot knacken – Karin kriegt er nicht mehr aus dem Kopf. Selbst wenn er zu drei Obduktionen müsste, sogar, wenn er eine ausführen müsste – er würde es tun. Für sie. Sie ist intelligent. Und was das Schönste ist: Sie ist total verrückt nach ihm. Was schließlich auch nicht ganz unwichtig ist, wenn man bedenkt, dass er oft weg ist, und zwar zu ungewöhnlichen Zeiten. Wenn sie gerade gemütlich mit Freunden im Café sitzen, klingelt sein Handy. Er wird angefordert und muss weg. Sie hält das aus. Obwohl sie gestern Abend nachdenklich wirkte, als sie sich eine Folge von *Inspector Lynley* ansahen. Die stets schlampig gekleidete Assistentin, Barbara Havers, wurde angeschossen, und auf einmal war Karin ganz besorgt. »Das kann dir auch passieren«, sagte sie. Er machte einen Scherz darüber, spürte aber, dass der Gedanke sie nicht mehr losließ.

Wäre er bereit, den Polizeidienst Karin zuliebe zu quittieren? Sein Vater hat das seiner Mutter zuliebe nicht getan. Die stand regelmäßig Todesängste aus, vor allem, wenn sein Vater Nachtdienst hatte. Aber der arbeitete in einer Großstadt und nicht in der Achterhoek.

Wofür würde er sich entscheiden? Für Karin oder seine Arbeit? Wenn es wirklich darauf ankäme und sich seine Gefühle für Karin noch vertiefen – was er natürlich hofft –, muss er über diese Frage nicht lange nachdenken.

28

»Sjors Seesink ist im Verhörraum eins«, sagt Simmelinck. Er hat dem Mann Kaffee gebracht und ihn aus Verhörraum zwei beobachtet. »Er macht einen sehr nervösen Eindruck.«

»Sollen wir ihn gemeinsam verhören?«, schlägt Nelleke vor.

Simmelinck hat Zeit, und gemeinsam mit ihrem Kollegen baut sie sich vor dem Trainer auf. Sie machen sich auf einen Kampf gefasst, aber dazu kommt es gar nicht. Der Trainer gibt sofort zu, dass er am Dienstagnachmittag bei Julia Zuidema war, und entschuldigt sich nicht. Im Gegenteil. »Sie haben mir ja gar keine Chance gegeben, etwas zu erzählen, und ich fühlte mich ziemlich angegriffen. Als ob ich ein Verdächtiger wäre.«

Wegen seines Achterhoeker Dialekts klingen seine Worte besonders aggressiv und frustriert. Er stößt sie regelrecht hervor. Seesink ist eindeutig außer sich, auch wenn sie nicht jedes Wort versteht.

»Unser Misstrauen hat sich ja bestätigt«, erwidert sie, ohne einen Hehl aus ihrer Verärgerung zu machen. »Warum waren Sie bei ihr?«

Julia hätte sich zum Laufen umgezogen, und er hätte ihr was erzählen wollen. Dann hätten sie gemeinsam das Haus verlassen, mehr nicht, behauptet der Trainer. Er hätte sie umstimmen wollen, weil er nicht wollte, dass sie den Verein verließe.

»Aber die Entscheidung war doch längst gefallen?«

Sie sieht, dass Seesink zögert. »Es hatte was mit Doping zu tun, stimmt's?«

Der Trainer nickt, holt ein Fläschchen aus seiner Jackentasche und stellt es auf den Tisch. »Ich hatte es bereits in den

Müll geworfen, bis ich begriff, dass sie mich früher oder später ohnehin danach fragen würden. Julia hat mir gezeigt, was sie genommen hat. Das sei harmlos, hat sie gesagt. Aber ich habe die Wirkung gesehen. Sie lief besser, lockerer. Als ich drohte, das mit dem Doping öffentlich zu machen, falls sie den Verein verlässt, hat sie mich bloß ausgelacht.«

Vitalité steht in großen Buchstaben auf dem Etikett. Es zeigt eine lachende, sportliche junge Frau.

»Warum haben Sie uns das nicht schon früher gegeben?«

»Ich hatte Zweifel. Doping rückt unseren Sport nicht gerade in ein gutes Licht. Außerdem wollte ich Julia nicht schaden.«

»Wo hatte sie die Tabletten her?«

»Sie hat was von einer Warenprobe erzählt. Vitamintabletten für Sportler.«

»Nehmen Corry und Hanne die auch?«

Der Trainer zuckt die Achseln. »Keine Ahnung. An ihnen ist mir nichts aufgefallen. Aber Hanne hat die Etiketten gedruckt. Das habe ich während eines Trainings mitbekommen. Sie haben sich über die Farben unterhalten.«

»Wie lange sind Sie am Dienstagnachmittag mit ihr unterwegs gewesen?«

»Bis etwa drei Uhr. Als ich ging, war sie noch quicklebendig.«

»Warum soll ich Ihnen das glauben?«

Sie sieht, dass Seesink zögert, bis sie mit einer Sicherheitsverwahrung droht. Dann gesteht er endlich, wenn auch nicht das, was sie sich erhofft hat.

»Julia war eine tolle Frau. Ich hätte ihr nie etwas antun können.«

Sie sagt: »Einen Moment bitte.«

Sie holt ein Glas Wasser und geht in den Verhörraum zwei, um die Vernehmung über eine Gegensprechanlage und einen Detektivspiegel weiterzuverfolgen. Simmelinck fragt den Trainer nach Laufergebnissen, und sie bekommt etwas von Medaillengewinnern aus dem Jahr 1988 zu hören, von einem gewissen Ngugi, der den Fünftausendmeterlauf gewann, und von einem anderen Kenianer, der im *Dreitausend-Meter-Steeple* siegte. Sie interessiert das nicht. Noch mehr von diesem Läuferunsinn, und sie überlegt ernsthaft, die Laufschuhe an den Nagel zu hängen. Sie will gerade ein zweites Glas Wasser holen, als Seesink auf Simmelincks Drängen hin gesteht, dass er tatsächlich wegen Julia von Aalten nach Groenlo gegangen ist.

Leise kehrt sie zu den beiden in den Verhörraum zurück. Seesink spricht offen über seine Bewunderung für Julia. Er hat sie genauso bewundert wie diese Kenianer, die auch so fantastisch laufen. »So mühelos. Man sagt, sie haben es in den Waden.«

»Wo?«

»In den Waden. Die von den Afrikanern sind anders aufgebaut als unsere.«

»Klar doch.« Sie lacht in sich hinein, als sie Simmelincks Blick sieht, der verrät, dass er Seesink für nicht ganz dicht hält.

»Sie haben Julia des Öfteren verfolgt, stimmt's? Sie waren verrückt nach ihr. Und vielleicht auch nach anderen Frauen? Erzählen Sie doch mal, Herr Seesink.« Ihre Augen bohren sich in seine.

»Ich wüsste nicht, was ich Ihnen da erzählen sollte.«

»Ich kann auch einen Haftbefehl organisieren, wenn Ihnen das lieber ist.«

Seesink mustert sie und gibt klein bei. »Ich habe sie nicht verfolgt.« Er klingt verunsichert, stellt sie zu ihrer Befriedigung fest. Sie wird alles aus ihm herausquetschen. Wenn er ihr Psychopath ist, will sie das jetzt wissen. Denn dann darf er nicht mehr frei draußen rumlaufen.

»Sondern?«

»Ich bin nur hinter ihr hergelaufen. Ich habe es genossen, ihrer Spur zu folgen.« Seesink scheint Vergnügen daran zu finden, das zu erzählen. Sie sieht ihn schon vor sich, wie er Frauen belästigt und wer weiß, was noch alles. Hat Julia ihn zum Äußersten getrieben? Er ist nicht vorbestraft. Hat er nie etwas ausgefressen? Oder wurde er bloß nie erwischt?

»Sie stehen auf schöne Frauen.«

»Wie meinen Sie das?«

»Es ging Ihnen nicht nur um Julia, oder?«

»Doch. Julia lief wunderschön. Wie ein Reh.«

»Und Hanne?«

»Wie meinen Sie das?«

Sie trommelt ungeduldig auf den Resopaltisch, dieser Mann arbeitet nicht mit. »Wann haben Sie sie verfolgt?«

»Nie.«

»Sind Sie sich da sicher?«

Seesink nickt.

Sie seufzt unzufrieden. »Wo waren Sie gestern Abend?«

»Zu Hause.«

»Was haben Sie da gemacht?«

»Ich habe mir ein Video angeschaut.«

»Welches?«

»Die Olympischen Spiele 2000 in Sydney.«

Simmelinck macht weiter. »Ach ja? Und wer hat in diesem Jahr Gold auf hundert Metern gewonnen?«

»Maurice Greene, in 9 Minuten und 87 Sekunden«, sagt Seesink ohne zu zögern.

»Und bei den Frauen?«

»Marion Jones. Auch wenn ich sie jetzt eigentlich als Zweite bezeichnen müsste. Schon komisch, wenn man diese Frau jetzt sieht, mit dem Wissen, dass sie gedopt war. Diesen Film habe ich mir zigmal angesehen, völlig begeistert von so viel Talent.«

»Fanden Sie sie auch schön?«, fragt sie.

»Ihre Art zu laufen, ja.«

Sie versuchen ihn auf alle möglichen Arten unter Druck zu setzen. Nelleke bedrängt ihn. Sie ist nett, dann böse, und Simmelinck geht darauf ein. Er und Cornelissen sind ein ausgezeichnetes Team, aber sie beide sind auch nicht schlecht. Nur leider funktioniert es nicht. Nicht jetzt, nicht bei ihm. Seesink knickt nicht ein. Er behauptet, nichts von dem Mord an Julia zu wissen. Ihr nie etwas angetan zu haben. Und mit anderen Frauen habe er auch nichts.

Sie steht auf und gibt Simmelinck ein Zeichen. Als sie außer Seesinks Hörweite sind, flüstert sie: »Er spürt, dass wir nichts gegen ihn in der Hand haben. So kommen wir nicht weiter.«

»Wie dann?«

»Keine Ahnung.«

Sie machen Seesink noch einmal Druck, doch ohne Erfolg. Trotzdem hat sie das Gefühl, dass er lügt. Als sie vor lauter Frust wütend wird, verlangt er plötzlich einen Anwalt und sagt anschließend gar nichts mehr.

Sie läuft aus dem Verhörraum und schlägt sich mit der Hand gegen die Stirn.

»Warum wolltest du wissen, wo er gestern Abend war?«, fragt Simmelinck, als sie gemeinsam zusehen, wie Seesink das Revier verlässt.

»Ich will, dass er weiß, dass wir hinter ihm her sind.«

»Können wir ihn nicht eine Zeit lang festhalten? Sein Haus durchsuchen?«

»Dafür gibt es keine Handhabe.« Sie flucht leise vor sich hin, ist wütend, weil sie die Geduld verloren hat. »Ruf ihn ab und zu an und frag, was er macht, wo er ist. Schau bei ihm vorbei. Ich will wissen, was er vorhat. Vor allem abends.«

»Soll ich das auch in meinem Bericht erwähnen?«

»Wegen Markant, meinst du?«

»Der findet, du sollst Zuidema verhaften.«

»Davon weiß ich nichts.«

»Aber ich.«

»Dann bleibt das unter uns. Kannst du die Zusammensetzung dieser Tabletten untersuchen lassen? Frag Harm, ob er das so schnell wie möglich für uns erledigen kann.«

29

Auf dem Flur trifft Nelleke Wagener. Er erzählt, dass Schallmann den Rest des Tages zu Hause ist. Der Hauptkommissar hat angerufen. »Du wolltest ihn doch sprechen?«

Sie nickt.

»Aber fahr langsam, wegen des Regens gibt es viele Unfälle auf der Autobahn«, sagt er. »Ich hab ihm versprochen, dass du von unterwegs anrufst.«

Sein Handy piept. Eine SMS. Ihr Assistent wirft einen Blick auf das Display und wird rot.

»Sie fragt, ob ich am Samstagabend mit zu ihren Eltern komme.« Seine Stimme klingt sanft.

»Es hat gefunkt, Ferry.«

»Bei meinen Eltern lief es nicht so toll«, sagt er weniger fröhlich.

»Das lag nicht an dir.«

»Ich kenne sie schon so lange …«

»Vielleicht hat sich was verändert in den zwei Jahren, in denen du in London warst«, schlägt sie vor. »Und jetzt merkt sie, dass sie dich vermisst hat.«

»Jetzt erst?«

»Gefühle haben nichts mit Zeit zu tun.«

»Ich kann keine Witzeleien unter Kollegen gebrauchen«, sagt Wagener leise.

»Ich schweige wie ein Grab«, verspricht sie ihm. »Aber dann musst du dir dringend das Rotwerden abgewöhnen, denn sonst weiß in wenigen Tagen das ganze Revier Bescheid. Ich geh nach Hause, etwas essen. Kommst du mit?«

Wagener schüttelt den Kopf. »Ich habe noch zu viel Arbeit hier.«

»Du willst nicht mitessen? Dann stimmt wirklich etwas nicht mit dir. Hast du Schmetterlinge im Bauch?«

Im Auto wächst ihre Nervosität, weil sie der Lösung noch keinen Schritt näher ist. Irgendwas stimmt nicht. Sie weiß nur noch nicht, was. Sie ruft den Chef der Spurensicherung in Doetinchem an. Ein Täterprofil muss zur Aufklärung führen.

Bevor sie die Küche betritt, riecht sie den Duft von Croissants. Daya begrüßt sie schwanzwedelnd. Das sonst so quirlige Etwas erscheint ihr ziemlich ruhig, wahrscheinlich hat die Hündin gerade noch geschlafen und ist erst jetzt aufgewacht. Sie entdeckt vier Croissants im Ofen und kontrolliert vorsichtig, ob sie warm sind. Sie nimmt einen Teller und überlegt, wo Jaap steckt, als er auch schon die Treppe herunterkommt.

»Ich habe mich umgezogen«, erklärt er überflüssigerweise, denn er sieht jetzt piekfein aus in Oberhemd und Krawatte, während er heute Morgen in Jeans und T-Shirt das Haus verließ. »Ich muss gleich wieder weg. Es kommt ein Bekannter von Peters aus Antwerpen, um alle Einzelheiten zu besprechen. Peters hat dort schon mehr oder weniger eine Ausstellung für nächsten Monat organisiert. Und wie läuft es bei dir?«

Sie zögert, anscheinend zu lang, denn Jaap sieht sie fragend an. »Du hast dich doch noch nicht in Suzans Fall gestürzt?«

»Nein. Der Mord in Lievelde nimmt mich völlig in Beschlag.« Leider, denkt sie, sagt es aber nicht. »Wir sind der Lösung noch keinen Schritt näher.«

»Machst du dir deswegen Vorwürfe?«, fragt er.

Ja, natürlich macht sie sich Vorwürfe. »Nein, das nicht, die Ermittlungen sind in vollem Gange«, sagt sie, während sie ganz nebenbei ein halbes Croissant in sich hineinstopft, Jaap genauso. Sie sehen sich kurz an, und er zeigt auf die Tür. »Ich bin schon spät dran«, sagt er mit vollem Mund, macht den Ofen aus und nimmt sich noch ein Croissant.

Sie zieht sich eine terrakottafarbene Hose an. Auf der Hose, die sie anhatte, prangt ein Fleck, seine Urheberin hüpft ihr auf vier Pfoten um die Beine. Dann kann sie auch schnell noch eine frische Bluse anziehen. Sie will los, muss los. Denn der Fall ist knifflig und noch keine Lösung in Sicht. Sie sehnt sich nach Antworten, auch nach solchen zu anderen Fragen, die sie beschäftigen. Nach einem Blick in den Spiegel, bei dem sie sich kurz durch die Locken fährt, eilt sie nach unten, wo sie beinahe mit einer telefonierenden Emma zusammenstößt.

»Hallo, Nel«, begrüßt sie Emma.

Das Mädchen sieht traurig aus. »Wie läuft's in der Schule?«, fragt sie, ohne eine Antwort zu erwarten.

Plötzlich fängt Emma herzerweichend an zu heulen, und sie muss dem pubertierenden Mädchen gut zureden, bevor es erzählt, was mit ihm los ist.

Emma fühlt sich einsam. »Früher war Mama immer zu Hause, wenn wir von der Schule kamen. Und wenn ich mich schlecht fühle, kriege ich nichts runter, ich kann auch nichts dafür. Und dann kann ich mich nicht auf meine Hausaufgaben konzentrieren.«

Sie weiß nicht, was sie sagen soll.

Das Mädchen hilft ihr aus der Klemme, indem es sich in ihre Arme wirft, sie umarmt und laut weint. Kurz darauf wischt es sich die Augen. »Nicht sehr praktisch, was? Ich weiß, dass du es eilig hast, und Paps ist so stolz auf seine Fotos. Es liegt auch an mir selbst. Und ich vermisse Anouk. Doof, was?«

»Ich vermisse sie auch. Aber sag ihr das bloß nicht«, scherzt sie vorsichtig.

Ein leises Lächeln ist das Ergebnis.

»Und sonst ist nichts?«, fragt sie, um ganz sicherzugehen.

Emma schüttelt etwas zu heftig den Kopf. Sie hat keine Zeit, weiter nachzuhaken. »Wie wär's, wenn wir morgen Nachmittag mal wieder zum Shoppen nach Doetinchem fahren?«

»Klasse. Auch zu De Kelder?«

»Wohin du willst«, antwortet sie und fragt sich, ob das wohl pädagogisch wertvoll war.

Jaap würde jetzt bestimmt sagen, dass sie nichts versprechen soll, was sie später nicht halten kann.

30

Commissaris Markant läuft im Büro auf und ab. »Ich habe gehört, dass du den Fall deiner Tochter wieder aufrollst.«

War er nicht gekommen, um über Cornelissen zu reden? Sie hat wirklich Besseres zu tun, als sich jetzt mit dem Commissaris über Suzan zu unterhalten. »Darf ich fragen, was Sie das angeht?«

Das klingt barscher als beabsichtigt, und sie sucht noch nach einer Entschuldigung, als Markant seinen Faden wieder aufzunehmen versucht.

»Äh«, stottert er, wobei er sich mit der Hand über seine Bartstoppeln streicht, »ich möchte mich da ja nicht einmischen, ich will nur nicht, dass du enttäuscht wirst. Außerdem wollte ich dir sagen, dass du dich jederzeit an mich wenden kannst, wenn du Hilfe brauchst. Das war's auch schon. Was Cornelissen angeht, wegen dem ich eigentlich hier bin, können wir es kurz machen: Die Kommission hat heute Morgen eine Empfehlung für die Teambesprechung formuliert. Ich möchte bis Montag warten, bevor wir eine Entscheidung treffen. Bis dahin bleibt er suspendiert. Und was deinen Fall in Lievelde angeht, habe ich jetzt keine Zeit für eine Teambesprechung. Aber ich habe die bisherigen Berichte gelesen und finde die Sache eigentlich ziemlich eindeutig. Wie lange willst du noch warten, bis du Zuidema verhaften lässt?«

Bevor sie etwas sagen kann, rennt er mit großen Schritten aus ihrem Büro, entschlossen und selbstbewusst. Er verdächtigt also tatsächlich Hein Zuidema. Der Commissaris verwirrt sie. Im einen Moment ist er um sie besorgt, dann wieder so sarkastisch wie eh und je. Und was soll das jetzt, darf Cornelissen nicht mehr zurückkommen? Das hat sich fast so angehört. Sie hatte Markant nach den Berichten fragen wollen, auf denen Cornelissens Suspendierung beruht. Sie will wissen, welche Empfehlung die Kommission ausgesprochen hat. Sie glaubt nicht mehr an einen glimpflichen Ausgang, und eine Stimme in ihrem Kopf sagt, dass das alles von langer Hand geplant wurde. Markant kann Cornelissen nicht ausstehen, weil er sich nicht an die Regeln hält und sein Herz auf der Zunge trägt. Jetzt sieht der Commissaris die Chance, ihn loszuwerden. Er hat nicht umsonst von »faulen Äpfeln« gesprochen. In den Diskriminierungsbericht hat sie übrigens seit Dienstagnachmittag nicht einmal hineingeschaut. Markant scheint ihn auch schon wieder vergessen zu haben. Das bestätigt sie in ihrem Verdacht, dass er nur ein Vorwand ist.

Im Besprechungsraum sitzen Simmelinck und Wagener und beugen sich über mehrere Unterlagen.

»Gut, meine Herren. Was haben wir bisher?«

Obwohl sie ihre Erkenntnisse auch ins Intranet gestellt hat, macht sie ihre Kollegen nun nochmals auf das kaputte Telefon in Zuidemas Wohnzimmer wie auf die fehlenden Glassplitter in der Küche aufmerksam. »Der Täter wollte einen Einbruch vortäuschen. Ich nehme an, die Spurensicherung kommt zu demselben Schluss.«

»Wir haben immer noch keine Ahnung, was der Text auf der Rückseite des Fotos bedeutet, geschweige denn, von wem der ist«, sagt ihr Assistent. »Ich habe ihn in ein Internetforum für Literaturbesessene gestellt, vielleicht kommt da was bei raus.« Wagener fügt noch hinzu, dass der Text in einer Standardschrift, in Arial, gedruckt wurde, zum Beispiel mit Word. Doch das hilft ihnen auch nicht weiter.

Sie hat keine Wunder erwartet. Derjenige, der ihnen die Botschaft hat zukommen lassen, hat ganz bewusst für Anonymität gesorgt.

Wagener weiß auch, dass man in der Druckerei von Groenlo Fotoprints, ganz wie den Abzug von den Läuferinnen, machen lassen kann. Er schiebt ihr zwei Beispiele hin. »Genauso schön wie das Foto, das uns vorliegt. Aber keiner der Mitarbeiter kennt das Bild, Frau Te Brake angeblich auch nicht. Glaubt man den Mitarbeitern, kennt sie sich nur mit Verwaltungssoftware aus. Außerdem hat heute jeder einen Drucker, mit dem man die schönsten Fotos ausdrucken kann. Für unter hundert Euro ist der überall zu kriegen, sagt Hanne te Brake. Womit sie recht hat, denn ich hab auch so ein Ding zu Hause.«

»Wir haben Hanne te Brakes Alibi überprüft. Es wurde tatsächlich an ihrem Computer gearbeitet. Für die Zeit gegen sechs haben wir Buchungen registriert«, berichtet Simmelinck. »Sie macht die Buchhaltung ganz allein, kann die Überweisungen aber auch vorher eingegeben haben. Oder aber ein Kollege hat das für sie erledigt. Bei dieser Gelegenheit haben wir uns auch die Buchhaltung angesehen, und die sieht ordentlich aus.«

Simmelinck sagt, dass er die Nachbarin von Zuidema nicht wieder erreichen konnte, die am Dienstag behauptete, noch jemanden gesehen zu haben. Aber er bleibt dran. »Dein Täterprofil ist übrigens auch in der Mache. Heijnen kümmert sich darum.«

»Der Laptop von Julia hat auch nichts Neues ergeben«, sagt Wagener. »Die Kollegen von der Spurensicherung stellen ein paar Dinge ins Intranet, dann kannst du dir selbst ein Bild machen. Wir haben festgestellt, dass sich ihr Mailkontakt auf ein paar Chats und Verabredungen mit den Freundinnen beschränkt hat. Was man sich vielleicht mal näher ansehen sollte, ist, dass sie Infos zum Thema Ehescheidung gegoogelt hat …«

»Auch nichts Neues«, unterbricht ihn Simmelinck.

»Ich war noch nicht fertig«, wehrt sich Wagener. »Sie hat sich nämlich auch über die Themen Auswandern und Firmengründung informiert. Die Telefonnummer, die sie am Dienstag gewählt hat, war die der Industrie- und Handelskammer.« Er legt eine Liste mit Namen auf den Tisch. »Und eine Firma Santé, oder Beauté, hat sie sich im Internet angesehen.«

»Und was machen die?«

»Verkaufen Vitamintabletten in Frankreich.«

»Julia Zuidema hatte also internationale Pläne«, folgert sie. »Ich hab mir schon so was gedacht.«

»Zusammen mit unserem Freund Schallmann?«, vermutet Simmelinck laut.

»Genau.«

»Sie war auf jeden Fall sehr ehrgeizig, denn sie hat ein Angebot für den Druck von fünfzigtausend Etiketten eingeholt.«

»Bei der Druckerei De Haas, von ihrer Freundin Te Brake?«

»Nein, irgendwo in Deutschland.«

»Sieh mal einer an, ein geschäftlicher Konflikt«, sagt Simmelinck, als hätte er den Fall soeben gelöst.

»Vielleicht. Aber Markant sieht das anders. Der schließt aus den Fakten, dass Zuidema unser Mann ist, womit er auch nicht ganz unrecht hat. Soweit wir wissen, war er der Letzte, der Julia gesehen hat, seine Fingerabdrücke sind auf der Mordwaffe, und er hatte Blut an den Händen. Was ist mit der Tierarztpraxis? Dort sind Dinge verschwunden, ohne dass Spuren eines Einbruchs gefunden wurden. Unser Mörder kann dort gewesen sein. Der Hund des Tierarztes ist tot. Wer hat einen Schlüssel zur Praxis? Kommt, Jungs, wir haben nichts in der Hand, nicht mal ein Motiv.«

»Vielleicht geht es ja um Liebe? Wenn alle Morde nur ums Geld gehen, wird mir langweilig.«

»Ja, mein Lieber, Liebe ist auch ein gern genommenes Motiv. Ehrenmord, eine unerwiderte Liebe, eine unangenehme Scheidung usw.« Simmelinck zwinkert Wagener zu. »Aber dafür hast du ja gerade bestimmt keinen Sinn.«

Wagener sieht ihn verblüfft an. »Woher weißt du …«

»Du strahlst den ganzen Tag lang vor dich hin, Romeo.«

»Ein etwas geschmackloser Scherz, wo unser Opfer Julia heißt, Han.« Sie lachen herzhaft, und sie spürt, wie befreiend das ist.

Nach der Besprechung ruft sie ihren suspendierten Kollegen an. Der sitzt laut Simmelinck mit einer Kiste Videos und DVDs zu Hause. Er hat ihn besucht, genau wie Van der Haar. Auch auf Harm hat Cornelissen einen depressiven Eindruck gemacht.

»*Lethal Weapon* habe ich erst viermal gesehen, ich amüsiere mich also königlich.« Cornelissen klingt gelassen. Sie hört ihn inhalieren. Als er eine Beziehung hatte, hat er es geschafft, seinen Zigarettenkonsum auf eine Schachtel pro Tag zu beschränken. Aber anschließend hat er den Verzicht locker wieder wettgemacht, und in seiner jetzigen Verfassung scheint er den Begriff Kettenrauchen wieder wörtlich zu nehmen.

»Das Team trifft sich am Montag, Ton, auch um deine Suspendierung zu besprechen. Kannst du Markant bis dahin eine Mail schicken, in der du ihm alles erklärst, dich entschuldigst oder was auch immer? Wie geht es dir überhaupt?«

»Vielleicht muss ich den Dienst quittieren«, sagt der Beamte.

Diese Reaktion kommt nicht überraschend, und sie weiß nicht recht, ob sie dem Polizisten wirklich widersprechen soll. Es täte ihm ganz gut, mal über seine Zukunft nachzudenken.

Aber nicht, weil Markant das so will, denkt sie als Nächstes. »Willst du reden? Wenn du das Bedürfnis hast zu reden, komm ich gern vorbei.«

»Ich schau mir lieber einen Film an. Aber ich denk drüber nach und schick dir was. Oder auch nicht. Sollen die das doch unter sich ausmachen.«

Unzufrieden beendet sie das Gespräch. Sie hätte ihm widersprechen sollen, als er vom Aufhören sprach. Jetzt hat er ihre Zweifel bestimmt bemerkt.

Heute Morgen war sie noch so energiegeladen, und jetzt? Aber sie wird sich nicht ablenken lassen, nimmt sie sich vor. Wenn sie sich von jeder Laune ihrer Kollegen, vor allem von den Launen ihres Chefs, ablenken ließe, kann sie sich gleich einen anderen Job suchen.

Sie reckt sich, holt einmal tief Luft und beschließt demjenigen, der das Opfer ihres Wissens nach zum letzten Mal lebend gesehen hat, erneut einen Besuch abzustatten. Er war um den Zeitpunkt des Mordes herum zu Hause. Julia wollte auf eigenen Beinen stehen, ein neues Leben anfangen. Das hat ihm ganz und gar nicht gepasst. Außerdem war er ihr Mann. Das macht ihn nach allen Regeln der Kunst zum Hauptverdächtigen. Markant hat natürlich auch nichts anderes getan, als zwei und zwei zusammenzuzählen.

Sie ruft in der Praxis an. Die Arzthelferin Doortje bestätigt, dass er da ist.

31

Diesmal ist das Wartezimmer voller Hunde, ihren Haltern und einem Besucher mit einer Reisetasche auf dem Schoß, in der sie eine Katze oder ein Kaninchen vermutet.

Hein Zuidema bittet sie hereinzukommen und zu warten, bis er mit seinem Patienten fertig ist. Vorsichtig hebt er einen Hund auf den Behandlungstisch. Das Tier kommt ihr genauso alt und dick vor wie sein Herrchen, ein Achtzigjähriger mit Rollator. Zuidema untersucht, wie beweglich die Pfoten des Tiers sind. Soweit sie das beurteilen kann, macht er das äußerst sensibel und behutsam und redet dabei mit sanfter Stimme auf das Tier ein. Sein liebevoller Umgang überrascht sie.

Die älteren Hunde im Wartezimmer scheinen alle zu ihm kommen zu wollen, meint Zuidema, nachdem Herr und Hund das Behandlungszimmer verlassen haben. Er hat eine Studie mit mehreren Hunden laufen, und die bekommen heute ihre Tabletten.

Die Tabletten werden von der Firma Mayer hergestellt, sagt er, als ihn Nelleke danach fragt. »Ich überlege gerade, das selbst zu übernehmen, zusammen mit einem Kollegen in Zevenaar.« Er liest etwas auf seinem Computerbildschirm.

»Wie gut kennen Sie Herrn Schallmann?«

»Schallmann? Das ist unser Ansprechpartner, der Vertreter dieser Firma. Manchmal bringt er eine Speziallieferung persönlich vorbei, wenn es sein muss. Was hat der denn mit dem Fall zu tun?«

»Sie sagten, dass Julia einmal rot geworden ist, als einer Ihrer Lieferanten hier war. Das war doch auch ein Deutscher?«

Er sieht sie an. Seine braunen Augen sind zu schmalen Schlitzen gezogen, und seine Brille rutscht ihm auf die Nase. Sie hat sich schon gewundert, wie das Ding auf seiner Stirn hielt. »Dieser Schallmann wiegt doch mindestens hundert Kilo. Julia verabscheute solche … Na ja, wie ich bereits sagte, nie würde sie mit so einem …«

Als sie ernst bleibt, verschwindet sein amüsierter Blick.

»Wissen Sie, dass Ihre Frau eine Firma gründen wollte, eine, die Vitamintabletten verkauft, zum Beispiel?«

Zuidema winkt sofort ab. »Julia? Nie im Leben. Jahrelang wollte sie nicht mal mit dieser Praxis etwas zu tun haben.« Der Tierarzt scheint diese Möglichkeit gar nicht in Betracht ziehen zu wollen. Er erzählt, dass sie sich zu Hause wieder eingerichtet haben, und bedankt sich für das Reinigen der Wohnung. »Die Kinder wollten heute Nachmittag wieder in die Schule. Keine Ahnung, was so etwas bei so jungen Menschen anrichtet, aber ich lasse ihnen ihren Willen. Halten Sie das für richtig?«

»Jedes Kind reagiert in so einer Situation anders. Ich glaube, Sie tun das Richtige, wenn Sie Ihren Kindern vertrauen. Nach so einem Schock kann es guttun, den Alltag wieder aufzunehmen, vor allem wenn sie in der Schule mit ihren Freunden darüber reden können.«

Zuidema sieht um Jahre gealtert aus, seine Züge wirken härter. Aber vielleicht liegt das auch an dem kalten Neonlicht in der Praxis.

Als Nelleke erzählt, dass man Ketamin in Julias Körper gefunden hat, reagiert der Tierarzt nicht sonderlich schockiert. Das wundert sie, und sie verheimlicht ihm das auch nicht.

Er schiebt seine Brille zurück auf die Nasenwurzel. »Ich habe Ihnen bereits erzählt, dass Julia Angst vor Spritzen hatte, panische Angst. Das muss also passiert sein, als sie nichts davon bemerkt hat. Ein Betäubungsmittel ist da naheliegend, was sonst? Vielleicht dachte der Täter, die Dosis würde ausreichen, um sie ...« Zuidema zögert, sichtlich betroffen von dem, was seiner Frau möglicherweise zugestoßen ist. Er sieht sie an. »In der Wissenschaft passieren noch viel merkwürdigere Dinge. Wissen Sie, dass wir häufig mit völlig unerwarteten Dingen konfrontiert werden?«

»*Serendipity*.«

Zuidema nickt zustimmend. »Die Gabe, rein zufällig eine unerwartete Entdeckung zu machen und ihre Bedeutung zu erkennen. So wurde auch das Penicillin erfunden. Flemming hat mit Bakterien geforscht. Eine der von ihm gezüchteten Kolonien wurde von Schimmel befallen, und die Bakterien starben. Er erkannte die Bedeutung eines Vorfalls, der für seine Forschung eigentlich eine Katastrophe war. Sie stoßen bei Ihren Ermittlungen bestimmt auch manchmal auf Dinge, obwohl Sie eigentlich nach etwas völlig anderem gesucht haben. Aber nur, wenn Sie offen dafür sind.«

»Das sehe ich genauso. Und so kommt es, dass sich manche Menschen als jemand ganz anderes entpuppen, als wir ursprünglich dachten. Herr Zuidema, wissen Sie, wer von Julias Bekannten eine Spritze handhaben kann? Außer Ihnen und Corry Fierink?«

»Hanne te Brake kann das auch. Die hat eine Bienenallergie. Auf einem Grillfest vor ein paar Jahren war es kurz vor knapp. Tolle Viecher, diese Bienen, allein schon wegen des unglaublichen Aufwands um die Königin. Wussten Sie schon, dass ein Drohn nach der Paarung sein Geschlechtsteil verliert und stirbt? Sonst tun sie nichts, sie sind zu nichts nutze. Ist das nicht schön, eine so eindeutige Aufgabe im Leben zu haben und nachdem man sie erfüllt hat, zufrieden sterben zu dürfen? Menschen machen sich das Leben da deutlich schwerer, finden Sie nicht?«

»Dazu tragen Sie auch bei.«

»Der Punkt geht an Sie.«

»Leider geht es hier nicht darum, wer am Ende des Gesprächs die meisten Punkte hat«, seufzt sie. »Ich muss eine Antwort auf die Frage finden, wer Ihre Frau ermordet hat.«

»Tut mir leid, aber das wünsche ich mir natürlich auch. Was möchten Sie wissen?«

»Wie beurteilen Sie die Freundschaft zwischen Julia und den anderen beiden Frauen?«, fragt sie und lässt Zuidema dabei nicht aus den Augen.

»Ich kenne mich nicht gut aus mit Freundschaften, und schon gar nicht mit Frauenfreundschaften. Ich verstehe überhaupt nicht besonders viel von Menschen. Deshalb beschäftige ich mich ja auch lieber mit Hunden. Vor einiger Zeit rief mein Bruder an und erzählte mir, dass sein kleiner Sohn an einer akuten Form von Leukämie leidet, an einer besonders aggressiven Form. Er fing am Telefon an zu weinen, und das tat mir natürlich in der Seele weh. Meine Kinder blieben gemütlich vor dem Fernseher sitzen und bohrten in der Nase, aber Guus hat sich neben mich gesetzt und mir die Hand abgeleckt. Während ich schwieg.«

Na, ganz toll. So kommt sie kein Stück weiter. Frustriert schaut sie in ihr Notizbuch. Von Schallmanns und Julias Plänen scheint er wirklich keine Ahnung zu haben. Vielleicht ist ihm inzwischen mehr zu Julias Bemerkung, sie werde verfolgt, eingefallen. Sie fragt ihn danach.

Er habe ihr alles erzählt, was er wisse, und deutet an, dass die Freundinnen bestimmt mehr wüssten.

»Und Ihre Assistentin Doortje? Hat sie etwas erwähnt, das uns weiterhelfen könnte?«

Zuidema schüttelt den Kopf. »Ich soll auf so ein Mädel hören? Ich bitte Sie, ich habe wirklich Wichtigeres zu tun.« Er wischt ihre Frage beiseite und drückt auf eine Computertaste. »Die erstbeste japanische Krähe weiß mehr als diese dumme Gans. Wenn Gerard nicht so gut mit ihr könnte, hätte ich sie schon längst nach Hause geschickt.«

»Eine japanische Krähe?« Trotz ihrer Ungeduld hat er mit dieser Bemerkung ihr Interesse geweckt.

»Darüber habe ich erst neulich etwas gelesen, als Beweis dafür, dass Tiere denken können. Es gab da eine Krähe, die Nüsse knackte, indem sie sie auf einen harten Untergrund fallen ließ. Weil der Asphalt für diese Zwecke zu weich war, ließ die Krähe die Walnüsse auf einen Zebrastreifen fallen. Wenn die Nuss von einem Auto überfahren wurde, wartete der Vogel, bis die Fußgängerampel auf Grün stand, lief zur Nuss und pickte sich den Kern heraus. So viel zum Thema Intelligenz. Doortje würde so etwas in hundert Jahren nicht einfallen.«

»Und Hanne te Brake? Oder Corry Fierink?«

»Dazu kann ich Ihnen nichts sagen, denn dafür kenne ich sie nicht gut genug. Sie haben mich beide angerufen, um mir zu kondolieren, das fand ich nett. Ehrlich gesagt, habe ich mich nie groß um Julias Freundinnen gekümmert, eigentlich gar nicht.« Zuidema sagt, dass er die Freundinnen kaum gesehen hat. »Einmal im Jahr kam ich nicht umhin, auf diese Pflichtveranstaltung von Grillfest mit Anhang zu gehen, Sie kennen das sicher. Der Einzige, mit dem ich während des Wendens von Hühnerschenkeln über ein ›Wie geht's?‹ und ›Noch ein Bier?‹ hinauskam, war Corrys Mann. Der interessiert sich für meine Forschung, und ich höre mir gern seine Geschichten über die Probleme an, die Leute mit ihren Kaffeemaschinen haben. Wirklich zum Totlachen. Als Vertreter kennt er sich auch hervorragend mit dem Thema Kommunikation aus. Darüber konnten wir stundenlang reden. Wussten Sie, dass Hunde wahrscheinlich angefangen haben zu bellen, um sich mit dem Menschen verständigen zu können? Wölfe bellen nämlich nicht. Und dass Tiere eine eigene Persönlichkeit haben? Laut Wissenschaftlern von der Rijksuniversiteit Groningen haben sie das nämlich durchaus. Und zwar haben die festgestellt, dass sich Tiere nach einem ganz bestimmten Muster verhalten. Bei Kohlmeisen unterscheiden sich die verschiedenen Exemplare dadurch, wie gründlich sie ihre Umgebung erkunden. Solche Persönlichkeitsunterschiede hat man auch bei Affen und Insekten beobachtet. Das ist doch interessant, oder? Über solche Themen konnten wir stundenlang philosophieren.«

Sie kommt hier nicht weiter. »Eine Frage noch«, sagt sie, während sie ihr Notizbuch zuklappt. »Wussten Sie, dass das Telefon in Ihrem Wohnzimmer kaputt war?«

»Eines von beiden war kaputt, ja, das stimmt. Schon seit ein paar Wochen. Ich muss den Apparat noch wegbringen.«

Als sie die Praxis verlässt, klingelt ihr Handy. Beunruhigt sieht sie nach, wer dran ist. Sie erkennt die Nummer sofort. Die Intensivstation. Nicht von ungefähr schlägt ihr Herz bis zum Hals, als sie das Gespräch beendet hat.

Am Oude Winterswijkseweg, bei Corle, sieht sie die reichlich verwelkten Blumen neben einem ramponierten Baum. Letztes Jahr haben die Kollegen von der Streife dort mithilfe der Feuerwehr einen jungen Kerl von achtzehn Jahren aus dem Auto schweißen müssen. Das Auto hatte sich um den Baum gewickelt, las sie später in dem Bericht. Sie fährt langsamer.

Sie spürt den Schmerz förmlich selbst, als es der Krankenschwester nicht gelingt, bei ihrer Mutter die Vene zu treffen. Die ist schwer zu finden, und ihre Mutter stöhnt.

»Können Sie keine bessere Stelle finden, bevor Sie die da grün und blau stechen?«, fragt sie die Schwester. »Sie sehen doch, dass das an der nicht geht.«

Die Schwester holt, rot geworden, eine Kollegin dazu.

Normalerweise würde sie jetzt der erschrockenen Krankenschwester etwas Versöhnliches sagen, aber danach ist ihr heute nicht.

Der Arzt sagt, dass sich der Gesundheitszustand ihrer Mutter verschlechtert. Das hätte er sich sparen können, denn das ist auch ihr nicht entgangen. Schließlich steht das Beatmungsgerät hier nicht zur Zierde.

»Wie schlimm ist es? Was bedeutet das?«, fragt sie.

»Die Medikamente schlagen nicht an. Sie hat inzwischen ziemlich hohes Fieber, und das ist kein gutes Zeichen. Das weist auf eine Infektion hin.«

Wenn sie etwas nicht hören will, dann dieses Wort.

Infektion.

32

Gegen halb drei fährt Nelleke zurück ins Büro. Man wird sie sofort anrufen, sobald es etwas Neues gibt, und deshalb ist sie auch gegangen. Mit gemischten Gefühlen. Am liebsten würde sie sich eine Stunde in den Whirlpool setzen. Oder unter die Dusche gehen. Das Wasser über ihren Körper strömen lassen. Sich entspannen. Und danach in Suzans Akte schauen. Aber das bleibt vorläufig ein Traum. Die Realität heißt Schallmann.

»Julia hatte eine panische Angst vor Spritzen.« Nelleke beschleunigt den Volvo auf hundertsiebzig. Ein dicker BMW überholt sie mit mindestens zweihundert Sachen.

»Na und? Das ist doch nichts Neues.«

»Ist es Zufall, dass man sie ausgerechnet mit einer Spritze ermorden wollte?«

»Oder es war einfach nur praktisch«, meint Simmelinck.

»Ja, das kann auch sein. Aber angenommen, ich will mein Opfer mit seiner Angst konfrontieren.«

»Mit einer Spritze, nehme ich an.«

»Ja. Dann pike ich ihm die doch nicht überraschend in den Po? Dann lass ich es doch erst ein bisschen zappeln?«

»In diesem Fall, Nelleke, hätte der Täter ein Handgemenge riskiert. Und das wollte er unbedingt vermeiden.«

Vielleicht hat ihr Kollege recht.

»Oder der Täter hat es unseretwegen getan.«

»Was?«

»Das mit der Spritze. Damit wir denken, dass Julia Zuidema mit ihrer größten Angst konfrontiert wurde. Als Hinweis oder so.«

Simmelinck murmelt irgendetwas in sich hinein. Obwohl sie nicht versteht, was er sagt, merkt sie an seiner Reaktion, dass er das ziemlich weit hergeholt findet.

Trotzdem.

Bauarbeiten. Schon wieder. Weil aus drei Spuren zwei werden, gerät der Verkehr ins Stocken. Sie bleibt so lange wie möglich auf der schnellsten Spur, bevor sie sich einfädelt.

»Ich bin erst kürzlich in Düsseldorf gewesen. Für ein Wochenende.«

»Im Juni, oder?«

»*Jawoll!*« Simmelinck grinst und kaut auf seinem Müsliriegel.

Als der Verkehr zum Stehen kommt, bittet sie Simmelinck ohne zu zögern, das Blaulicht anzumachen. »Bis der Stau vorbei ist. Ich kann nur hoffen, dass keine fanatischen Kollegen in der Nähe sind.« Sie hat keine Zeit, im Stau zu stehen.

»Und, jede Menge Bier getrunken?«, fragt sie, während sie den Wagen in einem angemessenen Tempo über den Seitenstreifen lenkt.

»Literweise Altbier im *Uehrigen*. Einer echten Brauerei. Bier oder Apfelsaft, was anderes bekommt man dort nicht. Man muss sich anpassen, wenn man ins Ausland fährt, findest du nicht? Dort gibt es ein Wahnsinnsnachtleben. Bis Mitternacht sind die Straßen der Altstadt bumsvoll, dort wimmelt es nur so von Menschen. Deutsche von überall her, die ein Schwätzchen halten.«

»Und die Königsallee?«, fragt sie.

»Da war ich natürlich auch.«

»Wusstest du, dass in der ganzen Straße nur zwei deutsche Geschäfte von früher übrig geblieben sind? Der Rest ist alles Import. Marc O'Polo, Armani und wie sie alle heißen.«

»Ich habe jemanden kennengelernt.« Das kommt völlig unerwartet.

Sie muss kurz umschalten, begreift dann aber, warum er von diesem Wochenende anfing. Die Dame ist Deutsche. »Aus Düsseldorf?«

»Oberkassel.«

Das Navi meldet, dass sie bei der nächsten Abzweigung links fahren muss. Kaiserswerth. Sehr pittoresk und nostalgisch.

»Halt um ihre Hand an, Han, dann hast du's geschafft.«

Simmelinck holt grinsend das Blaulicht vom Dach, zieht den Stecker aus dem Zigarettenanzünder und räumt das Ding weg.

Hans-Jürgen Schallmann wohnt in einem typischen Haus am Kaiserswerther Markt, keine hundert Meter vom Rhein entfernt, in der Nähe eines Platzes, an dem Schönheitskliniken und Reformhäuser das Straßenbild prägen. Das Durchschnittsalter der hiesigen Passanten liegt bei sechzig plus. In schicken goldenen Lettern prangt der Name des Gebäudes auf dem Giebel. Im Schiffchen. Ein Riesenhaus aus dem achtzehnten Jahrhundert. Die Wohnung muss ihn ein Vermögen gekostet haben, oder sie befindet sich bereits seit Jahrzehnten in Familienbesitz.

Als sie aus dem Auto steigen, eilt ein kleiner, glatzköpfiger Mann um die sechzig auf sie zu. »Hauptkommissar Wildmann, ich freue mich, Sie kennenzulernen.«

Ein schriller, durchdringender Ton kündigt ihre Anwesenheit an. »Den hört man noch auf der Kö«, lautet Wildmanns trockener Kommentar. Sie schauen sich interessiert in einem großen, unordentlichen Atelier um, während Schallmann Kaffee macht. Einige Vitrinen sind voller aufeinandergestapelter Döschen, Büroklammern und Papiere. Ein großer, grüner Apothekerschrank reicht bis zur Decke. »Und wo ist jetzt das viele Gold versteckt?«

Sie schieben Aschenbecher und Papiere zur Seite und tragen Stühle herbei. Schallmann stellt die Tassen ab. Der Mann hat bisher nur ein paarmal gestammelt, wie unglaublich das sei, was passiert ist. Er schüttelt mehrmals den Kopf, wie um zu betonen, dass er gar nicht glauben kann, dass Julia tot ist. Seit er die traurige Nachricht bekommen hat, sei er völlig durcheinander, verkündet er. Als der Kaffee kocht und Nelleke ruhig sagt, dass sie Verständnis für seine Verfassung habe, beruhigt sich der stämmige Deutsche. Sie fragt ihn nach seinem Goldschmiede-Handwerk und hat damit den richtigen Nerv getroffen. Schallmann erzählt lebhaft von den Ausbildungen, die er in Dänemark und Spanien absolviert hat. Ein auf den ersten Blick sympathischer Mann, vor allem wegen seiner Mundwinkel, die fröhlich nach oben zeigen, so als sei der zufriedene Gesichtsausdruck eingemeißelt. Ein Gesicht, das den Kunden beruhigt: Alles wird gut. Ein Vertreter, der gern mal ein Bierchen mittrinkt und seinen Kunden das Gefühl eines persönlichen Verhältnisses vermittelt. Bestimmt hat er einen Mercedes vor der Tür stehen, auch wenn sie seine Einrichtung wenig spektakulär findet. Auch das ist typisch deutsch. Schallmann ist eindeutig kein Läufer, sein Hausarzt würde ihm das Laufen vermutlich sogar verbieten. Doch dass er leidenschaftlich gern Schmuck entwirft, daran lässt er keinen Zweifel. Sie merkt schnell, dass er gern davon erzählt. Nach zehn Minuten wissen sie alles über seine Lehr- und Wanderjahre, bevor er sich in Düsseldorf niederließ, und über seine Tätigkeit als Goldschmied. Stolz zeigt er ein paar Kreationen. Das, was ihn nach eigener Aussage am meisten erfüllt, ist, aus dem Nichts etwas zu schaffen. Als Inspiration nichts als ein Thema oder der Satz eines Auftraggebers. »Genauso ist auch das hier entstanden, für einen preisgekrönten Drehbuchautor«, erzählt er in demselben rheinischen Tonfall, in dem auch Wildmann spricht. Er zeigt einen Entwurf. »Seine Frau wollte ihn mit etwas Besonderem überraschen, und da habe ich einen Ring entworfen, der die erste Seite seines Skripts enthält. *En miniature*, und das ist wirklich einzigartig«, sagt er mit einem Anflug von Stolz.

Sie fragt ihn, warum er außerdem als Vertreter für die Firma Mayer arbeitet.

»Das mag überraschen, doch leider bringt mir diese Arbeit zu wenig ein, um davon leben zu können. Die Deutschen lieben Schmuck, aber die Teile sind sehr aufwendig in der Herstellung und deshalb für viele zu teuer.«

»Und dann haben Sie noch diese Riesenwohnung, die viel Geld kostet.«

»Genau.«

Ohne Umschweife lenkt sie das Thema wieder auf Julia Zuidema. Sie fragt, wo er sie kennengelernt hat. Schallmann greift nach einer Zigarette. »Stört es Sie, wenn ich rauche?«

Sie schüttelt den Kopf, und er zündet sich die Zigarette an.

»Mit Julias Hilfe habe ich im März aufgehört.« Seine Hände zittern beim Inhalieren. »Jetzt habe ich ihretwegen wieder damit angefangen. Der Mensch kann nicht immer vernünftig sein, nicht wahr?« Schallmann erzählt noch einmal, dass er geschockt war, als die Polizei anrief. Seine Stimme klingt leise, als er sagt, er habe sie geliebt. »Ich fuhr sogar manchmal unter einem Vorwand zur Praxis, in der Hoffnung, sie dort zu sehen.« Anscheinend besucht er die Praxis schon seit Jahren. »Mayer stellt Vitaminprodukte für Menschen und Tiere her.«

»Was liefert Mayer genau an die Tierarztpraxis von Zuidema?«, fragt Simmelinck.

»Wir liefern hauptsächlich Medikamente für Zuidemas Forschungen«, erwidert Schallmann. »Wenn Sie wollen, kann ich Ihnen eine Kopie vom letzten Lieferschein machen.«

»Und was für Wirkstoffe enthalten die Tabletten?«, fragt sie.

Schallmann zögert. »Ich weiß nicht, ob ...«

Sie unterbricht ihn. »Oder soll ich mich diesbezüglich lieber direkt an die Firma wenden?«

»Nein, nein, das brauchen Sie nicht, ich mache Ihnen eine Kopie.«

»Da wird sich Wagener aber freuen«, flüstert Simmelinck, als Schallmann den Raum verlässt, um nach den gewünschten Unterlagen zu suchen.

»Wir werden seine finanzielle Situation unter die Lupe nehmen«, sagt Wildmann. »Wenn er Schulden hat, gebe ich Ihnen so schnell wie möglich Bescheid.«

»Wann hat es gefunkt?«, fragt sie, nachdem Schallmann mit den Kopien zurück ist und Kaffee nachgeschenkt hat.

»Ich fand sie schon immer wunderschön, aber Anfang des Jahres war sie auf einmal sehr interessiert und wollte mich außerhalb der Praxis treffen. Kurz danach haben wir uns bei einem Wettkampf verabredet, und anschließend sahen wir uns öfter.«

»War Herr Zuidema auch mal dabei, wenn Sie sich in der Praxis trafen? Ist sie vielleicht einmal ins Zimmer gekommen, während Sie mit dem Tierarzt eine Besprechung hatten?«

»Das kann gut sein, ja. Jetzt, wo Sie es sagen ... Ich hatte mich gerade mit Julia verabredet und dann eine Besprechung mit dem Arzt. Als sie in sein Büro kam, wirkte sie überrascht. Sie ist rot geworden. Ich dachte, das liegt an mir.«

»Und dann haben Sie sich in sie verliebt?«

Schallmann nickt, wenn auch nicht sehr überzeugt.

»Und sie sich auch in Sie?«

»Wie meinen Sie das?«

»Herr Schallmann, bei allem Respekt …«

Der große Mann zögert, holt tief Luft und spielt mit seiner Kaffeetasse.

»Wir suchen einen Mörder, ist Ihnen das eigentlich klar? Was Sie für Pläne hatten, interessiert mich nicht, Hauptsache, Sie helfen uns weiter«, sagt sie schon nicht mehr so freundlich. Sie hat keine Zeit, lange um den heißen Brei herumzureden.

Schallmann wirkt beschämt, so als habe sie ihn beim Bonbonklauen erwischt. »Julia fand mich zu alt und zu dick. Sie hat mich dazu angehalten, gesünder zu leben, mit dem Laufen anzufangen. Sehen Sie mich als Läufer? Aber das Rauchen habe ich aufgehört.« Der Deutsche gibt zu, dass er das Erröten falsch interpretiert hat. »Sie ist erschrocken, weil ich eine Besprechung mit ihrem Mann hatte, kurz nachdem wir Pläne für eine gemeinsame Firma geschmiedet hatten. Sie glaubte, ich würde Zuidema davon erzählen, aber das war natürlich nicht der Fall. Ich habe genau begriffen, dass sie das allein machen wollte.«

»Die Gefühle beruhten also nicht auf Gegenseitigkeit.«

»Ich bin einer Illusion erlegen, wenn auch einer sehr schönen.«

»Es ging um ihre Firma.«

»Ja. Ich habe wider besseres Wissen gehofft, dass sie eines Tages doch noch etwas für mich empfindet.«

»Wann hatten Sie das letzte Mal Kontakt zu ihr?«

Sie sieht, dass er zögert. »Das weiß ich nicht mehr ganz genau. Vor einer Woche oder so.«

»Und am Samstag?«

Schallmann schüttelt den Kopf, allerdings nicht sehr überzeugend. Anscheinend sieht sie ihn durchdringend genug an, denn er gesteht sein Telefonat mit Julia. Er seufzt und fährt sich mit den Händen übers Gesicht. »Ich habe sie angerufen, weil ich sie vermisst habe. Sie meinte, sie würde in den nächsten Tagen mit ihrem Mann sprechen. Die Scheidung einreichen. Ich war glücklicher denn je, nie hätte ich ihr etwas antun können, das müssen Sie mir glauben. Ich wollte meine Illusion nicht zerstören.«

»Aber sie wollte die Scheidung, um endlich frei zu sein. Um mit ihrer Firma loszulegen.«

»Ja. Sie wollte schon ihre Anteile an der Praxis verkaufen.« Der Deutsche zögert. »Irgendwie habe ich immer noch gehofft, dass sie eines Tages auch etwas für mich empfindet. Was nicht ist, kann ja noch werden, oder? Obwohl ich auch in geschäftlicher Beziehung an ihr interessiert war. Ich glaube, wir hatten ein durchaus schlüssiges Konzept entworfen.«

»Lassen Sie mich raten. Vitalité.«

»Stimmt genau.« Schallmann scheint überrascht zu sein, dass sie bereits Bescheid weiß, begreift dann aber, dass er mit Polizisten spricht. »Natürlich, Sie haben bereits ermittelt. Wir wollten eine Internetfirma gründen, um Vitamintabletten nach Frankreich und später auch nach Italien zu verkaufen.«

»Warum in diese Länder?«

»Das sind große Märkte. Mit guten Gewinnmargen.«

»Meinen Sie das hier?«, fragt sie, während sie das Fläschchen zeigt, das sie von Seesink bekommen hat.

»Ja, davon haben wir fünfhundert Stück produziert. Für eine Einführungsaktion. Wir wollten zuerst den französischen Markt angehen, darum wollte sich Julia kümmern.«

»Wie kamen Sie eigentlich dazu, Frau Zuidema so ein Produkt vorzuschlagen?«

»Wir kamen ins Gespräch, als ich einmal in der Praxis war. Ich suchte einen Partner, jemanden, der bereit ist, etwas Geld zu investieren, und Julia zeigte Interesse.«

»Gibt es die Firma schon?«

»Ja, wenn auch nur in klitzekleinem Maßstab. Die meisten Kosten hat Julia übernommen, und manche Ausgaben liefen über die Praxis in Lichtenvoorde. Aber ich werde Ihnen alle Unterlagen schicken, die es gibt.«

Auf seiner Stirnglatze stehen Schweißperlen.

»Die Tabletten werden bei Mayer hergestellt?«

»Ja, Mayer produziert viele Vitamintabletten und vertreibt sie beinahe in ganz Europa. Ich bekomme sie zum Einkaufspreis, und was den Vertrieb anbelangt, hilft mir meine Erfahrung mit Mayer natürlich enorm. Das Internet schien uns die beste Methode zu sein, um große Mengen verkaufen zu können.«

»Wo waren Sie letzten Dienstag zwischen vier und fünf, Herr Schallmann?«, fragt sie.

»Am Dienstagnachmittag … war ich hier. Ich habe gearbeitet.«

»Kann das jemand bezeugen?«

Er schüttelt den Kopf. »Ich war allein und habe mich um diesen Ring gekümmert.« Er zeigt auf den Entwurf. »Ungefähr bis um acht, halb neun. Wenn ich einmal dabei bin, vergesse ich die Zeit.«

»Sie waren nicht in Lievelde?«

Schallmann schüttelt energisch den Kopf.

»Sind Sie sich da sicher?«

»Absolut.«

»Kennen Sie sich mit Spritzen aus?«

»Meine Frau war Diabetikerin, so gesehen ja. Warum fragen Sie?«

Sein Blick ist aufrichtig, ja sogar arglos. Das erstaunt sie. »Wenn am Dienstagnachmittag irgendetwas passiert ist, das wir wissen müssen, Herr Schallmann, rate ich Ihnen, uns das jetzt zu erzählen. Es wurden verschiedene Fingerabdrücke in ihrem Wohnzimmer gefunden. Wenn Sie bei ihr waren, finden wir auch Ihre Spuren. Das ist nur eine Frage der Zeit.«

Schallmann streitet das diesmal nervös ab, bleibt aber bei seiner Version. »Ehrlich, ich schwöre Ihnen, ich habe mit Julias Tod nichts zu tun. Ich habe auf eine gemeinsame Zukunft gehofft. Das ist die Wahrheit.«

33

Irgendwas geht hier gründlich schief, sie spürt es mit jeder Faser ihres Körpers. Hätte sie Schallmann verhaften müssen? Dafür hat sie zu wenige Beweise gegen ihn. Irgendwas stimmt nicht mit diesem Mann, und gegen Ende des Gesprächs war sie sich beinahe sicher, dass er gestehen würde, am Dienstagnachmittag bei Julia gewesen zu sein. Aber seine Antworten auf die Fragen zu jenem Nachmittag klangen aufrichtig, und er hatte auch nichts dagegen, seine Fingerabdrücke nehmen zu lassen. Nelleke überlegt, ob bei dem Deutschen noch etwas ganz anderes im Busch ist. Vielleicht etwas, das mit der Firma zu tun hat, die er mit Julia gründen wollte. Sie haben ihm eine Frage nach der anderen gestellt, aber Informationen, die sie weiterbringen, hatte er nicht für sie oder wollte sie ihnen nicht geben.

Sie ruft Wagener an und bittet ihn, Schallmanns Angaben zum Dienstagnachmittag zu überprüfen. Außerdem soll er dafür sorgen, dass die Düsseldorfer Kollegen den Goldschmied überwachen. »Und das darf ruhig auffallen, damit Schallmann weiß, dass er uns nicht restlos überzeugt hat.«

»Wird gemacht. Ich bin in der Tierarztpraxis gewesen, und außer den Mitarbeitern hat niemand einen Schlüssel. Aber es hängen Schlüssel an einem Haken neben dem Empfang. Jeder, der sich dort ein bisschen umsieht und einigermaßen geschickt ist, kann sich die Schlüssel krallen, um sie nachmachen zu lassen, und sie dann unauffällig zurückhängen. Mir ist es zumindest gelungen.«

Sie hört eine Frauenstimme im Hintergrund. Sie lächelt,

trotz ihrer Sorgen. Im letzten Jahr hat sich ihr Assistent nach einer festen Beziehung gesehnt, und Karin scheint als Partnerin perfekt zu sein, soweit sie das beurteilen kann. Sie kennt sie zwar nur von ein paar Betriebsfeiern, aber sie hat anscheinend einen guten Charakter. Das ist schon mal ein Lichtblick, genauso wie die Tatsache, dass sich ihr Assistent offensichtlich langsam vom erdrückenden Pessimismus seines Vaters befreit. Sie seufzt. Ein hartnäckiger, unangenehmer Kopfschmerz meldet sich wieder, und sie will nur noch ins Bett. Ein Glas Wein und alles vergessen. Andererseits kann sie es kaum erwarten, in Suzans Akte zu schauen.

Suzan.

Sie zieht die Falltreppe herunter und steigt auf den Dachboden. Geduckt – aufrecht stehen ist nur in der Mitte, unter dem Dachfirst möglich – zieht sie den Koffer mit Suzans Sachen zu sich heran. Sie schnuppert am Stoffkaninchen, dem hellbraunen Kuscheltier, und streicht über den rosa Pulli, den ihre Tochter am liebsten trug. Nein, natürlich hat sie ihren Duft nicht vergessen.

Unten hört sie ein Geräusch. Hoffentlich ist Jaap wieder da. Sie presst ihre Nase in ein Filzpüppchen, saugt den Geruch ein, legt die Puppe vorsichtig zurück und schließt den Koffer.

»Guten Abend, Sie sprechen mit …«

Komischerweise ist der Name, den Telefonmarketingleute nennen, immer unverständlich. Kaum hat sie abgehoben, wird sie mit Informationen bombardiert. Da sich die Dame am anderen Ende nicht mit einem »Kein Interesse« abwimmeln lässt, wird Nelleke wütend. Sie befiehlt ihr, ihren Namen von der Telefonliste zu streichen, und knallt den Hörer auf.

»Das war jetzt wohl keine gute Nachricht von jemand Nettem?«, hört sie Jaap sagen. Seine Stimme klingt wie aus weiter Ferne. Ihr Kopf dröhnt.

Bevor sie überhaupt weiß, was los ist, liegt sie weinend in seinen Armen. Schluchzend erzählt sie ihm von Cornelissen, dass sie an ihm zweifelt, und wie schlimm sie das von sich findet. Aber das Allerschlimmste ist, dass sie immer noch keinen einzigen Beweis in dem Fall hat.

»Ich komme keinen Schritt weiter«, bricht es aus ihr hervor, während sie sich die Nase putzt und sich verflucht, weil sie sich so hat gehen lassen.

»Und wer erwartet von dir, dass du nach gerade mal zwei Tagen einen Täter und einen schlüssigen Beweis präsentieren kannst?«, fragt Jaap. »Kommen Sie, Frau Commissaris De Winter, Kopf hoch!«

»Inspecteur.«

Jaap grinst, weil sie wie immer darauf reinfällt. Sie gibt ihm einen gespielten Magenschwinger, und er tut so, als leide er furchtbare Qualen.

»Du hast recht«, sagt sie und will frech die Nase hochziehen. Die ist völlig zu, sodass die Aktion erfolglos bleibt.

»Und dann ist da auch noch deine Mutter«, sagt Jaap. »Willst du gleich noch zu ihr?«

Sie nickt.

»Dann essen wir in aller Ruhe einen Teller Spaghetti und fahren danach nach Winterswijk. Und wenn wir zurück sind, trinken wir ein schönes Glas Wein. Einverstanden?«

Sie nickt erneut.

»Wer war das übrigens am Telefon?«, fragt Jaap.

»Irgendeine Tussi, die mir einen Kredit aufschwatzen wollte. Für jetzt oder vielleicht für später. Wer weiß, vielleicht brauchen Sie ja einmal Geld für das Studium Ihrer Kinder«, äfft sie die Frau mit piepsender Stimme nach. Wenn sie Bemerkungen über das Kind, das sie nicht hat, doch nicht mehr so mitnehmen würden!

»Diese Leute müsste man erschießen.«

»Der Doktor kommt gleich«, verspricht eine Krankenschwester.

Ihre Mutter atmet mithilfe einer Sauerstoffmaske. Am Infusionsständer hängen noch mehr Beutel, sie zählt genau fünf Stück. Soweit sie das beurteilen kann, sind es Antibiotika, und das Ding mit dem Regler ist wahrscheinlich ein Schmerzmittel. Dann ist da noch eine helle Flüssigkeit, wahrscheinlich Flüssignahrung.

Sie legt ihre Hand auf die Hand, die sich magerer anfühlt denn je. Ihre Mutter blinzelt, scheint sie zu erkennen und etwas sagen zu wollen.

»Sag lieber nichts, Mam, das ist schon in Ordnung. Ruh dich aus, das ist besser für dich.«

Ihre Mutter schiebt die Sauerstoffmaske mühsam ein Stück zur Seite. »Hast du mit Evelien gesprochen?«, flüstert sie.

»Mach dir da mal keine Sorgen.« Sie will sich schon alle möglichen Entschuldigungen ausdenken – dass sie zu viel zu tun hat mit der Arbeit, mit ihrem Training –, aber sie merkt, dass das nur Ausreden sind. Außerdem kommt Evelien ohnehin am Samstag, und dann werden sie reden.

»Du hast sicherlich viel zu tun«, sagt ihre Mutter.

Sie nickt.

Mutters Blick spricht Bände. Danach schiebt sie die Sauerstoffmaske mühsam zurück, atmet tief ein und schließt die Augen. Es kostet sie viel Kraft, das zu sagen. Findet sie es so wichtig?

Sie würde ihr am liebsten versprechen, dass sie es tun wird, bringt die Worte aber einfach nicht über ihre Lippen.

Meine Güte, wie verletzlich sie aussieht. Sie kann es nicht beschwören, hat aber das Gefühl, dass sich ihre Mutter auf der Schwelle des Todes befindet.

Der Arzt ist dagegen bester Laune und spricht über seine Patientin, als habe sie nur eine leichte Grippe. Und ihre Mutter widerspricht ihm nicht, was ihr fast am meisten Sorgen macht.

»Ein bisschen Kraftfutter, und dann päppeln wir diese junge Dame wieder richtig auf, nicht wahr, Frau De Winter?«

Kurz glaubt sie eine Reaktion in den müden, alten Augen zu erkennen, aber vielleicht täuscht sie sich auch.

Doktor P. J. van der Wielen, wie es auf seinem weißen Kittel in Dunkelblau aufgestickt ist, nimmt die Sauerstoffmaske vom Mund ihrer Mutter.

»Haben Sie Schmerzen?«, fragt er.

Ihre Mutter nickt unmerklich.

Der Arzt – Pieter Jan, bestimmt ein BMW-Fahrer – beratschlagt sich flüsternd mit der Schwester, die schweigend zugesehen hat.

»So«, sagt er. »Eine Nacht schlafen, und morgen sieht es schon wieder ganz anders aus.« Der Arzt bittet sie mitzukommen.

In einem kleinen Büro neben der Intensivstation zieht er seinen weißen Kittel aus und fordert sie auf, Platz zu nehmen.

»Wie geht es meiner Mutter wirklich?« Sie merkt, wie dünn ihre Stimme in dem Raum klingt. Jaap legt den Arm um sie, doch sie bleibt nervös.

»Sie hat ein starkes Herz«, sagt der Arzt mit fester Stimme. »Die Infektion macht uns Sorgen, doch die haben wir morgen hoffentlich unter Kontrolle, nachdem sie noch mal tüchtig Antibiotika bekommen hat. Mehr kann ich Ihnen auch nicht sagen.«

Nach zwei Gläsern Rotwein gehen sie ins Bett. Leider hat sie der Alkohol kein bisschen ruhiger gemacht, und sie kann nicht einschlafen. Die Szene im Krankenhaus geht ihr einfach nicht mehr aus dem Kopf, sosehr sie auch versucht, an etwas anderes zu denken. Sie muss der Realität ins Auge sehen. Der Gesundheitszustand ihrer Mutter verschlechtert sich stetig, und sie kann nichts dagegen tun. Sie hasst Situationen, in denen sie nichts tun kann. Sie versucht, das zu akzeptieren. Als sie dann noch einen Anruf von einem besorgten Simmelinck bekommt, der erzählt, sein Partner denke ernsthaft darüber nach, den Dienst zu quittieren, steht sie auf.

Sie schlägt Jaaps Rat, sich lieber wieder hinzulegen, in den Wind und setzt sich um halb zwölf in ihr kleines Arbeitszimmer. Seinetwegen braucht sie auch nicht ins Bett gehen, redet sie sich ein, Jaap sieht sowieso fern. Die Ordner liegen vor ihr auf dem Schreibtisch. Vorsichtig klappt sie den ersten auf.

Während sie die maschinegeschriebenen und handschriftlichen Aufzeichnungen des Dossiers liest, wird sie wieder optimistischer. Sie fühlt sich wieder wie heute Morgen beim Aufstehen. Das muss einfach ein Zeichen sein. Bestimmt ist es ein Zeichen.

Sie liest Seite um Seite, doch nirgendwo stößt sie auf Informationen, die sie noch nicht kennt. Gegen eins brummt Jaap, dass er jetzt schlafen geht.

»Ich komm gleich nach«, sagt sie. »Ich lese das hier nur schnell zu Ende.«

Sie will den Ordner zuklappen, als ihr etwas einfällt. Sie blättert eine Seite zurück, weil sie das dumpfe Gefühl hat, etwas übersehen zu haben. Sie liest noch einmal eine der Zeugenaussagen, eine von vielen nach einer Sondersendung im Fernsehen, ein Jahr nach Suzans Verschwinden. Von einer Frau Rietman, die behauptet, Suzan in ihrem Heimatort Zutphen gesehen zu haben. Sie erinnert sich, diese Zeugenaussage vor Jahren schon einmal gelesen zu haben. Jetzt weiß sie wieder, wo ihr Traum herkommt und warum ihr sofort Suzan eingefallen ist, als sie mit der Zeugin im Dieren-Fall sprach. Diese Frau Rietman erzählt von einem Mädchen, das Suzan verblüffend ähnlich sieht, und das Mädchen sei ihr aufgefallen, weil es eine blaue Mütze trug, die dem Kind nicht wirklich zu passen schien.

In dem Kindergesicht glaubte die Zeugin das Mädchen wiederzuerkennen, das sie im Fernsehen gesehen hatte. Die Frau galt als labil, ihre Aussage fanden alle recht wirr, und sie fragt sich, was sie damit soll. Sie will sie Jaap zeigen, aber als sie ins Schlafzimmer kommt, schläft er bereits tief und fest, und sie will ihn nicht wecken. In ihr gärt etwas, und als sie im Bett liegt, findet sie erneut keinen Schlaf. Die Worte der Frau gehen ihr durch den Kopf. Irgendwas ist mit dieser Zeugenaussage, sie weiß nur nicht, was. Damals wurde sie ad acta gelegt. Klar, wenn es um eine Außenstehende ginge … aber so?

34

Jaap sieht, dass sie neue Hoffnung geschöpft hat, und er traut sich nicht, ihr das auszureden, ihre Hoffnung aufs Neue zunichtezumachen. Sie erzählt ihm, dass sie geträumt hat. Dass sie durch Zutphen lief, auf der Suche nach einer Psychologin, und alle Straßen hatten denselben Namen. »Ich weiß nur nicht mehr, welchen.« Sie glaubt, das habe etwas zu bedeuten. Das liegt an diesem Artikel, den er ihr gegeben hat. Logisch, will er schon sagen, hält dann aber doch den Mund.

»Ich war in einem Laden für Kinderkleidung, danach lief ich wie selbstverständlich zu dem Kaffee- und Teegeschäft, du weißt schon welches, und roch tatsächlich den Kräutertee. Pfefferminz. Zitrone. Findest du das nicht merkwürdig?«

Im letzten Monat ist sie einmal in diesem Geschäft gewesen, so merkwürdig ist das also auch wieder nicht. Sie riecht öfter Sachen in ihren Träumen. Aber er sagt nichts. Er sieht den hoffnungsfrohen Glanz in ihren Augen, egal, wie vage diese Hoffnung auch sein mag. Sie versucht privat zu ermitteln, damit sich diese alte Wunde endlich schließt, aber sie kann es sich vorläufig nicht erlauben.

Hoffen heißt leben. So lautet ihr Motto, auch wenn es ein gefährliches Motto ist. Er hat Angst, dass ihr Lebensmut nur noch an einem seidenen Faden hängen könnte, wenn ihre Erwartungen, ihre Illusionen eines Tages enttäuscht werden.

Zu zweit – Emma und Josien sind noch nicht aufgetaucht – genießen sie die morgendliche Ruhe. Wahrscheinlich nicht mehr lange. Jaap hat Josien zugerufen, dass sie aufstehen muss, denn sonst kommt sie zur spät zur Schule. Dieses lustige Sommersprossengesicht mit seinem Stupsnäschen ist sein Ein und Alles und wird langsam erwachsen. Das Mädchen experimentiert mit Lidschatten und Seidenstrümpfen. Und bald auch mit Jungs, sagt ihm eine Stimme, die er sofort wieder verdrängt. Bitte noch nicht, lass sie doch noch eine Weile Kind bleiben, erwachsen wird sie schnell genug. Er weiß noch, wie er letztes Jahr Todesängste ausgestanden hat, als sie auf einmal verschwunden war, gemeinsam mit Daya, die damals noch ein Welpe war. Wenn er will, kann er das Gefühl wieder in sich wachrufen, und er weiß auch noch, wie wütend er damals auf Nelleke war. Später war er mächtig stolz, dass sie seine Tochter aus den Klauen dieses Psychopathen gerettet hatte. Rotteveel. Aber der sitzt jetzt zum Glück hinter Gittern. Er will gar nicht daran denken, was alles hätte passieren können. Josien hat zum Glück keinen Schaden davongetragen. Zu diesem Schluss kam auch Simone nach mehreren Gesprächen bei Cola und Chips, wie Josien die Sitzungen nannte.

Nelleke trinkt ihren Espresso. Gierig. Obwohl sie müde ist, spürt sie jenen Ehrgeiz und die Motivation, die sie sonst auch antreiben. Kollegen sehen das Ganze einfach als Arbeit, auch wenn einige sehr engagiert sind. Für sie ist es eine Mission. Sie wird nicht aufgeben, bevor sie die Wahrheit nicht ans Tageslicht gebracht hat, bevor sie schwarz auf weiß ein Geständnis hat. Immer wieder aufs Neue. Ihre Kollegen finden es schade, wenn ein Fall nicht aufgeklärt wird. Nelleke empfindet das als persönliche Niederlage, als unverzeihliches Versagen. Es gibt nur wenige Fälle in ihrer langjährigen Dienstzeit, die sie abschließen musste, ohne sie aufgeklärt zu haben. Deren Akten holt sie immer mal wieder aus dem Schrank. Genauso spukt ihr Suzans Fall regelmäßig im Kopf herum. Er lässt sie einfach nicht los. Soll sie den Marathon lieber doch nicht mitlaufen? Das Training kostet sie jede Menge Energie.

»Hast du das gelesen?« Sie kaut an einem Stück Brot und zeigt auf ein Farbfoto in der Zeitung. »Eine Frau bringt Männern bei, im Sitzen zu pinkeln. Ist das zu fassen! Eines der letzten männlichen Privilegien wird abgeschafft.«

»Mir fehlen die Worte«, meint er. »Und warum sollten wir im Sitzen pinkeln, wenn es nach dieser Frau geht?«

»Aus den beiden Gründen, wegen derer man sich nach einem Toilettenbesuch am liebsten scheiden lassen würde.«

»Das hast du sehr schön ausgedrückt. Aber das wird nicht funktionieren, vergiss es.«

»Ich glaube auch nicht dran. In der Schweiz hat sich die Hälfte der Männer geweigert, im Sitzen zu pinkeln.«

»In diesem Punkt bin ich ausnahmsweise einmal einer Meinung mit den Schweizern.«

»Das wäre auch einen Artikel wert.«

Sein Blick fällt auf einen anderen Artikel, der sein Herz schneller schlagen lässt. Nachdem er die beiden kurzen Spalten gelesen hat, flucht er aus tiefstem Herzen.

Nelleke sieht ihn überrascht an.

Er schiebt ihr genervt die Zeitung hin und zeigt auf den Artikel, den er gerade gelesen hat.

»Technik ersetzt Kunst«, liest Nelleke laut vor.

Seine Fotos werden total verrissen. Von einem der Idioten, die gestern in der Galerie waren. Er hat sich noch mit dem Mann unterhalten, fand ihn eigentlich sehr sympathisch. Er fühlt sich tief getroffen und plötzlich völlig machtlos.

»Dieser Artikel wird bestimmt durch zehn gute Kritiken wieder wettgemacht.« Sie versucht, ihn zu trösten. Lieb gemeint, aber im Moment kommt diese Botschaft einfach nicht an.

Mit großem Getöse kommt Josien in die Küche, gefolgt vom Hund, der auch schon wach ist. Daya springt begeistert jedem auf den Schoß und leckt wie wild Nasen ab, um den neuen Tag zu begrüßen. Josien ruft den Hund, und das Tier setzt sich sofort vor ihre Füße. Er vermutet, dass Daya bei Josien im Bett geschlafen hat. Er hat gestern nicht darauf geachtet, und sobald die Hündin eine Chance wittert, hüpft der fröhliche Vierbeiner auf Josiens warme, weiche Daunendecke. Er kann es dem Tier nicht verübeln. Das Körbchen in der Abstellkammer ist nicht so gemütlich. Mit der Ankunft der beiden größten Wirbelwinde im Haus ist es mit der morgendlichen Ruhe auf einen Schlag vorbei. Eine Weile wird nur noch darüber geredet, wie dick die Schicht Zuckerstreusel auf dem Brot sein darf.

Emma kommt etwas ruhiger herein. Sie ist noch nicht fertig angezogen und wirkt verschlafen. Was kann das Leben doch für eine Vierzehnjährige für eine Katastrophe sein, drückt ihre gesamte Erscheinung aus.

»Ich ess nichts«, verkündet sie schon beim Hereinkommen. »Und ich brauche auch keine gut gemeinten Ratschläge.«

Einfach ignorieren. Er wird später mit ihr reden. Im Moment würde ein Gespräch mit Emma sofort entgleisen. Und das würde ausnahmsweise mal nicht nur an dem pubertierenden Mädchen liegen.

»Galerietag?«, fragt Nelleke, während sie sich den Rest ihres Butterbrots in den Mund stopft.

»Der letzte in dieser Woche, morgen bleibe ich zu Hause.«

Er hat nicht das Gefühl, dass es Nelleke gut geht. Das mit dem Training schafft sie locker, behauptet sie, aber ihm macht sie nichts vor. Sie isst auch schlecht, zumindest in den letzten Tagen. Das ist ihm nicht entgangen, aber er verkneift sich seine Bemerkungen. Stattdessen versucht er gegenzusteuern, indem er nahrhaftes Essen zubereitet und ihr Obst und Energy-Riegel in die Handtasche steckt. Ohne Frühstück kommt sie ihm auf keinen Fall aus dem Haus.

»Mach doch mal wieder etwas Neues«, schlägt seine Freundin vor.

»Ich hätte schon Lust, mal wieder in die Natur oder ins Studio zu gehen«, sagt er. »Aber im Moment …«

»Komm schon, du wirst dich von dieser Albernheit doch nicht etwa beeindrucken lassen? Mach einfach, wozu du Lust hast. Denk lieber daran, wie viel du schon verkauft hast. Du weißt ja, wie das ist: Wo viel Licht ist, ist viel Schatten.«

Sie hat leicht reden. Er wird ihr demnächst dasselbe erzählen, wenn sie mit einem blöden Spruch von einem Kollegen ankommt. Mal sehen, wie sie dann reagiert!

Ob sie wohl noch an ihre morgige Verabredung denkt?

Er überlegt, wie er sie dazu kriegen kann, den Marathon ausfallen zu lassen. Vielleicht muss er sich mit Simone zusammentun.

Er seufzt.

Sie merkt etwas, das sieht er.

Sie legt ihm die Hand auf den Arm. »Ich lass es langsam angehen. Und ich habe unsere morgige Verabredung nicht vergessen, mach dir keine Sorgen.«

Er lacht und drückt ihr einen Kuss auf die Nase. Ihre beruhigenden Worte klangen gezwungen, glaubt sie wirklich, dass er das nicht merkt?

35

Von Hannes Haus sind es nur wenige Minuten bis zur Arbeit. Sie selbst hat nicht mal ein Auto und bewegt sich meist nur in einem Radius, der mit dem Rad oder zu Fuß erreichbar ist. Alles was sie braucht, liegt in direkter Nachbarschaft. Ihr Haus, die Druckerei und genügend freie Natur, in der sie nach Herzenslust laufen kann. Manchmal trinkt sie abends auf dem Markt mit Onkel Vincent einen Irish Coffee und lässt den Tag Revue passieren. Der Platz mit den alten Gebäuden gaukelt ein hübsches Städtchen vor, doch die Erwartungen werden von den umliegenden Straßen nicht eingelöst. Die Notenboomstraat ist auch nicht gerade eine Augenweide. Sie ist schmal, und die eine Seite besteht überwiegend aus Parkplätzen. Das Haus, in dem sie mit ihrem Onkel wohnt, gleich neben dem Café Kroon, ist eines der schönsten. Sie biegt in die Nieuwestraat ein. Trotz des Namens stehen hier überwiegend alte Gebäude. Sie geht an einem Geschäft und einer Bank vorbei und überquert die Seitenstraße, den Barakkenplaats gegenüber vom Bastionpoort, bis sie vor dem stilvollen Dreißigerjahrebau steht, in dem die Druckerei untergebracht ist. Über der Vordertür steht in zierlicher, goldener Schreibschrift »*Drukkerij De Haas*«. Das macht sie immer ganz stolz. Der Betrieb ist ein ruhender Pol inmitten der Geschäfte, die oft den Besitzer wechseln, und genießt hohes Ansehen in Groenlo.

In ihrem Büro erwartet sie eine unangenehme Überraschung, und ihre Laune sinkt sofort auf den Nullpunkt. Ein Mitarbeiter informiert sie, dass zwei Polizisten auf sie warten. »Ich habe gesagt, dass Sie hier sind.«

Sie mag keine Überraschungen, und erst recht nicht solche. Sie will den jungen Mann beinahe abkanzeln und ihm sagen, was für ein Idiot er ist, kann sich aber gerade noch beherrschen. Es ist schließlich nicht seine Schuld.

Die Frau Inspecteur und ihr Assistent warten wie vermutet im Vorraum ihres Büros. Sie bittet die beiden widerwillig herein, zwingt sich zu einem freundlichen Lächeln und überlegt sich eine Ausrede, um sie schnell wieder loszuwerden. Leider kann sie keine plausible Erklärung aus dem Ärmel schütteln. Sie hängt ihre Jacke auf, spannt ihren Schirm zum Trocknen auf, und dann bleibt ihr nichts anderes übrig, als den beiden Rede und Antwort zu stehen.

Der Assistent sagt, seine Kollegen hätten festgestellt, dass am Dienstagnachmittag an ihrem Computer gearbeitet wurde. Ferry Wagener. Er sieht gut aus, ist geschmackvoll gekleidet, und sogar seine Schuhe sind tipptopp geputzt. Ganz anders, als sie sich einen Polizeibeamten vorgestellt hat, nämlich in Jeans mit abgelaufenen Turnschuhen und einer Fluppe zwischen den Lippen. Wahrscheinlich sieht sie zu viele alte Serien im Fernsehen. »Aber das könnte auch einer Ihrer Mitarbeiter gewesen sein, stimmt's?«, hört sie ihn sagen. »Das Einzige, was wir mit Sicherheit wissen, ist, dass gegen sechs Überweisungen per Onlinebanking gemacht wurden und dass Sie der Bank zufolge als Einzige dazu ermächtigt sind.« Der Polizist blättert in seinem Notizbuch. »Ihr Mitarbeiter, Herr Bleumink, hat ausgesagt, dass er Ihnen ungefähr gegen Viertel vor vier eine Tasse Kaffee gebracht hat. Von daher hatten sie rein theoretisch genügend Zeit, Ihrer Freundin Julia Zuidema zwischen vier und fünf einen Besuch abzustatten.«

Diesen Schluss kann Hanne auch ziehen. Die wollen irgendeine Reaktion provozieren, das sieht sie an den durchdringenden grünen Augen der Frau, die ihr gegenübersitzt.

Vor der muss sie sich in Acht nehmen, das hat sie gestern auch schon gemerkt. Sie hat so das Gefühl, dass die Frau direkt durch sie hindurchschaut, so als könne sie ein Röntgenfoto von ihren Gefühlen machen. Ruhig bleiben. Sollen sie doch ihre Fragen stellen, sie haben nichts gegen sie in der Hand, denn sonst würden sie ganz anders auftreten. »Ich bin aber am Dienstagnachmittag nicht bei Julia gewesen«, sagt Hanne beinahe triumphierend, aber so meint sie es auch. Sie reckt das Kinn, um ihren Worten noch mehr Nachdruck zu verleihen. Seht zu, was ihr daraus macht!

»Haben Sie seit Dienstagnachmittag mit Ihrer Freundin Corry Fierink gesprochen?«, fragt der Assistent. Er ist aufmerksam, genau wie seine Vorgesetzte. Er geht bei ihr in die Lehre, und das gefällt ihr, junge Männer, die bereit sind, von Frauen zu lernen. Die meisten Männer um die dreißig – und auch die um die vierzig, also in ihrem Alter – meinen bereits alles zu wissen.

Über andere reden ist für sie kein Problem. Solange es nicht um sie geht, ist sie in Sicherheit. »Ja, sie ist gestern am späten Nachmittag bei mir gewesen. Wir haben überlegt, wie wird das mit der Beerdigung machen sollen. Corry wirkt sehr verletzlich, weil sie so zierlich ist, aber die setzt sich durch, wissen Sie, die lässt sich nicht unterbuttern. Kaffee?«

Die beiden Polizeibeamten nicken.

»Ich werde einen Kollegen bitten, uns Kaffee zu bringen. Wollen Sie sich in der Zwischenzeit die Druckerei ansehen?«

Die beiden gehen ihr nach, durch die Bürotür in die Fabrikhalle, wo gerade ein Auftrag von der Gemeinde Oost-Gelre bearbeitet wird. Die Frau Inspecteur hatte sie nicht erwartet, nicht schon wieder. Nelleke de Winter, diesen Namen wird sie nicht so schnell vergessen. Wird sie verdächtigt? Oder ist es nur Routine, dass sie jeden zweimal befragen? Wer weiß, vielleicht nehmen sie sie gleich mit und stecken sie für eine Nacht in die Zelle. Sie ermahnt sich, ruhig zu bleiben. So funktioniert das natürlich nicht, und schon gar nicht in der Achterhoek, sie muss sich diesen Unsinn aus dem Kopf schlagen.

»Sie haben ziemlich viele Angestellte. Es gibt also viel zu tun?«

»Wir machen für immer mehr Betriebe Marketingunterlagen und Werbemittel. Wir organisieren Kampagnen, kümmern uns um die Corporate Identity, solche Sachen. Allein dafür habe ich drei Vollzeitkräfte.«

Die Musik in der Fabrikhalle dringt zu ihr durch. Wenn Frans Bauer auf Radio Gelderland kommt, wird laut gedreht. *Eens komt voor jou de zon.* Ihr Geschmack ist das nicht. Sie sagt nichts dazu und würdigt die Wandkalender mit den nackten Frauen keines Blickes. Anscheinend gehört so etwas zur Standardausstattung einer Druckerei. Sie hat schon vor Jahren aufgegeben, daran noch etwas ändern zu wollen.

Früher hasste sie die Achterhoek. Provinz, hinterste Provinz, mit Bauerntrampeln, die in der Disco nicht richtig tanzen können. Die weniger Blöden bemühten sich immerhin. Manche hänselten sie, wegen des Todes ihres Cousins, andere kamen genau deshalb mit einem großen Bier an und versuchten ihr mit falschem Grinsen und fauligem Atem zu entlocken, wie sie es nun genau angestellt hatte. Einer witzelte sogar, dass sie vielleicht wirklich nichts gesehen habe, mit Anspielung auf ihren Silberblick. Die meisten lästerten erst, wenn sie dachten, sie könne sie nicht hören. Richtige Babys waren das. Kein Wunder, denn bei dem, was sie durchgemacht hatte, fühlte sie sich deutlich älter. Ihre Meinung über die Achterhoek hat sich eigentlich nicht geändert. Sie kann diese entlegene Gegend immer noch nicht richtig leiden, mit all dem Tratsch und der übertriebenen sozialen Kontrolle. Aber sie hat sich damit abgefunden, dass sich ihr Leben nun mal hier abspielt. Sie kann ihren Onkel nicht im Stich lassen, und die Arbeit macht ihr Spaß.

Während ihre Gedanken mit ihr Karussell fahren, versucht sie sich auf die Antworten zu konzentrieren, die sie geben muss. Sie hat nicht umsonst gefragt, ob die Polizisten die Druckerei besichtigen wollen. Das ist ihr Terrain. Hier geht ihr das Herz auf. Wenn sie den Geruch der Druckfarben einatmet, fühlt sie sich sofort zu Hause.

Die Polizistin mag den Geruch auch, das merkt sie an ihrer Reaktion, als sie die Halle betritt. Frau De Winter interessiert das wirklich, entnimmt sie den klugen Fragen, die sie ihr stellt.

Ehe sie sichs versieht, erzählt sie ausführlich von den riesigen Maschinen, an denen ihr Herz hängt. Die Maschinen glänzen, als seien sie stolz, ihre Arbeit verrichten zu dürfen. Ohne zu zögern, ohne zu maulen, vorausgesetzt, sie werden gut gepflegt. Sie erzählt ausführlich vom umweltfreundlichen Offsetdruck, der ohne petrochemische Stoffe auskommt, und zeigt einen der Drucke, den die Vierfarbmaschine gerade ausspuckt.

»Einladungen?«, fragt die Frau Inspecteur.

»Die werden gleich einzeln durchnummeriert«, erklärt sie, während sie zu einer anderen Maschine geht. »Und keine kann das besser als diese alte Heidelberger Druckmaschine.« Sie betrachtet die beeindruckende, große, pechschwarze Maschine, die jedem Exemplar eine eigene Nummer eindruckt. Beinahe geräuschlos gleitet Blatt um Blatt auf einen wachsenden Stapel.

»Eine herrliche Maschine, die man mit Respekt behandeln muss«, sagt sie, »sonst verweigert die Dame prompt den Dienst.« Sie wischt sorgfältig ein Stäubchen von dem schimmernden schwarzen Lack.

Der Assistent, Wagener, zeigt auf einige Kartons, die an der Unterseite beschädigt sind. »Mäuse?«

»Ich weiß«, sagt sie. »Wir haben gerade erst Gift gestreut.«

»Giftige Köder?«

»Zermahlene Acenocoumaroltabletten. Ein alter Trick meines Onkels. Die Mäuse fressen von dem Pulver, kehren in ihr Nest zurück und sterben dort. Das ist schön, denn dann muss ich keine Tierkadaver wegräumen. Und die Tiere müssen nur ganz wenig davon fressen.«

»Ist das Mittel zugelassen?«, fragt der Assistent.

»Auf Rezept ja. Mein Onkel bekommt es wegen seines Herzens verschrieben.«

Sie erzählt noch etwas über die Schneide- und Stanzmaschine, doch dann unterbricht sie Inspecteur De Winter.

»Die Etiketten für die Muster von Julia Zuidemas Vitamintabletten, haben Sie die auch auf dieser Maschine gedruckt?«

Warum will sie das wissen?

»Nein, die wurden auf einer Vierfarbmaschine gedruckt«, sagt sie und zeigt auf die größte Maschine im Raum.

»Wussten Sie, dass sie den zweiten Auftrag nach Deutschland vergeben wollte?«

Sie nickt. Was geht die Frau das an?

»Schade, nicht wahr? Sie machen ein paar Hundert Probeetiketten, und der große Auftrag, an dem Sie wirklich was verdienen können, geht an die Konkurrenz, noch dazu ins Ausland«, versucht die Inspektorin sie aus der Reserve zu locken.

»Manchmal gewinnt man, manchmal verliert man«, antwortet sie so neutral wie möglich. Aber sie merkt, dass ihre

Stimme kalt klingt. »So ist das eben, wenn man Unternehmer ist.« Sie wendet den Blick ab. Sie geht nicht mit ihren Problemen hausieren. Und diese Leute hier müssen wirklich nicht wissen, dass ihr der Verlust dieses Auftrags wirklich wehgetan hat.

Scheinbar bereitwillig gibt sie zu, dass sie manchmal eifersüchtig war auf die Freundinnen, die alle Zeit der Welt hatten, um zu laufen, und sich dann trotzdem beklagt haben.

»Das gilt für Corry, die höher hinaus will, aber das galt auch für Julia, die alles hatte und nur frei sein wollte«, erklärt sie den Beamten. »Während ich hier versuche, den Leuten Brot und Arbeit zu geben. Von meinem Onkel ganz zu schweigen, der auch noch Pflege braucht. Wenn Sie mich verdächtigen, wird es noch mehr Opfer geben«, setzt sie nach. Sie spürt, wie ihr das Adrenalin ins Blut schießt. »Ich muss jetzt wirklich weitermachen.«

»Wussten Sie, dass Julia kurz vor ihrem Tod eine Spritze bekommen hat?«

»Eine Spritze? Wieso?« Sie spürt den forschenden Blick der Frau Inspecteur, ohne ihn sehen zu müssen. De Winter geht nicht näher auf ihre Frage ein, sie wollte natürlich nur ihre Reaktion beobachten.

Sie leugnet nochmals, irgendetwas mit dem Mord zu tun zu haben.

Der Assistent scheint sich mit ihrer Antwort zufriedenzugeben. Er hat sogar gelacht, als sie ihnen mehr oder weniger noch mehr Opfer in Aussicht stellte. Wenn sie den Gerüchten über Inspecteur De Winter glauben soll, gibt die nicht eher auf, bis sie den Täter gefasst hat, so wie letztes Jahr bei dem Mord in der Galerie von Lichtenvoorde. Wahrscheinlich wärmt sie sich gerade für die nächste Runde auf.

Dann muss sie das eben auch tun. Sie muss ihr Innerstes nicht nach außen kehren, das kann sie jetzt wirklich nicht gebrauchen.

36

»Hanne te Brake hat uns nicht alles erzählt.« Davon ist Wagener überzeugt. »Das mit den Etiketten hat sie meiner Meinung nach nicht so kalt gelassen, wie sie uns weismachen will.«

Sie ist ganz seiner Meinung.

»Hast du auch eine Vermutung, was sie uns verheimlicht?«

»Nein, aber ihr Betrieb liegt ihr sehr am Herzen.«

Nelleke nickt. »Sie und ihr Onkel haben einiges mitgemacht.«

»Han und Ton haben mit Vincent Haas gesprochen, sie fanden ihn sympathisch.«

»Wühl noch ein bisschen in ihrer Vergangenheit, rede noch mal mit dem Onkel. Sieh zu, ob du mehr rausfindest. Vielleicht lebt sie über ihre Verhältnisse. Madame fährt nämlich einen Audi TT Coupé, der so gut wie neu ist.«

Als sie wieder auf dem Revier ist, gibt sie ihrem Assistenten Anweisungen. Ob er auch etwas über Corry Fierinks Vergangenheit in Erfahrung bringen könne? »Ich möchte gern wissen, ob die beiden früher etwas Besonderes erlebt haben. Wir kennen Hannes Harreveld-Vergangenheit, aber mein Verdacht geht in eine andere Richtung, wie eine Einweisung ins Krankenhaus, ein ungewöhnlicher Todesfall in der Familie, der Spuren hinterlassen hat, eine krankhafte Angst vor Tieren – solche Sachen.«

Wagener beginnt sofort zu strahlen. Bei solchen Aufgaben fühlt er sich ganz in seinem Element.

Dann schließt sie die Tür zu ihrem Büro wieder. Sie kann nicht länger warten. Sie holt die Zeugenaussage von Frau Rietman aus ihrer Tasche und liest sie noch einmal. Die Aussage enthält an und für sich nichts Besonderes. Nach der Suchmeldung im Fernsehen hatten sich immerhin dreißig Personen gemeldet, die behaupteten, Suzan gesehen zu haben. Mit einem blauen Mützchen, mit einem alten Mann, es gab sogar jemanden, der schwor, einen Zwilling gesehen zu haben, der ihrer Tochter täuschend ähnlich sah. Keine einzige Spur führte irgendwohin. Viele Hinweise wurden gleich nach einer ersten kurzen Prüfung ad acta gelegt, so auch der dieser Frau. Frau Rietman galt als sehr labil, sie war gerade erst drei Monate in »Warnsveld« gewesen. Insofern glaubte man, sofort Bescheid zu wissen. »Warnsveld« ist mehr oder weniger ein Synonym für »total gestört«. Wer einmal dort war, ist für den Rest seines Lebens selbstmordgefährdet oder zumindest nicht ganz dicht. Sie braucht nur an die Reaktionen ihrer Kollegen zu denken, als die hörten, dass Sjors Seesink dort war.

Sie loggt sich in ihren Computer ein und gibt den Namen und die Adresse der Frau ein. Und dann weiß sie es wieder. Die Adresse ist dieselbe, dieselbe wie die von der Frau aus dem Artikel. Sie wohnt in der Halvemaanstraat. Sie holt den Artikel aus ihrer Handtasche und überprüft den Straßennamen, obwohl sie sich da eigentlich ziemlich sicher ist. Und sie hat recht, sie hat sich nicht geirrt. Irgendwo hatte sie diese Information in ihrem Gedächtnis gespeichert. In dem Zeitschriftenartikel stand derselbe Straßenname, ein Irrtum ist ausgeschlossen. Der Computer sucht und gibt dabei ein lautes Brummen von sich. Ein paar Minuten später hat sie den Inhalt von Frau Rietmans Akte sowie deren persönliche Daten auf dem Bildschirm. Was ihr sofort auffällt, ist eine Liste, die aufzählt, wie oft sie nach Groot Graffel »abgeführt« wurde, wie es damals hieß. Das ist die psychiatrische Klinik in Warnsveld. Weiter oben entdeckt sie die Zeugenaussage der Frau vom Februar 1988. »Suzan Hoopmans in Zutphen gesichtet?«, lautet die Überschrift. Darunter steht: Kein Handlungsbedarf.

Aber Frau Rietman ist die Frau aus dem Artikel, den sie aufgehoben hat. Sie legt die Zeitschrift daneben. In dem Artikel wird sie Frau Berendsen genannt. Das Alter kommt hin. Weiter unten in der Computerdatei sieht sie es: Frau Rietman ist verheiratet, sie heißt jetzt Frau Berendsen-Rietman. Ihr fällt der Lievelde-Fall wieder ein, eigentlich muss sie sich damit beschäftigen. Aber sie kann das hier nicht auf sich beruhen lassen, nicht jetzt. Sie muss sich sofort dahinterklemmen. Die Frau war vor drei Jahren Zeugin bei einer Gerichtsverhandlung. Dabei ging es um einen Ehekrach bei Nachbarn, die Nachbarin wurde misshandelt. Aber das interessiert sie nicht, sie überfliegt die Passage nur. Das wichtigste Wort darin ist »zuverlässig«. Frau Berendsen wirkte wie eine zuverlässige Zeugin. In dem Artikel steht, dass die Frau wegen ihres Berufsethos ausgesagt hat, sie ist Psychologin.

Und sie haben ihren Hinweis damals als den einer Verrückten abgetan.

Aufregung ergreift von ihr Besitz, doch sie mahnt sich zur Ruhe. Das muss nicht bedeuten, dass sie Suzan ein Stück näher ist, wahrscheinlich hilft ihr diese Information keinen Schritt weiter.

Eine hartnäckige Stimme in ihrem Kopf flüstert, dass die Aussage durchaus von Bedeutung sein kann.

Sie ist eine Spur.

Und sie hat sogar die Telefonnummer von der Frau. Wenn die noch stimmt. Es gibt nur eine Art, das herauszufinden.

Mit zitternden Fingern greift sie zum Telefon. Sie überlegt

noch, ob sie jetzt gleich anrufen oder lieber bis heute Abend warten soll. Nein, jetzt sofort. Sie will es wissen.

Selten ging ihr ein Telefonklingeln am anderen Ende so durch Mark und Bein.

»Berendsen«, meldet sich eine weibliche Stimme.

Ihre eigene klingt ganz zittrig, als sie antwortet. »Guten Morgen, Frau Rietman, äh, Berendsen, Entschuldigung, Sie sprechen mit Inspecteur Nelleke de Winter.«

Sie wartet kurz, rechnet mit einer irgendwie gearteten Reaktion, aber Frau Rietman scheint erst mal hören zu wollen, was sie zu sagen hat.

»Sie kennen mich nicht, aber vielleicht erinnern Sie sich an einen Fall vor beinahe zwanzig Jahren. Im Jahr 1988 haben Sie nach einer Suchmeldung über Suzan Hoopmans die Polizei angerufen.«

Es entsteht eine kurze Pause, in der sie sich einbildet, ihren eigenen Herzschlag zu hören, doch dann kann sie erleichtert Luft holen.

»Ja, natürlich erinnere ich mich noch daran.«

»Suzan Hoopmans war meine Tochter.«

»War? Ist sie tot? Warum rufen Sie mich dann an?«

Einen Moment lang starrt sie verblüfft auf das Telefon. Dann begreift sie, warum die Frau so etwas sagt. »Ich weiß nicht, ob sie tot ist, sie ist im März '87 verschwunden, und man hat sie … man hat sie nie gefunden. Ich habe mich so daran gewöhnt, auf ihren Tod gefasst zu sein, dass ich in der Vergangenheitsform über sie rede.«

»Hoffen heißt leben«, sagt die Frau am anderen Ende der Leitung. Sie klingt völlig normal und kein bisschen verrückt.

Gleich darauf schämt sich Nelleke für diesen Gedanken.

»Das habe ich auch lange so gesehen«, gibt sie zu. »Aber zwanzig Jahre sind eine lange Zeit.«

»Was wollen Sie von mir wissen?«

»Würden Sie mir noch einmal erzählen, was Sie damals bei der Polizei ausgesagt haben?«

»Soweit ich mich erinnern kann, war das nicht viel«, erwidert die Frau. »Ich hatte damals öfter Probleme und weiß noch, dass ich totale Panik vor dem Telefonieren hatte. Aber ich habe das Mädchen gesehen, da bin ich mir sicher.«

»Wo?«

»Hier, in Zutphen. Am Houtwal, am Wasser, sagt Ihnen das was?«

»Nein, eigentlich nicht«, muss sie zugeben.

»Ich kam aus dem Zentrum, ganz in der Nähe ist auch der Houtwal. Ich hatte ein Bügeleisen umgetauscht, das noch ganz neu und nach zweimaligem Gebrauch bereits kaputt war. Ich weiß noch, dass ich auf den Verkäufer in dem Laden wütend war, weil er mir kein neues gegeben hat. Sie haben das Ding eingeschickt, zurück an den Hersteller, und ich stand ohne Bügeleisen da.«

»Und dann?«

»Dann bin ich einer Frau mit diesem Mädchen begegnet. Es hatte ein blaues Mützchen auf, darum ist es mir aufgefallen. Mädchen tragen rosa Mützen, und das schien mir ein typisches Mädchen für die Farbe Rosa zu sein, wenn Sie verstehen, was ich meine. Darunter sahen blonde Löckchen hervor, und es hatte eine so helle Haut, dass man eigentlich Sommersprossen erwartet hätte. Ein Teint, zu dem dieses harte Blau gar nicht gepasst hat. Fragen Sie mich jetzt nicht wieso, aber die Frau, die es begleitete, schien mir genauso wenig zu dem Kind zu passen. Und als ich sein Gesicht sah, kam es mir irgendwie bekannt vor. Später begriff ich, dass ich es von der Suchmeldung kannte. Ich muss sehr unglaubwürdig gewirkt haben bei der Polizei, sonst hätte man die Meldung ernster genommen.«

Ihr Herz hat noch nie so schnell geschlagen, und sie hat Angst, in Ohnmacht zu fallen.

Auf wie viele Mädchen passt so eine Beschreibung?

»Wie sicher sind Sie sich heute noch, dass es wirklich Suzan war?«, fragt sie.

»Ziemlich sicher, doch, das würde ich schon sagen. Sie glich dem Mädchen auf dem Foto, das ich im Fernsehen gesehen habe, wirklich aufs Haar. Es kann sich natürlich auch um ein Mädchen gehandelt haben, das große Ähnlichkeit mit Ihrer Tochter hatte. Damals war ich fest davon überzeugt, dass ich den Vorfall melden müsse, dass es sich lohnt, diese Spur weiterzuverfolgen.«

Die Frau scheint ihr die Möglichkeit geben zu wollen, sich etwas zu sammeln, denn sie sagt nichts, glücklicherweise aber auch nicht, dass sie das Gespräch beenden will.

»Haben Sie sie danach noch öfter gesehen? Kannten Sie die Frau, die bei ihr war?« Ist das zu viel des Guten?

»Nein, ich habe sie danach nie mehr gesehen. Ich kann Ihnen auch nichts Konkretes zu der Frau sagen, nur dass ich fand, dass sie nicht zu dem Kind passte. Es tut mir leid.«

»Frau Rietman, äh, Frau Berendsen, ich stecke gerade mitten in den Ermittlungen zu einem Mordfall, aber wenn ich wieder etwas mehr Zeit habe, darf ich Sie dann noch mal anrufen oder besuchen?«

»Ich bin in meiner Praxis recht beschäftigt, aber wenn Sie vorher anrufen, werde ich es gern einrichten.«

Sie hat keine Ahnung, wie lange sie jetzt schon auf ihrem Bürostuhl sitzt und auf das Foto mit den Regentropfen an den Spinnweben starrt. Sie hat das Gefühl, eine Ewigkeit zu brauchen, bis sie sich wieder einigermaßen gefangen hat. Sie fragt sich, warum sie da um Himmels willen nicht schon eher drauf gekommen ist, warum sie das nicht schon früher entdeckt hat. Was kann sie jetzt noch tun? Es ist so lange her.

Alle möglichen Gedanken gehen ihr durch den Kopf. Und Fragen. Viele Fragen. Soll sie Gijs anrufen? Gijs, den Manager im Armani-Anzug, mit Barbara und seinen drei Kindern, die inzwischen auch schon Teenager sind. Gijs, dessen Tochter Femke sie nicht kennenlernen will, aus Angst, zu sehr an Suzan erinnert zu werden. Gijs ist bestimmt auch nicht scharf darauf, dass sie ihm dieses dunkle Kapitel der Vergangenheit erneut präsentiert.

Sie will die Ermittlungen wieder aufnehmen. Im nächsten Moment kommen ihr Zweifel, ob das wirklich klug ist. Sie muss sich darüber klar werden, wie sie die Sache angehen kann, und will heute Abend erst mal in Ruhe mit Jaap darüber reden. In aller Ruhe. Wird sie jemals zur Ruhe kommen, solange sie keine Gewissheit hat?

Simmelinck merkt ihr sofort an, dass etwas ist, auch wenn er nichts sagt. Das sieht sie an seinem Gesichtsausdruck. Der Beamte hat angeklopft, sie sagte vermutlich »herein« wie immer, sie kann sich nicht mehr daran erinnern.

Sie drückt auf die Play-Taste des Aufnahmegeräts, und die Stimme der Zeugin füllt ihr Büro, im Wechsel mit ihrer eigenen. Eine Stimme, die sie kaum wiedererkennt. Nicht nur, weil es immer komisch ist, die eigene Stimme zu hören, sondern weil Angst und Unsicherheit so deutlich herauszuhören sind. Simmelincks Augen werden immer größer, je weiter das Gespräch voranschreitet. Das beruhigt sie, weil sie kurz daran gezweifelt hat, ob sie die richtigen Schlüsse aus den Worten der Frau gezogen hat.

»Meine Güte, Nelleke, was wirst du jetzt tun?«

»Was würdest du tun?«

»Darüber nachdenken.« Sie sieht, dass er etwas anderes sagen wollte, aber er will sie natürlich auch nicht auf dumme Gedanken bringen. »Ehrlich gesagt, würde ich vermutlich total ausflippen und alle Mann auf den Fall ansetzen«, sagt er. »Aber das ist nun mal nicht realistisch. Sprich mit Jaap darüber, überlege, wie du am besten damit umgehst. Außerdem ist da immer noch dieser Mordfall.«

»Du hast recht.«

Simmelinck holt ihr ein Glas Wasser und erzählt ihr von einer Entwicklung im Lievelde-Fall.

»Über die Tochter bin ich an Frau Klein Gebbink rangekommen.«

»Wer ist das?«

»Die Nachbarin von Julia Zuidema.«

»Ach ja.«

»Sie ist seit Mittwochmorgen bei ihrer Schwester in Groenlo, die Grippe hat. Wir haben sie besucht, sie hat eine der Freundinnen auf dem Foto erkannt. Eine Jacke mit Reklameaufdruck, und als sie das Logo der Druckerei sah, wusste sie sofort Bescheid: Hanne te Brake. Sie war am Dienstagnachmittag in der Nähe des Opfers.«

»Dann bestell sie so schnell wie möglich aufs Revier.« Muss das jetzt sein? Kann sie sich jetzt überhaupt auf so ein Verhör konzentrieren?

Simmelinck steht auf. »Geh nach Hause, Nel. Wir kommen auch ohne dich klar, ansonsten rufen wir dich an.«

Nach Hause? Sie schaut auf die Uhr. »Ich muss heute Mittag sowieso zu Hause sein, wenn Emma von der Schule kommt«, sagt sie und zweifelt, ob sie überhaupt in der Lage ist, Auto zu fahren. »Ich wollte heute Nachmittag mit ihr shoppen gehen.« Sie fragt sich, wer dieses schreckliche Verb eigentlich erfunden hat. Erstaunt lauscht sie Schilderungen von Bekannten, die einfach nur so zum Spaß ein Geschäft nach dem anderen aufsuchen. Wie kommt sie jetzt bloß darauf? Hat ihr Kollege gerade etwas gesagt?

»Was hast du gesagt?«

»Soll ich dich fahren?«, fragt Simmelinck.

Sie seufzt laut auf und spürt, wie verspannt sie ist. »Seh ich so aus, als ob ich das nötig habe?«

»Ehrlich gesagt, ja.«

Sie verflucht sich dafür, Emma zum x-ten Mal etwas versprochen zu haben, das sie nicht halten kann. Sie hat ein schlechtes Gewissen, hierbleiben zu müssen für das Verhör, weiß aber, dass sie jetzt einfach nicht in der Lage ist, gemütlich bummeln zu gehen. Andererseits hat sie es Emma versprochen. »Ich trink noch ein Glas Wasser, bleibe kurz sitzen und mach mich dann auf den Weg.« Sie steht auf, um ihren Worten Taten folgen zu lassen.

Simmelinck legt eine Hand auf ihren Arm. »Du weißt, dass ich immer hinter dir stehe, egal, wie du dich entscheidest. Wenn ich dir irgendwie helfen kann …«

»Ich habe mich daran gewöhnt, dass sie weg ist, Han.« Ihre Stimme verrät mehr Gefühle, als ihr lieb ist. »Jetzt habe ich eine Riesenangst, dass ich zu spät dran bin.«

37

Gillissen verspricht ihr, das Telefon umzustellen. Sie macht die Tür zum Revier hinter sich zu und läuft geistesabwesend beinahe in den Audi A8 von Markant hinein, der protzig mitten vor dem Eingang steht. Er parkt seinen Boliden stets mit dem ihm eigenen Egoismus, und sie überlegt schon, eine Parkkralle anzufordern. Doch in diesem Moment steigt der Commissaris aus.

»De Winter. Zu dir wollte ich.«

Wäre sie doch nur früher gegangen! »Hat das nicht auch bis Montag Zeit?«

»Haben Sie etwa schon Wochenende, Frau Inspecteur? Das muss ein Scherz sein!«

Markant holt sich Kaffee, und sie nutzt die Gelegenheit, Emma auf dem Handy anzurufen. Sie kann hier vorläufig nicht weg, das Shoppen muss warten.

»Du hast es mir versprochen«, sagt Emma sichtlich enttäuscht.

»Es tut mir leid. Bist du schon zu Hause?«

»Ja, ich bin gerade heimgekommen.«

»Ich ruf Jaap an, ob er kommen kann. Ich mach's wieder gut, das versprech ich dir.«

Einen Moment lang verflucht sie ihre Arbeit, sie verdrängt die Stimme in ihrem Kopf, die sagt, dass sie eigentlich erleichtert ist. Sie ruft Jaap an, und der ist, gelinde gesagt, auch nicht gerade begeistert, dass sie ihr Versprechen zum x-ten Mal nicht hält.

Zum Glück hatte er sowieso vor, nach Hause zu gehen. »Mir reicht es mit den Kunstheinis hier. Im Vergleich dazu kommt mir sogar ein Tag in der Dunkelkammer herrlich vor.«

Der Commissaris redet nicht lange um den heißen Brei herum. »Es geht um Cornelissen. Ich habe heute Morgen mit Nummerdor gesprochen, um ihn wegen der Suspendierung auszufragen. Es sieht nicht gut für ihn aus, De Winter.«

»Ich habe keinen Bericht über Cornelissen zu Gesicht bekommen. Auf welcher Grundlage hat die Kommission eigentlich ihre Entscheidung getroffen? Aufgrund von ein paar Bemerkungen, die, wenn man Cornelissen kennt, im Grunde harmlos sind? Er ist schwer in Ordnung, und das wissen Sie auch. Hat er sein Verhalten erklärt, per E-Mail oder am Telefon?«

»Nein.«

Cornelissen hätte sich verantworten müssen, denkt sie verärgert. Warum hat er ihren Rat nicht befolgt und nichts von sich hören lassen? »Wie groß ist Ihrer Meinung nach die Chance, dass er entlassen wird?«

»Willst du meine ehrliche Meinung hören?«

Sie nickt, auch wenn sie sich da nicht so sicher ist.

»Ich weiß, dass du viel von ihm hältst, und ich verstehe auch, dass du Personal brauchst. Aber wenn wir keine Vorkehrungen treffen, verlieren wir als Polizei unsere Glaubwürdigkeit. Die Gesellschaft will Gerechtigkeit.«

»Gerechtigkeit, dass ich nicht lache! Wenn ich mir ansehe, was allein schon in unserem Bezirk schiefläuft! Lesen Sie denn keine Zeitung? Und da soll jemand wie Cornelissen geopfert werden? Da müssen Sie schon mit besseren Argumenten kommen!«

Sie sitzt zitternd auf ihrem Stuhl, bemüht sich aber, sachlich und gelassen zu wirken. Sie hebt stolz den Kopf: Zeig ihm, dass du dich nicht unterbuttern lässt!

»Du spielst auf die beiden Ermittler an, die Verhöre gefälscht haben? Mit solchen Praktiken wollen wir ja gerade aufräumen.«

»Ganz Ihrer Meinung. Aber das hat nichts mit meinem Kollegen zu tun, das können Sie mir nicht weismachen.« Sie merkt, dass sie sich kaum noch beherrschen kann, und holt tief Luft. Markant nimmt sie auf jeden Fall ernst, er lacht nicht. Er macht eher den Eindruck, als hätte er etwas zu verbergen. Und dann kann sie es doch nicht lassen. »Ich werde die Sache nicht auf sich beruhen lassen, Commissaris. Ich werde um Ton kämpfen. Wenn er gehen muss, dann nur über meine Leiche. Die da oben können mich mal kreuzweise.«

Markant schiebt gereizt seine Kaffeetasse zur Seite. »Am Montag reden wir weiter, De Winter.«

Nachdem Markant nach diesen Worten wie immer überstürzt ihr Büro verlassen hat, bleibt sie verblüfft zurück.

Sie hat doch tatsächlich gerade gesagt, dass er sie mal kreuzweise kann. Das war aber nicht sehr geschickt, Frau De Winter, murmelt sie vor sich hin. Sie seufzt laut. Im Moment sorgt sie überall nur für Chaos, und auch in ihrem Privatleben läuft es unrund. Sie sollte öfter für die Kinder da sein und ihnen beim Erwachsenwerden zur Seite stehen. Emma bittet förmlich darum, und Jaap wird auch zunehmend gereizter. Und jetzt auch noch das. Sie versucht ihr Verhalten zu beschönigen, indem sie einen Teil der Schuld auf Markant schiebt. Wenn der zur Abwechslung mal ein bisschen mehr Mitgefühl gezeigt hätte, wäre es nie zu diesem Ausbruch gekommen. Sie neigt dazu, seine Befehle zu ignorieren. Die wollen ihren Mann loswerden und wittern eine gute Gelegenheit. Und sie soll das einfach so akzeptieren. Ihr Gerechtigkeitssinn meldet sich erneut. Sie wird verflixt noch mal kämpfen bis zum Umfallen. Sie wird nicht nach Hause fahren, es gibt genug zu tun. Vor allem muss dieser Mord aufgeklärt werden.

Notizen, Befehle. Aber wo ist die Lösung? Wagener berichtet, dass er nichts Besonderes über die Druckerei in Erfahrung bringen konnte. »Frau Te Brake macht die Buchhaltung selbst, und die sieht gut aus. Der Betrieb verfügt über beträchtliches Eigenkapital.« Ihrem Assistenten zufolge sind die Mitarbeiter loyal und äußern sich ausschließlich lobend über ihre Chefin. Der Audi ist nur geleast, und der Leasingbetrag liegt im Rahmen. Die Leasingfirma bekommt im Gegenzug Prozente auf ihre Aufträge. Wagener fand den Onkel, Vincent de Haas, sympathisch. Er sei noch ziemlich fit und sehr stolz auf seine Nichte. »Ganz so, als würde er über seine Tochter reden. Ich habe mir auch die Wettkampfergebnisse der Damen noch mal angesehen. Die dürften dich als Läuferin bestimmt interessieren. Es ist schon erstaunlich, wie lange die Ergebnisse noch im Netz zu finden sind. Willst du Kopien von der Buchhaltung der Druckerei De Haas?«

»Han, würdest du dir die bitte ansehen?«

Simmelinck nickt. Er erkundigt sich nach Cornelissens Suspendierung.

»Nach Markants Worten sieht es nicht gut für ihn aus. Der Chef hat bereits mit Nummerdor gesprochen, vor der Stabsbesprechung am Montag.«

»Ich darf ihn also nicht als Verstärkung anfordern? Wir schaffen das hier nicht zu dritt, Nel.«

Sie will den Kopf schütteln, überlegt es sich dann aber anders. Wenn sie standhaft bleibt und sich hinter Cornelissen stellt, bekommt sie ohnehin Probleme. Mit ihm schafft sie es vielleicht, den Fall aufzuklären. Das ist der beste Beweis, dass sie ihn braucht. »Frag ihn«, beschließt sie. »Noch habe ich die Verantwortung, zumindest bis Montag nach der Stabsbesprechung in Den Haag. Wenn er kommen möchte, freu ich mich, selbst wenn er nur Büroarbeiten macht. Sorg dafür, dass Markant ihn nicht zu Gesicht bekommt. Und würdest du bitte herausfinden, warum ich keine Kopie von der Anzeige bekommen habe? Ich möchte verdammt noch mal wissen, womit die Kommission ihre Entscheidung begründet.«

»Gut.«

Gillissen meldet, dass Hanne te Brake da ist. Er hat sie im Verhörraum eins Platz nehmen lassen.

Wagener hält noch mehr Unterlagen für sie bereit, auf denen ein paar Zahlen eingekringelt sind. »Ich hab noch was für dich. Hanne te Brake hat einmal gewonnen, bei einem Marathon. Die weitaus beste Läuferin der drei ist Corry Fierink. Ich habe ihren Bruder angerufen, und der hat mir bestätigt, dass seine Schwester früher ein echtes Lauftalent war. Geheiratet hat sie übrigens, weil sie schwanger war.«

»Gute Arbeit, Watson.«

38

Nelleke überlegt, ob sie eifersüchtig auf Julia oder Corry ist, weil die schneller laufen und Wettkämpfe gewonnen haben, während sie auch das Potenzial hätte, sich deutlich zu verbessern, wenn sie nur mehr trainieren würde.

»Warum glauben Sie, dass ich besser sein könnte als Julia und Corry?«

»Sie haben die Damen einmal geschlagen.« Nelleke blättert in Wageners Computerausdrucken. Konzentrier dich auf die Zahlen, auf Fakten, denn darum geht es hier. Lass dich nicht von irgendwelchen Spekulationen verrückt machen, und schon gar nicht von Markant. »Moment, hier steht es, im letzten April, beim Marathon von Enschede. Sie sind eine fantastische Zeit gelaufen, auf die ich nur neidisch sein kann. Sie waren eine halbe Stunde früher am Ziel als Corry, obwohl Sie selbst gesagt haben, dass Sie es kaum schaffen, so viel Trainingskilometer zu absolvieren, wie nötig sind, um sich auf eine solche Distanz vorzubereiten.«

»Die Müdigkeit – sogar in Muskeln, von denen ich bisher gar nicht wusste, dass es sie überhaupt gibt – war auf einen Schlag verschwunden, als ich durchs Ziel lief. Endlich war ich mal die Schnellste, obwohl Corry immer das größte Talent gewesen ist. Aber da erzähle ich Ihnen bestimmt nichts Neues.«

»Das muss ein herrliches Gefühl gewesen sein.«

»Sie wollen mir doch hoffentlich nicht erzählen, dass Sie mich deswegen herzitiert haben? Denn wenn das so ist, bin ich sofort wieder weg, ich habe weiß Gott Besseres zu tun.«

Wider besseres Wissen hofft Nelleke, dass ein alter Sieg irgendetwas bei dieser Frau zum Vorschein bringt, die so wenig Gefühl zeigt. Das Laufen ist ein harmloses Thema, für das sie sich beide interessieren und das Hannes Verletzlichkeit sichtbar machen oder ihr zumindest irgendeine spontane Reaktion entlocken könnte. Doch sie erreicht gar nichts. Sie muss zur Sache kommen, sonst verschwindet Hanne, und sie ist kein bisschen schlauer.

»Sie sagten bei unserem ersten Gespräch, dass Sie nach der Zeit im Internat sehr schnell weiterlebten, als sei nichts geschehen. Aber ich habe doch das Gefühl, dass Sie diese Episode nicht so kalt gelassen hat, wie Sie uns das weismachen wollen. Das fände ich auch einleuchtender, denn diese Zeit war bestimmt nicht einfach für Sie.« Sie lässt Hanne nicht aus den Augen. »Der Tod Ihres Cousins, der Aufenthalt in Harreveld, damit wurden Sie in der Schule doch sicherlich gehänselt. Sie fühlten sich verantwortlich, so etwas lässt einen doch nicht kalt.«

»Was wollen Sie jetzt von mir hören?«

Einen Moment lang hört sie die Schwäche in Hannes sich überschlagender Stimme. Die Reue, das Wissen, dass es keine Möglichkeit gibt, die Zeit zurückzudrehen. »Natürlich war das nicht einfach für mich. Es belastet mich noch heute, vor allem, wenn ich meinen Onkel sehe. Er sagt, dass er mich liebt, aber ich spüre seine Trauer. Seit seinem Herzinfarkt ist es noch schlimmer geworden. Aber ich kann es nun mal nicht ungeschehen machen.«

»Gilt das auch für den Dienstagnachmittag?«

Hanne sieht sie verblüfft an. »Für den Dienstagnachmittag?«

»Sie wurden gesehen. Bei Julias Haus. Sind Sie bei ihr gewesen?«

»Ach deshalb sitze ich hier. Ich habe mich schon gefragt, ob Sie nichts Besseres zu tun haben, als olle Kamellen aufzuwärmen. Ich muss Sie enttäuschen. Meine Lieblingsroute durch De Schans führt an ihrem Haus vorbei, aber nein, ich bin nicht bei ihr gewesen.«

Nelleke trinkt einen Schluck Kaffee, während sie Hanne beobachtet. Hannes Antwort auf die unerwartete Frage klingt aufrichtig, aber irgendetwas verheimlicht ihr die Frau, auch wenn sie nicht genau sagen kann, was.

Dann fällt ihr etwas ein. »Hat Corry auch eine rote Jacke?«

»Die haben wir alle drei. Dank unseres Sponsors, der Druckerei De Haas. Ich habe letztes Jahr jedem Vereinsmitglied so eine Jacke organisiert, gegen einen hohen Rabatt.«

Nachdem Hanne te Brake weg ist, bittet sie Simmelinck, Corry anzurufen. Die soll so schnell wie möglich herkommen.

»Corry Fierink? Wieso?«

»Die Nachbarin meinte doch auch, dass sie in den Klamotten alle gleich aussehen?«

Simmelinck sieht sie an, als sei sie nicht ganz dicht, während er versucht, die Verpackung eines Müsliriegels aufzureißen.

»Sag mir Bescheid, wenn sie da ist.«

In ihrem Büro sichtet sie die Unterlagen, die ihr Wagener gegeben hat. Wenn sie schuldig wäre, würde sie sich freundlicher verhalten, sagte ihr Assistent, nachdem er Hanne te Brakes erste Zeugenaussage ergänzt hatte. Manche Menschen verlieren irgendwann in ihrem Leben die Fähigkeit, sich in andere hineinzuversetzen, hatte sie darauf gesagt, oder so was in der Art. Jemanden nach seinem Verhalten zu beurteilen ist riskant, obwohl sie sich selbst oft auf ihre Intuition verlässt, weil sie aus Erfahrung weiß, dass sie ihr vertrauen kann. Sie findet keinen

Hinweis, geschweige denn ein Motiv, die auf Hanne te Brake verweisen, aber sie schreibt sie als mögliche Verdächtige nicht ab. Das macht sie nie, bevor sie nicht hundertprozentig von jemandes Unschuld überzeugt ist. Man muss sich alle Möglichkeiten offenhalten, das bläut sie auch ihren Kollegen immer wieder ein. Vor allem jetzt, wo sie vor lauter Fragen und Gefühlen, die nichts mit diesem Fall zu tun haben, kaum noch weiß, wo ihr der Kopf steht, muss sie sich auch selbst daran halten.

Ihre Mutter, denkt sie plötzlich. Wie geht es ihrer Mutter?

Die Schwester, die ans Telefon geht, sagt, dass es ihr etwas besser ginge – sie habe sie gerade anrufen wollen –, und sie freut sich über die erste gute Nachricht in dieser traurigen Woche. Auch das Wetter ist nach wie vor traurig und soll auch in den nächsten Tagen nicht viel besser werden. Regen, Regen und noch mehr Regen. Ihr knurrt der Magen, und sie merkt, dass ihre biologische Uhr nachgeht, es ist schon fast zwei. Sie nimmt ein Glas Wasser, einen Apfel und greift nach ihren Autoschlüsseln, um zu Hause ein Brot zu essen. Doch so weit kommt sie gar nicht, denn Wagener sagt ihr, dass Corry Fierink bereits unterwegs ist.

»Sie hatte ihr Handy dabei und war gerade in der Nähe.«

39

Unter Corry Fierinks Stuhl bildet sich eine Pfütze. Sie kann nichts dagegen tun, selbst wenn sie ihre Jacke auszieht und auf den Schoß legt, tropft es weiter. »*Ashes to ashes, earth to earth and dust to dust*«, dröhnt ihr die Musik in den Ohren. Als sie Inspecteur De Winter hereinkommen sieht, entschuldigt sie sich für ihre nassen Sachen und macht den MP3-Player aus. »Man darf es sich nicht zu leicht machen«, sagt sie in dem Versuch, witzig rüberzukommen. Sie sieht so etwas wie Respekt in den Augen von Inspecteur De Winter, aber auch Erstaunen. Dass sie jetzt hier sitzt, so ganz unerwartet, macht sie nervös. Es muss einen Grund geben, dass man sie herzitiert hat.

Inspecteur De Winter sieht sie auffällig lange an.

»Man hat sie am Dienstagnachmittag in der Nähe von Julia Zuidemas Haus gesehen.«

De Winter kommt näher. Will ihr die Frau bis auf den Grund der Seele sehen oder ihre Gedanken lesen? Sie weicht instinktiv zurück und lehnt sich nach hinten, um den eindringlichen grünen Augen zu entkommen.

»War das nicht der Dorfklatsch des Tages?«, merkt sie leichthin an. Sie massiert sich die Beine, die sich schwer anfühlen. Die körperliche Anstrengung in der letzten Stunde haben sie müde gemacht. Sie streicht durch ihr nasses Haar. Mit den nassen Leggins, in denen ihre Beine auskühlen, fängt sie sich garantiert einen Muskelkater ein. Viel besser als letzten Dienstag ist sie heute nicht gelaufen, sie ist einfach nicht in Form.

Die Frau, die ihr gegenübersitzt, zieht eine Braue hoch. Dass sie ihre Bemerkung gar nicht lustig findet, ist unschwer zu erkennen. »Sie machen sich verdächtig, wenn Sie uns so eine wichtige Information verheimlichen.«

Sie nickt. Sieh gefälligst woanders hin! »Ich habe einfach nicht mehr daran gedacht. Ich konnte nur noch an Julias Tod denken, bei all dem Chaos, das damit verbunden war.« Sie schaut direkt in die Kamera, die De Winter zu Beginn des Verhörs angeschaltet hat. Wird sie sich gleich mit den Kollegen über sie totlachen, oder werden sie sich fragen, ob sie die Wahrheit sagt? »Ich bin bei Julia gewesen, um ihr eine CD zu bringen, die sie sich aufnehmen wollte.«

»Welche CD war das?«

»Eine von *The Alan Parsons Project*.«

»Verstehe.« De Winter sieht sie an. Und dann glaubt sie den Bruchteil einer Sekunde lang etwas in den Augen der Frau aufblitzen zu sehen. »Hatten Sie das auch vergessen?«, fragt Frau Inspecteur De Winter.

»Nein, ehrlich gesagt habe ich schon daran gedacht, als Sie am Mittwoch bei mir waren. Aber Sie haben mich nicht ausdrücklich danach gefragt, und ehe ich überhaupt begriff, was los war, waren Sie schon wieder weg.«

»Haben Sie da bei ihr im Wohnzimmer eine Lauf-Trophäe gesehen?«

Corry schüttelt den Kopf. »Ich bin nur ein paar Minuten bei ihr gewesen, habe meine Muskeln gedehnt und bin dann weiter. Aber Julia hat mir erzählt, dass sie sich am Morgen mit Hein gestritten hat.« Sie hofft, dass ihre Augen nichts verraten. Inspecteur De Winter wirkt so selbstsicher – wird sie das jemals werden? So viel älter ist die De Winter auch nicht. Sie selbst hat gerade das x-te Seminar für Führungskräfte gemacht. Diesmal war es »Umgang mit Stress im Beisein von Patienten« – so was muss man sich erst einmal ausdenken! Dem Seminarleiter zufolge hat sie sich bestens geschlagen, aber noch viel zu oft spürt sie, wie ihr die Unsicherheit auf der Stirn geschrieben steht. Sie starrt auf die Scheibe im Verhörraum. Dahinter ist nichts zu sehen. Bestimmt ist das so ein verspiegeltes Fenster, durch das man nur von einer Seite sehen kann. Vielleicht streckt ihr gerade der eine oder andere Witzbold von einem Beamten die Zunge raus, wer weiß. Sie hätte Lust, dasselbe zu tun.

»Unsere Beamten haben Sie gefragt, was Sie am Dienstagnachmittag gemacht haben«, hört sie De Winter sagen, während sie versucht, die Unterlagen, die die Frau vor sich liegen hat, zu entziffern. Der Bericht von ihren früheren Vernehmungen durch die Polizei? Sie würde gerne lesen, was man von ihr hält.

»In dem Moment habe ich einfach nicht daran gedacht. Ich stand völlig neben mir, wegen Julias Tod, und habe wirklich keine Sekunde an diese CD gedacht.«

»Sie hatten am Sonntag Streit mit Julia, haben Sie sich am Dienstagnachmittag nicht mehr darüber unterhalten?«

»Den hatten wir längst beigelegt.«

»Wann haben Sie Ihre Freundin gesehen, gestern oder heute?«

»Gestern habe ich nach der Arbeit bei Hanne vorbeigeschaut, um Julias Beerdigung zu besprechen. Wissen Sie schon, wann Julias Leiche freigegeben wird?«

»Nein. Die Untersuchungen sind noch nicht abgeschlossen. Stehen Sie sich sehr nahe?«

Ihre Mundwinkel sinken nach unten, das merkt sie sofort. Wer steht ihr eigentlich nahe?, schießt es ihr ungewollt durch den Kopf. Blöde Kuh, bloß nichts sagen, lass dir nichts anmerken.

»Frau Fierink?«, drängt sie die Polizistin.

»Ja, natürlich, wir geben uns gegenseitig Halt. Das ist ja logisch. Und in der Arbeit finde ich auch Trost, meine Kolleginnen sind ebenfalls für mich da.« Ihre Hände zittern, und sie versteckt sie unter dem Tisch. »Haben Sie vielleicht ein Glas Wasser für mich?«

Inspecteur De Winter gönnt ihr erst mal keine Pause, aber sie beantwortet keine Fragen mehr und beginnt zu husten. »Ich habe so eine trockene Kehle«, sagt sie und spürt, wie Tränen in ihr aufsteigen. So langsam wird ihr das alles zu viel: Die alten Menschen im Krankenhaus, die ständig mehr Aufmerksamkeit verlangen, der Leistungsdruck, die Kinder, die ihre eigenen Wege gehen, Ed, der das längst schon tut und nicht mal mehr abstreitet, dass er was mit einer anderen – jüngeren – Frau hat. Und dann ist noch ihre Mutter ... Sie spürt einen Kloß in der Kehle und muss ein paarmal schlucken und tief Luft holen, bevor sie sich wieder unter Kontrolle hat.

Inspecteur De Winter hat das Aufnahmegerät angehalten und holt zum Glück etwas zu trinken. Ihre Kehle ist wirklich so trocken, als sei ihr etwas im Hals stecken geblieben.

Sobald Inspecteur De Winter das Glas vor sie hinstellt, trinkt sie einen Schluck. Sie hofft, dass das Verhör bald zu Ende ist. Bezeichnet man so etwas überhaupt als Verhör? Nein, beruhigt sie sich, sie ist hier, weil sie bereit ist, zu helfen, gleich darf sie wieder weg. Sie überlegt, weiterzulaufen. Dabei kann sie ihre Probleme vergessen, wenn auch nur vorübergehend.

Sie sehnt sich nach der damit einhergehenden Erschöpfung, danach, keine Energie mehr fürs Denken übrig zu haben. Beeil dich mit deinen Fragen, verdammt noch mal!

»Im Krankenhaus habe ich erfahren, dass Ihre Station erstaunliche Ergebnisse erzielt«, sagt De Winter.

»Wir erproben gerade eine neue Therapie«, erwidert sie. »Sie besteht aus verschiedenen Behandlungsmethoden, je nachdem, was der Patient kann, in Kombination mit viel Bewegung und einer gesunden Ernährung. Eigentlich ist es ein ganz einfaches Konzept. Aber was hat das mit Julias Tod zu tun?«

»War das Ihre Idee?«

»Größtenteils ja, obwohl die einzelnen Bestandteile nicht neu sind.« Sie antwortet widerwillig, andererseits ist sie stolz auf das, was sie erreicht hat. »Das Geheimnis liegt in der individuellen Therapie in Verbindung mit der besonderen Aufmerksamkeit, die wir den Menschen schenken. Jeder Mensch ist einzigartig, und darauf stimmen wir auch unsere Behandlung ab.« Eigentlich ist das ihr Lieblingsthema, wenn auch nicht unbedingt in diesem Moment.

»Wir haben erfahren, dass zwei Ihrer Patienten gestorben sind.«

Mist. Konnte Hella mal wieder den Mund nicht halten? Darüber wollte sie eigentlich nicht reden, es ist schon schlimm genug, dass es überhaupt dazu kam.

»Frau Fierink?«

»Wir sprechen hier von Menschen über achtzig. Denen bleibt nicht mehr viel Zeit, und manche sehnen sich regelrecht nach dem Tod.«

»Woran sind die beiden Patienten gestorben?«

»Eine Frau bekam nachts einen Herzstillstand, der andere Patient ist an einer Embolie gestorben.«

Sie sieht, dass Inspecteur De Winter sie genau beobachtet. Ihre Erklärungen klingen doch logisch? Ja natürlich, die klingen sogar so überzeugend, dass man sie endlich befördern wird. Dann kriegt sie auch eine Gehaltserhöhung, die sie unabhängiger machen wird.

Als sie noch einen Schluck trinken will, zittern ihre Hände immer noch. Hoffentlich dauert es nicht mehr allzu lange.

»Was halten Sie eigentlich von Ihrem Trainer Sjors Seesink?«

Na gut, los, gib ihm den Gnadenstoß. Wie oft hast du dir gewünscht, dass ihm irgendetwas zustößt? Dieser Verrückte mit seinem Fanatismus, seiner Besessenheit, Leistung zu fordern, der nur Augen für Julias blonde Haare und langen Beine hatte! Darauf hast du doch gewartet, zahl es ihm heim, das ist deine Chance. Die Stimme in ihrem Kopf ist laut und vernehmlich, aber die Unsicherheit ist stärker.

»Ich fürchte mich manchmal vor ihm. Er kann während des Trainings wahnsinnig wütend werden, wenn wir zu viel herumalbern oder so. Oder wenn wir so tun, als ob wir ihn nicht verstehen.«

»Wie war sein Verhältnis zu Julia?«

»Er war total verrückt nach Julia, das war er schon immer.«

»Hat sie ihn oft aufgezogen? Hat sie ihn provoziert?«

»Das war Sjors egal, er hielt das für Absicht. Auf Deutsch gibt es ein schönes Sprichwort dafür: Was sich liebt, das neckt sich. Wenn Sjors ihre langen Beine sah, war es um ihn geschehen.«

Inspecteur De Winter steht auf. »Ich finde es mutig, dass Sie sich trauen, allein zu laufen, auch wenn Sie ein Handy dabeihaben. Aber vernünftig ist es nicht. Wenn wir Ihnen einen Rat geben, sollten Sie auch darauf hören.«

»Ich bin kein ängstlicher Typ, und ich kann schnell laufen«, erwidert sie.

»Ich bringe Sie nach Hause.«

Einigermaßen erstaunt über das plötzliche Ende des Verhörs, aber auch erleichtert, dass es vorbei ist, zieht sie ihre nasse Jacke an und setzt ihr Käppi auf. Sie kontrolliert ihre Schnürsenkel und zieht die Socken hoch.

Inspecteur De Winter sieht sich in ihrem Wohnzimmer um. Ihr Blick bleibt erneut am Bücherschrank hängen. Warum interessiert sich die Frau für dieses schäbige Möbelstück, ein

Staubfänger, über den sie sich jeden Tag ärgert? Auch Eds schwarzen Ledersessel würde sie am liebsten sofort zum Sperrmüll stellen. Ein schiefes, verschlissenes Ungetüm, von dem er sich nicht trennen will, weil er es sich abends mit seinem fetten Schmerbauch darin gemütlich macht. Sie müsste ihn mitsamt dem Sessel zum Sperrmüll stellen. Schaut die De Winter, ob irgendetwas anders ist?

»Woran ist Ihre Mutter gestorben?«

»An einem Herzinfarkt.«

Inspecteur De Winter nickt ihr verständnisvoll zu, zumindest interpretiert sie das so. Das tut ihr gut. Bei den meisten Leuten braucht sie erst gar nicht von ihrer Mutter anfangen, selbst ihre Freundinnen haben keine Geduld, wenn sie etwas erzählen will. Das ist verständlich, aber nicht sehr einfühlsam. Freundinnen? Es war einmal. Jetzt heißt es Freundin, Einzahl, wenn überhaupt.

»Hatten Sie ein gutes Verhältnis zu Ihrer Mutter?«

»Manchmal ja, manchmal nein, wie so viele Töchter zu ihren Müttern.« Sie fragt sich, ob die De Winter wohl merkt, dass ihr Lächeln gezwungen ist.

»Sind Sie früher an der Spitze mitgelaufen? Ich muss gestehen, dass mir Ihr Name kein Begriff war, aber wie ich sehe, sind Sie früher hervorragende Zeiten gelaufen.«

»Ich war die ewige Zweite. Vielleicht war ich auch einfach zu zögerlich.«

»Warum?«

»Meine Mutter hatte Angst vor dem Autofahren, deshalb konnte ich nur an Wettkämpfen in der Nachbarschaft teilnehmen.«

»Und Ihr Vater?«

»Der hatte nie Zeit. Wenn ich laufen will, kann ich auch abends die Kühe von der Weide holen, hat er immer gesagt.«

»Und später, als Sie selbst Auto fahren konnten?«

»Als Sjors zum Verein kam, hoffte ich, dass er mein Talent erkennen würde, obwohl ich schon fast zwanzig war. Aber ich glaube, er fand mich einfach nicht gut genug. Wer weiß, vielleicht hatte er sogar recht. Und kurz darauf wurde ich schwanger.« Die letzten Worte klingen ziemlich verbittert, und das merkt sie auch.

Das Handy von Inspecteur De Winter klingelt. Sofort sieht sie, wie sich der Blick der Frau verdüstert.

»Ich ruf zurück«, sagt die De Winter. Mehr nicht. An ihrem besorgten Gesicht sieht sie, dass es bei dem Anruf nicht um einen Falschparker ging.

»Wissen Sie, ob Ihre Freundin auch laufen gegangen ist?«

Sie schüttelt den Kopf.

»Warum sind Sie nicht zusammen laufen gegangen?«, seufzt Inspecteur De Winter.

Wie eine Frage klingt das nicht.

Die De Winter steht auf. Sie scheint es eilig zu haben, und Corry Fierink erhebt sich ebenfalls, erleichtert aufatmend. Anscheinend hat sie das Verhör gut über die Bühne gekriegt. Sie merkt, dass sie rot wird, doch zum Glück hat Inspecteur De Winter soeben den Raum verlassen.

40

Hanne te Brake ist laufen gegangen, aber noch nicht wieder zu Hause. Herr Bleumink klang besorgt, sagt Wagener. Kein Wunder! Was sind das nur für Sturköpfe! Den Gedanken, dass sie sich auch keine Angst einjagen lassen würde, verdrängt sie sofort. Die Damen wurden von der Polizei gewarnt, und das ist etwas ganz anderes, als Drohungen nicht nachzugeben. Sie ist für so etwas ausgebildet, und wenn sie jedes Mal zu Hause bleiben würde, wenn ein Verdächtiger sie beschimpft, kann sie gleich einpacken.

Nelleke hatte bei Corrys Verhör kurz den Eindruck, die einzelnen Teile könnten sich langsam zu einem Puzzle fügen, aber jetzt bezweifelt sie das schon wieder. Sie braucht Zeit. Zeit, zu lesen, den Dingen nachzugehen, die einzelnen Fäden miteinander zu verbinden.

Sie tritt aufs Gaspedal, während sie das Gespräch mit Corry Fierink noch einmal Revue passieren lässt. Eine sensible, komplexe Frau. Zu stolz, sich ihren Schmerz anmerken zu lassen, aber als sich Nelleke nach ihrer Mutter erkundigte, glaubte sie etwas davon zu spüren. Diese Frau, die gern eine wirklich gute Läuferin geworden wäre, verbirgt etwas.

Die Tür zur Druckerei geht auf, noch bevor sie geklingelt hat.

»Ich mache mir ernsthaft Sorgen«, sagt Bleumink, während er ihr die Hand gibt. »Sie geht am Freitagnachmittag immer eine bis anderthalb Stunden laufen, und jetzt ist sie immer noch nicht zurück. Wir wollten uns die Umsätze dieser Woche ansehen, und es ist noch nie vorgekommen, dass sie einfach wegbleibt. Sie hat erzählt, dass Sie sie gewarnt haben, aber diese Warnung hat sie meiner Meinung nach nicht sehr ernst genommen.«

Sie fragt den Mitarbeiter, wann seine Chefin gegangen ist.

»Kurz vor drei«, sagt er. »Kurz darauf bekam ich eine E-Mail. Ich habe gerade nachgesehen, sie ist von 14 Uhr 58.«

»Läuft Hanne eine bestimmte Strecke?«

»Keine Ahnung.«

»Herr Bleumink, ich habe Streifenbeamte zur Verstärkung angefordert, die jeden Moment hier sein müssen. Würden Sie ihnen die Strecken erklären? Ich möchte gern, dass Sie hier bleiben, für den Fall, dass sie anruft. Würden Sie meinen Kollegen auch ihre Privatnummer und ihre Handynummer geben? Wenn Sie mich brauchen, erreichen Sie mich auf dem Revier in Lichtenvoorde, einverstanden?«

»Ich bin froh, dass Sie meine Meldung ernst nehmen«, sagt der Mann. »Dauert es normalerweise nicht vierundzwanzig Stunden, bis die Polizei aktiv wird?«

»Das hängt ganz von den Umständen ab.«

Sie ruft Simmelinck an und befiehlt ihm, einem Kollegen aus Doetinchem vorläufig das Kommando in der Druckerei zu übertragen. »Sorg auch dafür, dass jemand bei ihr zu Hause ist. Vielleicht weiß der Onkel was, eventuell ruft sie ihn an. Und schick so schnell wie möglich jemanden zu Sjors Seesink.« Sicher ist sicher. *Better safe than sorry*, würde Wagener es formulieren. Sie will gar nicht daran denken, dass sich ihr Horrorszenario bewahrheiten könnte, und findet Bleuminks Sorge kein bisschen übertrieben. »Und frag Corry Fierink nach den Strecken, die sie regelmäßig laufen.«

In ihrem Büro lässt sie sich mit einem lauten Seufzer in ihren Stuhl fallen und bemerkt erstaunt, wie spät es ist. Sie muss dringend etwas essen. In ihrer Tasche findet sie nur noch einen Müsliriegel. Gelbe Haftnotizen kleben an ihrem Bildschirm, nichts, was sie sofort in Angriff nehmen müsste. Sie überfliegt eine Liste der Spurensicherung, die ihr jemand auf den Schreibtisch gelegt hat. Es geht um die Fingerabdrücke in Zuidemas Wohnung. Sie sieht, dass Corry Fierink die Wahrheit gesagt hat, ihre Abdrücke wurden auf der CD gefunden.

Sie greift nach den Autoschlüsseln, in ihrem Handschuhfach liegt bestimmt noch etwas Essbares. Kurz bevor sie den Flur betritt, hört sie Markants Stimme, und ehe sie begreift, was geschieht, baut er sich arrogant vor ihr auf.

»Ich habe Cornelissen hier gesehen. Kannst du mir erklären, was das soll?«

Seine Miene verheißt nichts Gutes, und sie versucht ihre Unsicherheit mit betonter Lässigkeit zu überspielen. »Mir fehlt es an Personal, und ich kann bei Büroarbeit nichts Problematisches erkennen.«

Der Commissaris nimmt sich einen Stuhl und schiebt ihn zu ihrem Schreibtisch. Als er sich setzt, befindet sich sein Gesicht direkt vor ihrem. Jetzt muss er ihre Unsicherheit zwangsläufig bemerken.

Seine Stimme klingt sanft, vertraulich. »Wenn du dich nicht querstellen würdest, De Winter, wäre das nicht nur für uns, sondern auch für dich von Vorteil.«

»Mich nicht querstellen bedeutet anscheinend, einen Kollegen rausschmeißen?«

»Ich werde das nach diesem Gespräch natürlich abstreiten, aber so ist es nun mal.«

»Ich habe bisher nichts Offizielles gesehen, und gemäß den Richtlinien untersteht Cornelissen bis zu einer anderslautenden Anordnung meiner Verantwortung.«

»Sei doch nicht so stur, De Winter. Das bringt dir nur Nachteile, ich warne dich.« Markant springt auf. »Ihr habt doch jetzt Teambesprechung?«

Sie nickt schweigend. Nicht nur für uns von Vorteil? Wen meint er damit? Sich und Nummerdor?

»Gut. Ich brauche einen Kaffee. Wie ich höre, wurde jemand als vermisst gemeldet? Du schickst doch hoffentlich keinen Suchtrupp los, nur wegen einer Frau, die zu stur ist, eine Warnung ernst zu nehmen?«

Scheinbar ungerührt erwidert sie nur, dass er ihr freie Hand gelassen habe, und sie wolle lieber auf Nummer sicher gehen. Innerlich kocht sie, aber ihre Intuition sagt ihr, dass sie sich beherrschen muss. Erst nachdenken und dann reden oder handeln und auf keinen Fall zugeben, dass sie vor Kurzem auch noch so gedacht hat wie ihr Chef. »Wir müssen uns mit diesem Fall beeilen, und ich will einen Täter.«

»Ganz meine Meinung, De Winter.«

Cornelissen reißt einen Witz, und sie sieht, wie Markant ihn schräg von der Seite ansieht. Merkt der Commissaris, wie schlecht der Beamte aussieht, auch wenn er versucht, das durch sein rebellisches Benehmen zu überspielen? Sein Blick ist stumpf, und seine Kleidung sieht aus, als habe er sie schon seit Tagen nicht mehr gewechselt. Er spielt mit einer Zigarette und scheint sich des Mordfalls kaum bewusst zu sein, geschweige denn der Diskussionen, die um ihn entbrannt sind.

Im Schnelldurchgang besprechen sie den Stand der Dinge. Sie sieht, wie Simmelinck mehrmals unruhig zu Cornelissen hinüberschaut.

»Der Pokal passt einfach nicht ins Bild«, sagt sie. Das blinkende Mistding hat sie von Anfang an gestört, und sie ist neugierig, ob das einer ihrer Kollegen anders sieht. »Wer klaut schon so was? Das ist nicht nur unpraktisch, sondern auch völlig unlogisch.«

»Würdest du noch logisch denken, nachdem du gerade jemandem den Schädel eingeschlagen hast?«, argumentiert Simmelinck.

Daran hat sie auch schon gedacht, genauso wie an die Möglichkeit, dass der Täter ihn mitnahm, um bewusst Verwirrung zu stiften.

»Konntet ihr Schallmanns Alibi überprüfen?«, fragt sie.

»Gut, dass du das sagst.« Wagener blättert hastig in einem Stapel Unterlagen. »Der Deutsche hat gelogen.«

Das überrascht sie nicht, ihr Eindruck, dass er ihnen nicht alles erzählt hat, stimmt also.

»Er hat am Dienstagnachmittag getankt, in Bocholt«, erklärt ihr Assistent. »Gegen drei wurde der Betrag von seinem Konto abgebucht. Hier ist der Beweis.«

»Kann es sein, dass jemand seinen Wagen samt Fahrzeugschein benutzt hat?«, fragt Simmelinck.

»Das ist mehr als unwahrscheinlich«, sagt sie. »Fordre zur Sicherheit die Videoaufnahmen von der Tankstelle an.«

Der Faden passt zum Netz, das sich langsam in ihrem Kopf schließt, auch wenn es bisher nur auf Vermutungen beruht. Sie braucht Gewissheit, Beweise.

»Sollen wir Schallmann verhaften lassen?«

Sie schüttelt den Kopf. »Erst überprüfen wir die Videoaufnahmen. Könnt ihr unsere deutschen Kollegen fragen, wo er im Moment steckt?«

Simmelinck sagt, dass er sich die Buchhaltung der Druckerei De Haas angesehen hat. Er kam dabei zu dem Schluss, dass sie in Ordnung ist, allerdings dank einer Finanzspritze. Das Gebäude wurde letztes Jahr an einen Immobilienentwickler verkauft.

»Hanne te Brake hat also auch ein Motiv. Sie hätte den Etikettenauftrag gut gebrauchen können«, schlussfolgert Wagener.

»Genau, wie ich vermutet habe«, sagt Simmelinck.

»Lass die Zahlen von unseren Finanzexperten kontrollieren, einverstanden?«

Das Team spricht über andere Zeugen, Bekannte und Freunde von Julia Zuidema, und stellt fest, dass es außer Hein Zuidema, Sjors Seesink, Hans-Jürgen Schallmann und den beiden Freundinnen von Julia Zuidema keine weiteren Verdächtigen gibt. Drei Kollegen vom Revier haben in den letzten Tagen Aussagen von beinahe fünfzig Männern und Frauen durchgearbeitet, alles Freunde, Verwandte oder Bekannte von Julia Zuidema. Entweder sie haben ein Alibi oder keinerlei Motiv, dem man nachgehen müsste.

»Nur die hier haben kein schlüssiges Alibi, aber dafür ein Motiv. Außer Corry vielleicht, denn bei ihr konnten wir kein echtes Motiv finden. Wenn, war sie höchstens eifersüchtig auf Julias geliftete Augen und auf ihren Sieg bei dem Wettkampf am letzten Sonntag.«

»Es wurde schon aus geringfügigeren Anlässen gemordet«, brummt Cornelissen.

»Der Psychopath?«, überlegt Simmelinck laut. »Er kann die Freundinnen schon seit Wochen beobachtet und sich jetzt Hanne als zweites Opfer gekrallt haben. Zu diesem Profil passt auch das Foto.«

»Schickt so ein Idiot das dann an die Polizei?«, fragt Wagener.

»Ja, um Aufmerksamkeit zu erregen, eine Visitenkarte zu hinterlassen. Der Täter ist stolz auf seine Tat. Heijnen bestätigt das in seinem Bericht«, sagt sie.

Der Polizeipsychologe Heijnen hat ein Täterprofil erstellt. Sie hat es sich angesehen und fasst es auf Markants Bitte hin kurz zusammen. Laut Heijnen ist der Mörder ein Bekannter, wenn man davon ausgeht, dass das mit der Injektion geplant war, was sehr wahrscheinlich ist. Der Täter muss die Spritze mitgebracht haben, als er zu Julia ging, und die Wahrscheinlichkeit ist groß, dass das Ketamin am Sonntag eigens für diesen Mord aus der Praxis gestohlen wurde.

Außerdem hat den Täter irgendetwas wütend gemacht. Dafür macht Heijnen das Scheitern des Mordversuchs mit der Spritze verantwortlich. Oder aber das Opfer hat noch etwas gesagt, während der Mörder darauf wartete, dass das Mittel seine Wirkung tat. Auf jeden Fall wurde der Täter so wütend, dass er oder sie Dinge zertrümmert hat. Auch das weist, neben der Verwendung einer Spritze, darauf hin, dass das Opfer den Täter kannte.

Der Commissaris streicht über seine Bartstoppeln. »Das ist doch alles Küchenpsychologie. Aber in einem hat er recht: Der Täter ist ein Bekannter, Zuidema ist euer Mann. Er kommt an Ketamin, das Alibi war falsch, seine Fingerabdrücke sind auf der Tatwaffe, und dank des Todes seiner Frau kassiert er eine halbe Million. Auf was wartet ihr noch?«

Sie erklärt Markant, dass sie aufgrund ihrer Gespräche mit Zuidema nicht an dessen Schuld glaubt. Doch selbst Simmelinck glaubt ihr nicht. Das spricht er zwar nicht aus, aber sie sieht es in seinen Augen. Liegt sie mit ihrer Einschätzung etwa so weit daneben?

»Das kann ja sein, De Winter, aber es geht hier um Beweise. Wenn du uns nicht heute noch etwas Besseres bringst, verhaftest du Zuidema, verstanden?« Markant erhebt sich, trinkt einen Schluck Kaffee und verschwindet wortlos.

»Hauptsache, der Fall ist gelöst«, meint Cornelissen.

»Wir konzentrieren uns auf diese fünf«, sagt sie, während sie die Namen an der Tafel unterstreicht.

»Du wolltest mehr über die Vergangenheit der beiden Frauen wissen«, sagt ihr Assistent. »Noch habe ich nichts Verdächtiges gefunden. Ich hab mit Verwandten und Bekannten der Damen gesprochen. Vorbildliche Lebensläufe, außer man empfindet es als Verbrechen, dass Hanne te Brake drei Anläufe gebraucht hat, um den Freischwimmer zu machen.«

Sie ruft ihnen wieder in Erinnerung, dass Hanne te Brake vermisst wird. »Das hat jetzt oberste Priorität. Han, würdest du so schnell wie möglich das Kommando übernehmen? Alles andere kann warten. Und ruf mich sofort an, wenn du etwas hörst. Du lässt doch Sjors Seesink überwachen? Ich will wissen, was der heute Nachmittag getrieben hat und wo er jetzt steckt.«

»Ich habe ihn ein paarmal auf dem Handy angerufen, aber das ist nicht eingeschaltet.«

»Und Zuidema? Wo war der in den letzten Stunden?«

Als sie den Besprechungsraum verlassen, folgt ihr Simmelinck. »Fährst du jetzt zu deiner Mutter? Ich habe hier alles unter Kontrolle und rufe dich an, wenn etwas ist.«

»Du bist ein Schatz.«

»Merk dir das für die nächste Beförderung«, erwidert der Beamte gefasst. »Inspecteur klingt deutlich besser als Brigadier.«

»Und der Gehaltszettel ist auch schöner. Das Einkaufen in der Königsallee kostet Geld, stimmt's, Han?«, neckt sie ihn. »Hast du eigentlich schon einen Bericht über Cornelissen zu Gesicht bekommen?«

»Ich habe mich auf deinen Wunsch hin bei den Leuten erkundigt. Die waren eigentlich ziemlich freundlich und fanden eine Anzeige nicht unbedingt notwendig. Aber der diensthabende Beamte habe ihnen gesagt, dass man alle Unregelmäßigkeiten schriftlich brauche. Er hätte irgendwas von Normen und Werten geredet, und dann hätten sie eingewilligt.«

»Die Anzeige selbst hast du nicht?«

»Nein, die da oben wollen anscheinend nichts rausrücken. Was sagst du dazu?«

»Da ist was faul.«

Der Beamte ermahnt sie, sich die Sache nicht auch noch aufzuladen. Er hat recht, sie braucht eine Pause. Rasch ins Krankenhaus, in der Zwischenzeit kann sie sich alles noch mal durch den Kopf gehen lassen. Sie schickt schnell noch eine E-Mail an Markant, mit der dringenden Bitte, ihr den Bericht über Cornelissen zukommen zu lassen, und greift nach ihrer Handtasche.

Im Flur begegnet sie Cornelissen.

Der Beamte brummt einen undeutlichen Gruß und fischt eine Zigarette aus seinem schmuddeligen Oberhemd.

»Nicht hier, Ton, das weißt du ganz genau. Wenn du nichts sagst und zu stur bist, um dich zu entschuldigen, hast du hier nichts verloren.«

Sie wartet seine Antwort gar nicht erst ab und zweifelt daran, ob es richtig war, ihre Position in die Waagschale zu werfen, einem Mann zuliebe, der den Dienst allem Anschein nach sowieso quittieren will.

41

Es herrscht kaum Verkehr, und sie gibt Gas. Sie kann es kaum erwarten, mit Jaap über Suzan zu reden, bei all der Hektik vergisst sie beinahe, dass sie unter Umständen eine wichtige Entdeckung gemacht hat. Sie würde gern Hoofdcommissaris Nummerdor um Rat fragen, ob sie diese alte Wunde wirklich wieder aufreißen soll, verwirft diese Idee jedoch, weil sie an seiner Loyalität zweifelt. Irgendwo in ihr schlummert die Angst, dass sie bloß einer Illusion nachjagt, der Illusion, dass ihr kleines Mädchen noch irgendwo quicklebendig herumläuft. Kleines Mädchen? Vergiss es, flüstert sie vor sich hin. Suzan wäre jetzt 24 geworden. Es ist noch keine drei Wochen her, dass sie jede Menge Kerzen für sie angezündet und mit Jaap, Pim und Simone Erinnerungen an die Zeit heraufbeschworen hat, die im Nachhinein die drei glücklichsten oder zumindest sorglosesten Jahre ihres Lebens waren. Die Jahre mit Suzan, bevor sie verschwand. Mehr als zwanzig Jahre hat sie inzwischen verpasst. Somit stellt sich die Frage, ob sie, falls Suzan tatsächlich noch lebt, überhaupt noch die Chance auf eine Mutter-Tochter- oder sonst eine Beziehung hat. Ob es Evelien genauso geht? Vielleicht ist es für sie noch schlimmer, weil es damals ihre eigene Entscheidung war?

Und dann fasst sie einen Entschluss.

Sie schüttelt ihre blöde Angst ab, sie macht sich frei davon. An Veronie, ihrer Halbschwester, hat sie gesehen, wie schnell das Leben vorbei sein kann. Brustkrebs hatte die Diagnose gelautet, und keine sechs Monate später war sie tot. Wenn sie ehrlich ist, bereut sie es immer mehr, dass sie Veronie nie besser kennenlernen wollte. Ihre Mutter hat recht, das Leben ist zu kurz und zu kostbar für negative Gedanken. Sie macht Nägel mit Köpfen und greift zum Hörer.

»Ich dachte, wir wollten morgen reden?« Eveliens Stimme klingt unsicher.

»Das tun wir auch«, sagt sie und spürt plötzlich einen Kloß im Hals. Die Worte wollen ihr einfach nicht über die Lippen kommen, und ihre Stimme bricht. »Ich, äh, ich wollte nur kurz nachfragen, ob du noch an unsere Verabredung denkst.«

»Aber natürlich. Um sieben bin ich bei euch.«

»Ich freue mich, dass du kommst.«

Als sie das Telefonat beendet, merkt sie, dass sie Tränen in den Augen hat, aber nicht, weil sie traurig ist. Es ist nur so, als würde diese Leere ein Stück weit aufgefüllt, indem sie Dinge ausspricht, die sie sich bisher nie zu äußern wagte. Sie ist sich sicher, dass diese Veränderung auch Evelien nicht entgangen ist.

Sie will nachdenken, sie muss nachdenken. Was ist mit Hanne te Brake los? Wo steckt sie? Auch wenn Simmelinck alles unter Kontrolle hat, fällt es ihr schwer, nicht dabei zu sein. Sie gehört aufs Revier oder in die Druckerei.

In der Tür zur Intensivstation erschrickt sie. Angeblich ging es ihr doch besser? Am Bett ihrer Mutter herrscht viel Betrieb. Drei, vier Ärzte und eine Krankenschwester sind schwer beschäftigt, einer der Ärzte reanimiert. Sie spürt, wie ihr schwindelig wird, dann wird es schwarz vor ihren Augen.

Sie sieht verschwommene Bilder. Mit der Zeit erkennt sie ein strahlendes Gesicht, einen rosa Fleck inmitten blonder Locken. Ein zierliches kleines Wesen in einem Kleidchen, fröhlich kreischend auf einer Rutsche. Draußen war es kalt, aber dort, in der überdachten Passage, war es warm. Noch einmal, noch einmal! Geh nur, ich habe noch Kaffee. Dann gar nichts mehr. Der Geruch ist geblieben, der Geruch des Stoffkaninchens. Suzan würde niemals ohne das Kaninchen weggehen, sie hört, wie sie das voller Überzeugung mehreren beunruhigenden Personen in blauen Uniformen sagt. Gleich kommt sie zurück, froh und munter, und will wissen, warum sich Mama mit Fremden unterhält. Nein, natürlich kann sie nicht mit nach Hause, mit aufs Revier, nein, sie muss hier warten, bis ihr Mädchen zurückkommt. Ihr Kopf dröhnt, sie kann nicht denken, sie bekommt etwas, sie wird ruhiger. Etwas Kaltes berührt ihre Stirn.

Sie fühlt etwas Nasses auf ihrem Kopf, etwas Kühles. Langsam verschwinden die Schlieren vor ihren Augen und sie erkennt eine Schwester, die sie freundlich ansieht, während sie ihren Puls fühlt. Sie sieht sich überrascht um und merkt, dass sie in einem Krankenhausbett liegt.

»Nur zur Sicherheit, Frau De Winter, Sie haben kurz das Bewusstsein verloren«, sagt die Schwester. »Machen Sie sich keine Sorgen.«

Plötzlich fällt ihr wieder ein, warum sie in Ohnmacht gefallen ist. »Meine Mutter ...«

»Die ist nicht mehr auf der Intensivstation und freut sich, wenn Sie gleich noch mal bei ihr vorbeischauen. Wir werden sie operieren.«

Ein Seufzer der Erleichterung entweicht ihr, es geht ihr also besser. Gleichzeitig spürt sie eine wachsende Unruhe, man wird sie operieren. Als sie sich aufsetzen will, wird sie von der Schwester daran gehindert. »Bleiben Sie noch ein paar Minuten ruhig liegen. Haben Sie heute schon etwas gegessen?«

»Nicht genug«, sagt sie, dabei ist das noch stark untertrieben. »Fast nichts« hätte sie eigentlich antworten müssen. Heute Morgen wog sie 53,1 Kilo, schießt es ihr durch den Kopf. Du dumme Kuh, und du willst einen Marathon laufen? Jaap darf nichts davon erfahren.

»Dann hole ich Ihnen ein Brot und etwas zu trinken. Einen Moment, bitte.«

Als sie auf dem Hocker neben dem Bett ihrer Mutter sitzt, kann sie schon wieder darüber lachen.

Ihre Mutter kann das nicht. »Du machst dir viel zu viel Stress«, sagt sie tadelnd.

»Und du bist auch wieder ganz die Alte«, sagt sie, wobei sie spürt, dass ihr Adrenalinpegel ansteigt. Oder ist das die Erleichterung, die sie auch vorhin spürte, gemischt mit Freude? Als sie hustet, reicht sie ihr einen Becher mit Wasser und hilft ihr beim Trinken.

»Hast du schon mit Evelien gesprochen?« Die Stimme klingt leise.

»Morgen kommt sie zu uns«, erwidert sie.

»Gut so. Das Leben ist wirklich zu kurz, um so etwas auf die lange Bank zu schieben.«

»Ich weiß. Du musst noch lange bei uns bleiben, versprochen, Mam? Ich bin noch nicht alt genug, um auf mich selbst aufzupassen«, bemerkt sie grinsend.

»Was du nicht sagst«, lautet die gefasste Antwort ihrer Mutter. »Weißt du was? Wenn mit der Operation alles gut geht, darf ich schon morgen auf die Reha-Station.«

Zu Hause findet sie eine enttäuschte und schmollende Emma vor, weil sie den Stadtbummel abgesagt hat. Mehrere Versuche, das Mädchen zu trösten, scheitern. Jaap ist mit Josien Pizza holen gegangen, und es ist still im Haus. Auf einmal spürt sie, wie müde sie ist. Sie würde gern laufen gehen, um wieder

Energie zu tanken. Daya rollt ihr begeistert einen Ball vor die Füße. O nein, jetzt nicht! Sie streichelt das warme Tier.

Was macht sie hier eigentlich?

Sie läuft nach oben. In ihrem kleinen Arbeitszimmer im ersten Stock starrt sie auf ihren vollen Schrank. Die Arbeit der letzten Jahre, verstaut hinter einer Wand aus Milchglas. Lauter Kopien von Akten mit aufgeklärten Fällen, in denen sie noch manchmal etwas nachschaut. Einige unaufgeklärte Fälle, die sie sich manchmal wieder vornimmt. Sie blättert in einem der Ordner von Suzans Fall und legt ihn frustriert beiseite.

Sie muss sich auf die vermisste Läuferin konzentrieren, auf nichts anderes. Daya kommt hereingeschlichen. Sie sieht die Hündin erst, als sie ein Blatt Papier aus dem Papierkorb zerrt und sich hingebungsvoll als Schreddermaschine betätigt. Die Kleine schafft es doch tatsächlich, ihr wieder ein Lächeln ins Gesicht zu zaubern. Sie denkt nach, lässt die Fakten Revue passieren. Die Bilder von Julia Zuidema spuken ihr im Kopf herum, genauso wie die Injektion, die ihr den sicheren Tod brachte. Sie macht ihren Mac an, loggt sich auf der höchsten Sicherheitsstufe ein, fordert Informationen über die Familie von Hanne te Brake an und streichelt Daya, die sich auf ihrem Schoß zusammenrollt.

Ihr Handy klingelt, Simmelinck.

Keine Neuigkeiten.

Er weiß nicht, wo er noch suchen soll, sie haben die ganze Umgebung durchkämmt, und auch der Onkel hat keine Ahnung, wo sie stecken könnte, wenn sie nicht in der Druckerei ist. Sie gibt den Befehl, die Suche auszuweiten. Weitersuchen!

Ihre Angst, es könnte heute Abend noch ein zweites Opfer geben, wird größer.

Wieder vertieft sie sich in die Berichte und sucht im digitalen Polizeiarchiv nach Informationen. Wagener hat sein Bestes getan, aber nichts Besonderes gefunden. Vielleicht sollte sie sich lieber hinlegen und in Ruhe überlegen. Ihr ganzer Körper schreit nach Ruhe, sie muss verrückt sein, laufen gehen zu wollen. Schlafen wäre da viel vernünftiger. Aber insgeheim ist sie sich sicher, dass sie irgendwas übersehen hat. Einen Hinweis, etwas, das ihr weiterhilft.

Tief in ihrem Innern hat sie auch Angst, dass Hanne te Brake etwas Furchtbares zugestoßen ist. Wie kann sie sich in so einem Moment hinlegen?

Sie muss etwas tun, will hier nicht abwarten. Sie könnte den Gedanken verdrängen, sich einreden, dass sie und die Welt quitt sind, aber es ist nun mal eine Tatsache, dass die Besitzerin der Druckerei von Groenlo vermisst wird.

Das ist wirklich ein Schuss vor den Bug. Im Regal entdeckt sie den Ordner zu einem Fall, der sich vor etwa drei Jahren zugetragen hat. Ein Serienmörder aus Friesland hatte jedes seiner Opfer mit ihrer jeweils größten Angst konfrontiert. Eine Frau wurde in einem kleinen Zimmer mit mehreren Schwarzen Witwen eingeschlossen und bekam vor lauter Angst einen Herzinfarkt. Sie hat sich schon mehrmals gefragt, ob sie in dieser Richtung weiterermitteln sollte. Vielleicht muss sie herausfinden, was Hanne so sehr fürchtet wie Julia die Spritzen. Gleichzeitig fragt sie sich, warum der Täter ihr die dann in den Hintern gegeben hat, sodass Julia gar nichts davon mitbekam und kaum mit ihrer Angst konfrontiert wurde. Ging es dem Täter nur um das Endergebnis? Angenommen, Heijnen hat recht. Sie weiß, was für einen ausgezeichneten Ruf er hat, und neigt dazu, ihm zu glauben. Angenommen, der Psychologe hat recht, und der Täter ist ein Bekannter der Freundinnen. Es könnte der Trainer sein, Zuidema oder vielleicht dieser Schallmann, der die drei auch schon eine Weile kennt. Ein Bekannter, der die Frauen in Panik versetzen will, indem er sie mit ihrer größten Angst konfrontiert. Wageners Worte über Hanne fallen ihr wieder ein. Sie hat drei Anläufe gebraucht, den Freischwimmer zu machen. Das klingt nicht gerade nach einer sensationellen Nachricht, trotzdem …

»Ja, De Haas am Apparat?«

Die Stimme klingt zerbrechlich.

»Herr De Haas, Sie sprechen mit Frau Inspecteur De Winter. Das klingt jetzt vielleicht merkwürdig, aber wissen Sie, ob Hanne vor irgendetwas Angst hat? Höhenangst, Angst vor Spinnen oder so etwas?«

Sie will ihn nicht unnötig beunruhigen und erzählt bewusst nichts von Julias Angst vor Spritzen und auch nicht von ihren Gedanken zu Hanne, die Verbindung wird der Mann ohnehin sicher selbst herstellen.

Am anderen Ende der Leitung herrscht Schweigen, dann hört sie erneut seine Stimme. »Hanne hat eine Heidenangst vor dem Ertrinken.«

Ihr Herz beginnt zu rasen. »Und wissen Sie auch, warum?«

»Hannes Opa ist ertrunken, der Vater ihres Vaters, Jan te Brake. Sie war damals zwei oder drei Jahre alt, war aber dabei, als es passiert ist.«

Sie spürt, wie ihr Herz noch mehr rast. »Ertrunken? Wo?«

»In einer Jauchegrube. Davon erzählt man sich auf Geburtstagen manchmal noch heute. Dann wird darüber spekuliert, ob es wirklich ein Unfall war. Aber Genaueres kann ich Ihnen auch nicht sagen.«

»Ich würde gern wissen, wo das passiert ist.«

»Ich kenne jemanden, der Ihnen alles darüber erzählen kann«, sagt De Haas dann zu ihrer großen Überraschung.

»Und zwar?«

»Gradus Arink, aus der Kerkstraat in Groenlo. Jeder hier kennt Gradus, Opa Arink heißt er hier. Er hat früher bei der Gemeinde gearbeitet.«

»Danke. Sobald wir etwas Neues wissen, melde ich mich.«

Jaap ist noch nicht wieder da, und sie hinterlässt ihm eine Nachricht. »Groenlo. Dringende Ermittlungen.« Dann ist sie auch schon wieder weg. Sei's drum, dann hätte er eben eine brave Hausfrau heiraten müssen. Manchmal wünscht er sich das bestimmt.

42

Die Notenboomstraat. Hier wohnt Hanne te Brake mit ihrem Onkel. Eine Straße mit historischem Flair dank der Kinder, stattlicher Bäume und der alten Häuser. Nelleke ist fast in der Kerkstraat. Vor dem Fenster des Hauses, zu dem sie will, hängt eine alt aussehende kitschige Raffgardine. In der Mitte der Fensterbank steht eine ziemlich verwelkte Geranie, und kurz sieht sie das Bild eines hilfsbedürftigen alten Mannes vor sich, der immer mehr dahinschwindet. Doch sie scheint sich getäuscht zu haben, denn kurz darauf sitzt sie mit einem hellwachen Neunziger zusammen, der sich und ihr einen Schnaps einschenkt, während er fröhlich aus seinem Alltag plaudert. Er erzählt vom Briefmarkensammlerverein, der Kirche und der Stammkneipe, in die er mit seinem Nachbarn zum Billardspielen geht. »Zwei Schnäpse am Tag, da bleibt man gesund. Das ist viel besser als all das Herumgehopse in den Sporthallen mit diesen verrückten Geräten, glauben Sie mir.«

Er prostet ihr zu und kippt den Schnaps auf einmal hinunter. »Der erste muss richtig knallen.«

Sie kann nicht ablehnen, das geht nicht, aber dafür gibt sie nur vor, zu trinken. Als sich der alte Mann den zweiten Schnaps einschenkt, gießt sie den Inhalt ihres Glases schnell in den Blumentopf und überlegt, ob es der Geranie dadurch anschließend besser gehen wird oder eher nicht.

»Also, junge Frau, schießen Sie los. Sie sind von der Polizei, sagten Sie? Wollen Sie mir einen Bußgeldbescheid verpassen, weil ich immer noch nicht tot bin?«

»Sie dürfen mich ruhig Opa Arink nennen, so nennt mich jeder hier«, hat der Mann gesagt, als sie hereinkam. Sie hat seinen Namen schon mal gehört, im Zusammenhang mit Geschichten von früher, aber begegnet ist sie ihm noch nie. Er hat zahllose Falten im Gesicht, aber wenn er lacht, so wie jetzt über seinen eigenen Witz, wirkt er wie ein Lausbub. Er spricht den unverfälschten, breiten Dialekt der Achterhoek, zum Glück redet er langsam.

»Eine Frau wird vermisst, und ich dachte, Sie könnten mir vielleicht was von früher erzählen«, sagt sie.

»Von früher. Wissen Sie, es tut mir in der Seele weh, wenn ich meinen Gehwagen so durch Groenlo schiebe. Die vielen leer stehenden Häuser, und das, obwohl wir auf so eine lange Geschichte zurückblicken können! Und dann diese hässlichen, brutalen Schuhkartons an der Mattelierstraat. Zum Glück ist noch so manch Schönes erhalten geblieben, das Rathaus zum Beispiel. Aber Lichtenvoorde – meine Güte, was da in den letzten Jahren abgerissen wurde! Nichts bleibt erhalten, mit Ausnahme der alten Praxis vom Doktor. Aber wenn die da nichts dran tun, bricht die eines Tages von selbst zusammen. Die alte Karre in der Auffahrt, steht die noch immer da? Was für eine Schande.«

Der Mann kann lebhaft erzählen, aber sie ist in Eile. Erst als sich Arink den dritten Schnaps einschenkt – scheinbar nimmt es der Opa nicht so genau mit seinen zwei Schnäpsen – schafft sie es, ihre Frage loszuwerden.

»Kennen Sie die Geschichte von Jan te Brake?«

Opa Arink schüttelt nachdenklich den Kopf.

»Er soll in eine Jauchegrube gestürzt sein«, hilft sie ihm auf die Sprünge.

Sie fängt schon an zu zweifeln, ob es wirklich eine gute Idee war herzukommen, und überlegt, wie sie hier so schnell wie möglich verschwinden kann, ohne den Mann vor den Kopf zu stoßen, als bei dem »Grollenaar« ein großes Licht aufgeht. Sie sieht es an seinem Gesichtsausdruck, der verrät, wie sehr er sich freut, ihr helfen zu können.

»Mensch, Mädel, die Jauchegrube, ja, das ist keine besonders schöne Geschichte. Te Brake ist in die Jauchegrube gefallen.« Arink erzählt ihr alles bis ins Detail, wenn auch sicher stark ausgeschmückt. Trotzdem kann sie den atemberaubenden Gestank der Grube förmlich riechen, als der alte Mann erzählt, wie Hannes Opa darin ertrunken ist. »Im Dreck ersoffen.«

»Ich hab neulich gelesen, dass irgendwo in Amerika eine ganze Familie tot in einer Jauchegrube gefunden wurde. Der Vater wollte die Grube ablassen und ist an dem Methangas erstickt, das darin hing. Ein Knecht des Bauern, die Bäuerin und zwei Töchter wollten ihn retten und kamen auch darin um.«

Arink nickt. »Anfang dieses Jahres ist eine Frau in Limburg in einem Keller ertrunken. Es wurde viel darüber spekuliert, ob das wohl ein Unfall war.«

»Und bei Te Brake?«

»Da gehen die Meinungen auseinander. Es gab keinerlei Anzeichen dafür, dass er um sein Leben gekämpft hat, obwohl er ein Riesenkerl war. Komisch, nicht wahr? Er hatte Streit mit dem Nachbarn über einen Hektar Wald. Der Nachbar wurde, soweit ich weiß, zwar verhört, aber es ist nie zu einem Prozess gekommen. Zu wenige Beweise, hieß es damals. Aber die Leute fanden, dass da was faul ist, wenn Sie verstehen, was ich meine.« Er zwinkert ihr zu und kippt den Schnaps auf einmal hinunter.

»Wo wohnte Te Brake?«

»Im Slatmansweg.« Arink weiß die Hausnummer nicht mehr, aber er kann ihr genau sagen, welcher Bauernhof das ist. Sie steht auf und will gehen, aber da kennt sie Opa Arink nicht.

Der sieht sie erwartungsvoll an. »Hat das etwas mit dem Mord an der jungen Zuidema zu tun?«

»Tut mir leid, aber darüber darf ich keine Auskunft geben. Und ehrlich gesagt, wissen wir das selbst noch nicht.«

»Eine ziemliche Kratzbürste.«

»Wer, Julia Zuidema?«

»Aber klar doch. Sie ging mit meinem Enkel in eine Klasse. Und diese junge Frau Zuidema, die damals noch Reijrink hieß, würdigte unseren Jos keines Blickes. Bis er die Hauptrolle in der alljährlichen Schultheateraufführung bekam. Da umflatterte ihn Julia plötzlich wie eine Motte das Licht.« Arink beugt sich vertraulich vor. »Es gab Gerüchte, dass sie ihren Mann verlassen wollte. Er war ihr wohl nicht gut genug, obwohl er doch angeblich an wichtigen Forschungen sitzt. Wussten Sie das?« Opa Arink scheint keine Antwort zu erwarten, denn er spricht einfach weiter. »Sie hat schon damals verkündet, dass sie einmal einen Professor heiraten will, oder auf jeden Fall einen reichen Mann. Was die Liebe alles anrichtet, was? Es ist doch wirklich tragisch, dass sich ganze Familien das Leben nehmen, wegen einer Scheidung, wegen Schulden …« Der alte Mann seufzt tief. »Ich bin froh, dass ich das alles hinter mir habe, andererseits: Wenn man jung ist, sieht man das natürlich nicht so.«

Sie braucht drei Anläufe, bis sie endlich draußen ist, und selbst dann hat sie noch das Gefühl, sich nicht höflich genug verabschiedet zu haben.

Ihrem Navi nach sind es vier Minuten bis zum Slatmansweg. Doch schnelles Fahren ist auf dieser schmalen Landstraße unverantwortlich, denn sie wird zu beiden Seiten von uralten Bäumen gesäumt, die den Asphalt sprengen. Als ihr das klar wird, geht sie vom Gas.

Sie ruft Simmelinck an, erzählt ihm, dass sie zum Slatmansweg fährt und was sie dort nicht vorzufinden hofft. »Würdest du bitte Hanne te Brakes Akte mitbringen? Es geht um den Tod ihres Cousins. Steht da irgendwo, dass sie an diesem Tag mit einer Freundin gespielt hat, als sie eigentlich auf ihn aufpassen sollte?«

»Wie kommst du darauf?«

»Ich bin mir nicht sicher, aber sie ging Murmeln spielen, und das macht man doch nicht allein?« Sie biegt in den Slatmansweg ein. »Han, wir reden später weiter.«

43

Nelleke wählt die Nummer Van der Haars aus dem Adressbuch ihres Handys. Zu viele Fragen sind noch unbeantwortet, und sie vermisst seine intelligenten, scharfsinnigen Schlussfolgerungen und vor allem seine unglaubliche Erfahrung, was die Spurensicherung anbelangt.

»Ich glaube, ich bin etwas auf der Spur, aber ich kann es nicht beweisen«, erklärt sie, nachdem sie den Gerichtsmediziner gefragt hat, ob er Zeit für ihren Fall hat. Sie erzählt ihm nicht, dass seine Anwesenheit ohnehin unerlässlich ist, falls hier oder woanders noch eine zweite Leiche gefunden wird.

»In anderthalb Stunden bin ich bei dir«, sagt er. »Mein Fall hier ruht sowieso übers Wochenende, insofern wollte ich ohnehin vorbeischauen. Ich fahr gleich los.«

Sie umrundet den Bauernhof und ruft Hannes Namen. Keine Reaktion. Das macht sie unruhig, deshalb ruft sie sich mahnend ins Gedächtnis, dass sie doch noch gar nichts sicher weiß. Was bläut sie ihrem Team ständig ein? Keine vorschnellen Schlüsse ziehen. Hoffentlich bestätigt sich ihr Verdacht nicht und die Jauchegrube wurde bereits vor Jahren zugeschüttet, aus Pietät vor dem Opfer, das es vor so vielen Jahren zu beklagen gab.

Hinter dem Haus reagiert ein junger, schick gekleideter Mann in einem schwarzen Dreiteiler auf ihr Rufen. Er zuckt sichtlich zusammen, als sie sich vorstellt.

»Was sagen Sie da? Polizei?«

Kein platter Dialekt aus der Achterhoek, bemerkt sie verwundert. Der Dreiteiler hat sie auch erst mal erstaunt – als ob jeder Bauer im Overall herumlaufen müsste. So viel zum Thema voreilige Schlüsse. Sie zeigt ihren Dienstausweis und erklärt, warum sie hier ist. »Haben Sie in den letzten Stunden jemanden am Haus gesehen?«

Gert-Jan Klein Tank schüttelt den Kopf. »Mein Bruder hat heute geheiratet. Wir wollten gerade zur Feier gehen.«

»Sie waren also in den letzten Stunden nicht zu Hause?«

»Nein, nur um uns umzuziehen.«

Der Mann lässt sie herein und stellt sie seiner Frau Sanne vor, die ebenfalls festlich gekleidet ist und ein hummerrotes Kleid trägt.

Nelleke fragt den Bauern, ob seine Jauchegrube in Gebrauch ist.

»Sie wird drei viertel voll sein, schätze ich.«

Die beiden Festgäste fahren auf Nellekes Drängen hin zum Erve Kots. Auf dem Hochzeitsfest wird man zweifellos wild über »die Jauchegrubengeschichte« spekulieren, und sie ist sich sicher, dass gegen Ende des Fests von zwei Leichen die Rede sein wird, nach Kaffee und belegten Broten vielleicht sogar von dreien. Gert-Jan hat ihr den Schlüssel zur Hintertür gegeben, mit der Bitte, ihn anschließend auf den Türrahmen zu legen. Sobald das Paar verschwunden ist, zieht sie die Hintertür resolut hinter sich zu. Sie hat es plötzlich eilig, obwohl sie davon überzeugt ist, dass ihre Hilfe, wenn Hanne denn hier ist, sicherlich zu spät kommt.

Es dämmert schon. Der Himmel über den Stallgebäuden ist so dunkel wie die dunklen Mauern des Gebäudes und die schwarze Erde darum herum. Ein unheimliches Gefühl beschleicht sie. Wie sie an den Futtersilos sieht, hält er Schweine, der Gestank bestätigt ihre Vermutung. Vorsichtig, um keine Spuren zu vernichten, bahnt sie sich einen Weg zwischen den Traktorrädern und Geräten hindurch, die an der Stallwand lehnen. Ein Schubkarren, eine Schaufel, die bereits halb verrostet ist, ein Rechen ohne Griff. Der Bauer feiert wohl lieber, statt aufzuräumen. Plötzlich erschrickt sie über ein kurzes, dumpfes Geräusch. Sie dreht sich um, sieht aber nur auffliegende Vögel. Laut war es ihrem Gefühl nach nicht, aber für die Tiere war es laut genug, um erschreckt wegzufliegen, weg vom Stall. Kam das Geräusch da her? So leise wie möglich läuft sie zur Stalltür. Geübt zieht sie mit der Linken die Walther P5 aus dem Halfter. Die Tür geht mit geräuschvollem Widerstand auf, und sie wartet auf eine Reaktion, bevor sie hineingeht. Nichts. Wahrscheinlich war es nur ein Schwein, das etwas gegen den dunklen oder zu kleinen Verschlag hat.

»Polizei«, ruft sie in den Stall hinein.

Keine Antwort.

»Polizei«, ruft sie lauter.

Sie betritt vorsichtig den Stall und hört Geraschel. Mit ihrer Rechten tastet sie sich an der Wand entlang und sucht nach einem Lichtschalter, kann aber keinen finden. Während sie weiter in den Stall vordringt, gewöhnen sich ihre Augen an die Dunkelheit. Plötzlich blickt sie in ein paar wilde Augen. Sie will schon »Stillgestanden oder ich schieße!« schreien, merkt aber, dass das völlig sinnlos ist. Sie verflucht sich selbst für ihre Ungeduld, den Stall zu betreten.

Das Tier senkt den Kopf und schnaubt laut. Unterdrückte Wut. An der Größe des Kopfes sieht sie, dass sie es nicht mit einer gutmütigen Kuh, sondern mit einem reizbaren, männlichen Exemplar dieser Gattung zu tun hat. Geschichten von Menschen, die von riesigen Tieren totgetrampelt wurden, gehen ihr durch den Kopf. Achthundert Kilo gewaltiger Kraft, die sie in Sekundenschnelle zerquetschen oder zertrampeln können. Soll sie ruhig stehen bleiben und Autorität ausstrahlen wie bei Hunden oder soll sie zusehen, dass sie von hier wegkommt und hoffen, dass sie schneller ist als das Tier? Der Stier sieht sie Angst einflößend an. Er schnaubt und senkt den Kopf noch tiefer. Die schwarzen Augen sind groß und unergründlich. Wenn sie doch nur kurz in die Haut von Hein Zuidema schlüpfen könnte! Der weiß bestimmt, wie man sich in so einer Situation verhalten muss. Hatte Josien nicht irgendwas von einem Kälbchen erzählt? Und sagte Jaap daraufhin nicht etwas Hilfreiches über Stiere? Das Gedankenkarussell dreht sich immer schneller. In ihrem Geist tauchen Erinnerungsfetzen auf, denen sie keine brauchbare Information entnehmen kann. Sekunden verstreichen, die sich anfühlen wie Stunden. Die Wut des mächtigen Tieres ist mit Händen zu greifen. Oder ist es ihre Angst, die dafür sorgt, dass das Tier von Sekunde zu Sekunde wütender zu werden scheint? Wird das Schnauben lauter? Das riesige Vieh duldet natürlich keine Eindringlinge in seinem zu kleinen Verschlag. Bevor sie eine rationale Entscheidung gefällt hat, tritt sie vorsichtig den Rückzug an. Sie hat die Orientierung verloren und befürchtet die Stalltür zu verpassen. Dann kommt das Riesenvieh auf sie zu, und ihr Körper weigert sich, ihr zu gehorchen. Ihre Beine geben nach.

Sie zuckt zusammen, als der Korken mit einem Riesenknall aus der Champagnerflasche schießt. Um sie herum nichts als jubelnde Menschen mit ausdruckslosen Gesichtern. Sie begreift nichts von dem, was sie sagen. Und dann ist da plötzlich Gijs. Gijs lacht über ihre Reaktion. Wach auf, Liebes, dachtest du etwa, du wirst erschossen? So weit kommt es noch mit deinem gefährlichen Beruf. Gijs, der vor Jahren seine schlampigen Rucksacktouristenklamotten gegen teure Maßanzüge eingetauscht hat. Ob sie seine jüngste Tochter Femke nicht mal sehen will, will er von ihr wissen, während er sich bemüht, schnellstmöglich einen heißen Bitterbal zu vertilgen. Als er ihren Schmerz bemerkt, sagt er endlich, dass er sich auch noch oft fühlt, als bekäme er keine Luft mehr. Endlich. Nie hat er seinen Schmerz gezeigt, aber da, zwischen den Festtags-Fliegen und Botoxgesichtern, gibt er es zu. Er küsst sie zärtlich auf den Mund, einfach so, und es fühlt sich an wie eine kühle Liebkosung an einem heißen Ferientag.

In der Ferne hört sie eine Stimme, die ihr irgendwie bekannt vorkommt. Sie fährt sich mit einem Finger über die Lippen. Langsam kehrt ihr Gedächtnis zurück.

»Wir haben uns zu Tode erschrocken«, sagt eine Stimme neben ihr. »Nel? Würdest du bitte nie mehr allein einen Stall betreten?«

Sie sieht Simmelinck, der neben ihr in die Hocke gegangen ist. Er befühlt ihre Stirn. Seine Hand fühlt sich kühl an, angenehm kühl. Dann erst sieht sie das riesige Tier. Sein Kopf liegt an ihren Füßen, und instinktiv zieht sie die Beine an.

»Ich dachte eigentlich, ihr kämt gut miteinander aus. Du bist doch auch Stier?« Sie erkennt die Stimme von Cornelissen. Was macht der denn hier, er muss doch auf dem Revier bleiben! Ihr fehlt die Kraft, etwas dazu zu sagen. Die beiden wirken erleichtert. Sie lachen sich an, trotz ihrer blassen Gesichter, und ein warmes Gefühl steigt in ihr auf. Sie haben sich Sorgen um sie gemacht.

»Und heute Abend gibt's ein feines Beefsteak«, schlägt Cornelissen vor.

Nach einem großzügigen Schluck Cognac – Cornelissen duldete keine Widerrede – fühlt sie sich besser. Sie hat Glück gehabt und kann sich gar nicht mehr daran erinnern, dass sie abgedrückt hat. Anscheinend ist ihr Instinkt stärker als ihre Neigung, in Ohnmacht zu fallen. Das ist heute schon das zweite Mal. Diesmal, weil sie vor lauter Schreck im wahrsten Sinne des Wortes völlig erstarrt war. Jaap darf das nie erfahren. Sie verflucht sich wegen ihrer eigenen Dummheit und fühlt sich ausgekühlt und schmutzig. Die Kombination aus Durchnässtsein und diesem abstoßenden Gestank sorgt dafür, dass sie sich mit jeder Faser ihres Körpers nach einem heißen Bad sehnt.

»Und die Jauchegrube?«, fragt sie unsicher.

»Die konnten wir zum Glück geschlossen lassen. Hanne ist wieder da. Sie ist beim Laufen gestürzt, hat sich den Knöchel verstaucht und hatte ihr Handy vergessen«, sagt Simmelinck. »Sie ist Stunden durchs Korenburgerveen gehumpelt, bis sie auf einen rettenden Engel traf. Der hat den Krankenwagen gerufen, sie wurde ins Krankenhaus gebracht, und vor einer halben Stunde hat sie schließlich ihren Onkel angerufen.«

Sie will lachen, bekommt aber stattdessen Gänsehaut.

»Ich bring dich nach Hause. Wir kümmern uns um den Rest. Ich habe mir den Bericht übrigens noch mal gründlich durchgelesen. Wegen des Murmelspielens.«

»Ja und?«

»Corry Fierink war bei ihr.«

44

Sie zieht die Rollos hoch, aber das ändert kaum etwas. Ein klägliches bisschen Licht scheint nur widerwillig ins Schlafzimmer zu dringen. Der Himmel ist dunkel, es herrscht trübes Wetter. Am liebsten würde sie im Bett bleiben und es nicht vor dem nächsten Sonnenstrahl verlassen. Der Sandweg hinter dem Koppelzaun ist wegen des dampfigen Nieselregens nicht mehr zu sehen. Sie stellt sich ans offene Fenster und atmet tief durch. Das Einzige, was ihr an diesem Wetter gefällt, ist dieser morgendliche Wohlgeruch und der hohe Sauerstoffgehalt der Luft, der das Laufen erleichtert.

Auf Jaaps Seite rührt sich noch nichts unter der Decke. »Keine Lust«, brummte er noch vor einer Viertelstunde mit halb geschlossenen Lidern. Er konnte an diesem Tag anscheinend noch keinen Gefallen finden und versteckte prompt seinen Strubbelkopf unter der Decke, während seine Füße am anderen Ende hervorsahen.

Recht hat er.

Sie kriecht zu ihm unter die Decke. »Sollen wir den ganzen Tag im Bett bleiben?«

»Die einzig schöne Art zu zelten.« Jaap küsst sie. »Vorausgesetzt, wir sorgen für ein bisschen Bewegung, sonst werden wir zu faul. Und heute Abend müssen wir fit sein.«

Im Bad dringt ihr der hartnäckige Mistgestank vom Vortag in die Nase. Erst denkt sie, ihr Riechorgan spielt ihr einen Streich, doch dann sieht sie das Unterhemd, das über der Heizung hängt. Sie kann sich noch vage daran erinnern, dass Jaap sie in die Badewanne gesteckt hat. Sie war völlig erschöpft, sodass es fast schon an ein Wunder grenzt, dass sie bereits wieder auf den Beinen ist. Sie hat ihm das mit dem Stier erzählt, die Sache aber so weit heruntergespielt, als sei nichts von Bedeutung passiert. Sie weiß nicht mal mehr, wie Jaap reagiert hat, so schnell war sie im Bad verschwunden, als sie merkte, wie sehr sie stank.

Sie bringt das übel riechende Unterhemd schleunigst in die Waschküche, wo sie denselben durchdringenden Gestank wahrnimmt. Zusammen mit den anderen schmutzigen Sachen stopft sie das Hemdchen in die Waschmaschine, füllt Waschpulver ein und lässt die Maschine laufen. Nach einer erfrischenden Dusche und dem erneuten Vorsatz, sich abends eine Stunde im Whirlpool zu gönnen, zieht sie sich an. Sie überlegt, in welche Richtung sie weiter ermitteln soll, während sie einen Hauch *Musk* auf ihr rechts Handgelenk sprüht und beide Handgelenke aneinanderreibt. Bodylotion, ein weiß und sandfarbenes Outfit, Make-up, Lidschatten. Zum Glück ist die Operation ihrer Mutter gut über die Bühne gegangen. Sie grinst ihr Spiegelbild an und fühlt sich für den Tag gerüstet, zumindest vorläufig.

»Kaffee?«, ruft er schläfrig von unten.

»Ich komme.«

Ohne Kaffee und den *Gelderlander* darf der Tag nicht anfangen, auch wenn sie dann mit ihren Gedanken meist schon auf dem Revier ist. Lauter schlechte Nachrichten. Wieder ein Toter in Afghanistan. Ein Schmied, der ein junges Pferd so misshandelt hat, dass das Tier daran zugrunde ging. Von solchen Nachrichten wird ihr schlecht. Vor allem als sie liest, dass der Kerl seinen Beruf auch weiterhin ausüben darf. Den müsste man mit Vor- und Nachnamen in die Zeitung setzen. Sie kriegt heute Morgen nichts runter, weil ihr der gestrige Abend noch sehr im Magen liegt. Sie ist ihrer Intuition gefolgt, und die hat sie im Stich gelassen. Liegt das daran, dass sie nicht zu hundert Prozent bei der Sache ist?

Sie macht ihr Handy an, das sofort zu piepen beginnt. Sie sieht, dass Markant angerufen hat, und überlegt gerade, ob sie zurückrufen soll, als es anfängt zu klingeln und der Name des Commissaris auf dem Display erscheint.

»Herzlichen Glückwunsch zu deinem beherzten Einschreiten gestern Abend«, sagt Markant, sarkastisch wie immer. So kennt sie ihn. »Hör mal, ich habe gerade deine Anfrage wegen der Berichte über Cornelissen bekommen. Simmelinck hat auch darum gebeten. Aus Gründen der inneren Sicherheit und weil noch ermittelt wird, kann ich die dir vorläufig nicht zukommen lassen. Leider. Warum dieses Misstrauen, De Winter?«

»Ich will wissen, womit die Suspendierung begründet wurde. Es geht um meinen Kollegen.«

»Nicht, solange die Untersuchungen noch andauern.« Sie hört, wie Markant seufzt. »Sorg du mal lieber dafür, dass du die Beweise gegen Zuidema zusammenbekommst. Ich habe ihn verhaften lassen, für dreimal vierundzwanzig Stunden. Organisierst du die Papiere? Und sieh zu, dass du nicht unnötig Zeit verlierst. Er ist unser Mann, das ist doch eindeutig. Außer, du hast dem Stier vor seinem Tod noch ein Geständnis entlockt.«

Sie hört ihn kichern, bevor er das Telefonat beendet.

Mit Abscheu in der Stimme erzählt sie Jaap, dass Markant Cornelissen loswerden will. »Jeder kann doch mal eine schwierige Phase durchmachen! Es würde mich nicht wundern, wenn unser Commissaris und sogar Nummerdor Vorteile daraus ziehen.«

Bildet sie sich das nur ein, oder weicht Jaap ihrem Blick aus, als sie über Nummerdor redet? Sie sieht mit Schrecken, dass es schon nach neun ist. »Ich muss los.«

»Jetzt schon?« Sie sieht, wie sich sein Blick verdüstert.

»Ein Verdächtiger wurde verhaftet. Noch so eine dubiose Aktion unseres Chefs.«

»Du musst etwas essen.«

»Ich brauche einen Täter.«

»Wenn du einen Marathon laufen willst, musst du dich besser um dich kümmern.«

Er hat recht, muss sie widerwillig zugeben. Sie nimmt einen Apfel, eine Flasche Fruchtsaft und gibt Jaap einen Kuss.

»Sei vorsichtig.«

»Versprochen.« Sie verlässt die Küche.

»Aber wir gehen doch heute Abend essen?«, ruft er ihr nach. »Ich habe um …«

Den Rest hört sie nicht mehr. Essen gehen? Da fällt sie ihr auf einmal wieder ein, ihre Verabredung. Evelien wollte zum Babysitten kommen, und Josien freut sich schon darauf. Drei Tüten Chips hat sie mit Jaap gekauft. Sie weiß noch, wie begeistert die Jüngste davon berichtet hat, als sie wie tot in der Wanne lag. Das Ganze kommt ihr vor wie aus einem anderen Leben. An der Hintertür fällt ihr noch etwas von gestern Abend ein, etwas Wichtiges. Sie könnte sich an den Kopf fassen, dass ihr das nicht längst schon eingefallen ist. Schnell läuft sie zum alten Gebäudeteil, zu Anouks Zimmer, das noch bewohnt aussieht. Für ihre Bleibe in Enschede hat sie von Jaap neue Sachen bekommen, erwachsene Möbel, ein größeres Bett. Das Bücherregal ist allerdings ziemlich leer geräumt, und sie wundert sich fast, als sie den dicken Band von Edgar Allan Poe trotzdem sofort darin entdeckt. Wenn sie sich nicht täuscht, kann Poe ihr den Beweis liefern. Der Täter wollte mit dem Foto und dem Text eine Visitenkarte hinterlassen. Als sie in der Wanne lag und versuchte, sich zu entspannen, fiel ihr spontan ein, was sie in Corry Fierinks Wohnzimmer vermisst hat.

Sie rennt das kleine Stück von der Hintertür zum Auto und hält das Buch schützend unter ihre Jacke. Es regnet in Strömen. Für das ganze Land gilt eine Unwetterwarnung, hört sie im Radio, denn die Straßen stehen unter Wasser, vor allem im Westteil des Landes.

Im Auto ruft sie Wagener an und bittet ihn, aufs Revier zu kommen.

»Was heißt hier kommen«, sagt er, »ich bin schon seit einer Stunde hier. Der ganze Papierkram …«

»… muss unbedingt fertig gemacht werden«, ergänzt sie hastig. »Ich fahre erst nach Lievelde und Groenlo und komme dann so schnell wie möglich.«

»*All right.*«

Warum, lautet die große Frage.

Darauf muss der Beweis eine Antwort geben.

45

Hanne te Brake sitzt bei einem kargen Frühstück mit Müsli und Joghurt. Im ersten Stock des Häuschens in der Notenboomstraat duftet es nirgendwo nach Kaffee und frischen Brötchen. Die Frau hat es eilig. »Ich muss mit meinem Onkel im Park spazieren gehen«, sagt sie. »Das ist Tradition am Samstagvormittag. Die Haushaltshilfe kommt gleich.«

»Haben Sie keine Beschwerden mehr wegen Ihres Sturzes?«, fragt Nelleke.

»So schlimm ist es auch wieder nicht, im Grunde war es ganz gut, dass ich anschließend weitergehumpelt bin, und gestern Abend habe ich den Knöchel gut gekühlt, danke der Nachfrage. Es tut mir leid, dass ich für so viel Aufregung gesorgt habe, aber darüber habe ich mir keine Sekunde Gedanken gemacht.«

»Ich hatte Sie gewarnt, nicht alleine laufen zu gehen«, sagt sie tadelnd.

»Ich soll auf meine einzige Erholung verzichten, darauf, einfach mal nur ungestört mit der Natur und meinen Gedanken allein zu sein, nur wegen irgendeiner vagen Bedrohung? Nein, das kommt für mich nicht infrage. Ich komme sehr gut allein zurecht, außerdem hätte mir das jederzeit passieren können. Ich bin gestolpert, ganz normal gestürzt. Ich hab einfach Pech gehabt.« Hanne sieht auf die Uhr. »Nett, dass Sie vorbeigeschaut haben.«

»Eine Frage noch: Wie wir Ihren Unterlagen entnehmen konnten, haben Sie das Gebäude, in dem die Druckerei ihren Sitz hat, letztes Jahr verkauft. Zu wenig Aufträge?«

»Die Leute machen immer mehr selbst, größere Firmen jammern nur noch über die Preise.«

»Den Etikettenauftrag von Julia hätten Sie also gut brauchen können.«

»Genauso wie die Aufträge anderer Firmen. Aber wenn die nicht kommen, kann ich den zuständigen Produktionern schließlich nicht den Hals umdrehen. Denn dann bekomme ich mit Sicherheit keine Aufträge mehr!«

»Machen Sie sich Sorgen um die Zukunft Ihrer Firma?«

»So wie jeder Unternehmer ab und zu. Im Moment haben wir gerade zehntausend Kalender in Arbeit, es gibt also auch gute Nachrichten.«

»Hanne? Bist du da?«

Eine blecherne Stimme klingt durch die Gegensprechanlage.

»Mein Onkel. Habe ich Ihre Fragen zufriedenstellend beantwortet?«

Sie nickt.

Bei Corry Fierink wird sie freundlicher empfangen. Mit den Augen verfolgt sie jede Bewegung der Frau, ihre Hände, die Kaffeebohnen in die Maschine füllen und die Kaffeedose zumachen.

Die Espressomaschine produziert mit viel Lärm zwei Tassen Kaffee. Sonst ist niemand zu Hause, und das wundert sie. Am Samstagmorgen? Die Kinder sind auf einer Sportveranstaltung, das leuchtet ihr ein, aber ihr Mann, Eduard, kann doch jetzt nicht auf Kundenbesuch sein?

»Hier, Ihr Kaffee, bitte sehr.«

Sie erzählt, was Hanne gestern zugestoßen ist.

Corry weiß bereits Bescheid. Als die Polizei bei ihr anrief, um die Laufrouten zu erfragen, wollte sie wissen, warum. Später hat sie ein paarmal angerufen, als sie hörte, dass Hanne wieder da sei. Sie hat sich Sorgen gemacht, sagt sie, aber sehr beunruhigt klingt die Freundin nicht. »Ich weigere mich auch, mir Angst einjagen zu lassen. Dann könnte ich ja nirgendwo mehr hin.«

Sie mustert Corrys Augen und kann keine Unsicherheit oder Nervosität darin entdecken.

»Ein freies Wochenende?«

»Ich habe mir freigenommen, morgen findet schließlich der letzte Wettkampf unseres Turniers statt.«

Die Frau weiß anscheinend nichts von dem Jauchegrubenabenteuer, und sie belässt es dabei. Während Nelleke ihre Jacke anzieht, erkundigt sich Corry interessiert nach ihrer Mutter und äußert sich besorgt über Hein Zuidema.

Unzufrieden fährt sie aus Lievelde weg. Das Dorf präsentiert sich ihr genauso trostlos, wie sie es in Erinnerung hat. Corry Fierink verstärkt dieses Gefühl noch. Hanne te Brake war in sich gekehrt, von Corry Fierink kann man das nicht sagen, aber auch sie verhält sich unnatürlich. Gestresst. Vielleicht ist das normal, wenn man so unerwartet eine gute Freundin verliert. Die Freundinnen haben in den Gesprächen, die sie mit ihnen geführt hat, so einige Bemerkungen gemacht, auch über Julia. Aber selbst das ist im Grunde normal. Drei unterschiedliche Charaktere, die eine gemeinsame Schulzeit verbindet. Sie hat Wagener Nachforschungen anstellen lassen, jedoch ohne Erfolg. Dabei hatte sie gehofft …, ja, was eigentlich? Auf ein aufrichtigeres Verhalten bei ihrem unerwarteten Besuch, auf einen Hinweis, der sie in ihren Vermutungen bestärkt.

Als sie wieder im Auto sitzt, tut sie etwas, das sie früher öfter getan hat und das sie schon längst hätte tun sollen. Aber gestern hat sie es trotzdem nicht getan, sie hatte Zweifel. Und jetzt tut sie es doch, weil sie das altvertraute Gefühl zurückhaben möchte. Sie ruft Hoofdcommissaris Nummerdor an und gesteht ihm, dass sie nicht mehr weiterweiß. »Ich stecke fest«, sagt sie hilflos.

»In einem Straßengraben? Habe ich dir nicht x-mal gesagt, dass du langsamer fahren sollst?«

Das soll ein Witz sein, hört sie ihm an, und kurz kehrt das warme Wir-gegen-den-Rest-der-Welt-Gefühl wieder zurück. »Nein, mit meinen Ermittlungen.«

»Verlass dich auf dein Gefühl, Inspecteur, einen besseren Rat kann ich dir nicht geben. Aber natürlich nur, wenn Beweise fehlen.«

Er klingt immer noch distanziert, und sie bereut fast, ihn angerufen zu haben.

»Sonst noch was, Nelleke?«

»Weißt du mehr über Cornelissens Suspendierung?«

»Nein, am Montag ist Stabsbesprechung.«

Sie hört das Zögern in Nummerdors Stimme, und das bestärkt sie nur in ihrer Vermutung, dass es hier um mehr geht als nur um einen nebensächlichen Fall von Diskriminierung. Dass es gar nicht um Cornelissen geht und seine Suspendierung ganz anderen Zielen dient. Jetzt versteht sie plötzlich, es geht um Markant selbst. Hat er das ihr gegenüber nicht bereits mehr oder weniger zugegeben? Markant sprach von »uns«. Und Nummerdor erzählte doch auch etwas von größeren Veränderungen.

»Es geht gar nicht um Tons Verhalten.«

Eine Pause entsteht.

Geht es vielleicht auch um sie? Hält man ihr vor, dass sie Suzans Fall wieder aufgenommen hat? Nummerdor hat selbst gesagt, dass das ihr gutes Recht ist. Aber vielleicht hat Markant was dagegen. Vielleicht hat er gesagt, dass sie das bei ihren Ermittlungen im Lievelde-Fall behindert, dass sie deshalb noch keinen Täter präsentieren kann.

»Es tut mir leid, aber mehr kann ich dir im Moment nicht sagen.«

Sie hat keinerlei Veranlassung, ihm zu misstrauen, im Gegenteil. Er ist der Vorgesetzte, dem sie am meisten vertraut. Am besten, sie sieht der Wahrheit ins Gesicht und sucht die Verantwortung bei sich selbst. Während sie einen Fall aufklären muss, ist sie mit ihren Gedanken ständig bei Suzan.

Und dennoch. Die beiden reden über dasselbe, so kommt es ihr zumindest vor. Markant hat sich bereits mit dem Hoofdcommissaris ausgetauscht, das hat er selbst zugegeben. Plötzlich hat sie die böse Ahnung, dass da heimliche Deals laufen, und zwar auf Kosten ihres Kollegen. Als sie in ihrem Handschuhfach nach etwas Essbarem sucht, steckt sie sich unbesehen etwas in den Mund, dessen Geschmack sie nicht identifizieren kann. Es scheint ein Hundekeks zu sein, von der Kostprobe, die Daya am Mittwochmorgen von der Tierarzthelferin mitbekam. Sie muss darüber lachen, und es schmeckt gar nicht mal so schlecht. Dann entsteht in ihrem Kopf langsam eine Vorstellung vom möglichen Motiv. Julia, die laut Seesink besser lief, geschmeidiger. Corry Fierink, die dank einer neuen Therapie auf ihrer Station Erfolge feiert. Zuidema, der angeblich kurz vor dem Durchbruch steht. Und Schallmann, der sich völlig bedeckt hält. Sie hatte schon mal den Verdacht, dass der Mord etwas mit der Internetfirma zu tun hat. Sie will zum Revier fahren, aber als sie an der Tierarztpraxis vorbeikommt, beschließt sie spontan, dort einen Besuch abzustatten.

Zuidemas Geschäftspartner, Van Vlijmen, begrüßt sie. Er hält gerade seine Samstagvormittagssprechstunde ab.

»Ich möchte gern noch einmal einen Blick in Zuidemas Büro werfen«, sagt sie. »Und in seinen Computer.«

»Das haben Ihre Kollegen schon gemacht«, wendet Van Vlijmen ein.

»Ich weiß. Ich möchte mich nur vergewissern, dass sie nichts übersehen haben. Ist das ein Problem für Sie? Soll ich mit einem offiziellen Durchsuchungsbefehl wiederkommen?«

Van Vlijmen hat nichts dagegen. Hoffentlich könne sie beweisen, dass sein Partner nichts mit dem Mord zu tun hat. Denn das würde langsam höchste Zeit.

»Ja, das finde ich auch.«

Im Computer sucht sie nach den Ergebnissen von Zuidemas Forschung, einer Forschung, die jetzt zu Zuidemas großem Leidwesen ruht. Simmelinck hat gestern mit ihm gesprochen, weil sie wissen wollte, wo er sich am Nachmittag aufhielt. Zuidema ist damit beschäftigt, sich um die Beerdigung und die geschäftlichen Folgen von Julias Tod zu kümmern. Außerdem brauchen ihn seine Kinder, obwohl sie auch von den Großeltern aufgefangen werden. Nicht, dass seine Frau tot ist, sondern dass sich seine Arbeit verzögert, belastet ihn. Das sagt viel über den Stellenwert, den seine Arbeit für ihn hat, aber vielleicht noch mehr über die Liebe zu seiner Frau oder über deren Fehlen.

Sie druckt eine Liste mit Daten aus. In Verbindung mit einer Physiotherapie erzielt er gute Ergebnisse, zumindest kann sie das den verschiedenen Grafiken entnehmen, die auf dem Bildschirm erscheinen, als sie auf den Dateinamen »Ergebnisse bis einschließlich Juli« klickt.

Schon merkwürdig irgendwie, Physiotherapie für Hunde.

Aber warum eigentlich nicht?

46

Ton Cornelissen hat ein schlechtes Gewissen. Er fühlt sich miserabel. An den zwei Tagen zu Hause auf dem Sofa hatte er mehr Zeit zum Nachdenken, als ihm lieb ist. Er sollte nicht grübeln, sondern handeln. Was geschehen ist, ist geschehen. Er muss nach vorne schauen, darf nicht länger jammern, sondern muss es wiedergutmachen. Er hat Nelleke versprochen, sich voll und ganz einzubringen. Er muss alles, was mit Türken oder sonst welchen Zugewanderten zu tun hat, von sich fernhalten. Bei der nächsten Beschwerde, wenn nicht schon jetzt, hat er ein ernsthaftes Problem. Dann kann er einpacken, daran hat sie keinen Zweifel gelassen. Vielleicht haben die hohen Herren sein Schicksal ja schon längst besiegelt. Dass er ab und zu wieder arbeiten durfte, hat ihm gutgetan, aber er merkt, dass es nicht funktioniert, und er kann nicht einfach so tun, als sei alles in bester Ordnung. Er hat mit dieser Sache noch nicht wirklich abgeschlossen. Er muss Aliye sehen, muss wissen, ob es für sie auch vorbei ist. Erst dann kann er seinen Frieden damit machen.

»Ton, willst du auch Kaffee?«, fragt Wagener.

Plötzlich ist er wieder im Besprechungsraum. »Ja, gern«, sagt er und nickt. Im Intranet hat er die Berichte gelesen. Diesmal sieht es ganz danach aus, als würde er den Jackpot ihrer Wette gewinnen, dieser Zuidema ist offenkundig so schuldig wie ein Kind, das man mit der Hand im Bonbonglas ertappt. Wenn er die anderen so reden hört, ist er nicht der Einzige, der das so sieht. Er fischt eine Zigarette aus seiner Hemdtasche, aber als er den missbilligenden Blick von Van der Haar sieht, steckt er sie wieder zurück.

Was für ein Langweiler. Manchmal leistet ihm der Gerichtsmediziner beim Rauchen Gesellschaft, das ist die einzige Grenzüberschreitung in seinem braven Leben. Bloß nie vom rechten Pfad abkommen, nicht mal ein Strafzettel. Aber seinen Job macht er super, er bewundert den Glatzkopf und seine penible Arbeit. Er kann das auch, findet es sogar befriedigend, Beweise zu entdecken, die den Fall voranbringen. Ist es das, was er will? Will er in die Gerichtsmedizin nach Den Haag? Oder zur Spurensicherung nach Doetinchem? Simmelinck wäre mit einem anderen Kollegen besser dran, das hat er ihm schon zigmal gesagt. Aber sein Partner will nichts davon wissen.

Aliyes Familie die ganze Schuld für das Scheitern ihrer Beziehung in die Schuhe zu schieben, ist auch Quatsch. Es ist ihm schwergefallen, sich das endlich einzugestehen. Als er am Donnerstagabend im Fernsehen in das schwitzende Gesicht von Danny Glover starrte, begriff er, dass er selbst an allem schuld ist. Während Glover und Gibson nach der Bombenexplosion auf einer Toilette spektakulär durch die Luft flogen, gestand er sich endlich ein, dass er Schiss hat. Auch wenn er Van der Haar immer als Weichei betrachtet hat, ist er im Moment neidisch auf dessen Job. Er will weg von der Straße. Nachdem sein damaliger Partner erschossen wurde, ist er von Amsterdam in diesen hintersten Winkel der Niederlande geflüchtet. ER muss einfach mal zugeben, dass er es auch hier, in der relativ ruhigen Achterhoek, nicht mehr packt. Hinter jeder Ecke sieht er einen Idioten mit einer Waffe stehen. Nachts hat er Albträume und erlebt immer wieder, wie man ihn zusammenschlägt oder auf ihn einsticht. Wie damals der Psychopath, der aus der Psychiatrie in Doetinchem geflohen war. Als er von der Jauchegrube hörte, musste er sofort wieder an diesen Vorfall denken. In dem Stall, in dem Simmelinck und er das Mädchen gerade noch rechtzeitig retten konnten, roch es genauso ekelhaft. Damals dachte er, dass sein letztes Stündlein geschlagen hätte. Und das war nicht das erste Mal, er hat schon öfter Glück gehabt. Er fährt mit der Hand über seine rechte Schläfe und spürt eine der Narben, die er sich im Lauf der Zeit zugezogen hat.

Plötzlich ist ihm das alles zu viel. Aber so plötzlich kommt das eigentlich auch wieder nicht. Das Gefühl hat er sicher schon ein halbes Jahr. Die paar Tage zu Hause haben daran nichts geändert, sie haben das Gefühl sogar eher verstärkt. Eigentlich hätte er schon viel früher um Hilfe bitten sollen, schließlich gibt es nicht umsonst Polizeipsychologen. Aber im Nachhinein hat man immer gut reden. Wenn hier einer so dickfellig ist, dass ihn so schnell nichts umhaut, dann war das doch immer er, oder? Hat er nicht ungeniert über diesen Ex-Polizisten im Fernsehen gelacht, der zum Penner geworden war, weil ihn die Arbeit als Bulle zu sehr mitgenommen hatte?

Er hört, wie die Kollegen über den Fall reden. Beweise, Vermutungen. Er seufzt, weiß nicht mehr, was er glauben soll, hat Mühe, sich zu konzentrieren. Viele Informationen sind ihm entgangen, und seine Gedanken schweifen ab zu Aliye. Doch das Bild der Frau, die er für die schönste der Welt hält, beginnt langsam zu verblassen. Er wird ohne sie leben müssen, es geht nicht anders. Sie will ihn nicht mehr sehen, daran hat sie keinen Zweifel gelassen. Also muss er mit diesem Kapitel seines Lebens ein für alle Mal abschließen.

Sie reden über Zuidema. Nelleke glaubt anscheinend nicht, dass er es war, und er fragt sich, ob sie sich dieses Mal nicht täuscht.

»Die Beweise sprechen gegen ihn«, stellt der gute Wagener fest. Wenn ihm auf seinem Weg nicht zu viel Müll unterkommt, wird der Junge es noch weit bringen. Er wird regelrecht wehmütig und sehnt sich nach der Zeit zurück, in der auch er noch voller Erwartungen am Anfang seiner Laufbahn stand.

»Ich werde weitersuchen, vielleicht habe ich ja etwas übersehen«, verspricht Van der Haar. »Mit der Liste der Bestandteile dieser Tabletten bin ich auch fast fertig, das hat oberste Priorität. Wenn ich etwas finde, sage ich dir sofort Bescheid.«

»Danke, Harm«, meint Nelleke.

Der Gerichtsmediziner packt seine säuberlich erstellten Berichte und Formulare ein.

Wagener überarbeitet die Tafel. Zum ersten Mal beschäftigt er sich damit. Er fand sie bisher immer blödsinnig, genauso wie die Berichte und das Intranet. Doch jetzt verschafft sie ihm einen guten Überblick.

»Hein wurde in der Nähe seines Hauses gesehen, und zwar um die Zeit, in der seine Frau ermordet wurde«, erklärt Wagener, während er ein Wort auf der Tafel unterstreicht.

»Er hat ein Motiv«, ergänzt Simmelinck, »eine enorme Versicherungssumme.«

»Und im Falle einer Scheidung hätte er seinen Traum von der Vermarktung seiner Forschungsergebnisse begraben müssen«, sagt Nelleke zustimmend.

Ein tolles Team. Das wehmütige Gefühl wird stärker, und er bekommt einen Kloß im Hals. Anscheinend wird er auf seine alten Tage noch ein echter Waschlappen. Er rutscht auf seinem Stuhl hin und her, ihm ist schwindelig. Er will raus an die frische Luft und eine rauchen, tief inhalieren.

»Oder ist es ein Psychopath, der es auf Läuferinnen abgesehen hat?«, überlegt Simmelinck laut. »Das würde auch das Foto erklären. Bald gibt es eine zweite Leiche. Hat sich gestern nicht zufällig irgendein Verrückter gemeldet, der den Mord gestehen wollte? Die beiden Damen sollten im Haus bleiben, ich verstehe nicht, dass sie unsere Warnung in den Wind schlagen.«

»Egal, was Markant behauptet, alle Beweise gegen Zuidema sind indirekte Beweise.«

Nelleke folgt ihrer eigenen Intuition, während sie hier ihre Arbeit machen. Ohne sich auf einen bestimmten Verdächtigen festzulegen, erklärt Nelleke, in welche Richtung ihr Verdacht geht und welche Fakten dafür sprechen. Sie vermutet beispielsweise, dass der Text auf der Fotorückseite aus den gesammelten Werken von Poe stammt. Das sei nur so eine Eingebung, aber sie glaube daran. Sie habe sich an etwas von früher erinnert, an die Geschichten, und glaubt, diese Eingebung ernst nehmen zu müssen, weil sie zu einem möglichen Szenario passt. Normalerweise würde er über so etwas lachen, aber nicht bei Nelleke. Sie ist gut, sie wurde nicht umsonst befördert, während Simmelinck und er Brigadier geblieben sind. Er wollte die Verantwortung nicht, die mit dem Inspecteurjob einhergeht, aber sie konnte es kaum erwarten.

»Wir behalten Zuidema da, vor allem auf die Bitte des Commissaris hin. Verhör ihn mehrmals, Han, und wenn du etwas Interessantes erfährst, lass es mich wissen. Wühl noch mehr in seiner Vergangenheit, rede noch einmal mit den Leuten in seiner Praxis. Wir brauchen schlüssige Beweise oder ein Geständnis, meine Herren, denn sonst können wir die Sache vergessen. Aber das brauche ich euch ja nicht zu erzählen. Was ist eigentlich mit Schallmann, gibt es da Neuigkeiten? Hat jemand dieses Videoband gesichtet?«

Sie ist klug, aber in den letzten Wochen war sie mit ihren Gedanken auch nicht immer ganz bei der Sache. Er weiß sehr wohl, dass er gerade ein bisschen den Anschluss verloren hat, aber in diesem Fall ist er fest davon überzeugt, dass ihre Zweifel unbegründet sind. Es geht fast immer um den Partner oder um Geld. Beides trifft eindeutig auf Zuidema zu.

»Ja.« Simmelinck zeigt einen Schwarz-Weiß-Ausschnitt des

Tankstellenvideos. »Unser deutscher Goldschmied wurde gefilmt. Schallmann hat sein Auto nach dem Tanken auf den Parkplatz gestellt. Er hat ausgesagt, dass er die Tankstelle betreten habe, um einen Kaffee zu trinken.«

Die Filmaufnahmen bestätigen seine Version. Sie sehen den Deutschen parken und nach drinnen gehen. Das Auto steht auf dem Parkplatz, dicht neben einigen deutschen und niederländischen Autos. Mercedesse, Audis und BMWs, jede Menge Pferdestärken für deutsche Autobahnen. Als sie sehen, wie er wieder herauskommt, stoppen sie das Band.

»Schallmann hat bei den deutschen Kollegen gestanden, dass er spontan vorhatte, Julia zu besuchen. Er hat getankt, hat es sich dann aber wieder anders überlegt. Bei der nächsten Möglichkeit hat er gewendet und ist nach Düsseldorf zurückgefahren.«

»Kann er das beweisen?«

Wagener schüttelt den Kopf. »Er hat ausgesagt«, liest er vor, »dass er in der BILD-Zeitung gelesen hat, dass man die Menschen so akzeptieren muss, wie sie sind. Das habe ihn nachdenklich gemacht, meinte er, als er in der Schlange an der Kasse wartete. Anscheinend bekam er plötzlich kalte Füße.«

»Schwach«, knurrt er. »Was ist denn das für ein Deutscher?«

»He, Ton, schön, dass du auch wieder da bist«, sagt Simmelinck. »Was sagst du zu dem Fall?«

»Ich muss mich erst noch in vieles einlesen.« Er merkt selbst, was für eine schwache Entschuldigung das ist.

»So wie ich dich kenne, hast du doch bestimmt auch eine Meinung«, unterstellt ihm sein Partner.

Nur jetzt eben nicht.

Nelleke fährt ihn nach Hause. Wenn er bleibt, bekommt sie noch mehr Probleme mit Markant, und sie sieht, dass er nicht wirklich bei der Sache ist. Das ist ein Risiko. Er hat Verständnis dafür, akzeptiert das und basta. Er sieht in ihren Augen, dass sie das erstaunt. Aber er hat einfach keine Kraft mehr, er schafft es nicht, seine Batterien zum x-ten Mal aufzuladen. Er sieht keine Lösung, kann keinen klaren Gedanken mehr fassen. Das Einzige, was ihm durch den Kopf geht, ist die Frage, was er hier zum Teufel gerade macht. Zum Glück hat ihm der Arzt ein Schlafmittel verschrieben.

47

Zuidema. Dreimal vierundzwanzig Stunden. Als Hilfsstaatsanwalt darf sie die Papiere für die Sicherungsverwahrung selbst ausstellen, aber Nelleke tut das nur widerwillig. Die Beweise sind alles andere als überzeugend. Sie sind unzureichend. Dass man Blutspuren von seiner Frau an seiner Kleidung gefunden hat, ist logisch, dafür hat er ihnen schließlich eine plausible Erklärung gegeben. Die Mordwaffe, der Golfschläger, hilft ihnen auch nicht weiter. Wenn es beim Prozess ausschließlich darauf ankommt, verlieren sie ihn todsicher. Auch Van der Haar war skeptisch.

Sie haben es ihr angesehen, stellt sie fest, sie haben ihr angesehen, dass sie nicht an Zuidema als Täter glaubt. Und wenn er es doch ist, versteht sie die Welt nicht mehr.

Sie hört nicht auf die Stimme in ihrem Kopf, die ihr einflüstert, dass die Möglichkeit durchaus besteht.

Van der Haar klopft an ihre Tür, und sie sagt, dass sie sich Sorgen um Cornelissen macht.

»Wollen sie ihn rauswerfen?«, fragt der Gerichtsmediziner.

»Ich fürchte ja.«

»Lässt du das zu?«

»Das hatte ich eigentlich nicht vor.«

»Sehr schön. Aber etwas anderes habe ich eigentlich auch nicht erwartet.« Typisch Van der Haar. Kurz und knackig, klar und deutlich.

Er beugt sich vertraulich vor. »Dein Misstrauen ist begründet.« Sein kahler Schädel glänzt. Van der Haar ist nervös? Das ist ja mal ganz was Neues!

»Wieso?«

»Die Anzeige gegen Cornelissen.«

»Ja?«

»Angeblich hat die Verbeek aufgenommen.«

»Einer von denen, die im Zusammenhang mit den falschen Zeugenaussagen erwähnt wurden.«

Van der Haar legt den Zeigefinger auf die Lippen. »Aber von mir hast du das nicht.«

»Ich hatte schon so eine böse Vorahnung.«

Sie setzt Zuidema unter Druck, damit er ihr alles erzählt, was er weiß. »Mein Chef ist der Ansicht, dass wir den Fall geklärt haben. Sie haben ein Motiv, Sie hatten die Gelegenheit und die Mittel. Und wir haben die Beweise: Da wären einmal das Ketamin und eine Scheidung, die Sie ein Heidengeld gekostet hätte. Anschließend hätten Sie Ihre Forschung vergessen können. Außerdem haben Sie in Bezug auf Ihr Alibi gelogen, und wir haben Ihre Fingerabdrücke auf der Mordwaffe gefunden. Ehrlich gesagt weiß ich nicht, ob das für eine Verurteilung ausreichen wird, aber ich kann mir nicht vorstellen, dass Sie es darauf ankommen lassen wollen. Also, Herr Zuidema, bitte, wenn Sie unschuldig sind, ist das jetzt der Zeitpunkt, an dem Sie mir helfen müssen.«

Simmelinck macht das Aufnahmegerät in Verhörraum eins an. Die Aufnahme ist für die Katz. Sie setzen ihn unter Druck, und sie beschreibt ihm, wie seine Zukunft aussieht, wenn er verurteilt wird. Zuidema schiebt wiederholt seine Brille auf die Nasenwurzel. Er scheint sich zu bemühen, sagt aber kein Wort, das ihr weiterhelfen könnte. Entweder er weiß nichts oder er will es ihr nicht sagen. Er möchte nur wieder zurück in seine Praxis. Seine Arbeit verzögert sich. Aber die Verhaftung nimmt ihn doch mit, denn er gibt keinerlei Anekdote oder philosophische Betrachtung zum Besten. Kaum hat sie das gedacht, meint der Tierarzt seufzend, dass er jetzt am liebsten eine Staubwanze wäre. »Ein *Reduvius personatus*. Ein unsichtbares Tier, das an einem dunklen Ort lebt, wie zum Beispiel in einem Bücherregal. Was könnte schöner sein?«

Als sie sagt, dass er das unmöglich ernst meinen kann, da diese Tiere nutzlos seien, lacht der Tierarzt kurz auf. »Nein, ganz im Gegenteil, sie sind sehr nützlich. Sie fangen Mücken.«

Nelleke lässt ihn in seine Zelle zurückbringen. Sie liest Berichte, die nichts Neues ergeben, und blättert das Poe-Buch aus Anouks Regal durch. Wenn sie sich nicht täuscht, wollte Jaaps Älteste an diesem Wochenende ihre Mutter in Amsterdam besuchen, aber sicher ist sie sich nicht. Bestimmt ist das im Grunde eine Spur, die zu nichts führt, die so kalt ist wie eine Hundeschnauze und genauso tot wie Poe selbst. Sie verspürt den Drang, einzelne Seiten aus dem Buch zu reißen. Stattdessen liest sie den Text auf der Fotorückseite zum x-ten Mal. »*Wenn ein Verrückter einen völlig gesunden Eindruck macht, wird es höchste Zeit, ihn in eine Zwangsjacke zu stecken.*«

Sie sieht im Inhaltsverzeichnis nach, wie die einzelnen Geschichten heißen. *»Die Scheintoten«*, tja, schön wär's. *»Du hast's getan.«* Wenn hier irgendein Titel infrage kommt … Nach den ersten Sätzen liest sie gebannt die Geschichte über das Verschwinden des ehrenwerten Herrn Barnabas Shuttleworthy. Sie erinnert sich noch vage daran, hat aber keine Erinnerung mehr an den Plot. Sie ist so darin vertieft, dass sie vergisst, warum sie den Text eigentlich liest. Kurz freut sie sich, dass sie das überhaupt noch kann, sich völlig in einer Geschichte verlieren. Sobald sie einen Tag frei hat, legt sie sich mit diesem Buch in die Hängematte. Vorausgesetzt, es hört jemals wieder auf zu regnen.

Im Büro ihrer Kollegen starrt Wagener auf seinen Computerbildschirm. Sie schiebt ihm das Buch hin.

»Wenn sich das Zitat hier drin findet, habe ich einen Hinweis, vielleicht sogar einen Beweis.« Sie zeigt ihrem Assistenten, bis wohin sie gekommen ist.

»Aber erst will ich mit diesem Seesink reden. Er ist zu Hause, kommst du mit?«

»'right.«

»Gleich hinter dem Restaurant rechts«, sagt sie, »also in Richtung von De Twee Bruggen.« Sie hat das Fahrtziel eingegeben, und das Navi gibt artig an, dass sie rechts abbiegen müssen. »Das ist ein Naturschutzgebiet.«

»Hier um Winterswijk gibt es jede Menge davon«, sagt Wagener unbeeindruckt. »Erst gestern las ich wieder was über De Steengroeve.«

»Pasweg«, liest sie auf dem Straßenschild. »Die nächste ist es. Freu dich doch für deine zukünftigen Kinder, dass wir hier so viel Natur haben.«

Wagener lacht. »Na, in Winterswijk auf jeden Fall. Wenn sich die Deutschen 1940–45 etwas mehr angestrengt hätten, hätten sie dieses Gebiet auch gleich behalten können. Hier kommen doch sowieso nur Deutsche her!«

»Ferry, schäm dich! Der Wieskampweg, da müssen wir hin.«

Sie biegt rechts ab. Sofort sieht sie das viereckige kleine Haus ohne jedes romantische oder anheimelnde Detail, das sich zwischen alten Bäumen mit knorrigen Ästen verbirgt.

Sie stellt ihren Volvo in der Auffahrt hinter einem Fiat Panda ab. Ein altes Auto, aber der Lack ist noch tadellos.

Nachdem sie mehrmals geklingelt und geklopft hat, ohne dass jemand aufmacht, laufen sie zur Hausrückseite und entdecken Seesink am Küchentisch. Er isst direkt aus einem gelben Mikrowellenbehälter und sticht mit der Gabel konzentriert in eine Kartoffel.

»Wir haben geklingelt«, kündigt Wagener ihren Besuch an.

»Ich habe nichts gehört«, erwidert Seesink. »Außerdem habe ich eigentlich gar keine Zeit.« Er nimmt noch einen Bissen von seinem Essen, wodurch man ihn noch schlechter versteht als ohnehin schon. »Ich muss nach Groenlo«, sagt er, »um ein Uhr haben wir eine Besprechung.«

Wenn er erst um eins in Groenlo sein muss, hat er noch jede Menge Zeigt, wozu also die Eile?

Sie flüstert Wagener zu, dass er den Trainer kurz ablenken soll.

»Herr Seesink«, sagt Wagener. »Wie war das gleich wieder mit den Medaillengewinnern beim Sprint während der Olympischen Spiele 1970?«

Seesink sieht ihn an, als sei Wagener nicht ganz dicht. »Damals gab es keine Olympischen Sommerspiele. 1968 war Mexiko, 1972 München. An diese Spiele erinnert sich doch jeder!« Dann sagt er entschuldigend: »Sie waren damals bestimmt noch nicht geboren.«

Wagener nickt. »Und wissen Sie noch, wer 1968 im Laufen gewonnen hat?«

Sie achtet nicht auf Seesinks Antworten und lässt ihren Blick durchs Wohnzimmer schweifen. Ein schwerer Esstisch mit vier Stühlen und ein Schrank, der die ganze Wand einnimmt. Eine Kombination aus dunkler Eiche, alt, aber gepflegt. Sehr gepflegt sogar, erst recht für einen alleinstehenden Mann. Würde man den Schrank von der Wand rücken, wäre die Auslegeware darunter sicherlich ein, zwei Nuancen heller als das sichtbare Stück dunkelbrauner Teppich. Lange Reihen mit Büchern, ein schwarzes Musikmöbel. LPs mit Musik aus den Sechziger- und Siebzigerjahren, alphabetisch geordnet. Ein aufgeschlagenes Buch liegt auf einer dunklen Holzbank aus Eiche. Heureka, denkt sie, als sie das Buch in die Hand nimmt. Sie muss an sich halten, um es nicht sogar zu rufen. Sie hatte recht mit ihrer Vermutung, Seesink besitze ein Buch von Poe. Schnell überfliegt sie den Text, aber leider findet sie die Worte nicht, die sie sucht. Das wäre auch zu schön gewesen, um wahr zu sein. Und würde auch zu Poe nicht passen, dessen Leben ja genauso wenig geradlinig verlief. Seine Frau stirbt an Tbc, und im Jahr darauf unternimmt er, vollgepumpt mit Alkohol und Drogen, einen Selbstmordversuch. Später verschwindet er für mehrere Tage, und man findet ihn wirres Zeug redend in der Gosse. Er ist mehr tot als lebendig und nicht in seiner eigenen Kleidung. Kurz darauf stirbt er. Ob er ermordet wurde oder letztlich doch Selbstmord begangen hat, wurde nie geklärt. So ein mysteriöser Tod passt natürlich zu diesem Schriftsteller, aber seine letzten Lebensjahre müssen entsetzlich gewesen sein. Wenn er gewusst hätte, dass man ihn fast zwei Jahrhunderte später immer noch liest und schätzt, hätte er dann weniger gelitten?

»Als mein Assistent Anfang der Woche mit Ihnen sprach, erzählten Sie von Ihrem Verdacht, Julia Zuidema könnte Aufputschmittel nehmen. Wie kommen Sie darauf?«

Der Trainer pickt fünf Bohnen auf. »Sie lief besser, geschmeidiger.«

»Sie hat mehr trainiert, sagte uns ihr Mann.«

»Das kann schon sein. Es ist mir nur aufgefallen.«

»Lief nur Julia geschmeidiger?«

Seesink wird nachdenklich und pickt mit der Gabel erneut Bohnen auf. »Das kann ich nicht beschwören, aber bei ihr ist es mir aufgefallen.«

»Hatte sie solche Fortschritte gemacht, dass das mit dem Training allein nicht mehr zu erklären war? Was meinen Sie?«

»Was ich meine, interessiert doch sowieso keinen, sonst hätte mich ein anderer Verein längst engagiert.«

»Mich interessiert Ihre Meinung.«

»Ich glaube, dass sie das nicht nur durch Training geschafft hat, nein.«

»Was für Mittel müsste man dafür nehmen? Speed?« Wagener meinte das eigentlich als Scherz, das sieht sie an dem Grinsen in seinem Gesicht, aber Seesink bemerkt das nicht.

Der Trainer nimmt einen Löffel von seinem Pudding, wobei er den Vanilleanteil meidet und sich hauptsächlich beim Schokopudding bedient. Er sieht auf die Uhr und springt auf. »Was für Mittel? Keine Ahnung«, sagt er.

Dann erst sagt er, dass er nach Groenlo joggen will, und sie begreift seine Eile. Selbst jemand, der so trainiert ist wie Seesink, wird eine Dreiviertelstunde brauchen, um nach Groenlo zu laufen.

»Dann wollen wir Sie nicht weiter stören. Weiß man schon, was morgen passieren wird?«

»Ich nehme an, man wird eine Art Ehrenlauf für Julia veranstalten. Von einem Freiheitslauf war die Rede. Darüber werden wir heute Mittag abstimmen, und nach der Besprechung gehen wir noch gemeinsam laufen.«

Sie ist froh, dass Seesink seine frühere Aussage bestätigt hat, dass Julias Fortschritte nicht nur auf das Training zurückzuführen sind. Sie glaubt ihm.

Als sie Seesinks Haus verlassen, fragt sie sich, was ein Mord in Gottes Namen mit Freiheit zu tun hat.

48

»Ferry, würdest du mir bitte einen Gefallen tun und dir die Liste von Schallmanns Lieferungen auf die Inhaltsstoffe hin ansehen?«

»Die enthielt doch nichts Besonderes, nur die Zusammensetzung der Hundetabletten«, entgegnet ihr Assistent, während er das dicke Buch von Poe zur Seite schiebt. »Merkwürdige Geschichten, ich habe sie noch nie gelesen.« Er sucht zwischen den Papierstapeln auf seinem Schreibtisch.

»Du hast Harms Liste doch auch?« Nelleke sitzt hinter Cornelissens Schreibtisch, der noch nie so aufgeräumt war. Fast so, als arbeite er gar nicht mehr hier.

Wagener hat gefunden, was er suchte. »Ich hab auch die Buchhaltung, die Schallmann geschickt hat, und die Buchhaltung von Zuidemas Praxis, Januar bis Juli.« Er schüttelt verwirrt den Kopf. »Wonach soll ich suchen?«

Sie beauftragt Wagener, die Listen nebeneinanderzulegen und Punkt für Punkt zu vergleichen. Außerdem will sie alles über etwaige Beschaffungskosten wissen. »Zur Not kannst du auch Simmelinck bitten, dir zu helfen. Ich verzieh mich in mein Büro. Ich möchte mir die Berichte und Videos in Ruhe allein ansehen.«

Sie arbeitet sich durch die Texte und überlegt, ob sie noch weitere Beamte hinzuziehen soll. Markant tippt auf Zuidema, aber sie hat Zweifel. Ihr Magen zieht sich zusammen, als sie an das Horrorszenario denkt, Markant könnte recht haben und sie unrecht. Dass er nur auf einen Fehler ihrerseits wartet, um sie rauskicken zu können.

Lesen, noch mehr lesen, nach Antworten suchen. Keine voreiligen Schlüsse ziehen, sich alle Möglichkeiten offenhalten, Tunnelblick streng verboten. Die Lösung ist auf Corrys Station oder bei Schallmann zu finden. Sie muss alle Möglichkeiten in Betracht ziehen und versuchen, die losen Enden miteinander zu verknüpfen. Übersieht sie das Nächstliegende und sollte sie Seesink verhaften? Sie sieht sich das Video an und überlegt, ob der Trainer ihr Psychopath sein könnte. Ein frustrierter Mann, der wusste, dass Julia den Verein verlassen würde. Er hat sie geliebt. Oder aber jemand will den Verdacht auf Seesink lenken. Die Frage ist nur, warum. Aus Überzeugung, dass Seesink tatsächlich der Täter ist? Möglich wäre es. Das Foto mit dem Text auf der Rückseite. Seesink hat wegen des Käppis gelogen, er steht auf Blond und lange Beine. Vielleicht ist er krankhaft besessen davon.

Mit einem lauten Seufzer macht sie das Video aus.

Weg hier, weg von den Unterlagen und Bildern.

Sie steckt ihren Kopf zu Wagener rein. »Ich fahr schnell zum Verein nach Groenlo. Die beiden Freundinnen laufen mit.«

»Soll ich mitkommen?«, fragt er, und sie sieht in seinen Augen, dass er nichts lieber tun würde.

»Nein, ich brauche Antworten auf meine Fragen.« Sie knöpft sich die Jacke zu. »Vor nicht einmal einem Jahr saßt du noch lieber hinter deinem Computer.«

»Die Zeiten ändern sich«, erwidert er und beißt in seine Pizza. »Möchtest du ein Stück? Ich hab sie gerade erst bestellt. Ich wollte dich nicht stören, aber wenn du Hunger hast …«

»Lecker.«

Zusammen vertilgen sie die Pizza. Das Krachen des knusprigen Randstücks zwischen ihren Zähnen ist minutenlang das einzige Geräusch im Büro.

»… die entspannende Wirkung einer gemeinsamen Pizza.«

»Wie bitte?«

Wagener lacht. »Du warst ganz weit weg mit deinen Gedanken.«

»Ich hätte gern mehr Zeit, um darüber nachzudenken, wie ich mit den Informationen zu Suzan umgehen soll«, sagt sie offen. »Einerseits traue ich mich nicht, sie mir anzusehen, andererseits will ich es unbedingt wissen.«

»Soll ich mich darum kümmern?«

Das findet sie, ehrlich gesagt, gar keine schlechte Idee. Wagener steht ihr nahe genug, ist aber emotional unbeteiligt. »Erst die Zahlen«, ermahnt sie ihn, während jede Faser ihres Körpers schreit: »Ja, ja, fang sofort damit an!«

Während im Hintergrund klassische Musik läuft, geht sie im Auto unterschiedliche Szenarios durch. Die Geschichte von Seesink lässt sie nicht los. Dass eines seiner Mädels schneller läuft, erfindet so ein Mann nicht. Angenommen, Julia hat mit Schallmann Tabletten für Sportler entwickelt. Daher ihr Interesse an dem Deutschen, ob da nun Liebe mit im Spiel war oder nicht. Julia interessierte sich für die Arbeit ihres Mannes, obwohl ihre Ehe am Ende war. Sie kann seine Erkenntnisse verwendet haben, um selbst etwas entwickeln zu lassen. Nelleke geht von einer entsprechenden Zusammenarbeit mit Schallmann aus, aber das sind alles nur Vermutungen. Sie braucht konkrete Hinweise oder noch besser Beweise. Sagen die Freundinnen nichts, weil sie selbst auch Tabletten nahmen? Seesink hat nichts davon bemerkt, aber der hatte nur Augen für Julia.

Es wirkt wie ein Probelauf für einen Trauerzug, so geräuschlos erreichen die Läufer das Clubhaus. Lauter nassgeregnete, muskulöse Sportler. Trainer Sjors Seesink führt die Gruppe an, er wirkt ernst und nachdenklich. Zwischen den Läufern entdeckt sie Hanne te Brake und Corry Fierink, die nebeneinanderlaufen. Sie scheinen den Regen gar nicht zu bemerken, ihr Gesichtsausdruck ist wie in sich gekehrt, wie in Trance. Ansonsten sind es hauptsächlich Männer.

Im Clubhaus löst sich das Schweigen. Von allen Seiten wird sie mit Fragen bestürmt. Die Mehrheit äußert sich besorgt, nur eine vorwurfsvolle Stimme wird laut, weil der Fall noch nicht aufgeklärt ist. Natürlich kann sie keine einzige Frage zufriedenstellend beantworten.

Langsam leert sich das Clubhaus. Als Hanne und Corry Anstalten machen zu gehen, gesellt sie sich zu ihnen.

»Laufen Sie morgen mit?«

Beide nicken.

»Es tut mir leid, ich muss gehen, ich laufe mit Dirk«, sagt Corry. »Er bringt mich sicher nach Hause. Wie Sie sehen, hören wir auf Sie, Frau Inspecteur.« Corry gibt Hanne einen freundschaftlichen Klaps auf den Rücken. »Wir sehen uns morgen.« Sie nimmt einen Schluck aus einer der beiden kleinen Plastikflaschen und steckt sie in die Gürtelhalterung zurück, sodass der Reklameaufdruck der Druckerei De Haas zu sehen ist. »Halten wir unsere Tradition aufrecht?«

»Wir sind nicht mehr zu dritt.«

»Ich glaube, Julia hätte das so gewollt.«

Hanne te Brake nickt. »Das glaube ich auch.«

»Dann besorg ich den Apfelkorn.« Corry murmelt Nelleke zum Abschied etwas zu.

»Laufen Sie nicht mit?«, will Nelleke von Hanne wissen.

»Machen Sie sich immer noch Sorgen?« Hanne ist kaum anzumerken, dass sie soeben fünfzehn Kilometer gelaufen ist, sie sieht fit aus.

»Das sollten Sie auch«, sagt sie.

»Ich muss nur durchs Zentrum, um nach Hause zu kommen.«

»Ich kann Sie dort auch absetzen.«

»Was wollen Sie denn noch von mir wissen, Inspecteur De Winter?«, fragt Hanne, als sie gemeinsam nach draußen gehen. »Sie haben den Täter doch verhaftet?«

»Glauben Sie wirklich, dass Hein Zuidema seine Frau ermordet hat?«

»Es gibt nette Menschen, die sich plötzlich als Monster entpuppen, und schlechte Menschen, die ungeschoren davonkommen. So ist das doch nun mal.«

»Und das Motiv?«

»Er steht kurz vor dem Durchbruch, endlich wird seine Arbeit gewürdigt. Mit einer Scheidung hätte Julia alle seine Träume zunichtegemacht. Sie wollte Geld sehen, damit sie ihre eigene Firma gründen kann. Ist das etwa kein Motiv?«

Sie nickt zustimmend, so als sei sie völlig ihrer Meinung. Und dann sagt sie plötzlich nüchtern, fast streng: »Und das glauben Sie wirklich?«

Hanne te Brake schweigt. Stoisch.

»Wenn Sie mehr wissen, warum sagen Sie dann nichts?«

Schweigen.

»Angenommen, wir haben bald ein zweites Opfer zu beklagen, dann werden Sie sich Ihr Leben lang schuldig fühlen, wie damals bei Ihrem Cousin. Oder aber Sie selbst sind das nächste Opfer. Ist Ihnen dieser Gedanke noch nie gekommen?«

Ohne weiter innezuhalten, wendet sie sich um und zieht den Kopf ein, um sich gegen den Regen zu schützen.

Erst im Auto fällt ihr ein, dass die Frau jetzt allein nach Hause laufen muss. Sie beschließt, Hanne te Brake in einem gewissen Abstand zu folgen.

49

Ihr Handy gibt ein altmodisches Telefonklingeln von sich. Simmelinck.

»Nel? Ich habe mir gemeinsam mit den Experten in Doetinchem die Buchhaltung der neuen Firma des Opfers angesehen. Julia Zuidema hat fünfundzwanzigtausend Euro investiert. Das Geld ist durch den Verkauf ihrer Anteile an der Tierarztpraxis frei geworden und wurde für die Firmengründung verwendet. Dafür braucht man Eigenkapital, und das hat sie eingebracht. Die gesamte Summe ist noch da. Du hattest recht, keine Beschaffungskosten.«

»Und unter einem anderen Posten wurden auch keine Einkäufe verbucht?«

»Nein, das ist ausgeschlossen. Wagener zupft übrigens gerade an meinem Hemd, er will dir auch noch was sagen.«

Ein Knacken ertönt in der Leitung, dann hört sie die Stimme ihres Assistenten.

»Du hattest recht mit deiner Vermutung, was die Inhaltsstoffe der Tabletten anbelangt.«

»Ist das sicher?«

»*Match* zu hundert Prozent, ein Volltreffer. Die Tabletten selbst wurden noch nicht untersucht, das dauert etwas länger, aber sie lassen dieselbe Zusammensetzung erkennen.«

Sie bekommt Herzklopfen, plötzlich gehen ihr tausend Gedanken durch den Kopf. Hat sie recht mit ihrer Vermutung? Denkt sie doch in die richtige Richtung? Hat sie damit das Motiv?

»Würdest du mir die Unterlagen bitte auf meinen Schreibtisch legen?«

»*Of course.* Und ich habe noch etwas für dich.« Wagener schafft es, ihren Puls ungewollt auf Sprinterniveau zu bringen, in den Maximalbereich. Darüber wird es kritisch.

»Ich hab auf dem Bezirksrevier was über die Beförderung einzelner Spitzenleute munkeln hören.«

»Die da wären?«

»Es war von mehreren Namen die Rede, unter anderem auch von Markant und Nummerdor.«

Sie folgt Hanne te Brake und fährt entsprechend langsam – und das ist auch gut so, denn sonst würde sie vielleicht auf dem schnellsten Weg zu Nummerdor rasen. Auf der Fahrt denkt sie über das nach, was Wagener ihr soeben erzählt hat. Sie versucht vergeblich, sich zu konzentrieren. Sie versucht den Plan zu ergründen, den sich Schallmann und Julia Zuidema ausgedacht haben, doch ihre Gedanken schweifen wieder zu Markant und Nummerdor ab. Diese skrupellosen Karrieristen! Doch sie ermahnt sich, sachlich zu bleiben. Sie darf nicht gleich das erstbeste Gerücht für bare Münze nehmen, sie muss sich auf andere Dinge konzentrieren, nicht auf solche Nebensächlichkeiten. Am besten, sie ruft ihn an. Dann kann er ihr selbst erklären, was an der Sache dran ist.

Sie hört, wie es am anderen Ende klingelt, und überlegt, ob sie nicht lieber rasch wieder auflegt, ehe er rangeht, aber da nimmt er schon ab.

»Nel?«

»Ja.« Sie seufzt laut auf. »Ich hab da was von einer Beförderung gehört, für Markant und dich? Erzähl doch mal, ein paar gute Nachrichten kann ich jetzt dringend gebrauchen.« Obwohl sie versucht, sarkastisch zu klingen, ist ihre Stimme schrill und nervös. Sie hört es und kann doch nichts dagegen tun.

»Das kann auch für dich von Vorteil sein, Nel. Wie wär's mit einer Position als Hoofdinspecteur? Du bist viel zu gut für diesen hinterwäldlerischen Verein. Die Buschtrommeln scheinen bei euch allerdings ziemlich gut zu funktionieren.«

Wenn er früher einen Scherz über den abgelegenen Landstrich gemacht hat, in dem sie arbeitet, tat er das mit Humor. Jetzt hört sie die Ungeduld in seiner Stimme.

»Und Cornelissen ist dir völlig egal?« Sie hört, wie kühl und kurz angebunden ihre Stimme klingt.

Er schweigt. Ihr Kopf dröhnt, sie spürt, dass sie verärgert und wütend über diese Ungerechtigkeit ist, versucht sich aber zu beherrschen, zumindest, was ihre Stimme anbelangt. »Und wenn ich mit seiner Freistellung nicht einverstanden bin?«

Nummerdor flucht leise am anderen Ende der Leitung. »Du weißt doch, wie diese Dinge laufen. Wenn man mitmacht, gewinnt man, ansonsten verliert man.«

»Das soll wohl der Bonus dafür sein, dass wir den Bürgern zuliebe so gründlich mit der Diskriminierung bei der Polizei aufgeräumt haben, nehme ich an.«

Er sagt nichts dazu.

»Und was hast du davon, Ruud?«

Schweigen.

Sie hört nur noch Rauschen und hat große Lust, laut zu schreien oder irgendetwas kaputt zu werfen.

Sie drückt auf die rote Taste ihres Handys und macht gereizt das Radio aus.

Da sieht man mal wieder, dass man niemandem vertrauen darf. Nicht mal Ruud, einem Freund wohlgemerkt. Zumindest hat sie ihn immer dafür gehalten. Sein Dienstgrad, seine hohe Position hat dabei nie eine Rolle gespielt, sie konnte ihm alles sagen, und er hat ihre Arbeit respektiert. Sie half ihm, wenn er sie brauchte. Wie oft war sie bei ihm, als es mit Ans zu Ende ging, als die nicht mehr wollte. Und danach hat sie ihn aufgefangen. Jetzt lässt er sie fallen, Hauptsache, er kann noch weiter nach oben auf der Karriereleiter. Jemandem vertrauen ist gefährlich, das erlebt sie jetzt schon zum x-ten Mal. Sofort verliert sie jeden Mut, Jaap ›Ja‹ zu sagen, wenn er sie denn fragen sollte. Dasselbe gilt für Evelien. Sie braucht dringend frische Luft. Trotz der Klimaanlage und den nicht gerade sommerlichen Temperaturen ist ihr warm im Auto. Sie will weg, weit weg von allem.

Da sieht man's mal wieder, dröhnt es in ihrem Kopf, da sieht man's mal wieder.

In der Zwischenzeit hat sie Hanne te Brake nicht aus den Augen verloren. Die geht die letzten Meter zu ihrem Haus in der Notenboomstraat. Als Hanne den Schlüssel in die Tür steckt, verlässt Nelleke gerade Groenlo. Kurz darauf fährt sie rechts ran und steigt aus. Sie lässt den Regen auf ihr Gesicht prasseln, und innerhalb kürzester Zeit laufen die Tropfen in ihren Nacken und unter ihre Bluse. Sie spürt es kaum.

Das Telefon in ihrem Auto holt sie zurück in die Wirklichkeit. Josien ist dran.

»Daya und ich haben uns gefragt, ob du noch mit uns spazieren gehst.«

»Ja, Liebes, ich komme gleich.«

Sie bemüht sich, fröhlich zu klingen, beendet das Gespräch mit einem Scherz und beginnt dann geräuschlos zu weinen.

Sie fährt zurück aufs Revier. Dort merkt sie, wie spät es ist und dass sie überhaupt keinen Appetit hat. Sie ruft Jaap an.

»Ich bin's.«

»Wo bist du?«

»Auf dem Revier.«

»Lass mich raten, wir gehen heute Abend nicht essen.«

Sie holt tief Luft. »Ich stehe kurz davor, den Fall aufzuklären, Jaap, und ich habe Angst, dass es morgen noch eine Leiche gibt, wenn ich mich jetzt nicht dahinterklemme.« Sie hofft, dass ihre Worte überzeugend genug klingen.

»Was ist los, Pumuckl?«

Er hört es an ihrer Stimme, wie hätte es auch anders sein können.

»Es tut mir leid, aber mehr kann ich dir jetzt nicht sagen.«

Jaap schweigt, aber nicht lange. »Pass gut auf dich auf.« Er klingt gelassen, vernünftig.

»Vielleicht kann Evelien ja auch morgen statt heute«, schlägt sie vorsichtig vor. Am anderen Ende herrscht nach wie vor Schweigen. »Bitte, Jaap.«

»Ich ruf sie an.«

Sie seufzt erleichtert. »Danke dir. Ich komme so schnell wie möglich nach Hause, das versprech ich dir.«

Sie hat einen Tag Aufschub bekommen. Jetzt muss sie dranbleiben, sich darauf konzentrieren, was Wagener über die Zusammensetzung der Tabletten gesagt hat. Das Gespräch mit Nummerdor muss sie sich vorläufig aus dem Kopf schlagen. Die Tabletten von Zuidemas Forschungsarbeit haben dieselbe Zusammensetzung wie Schallmanns Tabletten, die sie von Seesink bekommen hat. Sie sind für Sportler gedacht. Angenommen, Corry Fierink hat die für ihre Therapie auf ihrer Station eingesetzt. Sie selbst kann durchaus ganz normale Vitamintabletten genommen haben. Corry will um jeden Preis befördert werden. Sie weiß, dass es dieselben Tabletten sind, die Zuidema in seiner Praxis verwendet. Das würde erklären, warum neben dem Ketamin auch die gestohlen wurden.

Sie braucht Beweise. Die Beweise, die sie jetzt hat, führen dummerweise alle zu Zuidema. Der Tierarzt könnte den Diebstahl auch selbst vorgetäuscht haben, um sie auf eine falsche Fährte zu setzen. Es wurden schließlich keinerlei Einbruchspuren gefunden. Sie liest die Verhöre mit Zuidema noch einmal durch, auch wenn es ihr schwerfällt, sich zu konzentrieren. Ihr Gefühl sagt ihr, dass Zuidema nicht der Täter ist. Verärgert schiebt sie die Akte zur Seite. Also noch mal von vorn. Sie liest die Aussagen von Corry Fierink, Hanne te Brake und Schallmann, vergleicht sie mit den Schlussfolgerungen von Wagener und schaut sich die Fotos vom Tatort an.

Sie spürt, dass sie kurz vor der Aufklärung steht, auch wenn eine kleine, nagende Unsicherheit bleibt.

Bei Chirawari, der Julia Zuidema obduziert hat, beantragt sie die Untersuchung zweier Leichen im Krankenhaus von Winterswijk. Und sie ruft Simmelinck an. »Ich will Schallmann hier haben«, sagt sie. »Morgen früh, so schnell wie möglich.«

»Ich rufe sofort unsere deutschen Kollegen an.«

Sie bittet ihn, anschließend nach Winterswijk zu fahren, zusammen mit jemandem von der Spurensicherung. Leider hat sie keine Zeit, auf Chirawaris Ergebnisse zu warten. Mit den Fakten, die Wagener gefunden hat, hat sie ein Motiv. Die Kollegen, vor allem Markant, sind fest davon überzeugt, dass Zuidema der Täter ist. Sie hat Zweifel an seiner Schuld, auch wenn ihre Argumente zugegebenermaßen alles andere als überzeugend sind. Andererseits zweifelt sie nicht an ihrer Intuition, das kann sie sich nicht leisten. Dann sind da noch ihre neuen Anweisungen. Sie braucht Antworten.

Sie ruft Wagener an und überredet ihn, zur Spurensicherung von Doetinchem zu fahren und die CD zu holen. »Die oberste auf dem Stapel, die grüne«, erklärt sie ihm.

»Von The Alan Parsons Project«, sagt Wagener.

»Genau die.«

Danach ruft sie das Krankenhaus in Winterswijk an. Sie will nicht, dass ihre Mutter wieder auf die Reha-Station verlegt wird.

Sie will diese Unsicherheit loswerden und fängt noch mal von vorne an. Sie versucht eine neue Perspektive auf den Fall einzunehmen, vielleicht hilft ihr das weiter. Sie muss die Wer-Frage offen lassen. Es muss jemand sein, der die Frau kennt und sie seit Langem hasst. Deshalb auch die Spritze, obwohl dann nicht alles so läuft wie geplant. Ein Perfektionist, der den Mord bis ins Detail plant, der dann aber doch nicht zu hundert Prozent klappt. Aber im Grunde kommt es nur auf das Ergebnis an. Seesink ist ein Perfektionist. Bei jedem Bissen hatte er genau fünf Bohnen auf der Gabel. Das mit dem Foto passt auch dazu. Trotzdem lässt sie der Gedanke nicht los, dass der Täter ihr dieses Motiv nur einreden will. Die Spritze allein hat nicht gereicht, aber der Golfschläger war eine Notlösung. Der Schlag auf den Hinterkopf war nicht geplant. Das hat sie schon von Anfang an gedacht, als sie an jenem Dienstag in Zuidemas Haus kam. Heijnen, der das Täterprofil angefertigt hat, ist da ganz ihrer Meinung.

Es passt. Ihre Schlussfolgerungen müssen einfach stimmen, und sie überlegt, ob es wohl vernünftig ist, den Verdächtigen festzunehmen. Sie sieht den abschätzigen Blick von Markant regelrecht vor sich. So wie die Dinge liegen, und dann auch noch mit dem suspendierten Cornelissen, kann sie sich nach dem Jauchegrubendrama keine zweite Blamage erlauben. Wenn ihr Verdächtiger standhaft bleibt, hat sie nichts in der Hand. Sie will ihr Team schließlich zusammenhalten. Aber wenn sie vorgeht wie eine blutige Anfängerin, wird sie genau das Gegenteil erreichen.

Wenn der Täter so weitermacht wie bisher, sollte sie seinen nächsten Schritt kennen.

Darauf muss sie sich vorbereiten. Und wenn sie zwei und zwei zusammenzählt, wird sie morgen die Lösung haben. Mit einer entschiedenen Geste legt sie die Berichte beiseite, alles, was sie braucht, hat sie im Kopf.

Zu Hause kann sie sich nur schwer auf den Alltag konzentrieren. Kopfschmerzen verhindern, dass sie sich entspannen und am Familienleben teilnehmen kann. Sie hört irgendwas von einer Jeans, die Emma von Jaap bekommen hat. Sie versucht sich für Anouk zu interessieren, die etwas von einem Konzert erzählt, aber es entgeht ihr vollkommen, ob die älteste Tochter selbst darin aufgetreten ist oder ob sie nur eines besucht hat. Sie traut sich nicht nachzufragen, weil sie sich sicher ist, dass Anouk das alles längst erzählt hat. Genauso, wie sie sich sicher ist, dass Jaaps Älteste erzählt hat, warum sie am Wochenende hier ist und nicht bei ihrer Mutter. Nelleke weiß es nicht mehr, es ist ihr einfach entgangen. Jaap und Anouk gehen aus. Sie gehen in ein Café, das ist ihre Art, die Vater-Tochter-Beziehung zu pflegen.

Der Mac in ihrem Arbeitszimmer lässt seine fröhliche Melodie erklingen, während sie ihn hochfährt. Sie passt nicht zu ihrer Stimmung. Sie fühlt sich leer oder besser gesagt zu voll, um sich auf den Bildschirm konzentrieren zu können. Die Astrokarte des Tages, die sie heute Morgen nicht angeklickt hatte, verheißt nichts Gutes. Sie klickt sie schnell wieder weg. Daya bettelt um ihre Aufmerksamkeit. Erst mit einem Stück Papier, dann mit lautem Gähnen. Sie lässt das Tier auf ihren Schoß springen, woraufhin es eifrig ihre Hand leckt, was kitzelt. Die Kleine hat ihre Stimmung genau erfasst, und sie streichelt den Hund. »Los, komm schon, du Wirbelwind, gehen wir kurz nach draußen.« Im Garten wirft sie den völlig abgewetzten Tennisball zigmal für Daya, die ihm hinterherrennt, um ihn ihr innerhalb weniger Sekunden und einen neuen Wurf einfordernd wieder zu Füßen zu legen. Das schlichte Spiel hilft ihr, sich zu entspannen.

»Wir gehen wieder rein.« Der Hund hat kein bisschen Lust dazu und hüpft wild um sie herum. Immer wenn sie versucht, das Tier zu packen, läuft es blitzschnell weg. Ein paarmal lässt sie das durchgehen, doch dann schlägt sie einen strengeren Ton an.

Im Wohnzimmer macht sie es sich auf dem Sofa gemütlich und schaut, was es im Fernsehen gibt. Soaps, *De Gouden Kooi*, Unterhaltungsschrott, das Programm ist eine einzige Katastrophe. Sie könnte sich eine DVD mit einer Folge von *Inspector Barnaby* ansehen oder etwas lesen. Sie hat letzte Woche ein altes Buch aus dem Regal gezogen, Simone de Beauvoir. Als sie das Buch gerade holen will, hört sie, wie sich die beiden jüngsten Töchter streiten. Daya flüchtet auf ihren Schoß, die lauten Stimmen haben sie erschreckt. Sie streichelt den Hund, woraufhin der den Kopf in den Nacken legt.

Emma und Josien scheinen sich nicht vertragen zu wollen. Sie will gerade in Emmas Zimmer gehen, als sie über das Geräusch von splitterndem Glas erschrickt.

Kaum dass sie das Kinderzimmer betritt, ist es ruhig. Ein Stück Glas knirscht unter ihren Füßen. Die Vase, die Emma von ihrer Mutter bekommen hat, liegt kaputt auf dem Boden. Josien sieht mit großen, verweinten Augen auf die Bescherung.

»Was ist los?«, fragt sie.

»Nichts«, sagt Emma, die sich umgezogen hat. Sie trägt ihre neue Hose. Emmas Gesicht sieht erhitzt aus.

»Gefällt Josien deine Hose nicht?«, witzelt sie, aber keine der beiden kann ihrer lustigen Bemerkung etwas abgewinnen, es herrscht weiterhin eiskaltes Schweigen.

Josien und Emma sehen sich an, woraufhin Josien lauthals verkündet, dass Emma sie geschubst und anschließend die Vase zu Boden geworfen habe.

»Sie hat behauptet, ich sei dumm«, sagt Emma wütend.

»Hast du das gesagt?«, fragt sie die Jüngste, die so schuldbewusst aussieht, dass Emma höchstwahrscheinlich recht hat.

Josien nickt. »Emma nimmt Tabletten, weil sie dünn werden will. Das ist doch dumm?«

Zu ihrer großen Überraschung holt Emma ein Döschen mit Tabletten aus ihrem Schulranzen.

»Die hier helfen, sagt meine Mutter.«

»Hat sie dir die Dinger gegeben?«

»Nein, sie hat mit einer Freundin darüber gesprochen, als wir letztes Wochenende da waren. Ich hab sie selbst gekauft.«

Nelleke schickt Josien mit einem Augenzwinkern weg und streicht ihr vorher noch zärtlich über den Kopf. »Geh mal kurz mit Daya spielen.«

Emma hat große Ähnlichkeit mit ihrem Vater. Sie hat nicht nur seine braunen Augen und sein unbekümmertes Lachen – auch wenn davon im Moment nichts zu sehen ist –, sondern auch charakterlich hat sie viel mit Jaap gemein. Sie hat eine große Klappe, ist aber eigentlich eher schüchtern. Man kann das zwar nie genau wissen, aber im Grunde ist sie überzeugt, dass diese Tochter mit ein bisschen Glück ihren Weg schon machen wird. Auch wenn es gerade anders aussieht.

»Ich bin zu dick.«

Aha. Endlich ist es heraus. An Emmas Gesicht sieht sie, wie viel Kraft sie dieses Geständnis gekostet hat.

»Wie kommst du darauf?«, fragt sie.

Emma schlägt eine Mädchenzeitschrift auf. »Den habe ich auch gekauft«, sagt sie und zeigt auf ein viel zu mageres Mädchen in einem engen Rock für Erwachsene. »In den würde ich nie reinpassen, ich würde darin aussehen wie ein fettes Schwein. Und die hier sieht auch unmöglich aus.« Sie zeigt abschätzig auf ihre Jeans, die ihr, soweit Nelleke das beurteilen kann, wie angegossen sitzt.

»Und wenn ich dir jetzt sage, dass du nicht dick bist? Dass du dich von diesen Knochengestellen in den Zeitschriften beeinflussen lässt?«

Emma zuckt mit den Schultern.

»Ich werde es dir beweisen, warte mal.«

Sie misst Emmas Taille und belegt mit einem Fachartikel, wie groß ihr Umfang sein darf. »Da liegst du noch weit drunter. Sollen wir auch deinen BMI ausrechnen?« Sie erklärt Emma, wie man die Maßzahl zur Bewertung des Körpergewichts ermittelt. Aber bei Kindern funktioniert das natürlich anders als bei Erwachsenen, fällt ihr wieder ein. Zusammen finden sie auf dem Computer eine Website, die Emmas BMI ausrechnet, und sie fällt in die Kategorie »Normalgewicht«. »Du bist also überhaupt nicht zu dick, sondern eher dünn, wie du siehst.«

Sie gibt Emma Lesestoff über die Entwicklung ihres Körpers, und gemeinsam besuchen sie Websites mit entsprechenden Informationen. Sie scheint zu akzeptieren, dass eine gesunde Ernährung nicht dick macht und absolut notwendig für ihre Entwicklung ist.

»Den Rock solltest du dir kaufen«, sagt sie und zeigt auf einen bunten Mädchenrock in einer Modezeitschrift, der Emma ausgezeichnet stehen würde. »Von mir aus darfst du den gern online bestellen.«

»Cool. Danke.«

»Und die Jeans?«

»Was ist damit?«

»Sitzt die bequem?«

»Ja, wieso?«

»Sie steht dir fantastisch«, sagt Nelleke lächelnd, bevor sie die Tür von Emmas Zimmer zumacht.

Kurz darauf kommen Jaap und Anouk zurück, mit einer Papiertüte aus dem Café. Emma will nichts und Nelleke ärgert sich. Waren alle ihre Bemühungen umsonst? Aber dann geht Jaaps mittlere Tochter in die Küche und macht sich ein Brot mit Tomate und Ei.

Auf ihrer letzten Runde mit dem Hund sagt Jaap, dass er sich auf ihr morgiges Essen freut. Er gibt zu, dass er ziemlich enttäuscht war, als sie anrief. Seine Worte sorgen dafür, dass ihre Gedanken wieder zu dem Fall zurückkehren. Wie wird sie sich morgen um diese Zeit fühlen? Sie macht sich Sorgen, was den nächsten Tag anbelangt. Zum Glück sorgen der Whirlpool und Jaaps Massage dafür, dass sie sich vorübergehend entspannen kann.

50

Heute Abend bekommt er eine zweite Chance. Er hofft, dass sie sich über das freuen wird, was er vorhat, aber eigentlich ist er sich da ziemlich sicher.

Dass seine Fotos bei einem immer größeren Publikum ankommen, ist für ihn wie die Sahne auf dem Kaffee. Dabei ist bei ihm gar keine Sahne mehr nötig, er ist dick genug. Jaap grinst unter seiner Decke.

Sie beide hier zusammen, darauf hatte er sich so gefreut. Doch sie ist schon wieder weg. Das Dumme ist, dass er vielleicht etwas zu viel Verständnis für ihren Beruf hat. Er respektiert ihre Arbeit, er selbst will sich nicht mehr so anstrengen. Wenn die Kinder erst mal groß sind und ihr Glück gefunden haben, war seine Mission erfolgreich. Jetzt scheint sich sogar Emma wieder gefangen zu haben. So schön wie gestern Abend war es schon lange nicht mehr mit den Kindern. Und wenn Nelleke in ihrem Beruf zufrieden ist, macht ihn das auch glücklich. Er will sich nicht beschweren, er wusste von Anfang an, woran er bei ihr ist. Sie lässt sich ohnehin nicht beeinflussen. Manche Menschen wollen das einfach nicht begreifen, sogar mit seinem Freund Pim hat er darüber diskutiert. Aber was soll's, man muss im Leben tun, was einem am wichtigsten ist. Als sein Geschäftspartner vor seinen Augen zusammenbrach, hat er selbst mit angesehen, wie schnell das Leben vorbei sein kann.

Doch ungeachtet all seiner schönen philosophischen Überlegungen liegt er hier allein im Bett. Er kann sich nicht mal dazu aufraffen, aufzustehen. Von wegen Champagnerfrühstück, das hat er gestern Abend gecancelt, oder besser gesagt verschoben. Statt zu feiern, wird er heute eben kurz mal bei der Galerie vorbeischauen und doch wieder arbeiten. Da kann er dann die Champagnerkorken knallen lassen und sein soundsovieltes verkauftes Foto feiern.

Er hört sie unten in der Küche rumoren, hört, wie die Espressomaschine angestellt wird. Er schwingt die Beine über die Bettkante, reckt sich und steht auf. Ein Kaffee bringt ihn immer auf die Beine, und das weiß sie auch. Sie hat die Maschine angemacht, um ihn nach unten zu locken. Sie ist schließlich nicht blöd.

Schade, dass Nummerdor, dieser Mistkerl, in Utrecht steckt und die Kinder an diesem Wochenende zu Hause sind, sonst hätte er das Auto genommen. Er konnte kaum glauben, dass Ruud so etwas tut. Er hat es so schön formuliert am Telefon, das mit Nellekes Beförderung. Er glaubt, das sei die Chance für sie, dass sie sich darüber freut. Bis Nelleke gestern Abend durchblicken ließ, dass Markant ihren Kollegen Cornelissen loswerden will. Da hat er sofort begriffen, woher der Wind weht. Wenn Nelleke mitmacht, kann sie auch mit einer Beförderung rechnen. Ruud und ihr Chef stecken unter einer Decke. Vielleicht hätte er es ahnen können. Ruud hat sich verändert, seit er mit der aufgetakelten Tussi zusammen ist, die bestimmt zwanzig Jahre jünger ist als er. Eine späte Midlifecrisis, logisch. Aber das ist noch lange kein Grund, jemanden, der einem blind vertraut, zu täuschen, und schon gar nicht Nelleke. Dieser Schuft muss doch wissen, welche Folgen solch ein Vertrauensbruch haben kann.

»Ha, der frühe Vogel fängt den Wurm«, sagt er, während er ihr einen Kuss auf die Nase drückt. »Gehst du ins Büro?«

»Ja, und heute Nachmittag gibt es eine Art Trauerzug, allerdings im Dauerlauf. Mal ganz was Neues«, sagt Nelleke. Er hört den Sarkasmus in ihrer Stimme und sieht die Falten, die sie seit ein paar Tagen so hart wirken lassen. Ihre rechte Braue macht Überstunden, sie hat Sorgen, die sie nicht verbergen kann.

»Und das gefällt dir nicht?«, fragt er.

»Freiheitslauf nennen sie das«, sagt sie abschätzig, »was für ein Quatsch.«

»Das ist eben ihre Art, damit umzugehen, warum eigentlich nicht?«, wendet er vorsichtig ein.

Sie ist frustriert, und zwar schon seit Tagen. An ihr nagen Schuldgefühle, auch wenn sie das niemals zugeben würde. Sie hat das Gefühl, selbst zu kurz zu kommen, zumal ein Teil von ihr in Gedanken stets bei ihrer Tochter ist. Er hofft, dass ihre Hirngespinste um Suzan keinen Einfluss auf ihre Arbeit an diesem Fall haben, denn sicher ist er sich da nicht.

Er ermahnt sich, optimistischer zu sein. Das viele Grübeln tut ihm nicht gut. Sie schafft das schon, sie ist hochkonzentriert. Da kann es ihr nur guttun, sich auch mal mit etwas anderem zu beschäftigen. Wenn man einen gewissen Abstand hat, sieht man die Dinge anders. Auf ihn trifft das im wahrsten Sinne des Wortes zu, wenn er fotografiert und entscheidet, welches Detail er vergrößern will. Er wird heute mit einer neuen Serie beginnen, es ist ein guter Zeitpunkt dafür. Der perfekte Zeitpunkt.

51

Simmelinck hat Schallmann im Verhörraum eins Platz nehmen lassen.

»Ich will alles über ihn wissen«, sagt sie grimmig. »Und sei es, dass er früher mal ein Kinderüberraschungsei geklaut hat. Außerdem will ich jedes Detail über diese Tablettensache wissen. Danach will ich mit Zuidema sprechen, sieh zu, ob er schon wach genug ist, ansonsten füll ihn mit Kaffee ab. Ich will wissen, wie viel er von dieser Sache weiß. Wie wir das hinkriegen, ist mir egal, wir müssen uns beeilen. Wir werden sie vierteilen, ihnen Daumenschrauben anlegen, ihnen mit Isolationshaft bei Wasser und Brot drohen, egal was.«

»Dann haben wir ein Problem.«

»Wieso?«

»Wir haben nur eine Zelle.«

Sie merkt, dass er versucht, sie aufzuheitern. Merkt man ihr so deutlich an, wie nervös sie ist?

»Jetzt mal im Ernst, Nelleke. Markant findet, dass wir genügend gegen Zuidema in der Hand haben, und in diesem Punkt muss ich ihm ausnahmsweise mal recht geben. Alle Beweise sprechen gegen ihn. Sollten wir uns nicht auf ihn konzentrieren?«

»Vermutlich schon.«

Im Flur trifft sie einen gähnenden Wagener. »Na, noch bis in die Puppen in der Kneipe gesessen, Ferry? Das geht nicht, bei so einem Fall!« Nelleke hat keine Lust, noch mehr Worte zu machen, und geht weiter in den Verhörraum. Sie verliert keine Zeit und knallt sämtliche Unterlagen vor Schallmann auf den Tisch. »Wollen Sie heute Abend gemütlich in Ihrem eigenen Bett schlafen, in Ihrem schicken Haus direkt am Wasser? Dann rate ich Ihnen, mir jetzt alles zu erzählen, was Sie wissen, vor allem über die Firma, die Sie mit Julia Zuidema gegründet haben. Wenn nicht, klage ich Sie wegen Mordes an und Sie verbringen die nächste Nacht hier.« Ihr Deutsch ist bestimmt nicht fehlerfrei, aber dass Schallmann alles mitbekommen hat, sieht sie an seinem Gesicht, das sofort deutlich blasser wird.

Schallmann fragt stockend, was sie genau wissen will.

»In den Unterlagen Ihrer Firma tauchen keinerlei Wareneinkäufe auf, weder in Ihrer Buchhaltung noch in der von Zuidemas Praxis. Erklären Sie mir das mal.«

»Ich habe keine Ahnung, wovon Sie reden«, stottert er.

Sie sieht, dass er versucht, Zeit zu schinden. Er ist schuldig, sie schiebt ihm die Unterlagen hin. »Ach nein? Ich werde es Ihnen erklären. Es waren dieselben Tabletten. Muss ich noch mehr sagen? Frankreich, Italien, große Märkte? Alles Quatsch. Dort gibt es keine so strengen Gesetze, deshalb wollten Sie die Tabletten dort verkaufen.«

Schallmann sieht sie fragend an.

Sie ist verärgert, sie braucht Antworten, und zwar sofort. Sie versucht ruhig zu bleiben. »Herr Schallmann, wir suchen einen Mörder.«

»Ich habe niemanden ermordet.«

»Wir suchen einen Mörder«, wiederholt sie. Sie zwingt sich, nicht die Beherrschung zu verlieren. »Jemanden, der vielleicht ein zweites Mal zuschlagen wird. Wollen Sie das auf dem Gewissen haben? Ich möchte wissen, was mit den Tabletten ist. Wir haben Beweise genug, um Sie hier festzuhalten, aber ich bin in Zeitnot, Herr Schallmann. Ich will es wissen, sofort!«

Sie lässt die Hände wütend auf den Tisch niedersausen, und als sie sich vorbeugt und ihn grimmig ansieht, scheint er zu begreifen, dass jedes Leugnen sinnlos ist.

Als sie sagt, dass eventuell ein zweites Opfer zu erwarten ist, sieht sie an seinem nervösen Blick, dass er sich geschlagen gibt.

»Es war Julias Idee. Sie hatte Gelenkprobleme. Ich dachte, das kommt vom vielen Training, aber sie glaubte, noch mehr trainieren zu müssen. Sie hatte Angst vor dem körperlichen Verfall, Angst vor der Schallmauer vierzig. Sie sah die Ergebnisse in der Praxis ihres Mannes und fragte mich, ob Mayer auch für Menschen solche tollen Tabletten herstellt. Ich riet ihr zu Vitamintabletten für Sportler, die unsere Firma produziert und mit denen wir in Kombination mit einer Diät gute Resultate erzielen. Sie hatte sofort Interesse. Sie wollte einen Versuchsballon starten, und wir ließen fünfhundert Döschen abfüllen. Aber dabei ist irgendetwas schiefgegangen. Der Produktionschef sah, dass die Bestellung für die Praxis in Lichtenvoorde war, schaute nicht richtig hin und ließ die Döschen mit den Tabletten abfüllen, die die Praxis sonst meist abnahm.«

»Mit Zuidemas Hundepillen.«

Schallmann holt tief Luft. »Ich kam erst dahinter, als Julia sie bereits einnahm. Sie war so begeistert von ihrer Wirkung, dass ich mich nicht traute, etwas zu sagen.«

»Quatsch. Sie konnten das Geld gebrauchen. Sie haben eine teure Wohnung, und das Einkommen Ihrer Frau ist auch weggefallen. Ihre finanzielle Situation ist alles andere als rosig.«

»Das stimmt. Ich muss gestehen, dass ich auch neugierig war. Sie haben recht, in Frankreich und Italien sind die Gesetze ziemlich lasch, und ich sah sofort eine Chance, endlich das große Geld zu verdienen. Außerdem konnte ich ihr nichts abschlagen, ich war in sie verliebt.«

»Waren Sie der Einzige, der davon wusste?«

»Nein. Auch ihre Freundin Hanne te Brake wollte bei der Firma mitmachen. Sie sollte das Marketing und die Werbung übernehmen, im Tausch gegen Firmenanteile und für eine Beteiligung an den Gewinnen. Soweit ich weiß, war Corry Fierink auch informiert.«

Sie macht eine entsprechende Notiz.

»Wissen Sie, was die Tabletten genau enthalten?«, fragt Simmelinck.

»Das kann ich Ihnen nicht auswendig sagen, aber sie bestehen auf jeden Fall aus bestimmten Aminosäuren wie Glukosamin und Histidin, Silizium, Vitamin D2 und D3. Ein besonderer Wirkstoff ist Chondroitinsäure, eine Substanz, die aus dem Knorpel von Haien gewonnen wird.«

Endlich sagt er die Wahrheit. Sie lehnt sich zurück und versucht sich zu entspannen. »Und die Tabletten übertrafen alle Erwartungen.«

»Ich war völlig überrascht von ihrer Wirkung, obwohl die sicherlich auch auf die Diät zurückzuführen ist. Kein Fleisch, kein Zucker, viel grünes Gemüse und Eiweiß, zig solcher Ernährungsregeln.«

»Haben Sie keine Sekunde darüber nachgedacht, dass da vielleicht etwas schiefgehen und es Nebenwirkungen geben könnte?«

Schallmann schüttelt den Kopf, doch sie sieht das schlechte Gewissen in seinen Augen.

»Anfangs nicht. Ich habe voll und ganz darauf vertraut, dass Zuidemas geniale Mischung auch beim Menschen funktioniert. Erst später machte ich mir Sorgen, vor allem nachdem …« Er stockt.

»Nachdem eine Tote im Krankenhaus von Winterswijk gemeldet wurde«, fährt sie fort. »Und dann noch eine. Sie kamen dahinter, dass Corry Fierink die Tabletten als Teil ihrer Therapie einsetzte.«

»Ich hatte so einen Verdacht. Haben Sie sie dort gefunden?«

»Die Spurensicherung hat nichts gefunden. Dieselben Tabletten wurden aus Zuidemas Praxis gestohlen, vielleicht waren sie da gerade alle und Corry hat sich nicht getraut, um Nachschub zu bitten.«

»Wie gesagt, das weiß ich nicht. Allein die Bewegung in Verbindung mit viel Fürsorge und guter Ernährung könnte schon für die deutlichen Fortschritte gesorgt haben, davon bin ich überzeugt. Ich habe es bei meiner eigenen Mutter gesehen, als die …«

»Herr Schallmann, bitte«, unterbricht sie ihn. Sie kann sich kaum beherrschen, seine Mundwinkel, die nach wie vor wie eingemeißelt nach oben zeigen, nicht brutal nach unten zu ziehen. »Julia wollte aufhören, Sie nicht. Worum ging es bei dem Telefonat vom letzten Samstag wirklich?«

»Vor ein paar Wochen kam sie dahinter, als sie die Fabrik in Düsseldorf besuchte. Sie sah die normalen Vitamintabletten, die wir dort herstellen, und merkte, dass sie ganz anders aussehen als jene Tabletten, die sie eingenommen hat. Sie war wütend, dass ich ihr nichts davon erzählt hatte. Ich sah meinen Traum vom großen Geld dahinschwinden, begriff aber, dass sie recht hatte. Gemeinsam haben wir beschlossen, einen Schlussstrich zu ziehen, denn das war das einzig Richtige. Obwohl sie sich scheiden lassen wollte, respektierte sie ihren Mann, und sie wollte ihm seine Entdeckung nicht ruinieren. Ich hatte am Dienstag eigentlich vor, zu ihr zu fahren, um zu sehen, ob wir anders weitermachen können. Wider besseres Wissen habe ich noch auf eine gemeinsame Zukunft gehofft.«

»Aber da gerieten Sie bei Julia an die Falsche. Sie wollte Sie nicht mehr sehen und wurde wütend.«

»Nein, so war es nicht.«

»Wie dann?«

»Ich habe mich nicht getraut. Bei Bocholt habe ich gewendet, das habe ich auch Ihren Kollegen schon gesagt. Ich habe begriffen, dass sich Julia nie für mich interessiert hat. Das hätte ich nur gern gehabt, und in diesem Moment war mir alles klar.«

Sie sieht ihn einen Moment nachdenklich an und zweifelt an seiner Aufrichtigkeit. Seine Antwort scheint zögerlich zu kommen, oder schämt er sich nur, das zuzugeben?

»Sind Sie sich da ganz sicher?«

»Ja.«

Sie wartet einen Moment, wartet, ob er von selbst noch etwas sagt, aber er schweigt.

»Wusste Zuidema davon?«

»Er muss etwas gemerkt haben. Es fiel selbst mir auf, dass sie vitaler wurde, jünger aussah. Ich stand kurz davor, die blöden Tabletten selbst zu nehmen.«

Sie springt auf und verlässt den Verhörraum.

52

Simmelinck kommt ihr nach, während sie in die Teeküche geht, um sich ein Glas Wasser zu holen.

»Soll ich Zuidema in Verhörraum eins bringen?«

»Dir muss man wirklich gar nichts mehr sagen.« Sie sieht auf ihre Uhr, Viertel vor elf. Sie hat noch Zeit. »Ich bin gleich da.«

Auf der Tafel im Besprechungsraum trägt sie die neuesten Erkenntnisse ein, ihre Vermutungen bestätigen sich. Sie betrachtet die gespannten Fäden. Sie muss sich konzentrieren, darf nichts übersehen, muss alle Optionen im Blick behalten. Lassen sich die losen Enden des Spinnennetzes, dem ihre Tafel mittlerweile ähnelt, zu einem Gespinst verweben, in dem sich der Täter verfängt?

Der Tierarzt wirkt verwirrt, aber er sagt, dass er lange geschlafen hat und erst wach wurde, als man ihm das Frühstück brachte. »Das klingt vielleicht komisch, aber ich konnte zum ersten Mal seit Dienstag wieder schlafen.«

»Dann freuen Sie sich vielleicht gar nicht darüber, dass wir Sie nachher laufen lassen«, sagt sie. »Es tut mir leid, Herr Zuidema, dass wir Sie hier festhalten müssen, ich tue das nur mit großem Widerwillen. Wenn Sie mir jetzt die ganze Wahrheit sagen, werde ich mich für Sie einsetzen. Haben Sie heute Morgen schon mit Ihren Kindern gesprochen?«

Er nickt, bei seinen Eltern sind sie in guten Händen.

Sie hat sich bewusst dafür entschieden, ihn allein zu verhören. Auf eine mitfühlende, offene Art, weil sie Angst hat, dass er dichtmacht, wenn sie ihn unter Druck setzt. Es fällt ihr schwer, denn im Moment würde sie ihn am liebsten an den Füßen aufhängen, ihm eine Pistole an den Kopf halten und die Wahrheit aus ihm herauspressen – Hauptsache, das beschleunigt die Aufklärung des Falles. »Ich habe hier jede Menge Fragen und hoffe, dass Sie mir bei ihrer Beantwortung helfen.«

»Wenn ich das kann.«

»Wussten Sie, dass Julia Ihre Tabletten einnahm und sich außerdem gemeinsam mit Schallmann damit selbstständig machen wollte?«

Zuidema fällt die Kinnlade herunter. »Sie hat sie selbst eingenommen, sagen Sie?«

»Sie hatten keine Ahnung davon?«

Der Tierarzt schüttelt den Kopf.

»Meine Kollegen glauben Ihnen nicht.«

»Daran kann ich auch nichts ändern.«

»Aus Ihrer Praxis wurden außer dem Ketamin Tabletten gestohlen. Sie müssen sich doch gefragt haben, von wem und warum. Möglicherweise haben Sie vorher nicht bemerkt, dass Vorräte verschwunden sind, das glaube ich Ihnen vielleicht sogar, aber Sie müssen doch vermutet haben, dass Ihre Frau etwas damit zu tun hat. Ihr plötzlich erwachtes Interesse für Ihre Arbeit, kurz darauf der Verkauf ihrer Anteile, ihre Treffen mit Schallmann, die Wirkung der Tabletten. Das kann doch gar nicht anders sein.«

»Ich dachte, sie ist verliebt.«

Sie steht so plötzlich auf, dass Zuidema davor erschrickt. Sie macht einen Schritt zur Seite, damit sie der Kamera nicht im Bild steht. »Haben Sie daran gedacht, dass die Tabletten schädlich für den Menschen sein können?«

»Nein, ich wüsste nicht warum, schließlich arbeite ich mit Tieren. Angenommen, Sie haben recht und Julia hat meine

Tabletten genommen. Dann war das doch ihre Entscheidung, dieses Risiko einzugehen. Ich habe sie ihr nicht gegeben.«

»Aber Sie hatten den Verdacht, dass sie sie einnahm.«

»Nein.«

Sie setzt sich wieder. Sie muss ihn provozieren. »Sie sind doch intelligent. Meiner Meinung nach wussten Sie ganz genau, dass das Zeug schädlich für sie ist, vielleicht sogar tödlich auf Dauer.«

»Angenommen, Sie haben recht, dann hätte ich sie wohl kaum ermordet, oder?«

»Sie wollte sich scheiden lassen. Ich weiß nicht, wie lange es dauern kann, bis einen so ein Medikament ins Grab bringt. Aber wenn es dann so weit ist und es mitten in einer Scheidung passiert, würde das Verdacht erregen. Dann würde man sie obduzieren, und mit Ihrer Karriere wäre es vorbei. Statt des Erfolges ein ruhmloses Ende. Ihre jahrelange, kostbare Forschung wäre umsonst gewesen. Und Sie hätten ein Gerichtsverfahren am Hals, denn Sie sind nun mal dafür verantwortlich, dass die Medikamente nicht in falsche Hände geraten. Stimmt's oder hab ich recht?«

Zuidema wirft die Arme hoch, als suche er göttlichen Beistand. »Dazu kann ich nur wenig sagen, außer dass ich es nicht gewesen bin. Ein Motiv macht noch keinen Mörder.«

»Sie mussten sich darauf gefasst machen, dass Ihre langjährige, teure Forschungsarbeit auf einmal wertlos würde.« Sie schlägt mit den Händen auf den Tisch, um ihre Worte zu unterstreichen. »Ihre Forschung wegen Fahrlässigkeit auf Eis gelegt, dieses Szenario ist gar nicht so unwahrscheinlich.«

»Ich wollte mich in der Tat mit meiner Forschung beeilen, aber nur weil ich weiß, dass andere auch an diesem Thema dran sind. In München forscht man zum Beispiel mit Affen. Da schau ich dann vielleicht in die Röhre, und so ein toller

Professor streicht den Ruhm und die Millionen ganz alleine ein.«

»Vor allem, wenn die Tabletten bald ganz normal in Frankreich verkauft werden, für ein paar Euro pro Packung.«

»Schallmann darf laut Vertrag dieses Produkt ausschließlich für meine Tierarztpraxis produzieren.«

Sie will gehen, als ihr noch etwas einfällt. »Jemand hat mir erzählt, dass Sie am Dienstagmorgen Streit mit Ihrer Frau hatten. Worum ging es da?«

Zuidema zuckt die Schultern. »Um ihr verdammtes Laufen, um den egoistischsten Sport überhaupt. Darum, ob wir es doch noch mal mit einer Eheberatung versuchen sollen. Vielleicht auch um das Paarungsverhalten von Fröschen, das im Vergleich zum Menschen unglaublich lang dauert. So an die drei Tage lang. Darüber weiß ich Julia zufolge mehr als über unser eigenes Liebesleben. Sagen Sie's ruhig, es stimmt ja auch.«

Sie ist schon an der Tür, als sie sich noch einmal umdreht. »Noch eine Frage, Herr Zuidema. Mögen Sie Edgar Allan Poe?«

»Wen?«

Anklagende Blicke sind auf Hein Zuidema gerichtet, als sie den Nebenraum betritt. Sie sieht verblüffte Blicke und offen stehende Münder wegen der unglaublichen Geschichte. Aber alle schauen sie in dieselbe Richtung.

Simmelinck, Wagener, sogar Markant schauten durch den Konfrontationsspiegel zu und ziehen nun ihre Schlüsse. »Ich sag's doch«, knurrt er, »schuldiger als der kann man gar nicht sein!« Mit diesen Worten rauscht er davon. Am liebsten würde sie ihm etwas an den Kopf werfen, etwas Schweres.

Sie lässt sich erschöpft auf den erstbesten Stuhl in ihrem Büro fallen. Der Mann, der sie so beeindruckt hat mit seiner

Tierliebe und seinem enzyklopädischen Wissen, scheint auch nur einer der unzähligen Goldgräber zu sein. Gott, und sie bildet sich was ein auf ihre Intuition, die sie nie im Stich lässt! Sie lässt den Bürostuhl kreisen. Abartig, jeder lässt sich durch Geld verführen. Worüber regt sie sich eigentlich so auf?

Aufhören, nach einer Lösung suchen, das hat jetzt oberste Priorität. Sie muss über Zuidema nachdenken. Hat sie den Mann wirklich so falsch eingeschätzt? Sie kann sich das einfach nicht vorstellen.

Sie hat versagt, ist enttäuscht darüber, dass ein Mensch wieder mal nur ans große Geld denkt. Vergiss deine Ideale, vergiss den Glauben an das Gute.

Sie kontrolliert ihre Mails. Ein Bericht von Wagener, der um 2 Uhr 45 verschickt wurde. Der hat gestern Nacht also noch für sie gearbeitet. Wie konnte sie das vergessen? Suzan steht in fetten Lettern in der Betreffzeile. Ihre Hand zittert, als sie mit der Maus langsam über den Bildschirm fährt. Wagener ist intelligent. Wieder einmal ist sie froh, dass sie ihn nach seinem Englandaufenthalt in ihr Team geholt hat. Er hatte Zweifel, sie hat ihn überzeugt. Er hatte noch eine ganze Weile Zweifel, aber nach einem halben Jahr war auch er überzeugt. Zum Glück hat sie sich nicht geirrt in seiner Begabung. Er war also gar nicht in der Kneipe, sie muss sich bei ihm entschuldigen. Doppelklick. Sie öffnet den Anhang, und das Herz schlägt ihr bis zum Hals.

»Gute Arbeit, Watson«, murmelt sie kurz darauf, nachdem sie sich vom schlimmsten Schrecken erholt hat.

53

Sie hat jetzt keine Zeit, sich mit Suzan zu beschäftigen, auch wenn sie im Moment nichts lieber täte.

Sie war völlig verblüfft, in dem Gesicht so vertraute Züge zu entdecken, ihre eigenen und die von Gijs. Sie konnte sich kaum davon losreißen. Wagener hatte sie vorgewarnt, nicht gleich den Anhang zu öffnen, sondern zu warten, bis sie so weit ist. Er hat am Computer ein Phantombild erstellt, zusammen mit einem Kollegen von der Spurensicherung in Amsterdam, einem Freund von ihm. Damit waren die beiden bis in die frühen Morgenstunden beschäftigt.

Ein neues Computerprogramm aus Amerika – gelobt sei das Geld, das in neue Technik investiert wird! – hat die dreijährige Suzan in eine vierundzwanzigjährige junge Frau verwandelt.

Wagener hat vorgeschlagen, den Fall über das neue System als *cold case*, wie er ihn in seiner Mail genannt hat, wieder zu eröffnen. »Siehe Utrecht« hat er noch dazugeschrieben und einen Link zu einer Website hinzugefügt: »Erster Fall erfolgreich wiedereröffnet.«

Sie würde sich am liebsten in Jaaps Arme flüchten, sich an diesem trüben Tag vor der Welt verstecken. Das Wetter ist auch nicht dazu angetan, sie aufzuheitern. Es ist zwar trocken, aber dunkle Wolkenberge türmen sich am Himmel und verkünden neues Unheil. Bestimmt wird sie heute noch klatschnass werden.

Mitlaufen, sie will mitlaufen. Simone hatte so ihre Zweifel, sie meinte, das Tempo könnte zu schnell für sie sein, sie könnten Verletzungen riskieren. Aber dann wollte sie doch mit. Während sie sich umzieht, steckt Jaap seinen Kopf zur Tür herein. Er wirkt besorgt. Sie versichert ihm, dass er sich keine Sorgen machen muss und dass sie richtig Lust hat auf den Halbmarathon. Sie hofft, dass er ihre Unsicherheit nicht bemerkt. »Und natürlich will ich heute Abend immer noch mit dir essen gehen«, sagt sie mit einem fröhlichen Lachen.

Sie betrachtet sich im Spiegel in ihrer Laufkleidung. Muss das wirklich sein? Sie nickt ihrem Spiegelbild aufmunternd zu, doch wirklich überzeugt ist sie nicht. Die beiden übrig gebliebenen Freundinnen nehmen an diesem Lauf teil, und da muss sie unbedingt dabei sein, auch wenn Markant den Fall mehr oder weniger abgeschlossen hat. Sie hat ihren Kollegen nahegelegt, keine Informationen an ihn weiterzuleiten, sie haben es auch so schon schwer genug. Und wenn sie recht behält, heißt es jetzt topp oder hopp, Tod oder Sieg. Simmelinck hat gezögert, er möchte seinen Job nicht verlieren, aber Wagener stand hundertprozentig hinter ihr. Sie reckt sich, streckt ihre Arme hoch in die Luft, atmet tief durch und beugt sich beim Ausatmen weit nach vorn.

In der Küche wartet Simone auf sie.

»Und, hast du Lust?«

»Natürlich«, erwidert ihre Freundin.

Sie küsst Jaap. »Bis später«, sagt sie, »ich werde vorsichtig sein.«

»Das will ich auch hoffen.«

Kurz darauf steigen sie in Simones knallroten Mini. »Du wirkst nicht sehr entspannt«, sagt Simone.

»Ich hoffe, dass wir den Tag ohne Leichen überstehen«, sagt sie, »und das macht mich nun mal nervös.«

»Können wir trotzdem normal zusammen laufen?«

»Keine Ahnung. Ich muss zusehen, dass ich an den Freundinnen dranbleibe. Wenn hier jemand etwas vorhat, dann wahrscheinlich gegen Ende des Laufs.«

»Woher weißt du das?«

»Das weiß ich nicht, deshalb bin ich ja so nervös. Und vielleicht auch paranoid.«

»Ich lauf einfach neben dir her«, verspricht ihr Simone, »so lange ich kann.«

Es herrscht reger Betrieb im Clubhaus von Groenlo. Ein Mann um die sechzig zieht sich um. Gewitter und Regen lautete kaum überraschend der Wetterbericht. Als sie ankamen, nieselte es bereits, und sie ist froh, dass sie sich für eine lange Hose entschieden hat.

Nelleke begrüßt Hanne, die überrascht wirkt wegen ihrer Anwesenheit, sie aber dann freundlich anlächelt. »Sportlich, sportlich«, sagt sie, und Nelleke erkennt so etwas wie Respekt in ihren Augen. »Ein Halbmarathon ist schließlich nicht ohne.«

Hanne dehnt ihre Achillessehnen. Zehnmal links und zehnmal rechts.

Corry begrüßt Nelleke mit einem Nicken. Sie zieht eine Jacke über ihr gelbes T-Shirt, kontrolliert ihre Schnürsenkel und zieht die Socken hoch.

Jeder hat andere Rituale vor einem Wettkampf.

Die Läuferin wirkt professionell. Sie macht einen ungeduldigen Eindruck, während sie sich den Laufgürtel mit Flaschenhalterung umbindet und die kleinen Flaschen so hineinsteckt, dass der Reklameaufdruck sichtbar wird. »Kommst du?«, fragt sie ihre Freundin. »Wir müssen rechtzeitig am Start sein.«

»Sie laufen also zusammen?«, fragt Nelleke.

»Ja, natürlich.«

»Mit Apfelkorn, dem Traditionsgetränk«, bemerkt sie und zeigt auf die beiden Flaschen, von denen die eine einen gelben und die andere einen schwarzen Verschluss hat.

»Klar. Julia zu Ehren«, erwidert Corry.

»Wir laufen ein wenig hinter den Damen her«, sagt sie zu Simone, als Corry und Hanne losziehen.

Simone nickt. »Dann werden wir sehen, ob wir ausreichend trainiert haben.«

Auch Simone hat da so ihre Zweifel, das hört sie an der Stimme ihrer Freundin.

54

Corry läuft neben ihrer Freundin her, aber nicht im Gleichschritt. Sie hat oft versucht, Hannes Schritt nachzuahmen oder den von Julia, weil beide so elegant liefen. Aber mit ihren kurzen Beinen hielt sie das nie lange durch. Nach einer Schweigeminute ging es los, ein stilles Grüppchen Läufer. Sie würde jetzt lieber alleine laufen, ohne diesen Heckmeck, mit ihrer Musik, damit sie ihren Gedanken freien Lauf lassen kann. Sie muss auf der Hut sein, denn sie traut Hanne nicht, früher nicht, und jetzt erst recht nicht. Eigentlich seit sie aus diesem Erziehungsheim kam. Da waren Jungs, die kein Umgang für einen sind, und Flittchen, lauter Drogendealer, Quertreiber und Unruhestifter. Kinder, die keine Kinder mehr waren und denen man aus dem Weg ging, um die man einen Bogen machte. Ihre Freundin war etwas in sich gekehrter, als sie aus diesem Heim zurückkam, aber ansonsten wirkte sie unverändert. Julia ließ Hanne damals eher links liegen, die fand es nicht so cool, so eine Freundin in ihrer Clique zu haben. Aber sie hielt das Trio zusammen. Trotzdem, damals bekam ihre wunderbare Freundschaft die ersten Risse. Seither verschwand die Dritte im Bunde nach der Schule meist in der Druckerei, und sie waren immer öfter nur zu zweit. Aber wenn sie alle zusammen waren, hatten sie jedes Mal viel Spaß, und sie schworen sich ewige Treue in der Baumhütte. Echte Freundinnen, zwischen die kein Blatt passt. Sie sieht die Szene noch genau vor sich und auch, wie sie bei ihr zu Hause vom Heuboden sprangen und ihr Vater wütend wurde, weil sie die Heuballen kaputt machten. Später waren sie bei Julia, wo man alles durfte, und wo sie gern hingingen, weil Julias Mutter so nett war. Sie feierten dort Feste, luden Freunde ein und tanzten zu Serge Gainsbourgs *Je t'aime, moi non plus* mit der mehr stöhnenden als singenden Jane Birkin.

Ihr aufeinander abgestimmtes Tempo lässt vermuten, dass sie die besten Freundinnen sind. Komischerweise glauben das die anderen noch immer, ja auch ihre Freundin ist noch fest davon überzeugt, dass ihre Freundschaft ewig halten wird. Oder gibt Hanne das nur vor? Sie scheint das viele Streiten und die Eifersucht gar nicht zu bemerken. Sie selbst hat bis vor Kurzem auch noch gehofft, dass ihre Freundschaft Bestand hätte.

Sie hätte alles dafür getan.

»Weißt du noch, wie wir unsere Bredevoort-Runde um den Slingeplas gelaufen sind in diesem Sommer?«, fragt Hanne plötzlich.

»Du meinst diesen heißen Tag, als wir ins Wasser gesprungen sind?«, erwidert sie. Was will Hanne damit sagen? Sie fühlte sich recht unsicher dort im Wasser. Julia hat sie nass gespritzt und ihren Kopf unter Wasser gedrückt. Angeblich nur zum Spaß, aber sie merkte ganz genau, dass Julia damit ihre Überlegenheit demonstrieren wollte.

»Ja. Alles war so wie immer. Ihr mit eurem Gespritze! Ich musste an früher denken, an Julia mit ihrem knallroten Haarband, mit dem sie aussah wie eine Barbiepuppe.«

»Du bist am Ufer geblieben.«

»Das nächste Mal komm ich mit, versprochen«, sagt Hanne.

»Das wirst du auch müssen, denn sonst bin ich allein in dem Teich«, sagt sie, um ihre Unterhaltung etwas aufzulockern. Hanne wird nie in den Teich springen, und wenn man ihr eine Pistole gegen die Schläfe hielte!

»Am besten, wir stoßen gleich mal darauf an«, schlägt Hanne vor.

»Und auf Julia.«

»Natürlich.«

Erst als sie erwachsen waren und eigentlich vernünftiger hätten sein müssen, bekam ihre Freundschaft neue Risse, neue Verletzungen entstanden. Hanne konnte wegen ihrer Arbeit nicht mehr so oft mit zum Training kommen. Das gemütliche Schwätzchen danach, im Clubhaus, fand, wenn überhaupt, nur noch dienstagabends statt, und meist sahen sie sich ansonsten die ganze Woche nicht. Sie selbst wurde kurz hintereinander zweimal schwanger, einmal schon vor der Hochzeit. Julia war die Nächste, sie angelte sich einen intelligenten Mann und bekam alles, was sie wollte, sogar drei Wunschkinder.

Sie spürt das Adrenalin durch ihren Körper strömen, sobald das Laufen nach etwa zehn Kilometern wie von selbst geht.

»Fandest du nie, dass Julias Mann irgendwie komisch ist? Jetzt mal ganz ehrlich: Alle Beweise sprechen gegen ihn. Ich habe gehört, dass er seit gestern im Gefängnis sitzt.«

Sie erschrickt über Hannes Bemerkung. Warum soll sie sich hier und jetzt über irgendeinen Polizeiverdacht unterhalten? »Meiner Meinung nach verdächtigen sie Seesink. Der war total verrückt nach Julia. Die De Winter hat dir doch auch das Foto mit dem Text auf der Rückseite gezeigt?«

»Ja.«

»Na also.«

Aus dem Augenwinkel sieht sie zu Hanne hinüber und versucht zu ergründen, was ihre Freundin denkt. Hannes Blick ist in die Ferne gerichtet, sie wirkt vollkommen unnahbar. Warum bezeichnet sie Hanne dann verdammt noch mal immer noch als ihre Freundin?

Sie laufen eine Zeit lang schweigend mit der Gruppe. Ein Mann um die sechzig macht auch mit bei dieser Ehrenbezeugung für Julia. Als sie sich letztes Jahr im Sommer so munter nass spritzten, hätte keiner sich vorstellen können, dass sie nun an solch einem Gedenklauf teilnehmen würden. Was für ein Hohn.

55

Beim Laufen kann sie sich immer entspannen. Selbst jetzt, in dieser Situation voller Anspannung und Nervosität, spürt Nelleke, wie sich ihr Körper entspannt. Das Tempo lässt sich leicht mithalten. Die Läufer von Groenlo laufen gemeinsam, als eine echte Gruppe. Die Teilnehmer aus Lichtenvoorde, für die die Aussicht auf den Sieg zum Greifen nah gewesen war, haben sich den vielen Gedenkläufern ebenfalls angeschlossen. Sie alle trotzen dem schlechten Wetter, um einer Laufgenossin die letzte Ehre zu erweisen und gleichzeitig ihre Sucht zu befriedigen. Jeder läuft dicht hinter seinem Vordermann, um Regen und Wind möglichst wenig ausgesetzt zu sein. Niemand scheint mehr den Ehrgeiz zu haben, als Erster durchs Ziel zu gelangen. Sie behält die beiden Freundinnen, die die Läufer anführen, genau im Auge. Die Frauen sprechen wenig. Vorhin haben sie sich kurz unterhalten, aber jetzt starren sie wieder vor sich hin. Vielleicht erinnern sie sich an bessere Zeiten.

Nicht nur die beiden Frauen, sondern auch die anderen sind still. Nur hier und da wird geflüstert. Für die paar versprengten Spaziergänger, die ihren Weg kreuzen, muss das ein merkwürdiger Anblick sein.

Sie nimmt ihre Umgebung kaum wahr, die quakenden Frösche, die Vögel, die lautstark ihr Revier verteidigen, die Wasserlilien, die Schmetterlinge, die sich spielerisch verfolgen. Ihre Gedanken sind bei Jaap. Gestern Abend war sie beinahe so weit, ihm zu sagen, dass sie ihn nicht heiraten will, bis ihr einfiel, dass er sie bisher noch gar nicht gefragt hat.

Sie erzählt Simone flüsternd, dass ihr der Konflikt mit Nummerdor sehr zu schaffen macht. Nicht nur, weil ihr Vertrauen in die Menschheit zum wiederholten Mal enttäuscht wurde. Sie ist auch unglaublich wütend und hat sich vorgenommen, die Sache nicht auf sich beruhen zu lassen, und wenn es sie den Kopf kostet.

Simone gibt ihr recht. Dass sich die Herren in Eigenregie Vorteile verschaffen wollen, ist schon nicht erfreulich, aber das auch noch auf Kosten eines Kollegen tun zu wollen, geht wirklich zu weit.

Für eine Institution, die so etwas duldet, würde sie auch nicht arbeiten wollen, stimmt sie ihrer Freundin zu.

»Das darfst du aber nicht an Jaap und Evelien auslassen, Nel, damit tust du ihnen unrecht. Sie können schließlich nichts dafür.«

Siem, die Psychologin. Intelligent, wie sie ist, weiß sie sofort, was das bei ihr auslöst. Sie würde ihr gern widersprechen, verkneift es sich dann aber.

»Das muss furchtbar sein, wenn man so gut befreundet ist und dann einer ermordet wird. Da muss man ja durchdrehen«, sagt Simone leise.

Über ihren Knopf im Ohr, den sie unter dicken Locken versteckt hat, hört sie ein Geräusch. »Nel? Nelleke?« Es ist Wageners Stimme.

»Ja?«, flüstert sie.

Erst wollte sie sich nicht verkabeln lassen, aber die Kollegen fanden es zu gefährlich, sie alleine laufen zu lassen. Dass ihr mindestens dreißig Leute Gesellschaft leisten, konnte sie nicht überzeugen.

»Wenn du jemanden verfolgst, bist du allein«, lautete Simmelincks nüchterne Antwort.

»Chirawari hat gerade angerufen«, brüllt ihr Wagener ins Ohr.

»Du kannst ganz normal reden«, sagt sie leise, »ich verstehe dich gut.«

»Oh, tut mir leid, du klingst ganz weit weg.«

»Was wollte Charles?«

»Auf dem Totenschein der beiden in Winterswijk verstorbenen Patienten steht, dass beide eines natürlichen Todes gestorben sind. Das muss nicht heißen, dass sie keine Tabletten bekommen haben, das wurde nur nicht untersucht und dementsprechend nicht vermerkt. Die zusätzlichen Blut- und Gewebeuntersuchungen von Julia Zuidema laufen noch. Die Ergebnisse bekommst du leider nicht vor Montagmorgen.«

»Sehr gut. Würdest du mir bitte einen Gefallen tun und überprüfen, ob meine Mutter heute nicht doch zufällig auf die Reha-Station verlegt wurde?«

Zwei Läufer vor ihr drehen sich leicht verärgert um, und sie spricht noch leiser. »Ich melde mich wieder, Ferry. *Over.*« Sie hört gerade noch rechtzeitig, dass Wagener noch etwas sagen will. »Ja?«

»Ich habe ihn gefunden.«

»Wen?«

»Deinen Text.«

»Wo?«

»Die Geschichte heißt ›*Das System des Dr. Teer und Prof. Feder*‹. Der Text steht auf Seite 505. Und auf der CD gibt es einen Titel, der genauso heißt: *(The System of) Doctor Tarr and Professor Fether*. Hast du das gewusst?«

Nein, das hat sie nicht gewusst, aber sie spürt, wie ihr Herz schneller schlägt. Der Text ist also wirklich von Poe, ganz so, wie sie es sich gedacht hat. Ihre Gedanken überschlagen sich. In der Geschichte ging es um einen Rollentausch zwischen Arzt und Patient, erinnert sie sich. Jemand will ihr weismachen, dass sie Seesink verhaften muss, daran besteht kein Zweifel. Seesink ist ein Poe-Fan, eines seiner Bücher lag bei ihm zu Hause. Der Titel, selbst der Inhalt der Geschichte passt dazu. Aber das kann auch ein schlaues Ablenkungsmanöver sein. Julia wollte nach der CD greifen, nach der CD, die ihr Corry Fierink kurz zuvor gebracht hatte. Das Buch stand auch bei ihr im Regal, bei ihren Büchern, die sie zuerst für Männerlektüre gehalten hatte, wegen der Computerbücher. Was sie übersehen hat, ist, dass Corry sich mit Computern auskennt, sie sogar selbst programmiert. Es waren ihre Bücher, auch das von Poe, zweifellos. Julia wollte vielleicht nach der CD greifen, weil sie wusste, dass das Seesinks Lieblingsmusik ist. Aber das kommt ihr unwahrscheinlich vor, Seesink hat kein Motiv. Sie kann sich nicht vorstellen, dass Julias Austritt aus dem Verein ein Mordmotiv sein kann. Aber vielleicht spielt er auch nur allen was vor, und er ist der Psychopath. Es kann Julias einzige Chance gewesen sein, Seesink der Tat zu bezichtigen. Möglich wäre das schon. Sie muss nachdenken, sie braucht Zeit. Jetzt muss sie sich aufs Laufen konzentrieren, auf die beiden Freundinnen.

»Nelleke?«

Simone ist rot angelaufen und keucht.

»Ich kann nicht mehr.«

»Es sind nur noch etwa fünf Kilometer.«

»Tut mir leid.«

»Ich lass dich von Simmelinck abholen.«

Sie erklärt Wagener, wo Simmelinck Simone abholen soll, und ermahnt ihre Freundin, auf ihn zu warten. »Bei dem weißen Haus dort, das habe ich ihm genannt. Sie holen dich gleich ab.«

»Soll ich Ton auch mitschicken?«, fragt Wagener.

»Ton? Was hat der denn bei euch zu suchen?«

»Han fand es zu riskant, dass wir nur zu zweit sind, also hat er Ton angerufen.«

Allmächtiger, das gibt mit Sicherheit noch Ärger. »Lass Ton bei der Ziellinie warten. Du bist noch in De Schans?«

»Ja. Hier tut sich nichts Besonderes, ich komme also in deine Richtung, wie besprochen.«

Simone winkt. Sie kann sich darauf verlassen, dass ihre Freundin keinen Unsinn macht, dafür ist sie zu gescheit.

Die Kilometer machen auch ihr zunehmend zu schaffen, das Gefühl, ewig so weiterlaufen zu können, weicht langsam einer realistischeren Einschätzung.

Ihre Gedanken verselbstständigen sich, rekonstruieren den Mord an Julia Zuidema. Sie denkt über das nach, was ihr Zuidema von seiner Forschung erzählt hat. Sie denkt an Julias Pläne, einen eigenen Vertrieb für Tabletten aufzumachen. Bis sie entdeckte, was für Pillen sie da einnahm, und es sich gerade noch rechtzeitig anders überlegte. Sie geht die Fakten durch mit Hanne te Brake als Täterin, mit Corry Fierink als Täterin. Mit Zuidema und dem Trainer. Sie lässt noch einmal alle Zeugenaussagen Revue passieren, denkt an den gestohlenen Pokal, die Nachbarin, die Hanne te Brake gesehen hat. Die Puzzleteile scheinen immer besser zusammenzupassen, und sie wird sich ihrer Sache immer sicherer.

Sie fühlt sich gut. Das Laufen inspiriert sie, erweitert ihr Blickfeld. Und doch macht sie sich Sorgen, sie behält Julias Freundinnen genau im Auge. Wenn sie die Spinnfäden richtig miteinander verbunden hat, ist ihre Beute ihrerseits auf noch ein Opfer aus, das spürt sie. Dieses Gefühl, dass es nicht nur bei einem Opfer bleiben wird, hat sie von Anfang an gehabt. Aber genau das will sie verhindern, sie muss es verhindern, allein schon ihr selbst, Cornelissen, ihrem Team und Jaap zuliebe.

Die Gruppe läuft seit einer halben Stunde etwas zu schnell für sie, das Tempo wurde ein wenig angezogen. Sie schätzt, dass sie mittlerweile einen Kilometer in fünf Minuten laufen, während sie selbst dafür normalerweise fünfeinhalb Minuten braucht. Man könnte meinen, das sei kaum ein Unterschied, aber dem ist nicht so.

Zu ihrer Erleichterung hört sie, wie der Läufer vor ihr sagt, dass sie noch einen Kilometer vor sich haben. Mit Mühe hält sie durch.

Vor dem Ziel – das Erve Kots ist schon in Sichtweite – stehen Menschentrauben. Dafür ist wahrscheinlich ein Artikel im örtlichen Käseblatt verantwortlich. Oder aber es handelt sich um begeisterte Familienmitglieder, die sich vom schlechten Wetter nicht abhalten lassen, ihre Lieben anzufeuern. Vielleicht sind auch ein paar Freunde von Julia Zuidema dabei.

Alles in allem ist es ein trauriger Umzug. Die Natur bietet mehr Ablenkung als das, was sich zwischen den Läuferinnen abspielt, die sie ständig im Auge behält. Eigentlich müsste sie sich darüber freuen, doch sie hat auf eine Auflösung gehofft. Sie hat verschiedene Szenarios durchgespielt, und keines davon scheint zuzutreffen.

Trotzdem geht es ihr jetzt besser, weil sie weiß, dass sie kurz vor der Aufklärung steht. Sie zerbricht sich allein noch darüber den Kopf, wie sie ihre Theorie um Himmels willen beweisen soll, wie sie ihre Beute in die Falle locken kann.

Es sind nur noch wenige Hundert Meter, immer mehr Menschen stehen am Wegesrand.

Und dann sieht sie plötzlich ein vertrautes Gesicht. Sie ist wie gelähmt, ihre Beine werden bleischwer. Kurz glaubt sie zwischen den nass geregneten Köpfen das Gesicht zu entdecken, das sie heute Morgen so glasklar vor sich sah, als sei es ein fester Bestandteil ihres Lebens gewesen.

Was bleibt sie dann so dumm hier stehen? Sie muss hinterher.

Sie zögert, sieht der Gruppe Läufer hinterher, von denen der letzte gerade an ihr vorbeizieht. Wie sollte sie jetzt nicht hinter Suzan herlaufen? Sie rennt los. Das Gesicht ist verschwunden. Suzan, hämmert es im Rhythmus ihres Herzschlags in ihrem Kopf. Auf einmal ist die Müdigkeit verschwunden. Sie muss sich beeilen. Wo steckt sie? War sie das wirklich? Das war bestimmt nur eine Illusion, das muss die Erschöpfung sein.

Nirgends eine junge Frau, die davonläuft. Es gibt keinen verlässlichen Anhaltspunkt für das, was sie gesehen hat. Sie schaut sich hastig um, Panik steigt in ihr auf.

Das Gesicht war zu hell, es war das Computerbild, das sie vor sich gesehen hat, ihre Einbildung geht mit ihr durch. Doch was, wenn es wahr wäre? Sie zögert und ruft Wagener an. »Ich hab Suzan gesehen, Ferry, zumindest habe ich mir das eingebildet. Mein Gott, vielleicht werde ich auch verrückt. Trotzdem, lass Ton bitte schnell nach ihr suchen.«

»Ich kümmere mich darum.«

Sie bleibt stehen, überlegt, was sie jetzt tun soll. Was, wenn wegen ihres Hirngespinsts etwas Unwiderrufliches geschieht? Ihr Pflichtbewusstsein zwingt sie, zurückzugehen. Sie war beinahe am Ziel, sie kann das Risiko nicht eingehen, die Frauen zu lange aus den Augen zu lassen. Es kostet sie große Anstrengung, zur Gruppe aufzuschließen, aber nach einem kräftigen Sprint hat sie es geschafft. Der hinterste Läufer ist direkt vor ihr, und sie rennt keuchend als Letzte durchs Ziel. In weiter Ferne hört sie etwas, das sich wie Applaus anhört. Alles in allem hat das Ganze vielleicht zwei Minuten gedauert. Sie geht auf und ab, um wieder zu Atem zu kommen, und sieht sich um. Zu ihrem Entsetzen merkt sie, dass die beiden Freundinnen nirgends zu sehen sind.

56

Sie spricht einzelne Läufer an, die ihre Beine dehnen und den Rest Flüssigkeit aus ihren Trinkflaschen in sich hineinschütten.

»Wo sind sie?«, fragt sie, während sie versucht, nicht in Panik zu geraten.

»Wer?«, fragt einer der Teilnehmer.

»Corry Fierink und Hanne te Brake.«

Als Antwort erhält sie nur ein Schulterzucken.

Sie flucht innerlich, von wegen Kameraderie! Suzan. Wo ist Suzan? Ihr Kopf dröhnt. Sie war hier, nein, sie war nicht hier. Ist sie verrückt? Ja, flüstert es in ihrem Kopf. Du bist komplett verrückt.

Sie sieht sich um und ruft Wagener an. »Ferry, ich habe sie verloren, ich brauche Verstärkung.«

»Ich bin gleich da«, sagt er. »Und ich bringe Kollegen mit.«

Wo können sie nur sein? Die beiden können sich ja nicht in Luft aufgelöst haben. Sie rennt ins Restaurant Erve Kots, wo ein Tisch mit belegten Broten und Getränken bereitsteht. Zwei Sanitäter sitzen dort und trinken Kaffee. Sie ruft ihre Namen, keine Antwort.

Sie sieht auf den Toiletten nach, schreit. Keine Antwort. Sie bleibt stehen und denkt nach. Wo sind sie hin? Sie ist jetzt im Erve Kots, was wäre eine logische Antwort?

Da hat sie plötzlich eine Eingebung.

Trotz des zweistündigen Laufs legt sie einen Sprint ein. Schon nach wenigen Sekunden spürt sie, wie ihre Beine schlappmachen. Sie hat das Gefühl, kaum vorwärtszukommen. Der Halbmarathon ging über ihre Kräfte und fordert jetzt seinen Tribut. Ihre Beine sehnen sich nach Ruhe. Sie zwingt sich durchzuhalten, nicht aufzugeben. Wenn sie doch vor dem Ziel einfach weitergelaufen, die Freundinnen nicht aus den Augen verloren hätte! Aber sie musste ja unbedingt einem Gespenst nachjagen. Diesmal gibt es keine Ausrede, diesmal ist es wirklich ihre Schuld.

War es ein Gespenst?

Ihre Beine wollen nicht mehr, aber sie setzt einen Fuß vor den anderen, aus purer Willenskraft. Sie rennt. Wie sie das macht, weiß sie auch nicht, aber sie rennt. Sie keucht, ist völlig erschöpft, außer Atem. Kein Wunder, dass der Marathontrainingsplan so anspruchsvoll ist. Noch ohne dass ihr vollständig bewusst ist, was sie da tut, beschließt sie, den Marathon sausen zu lassen, nein danke, kein Bedarf. Tief im Innern hatte sie diese Entscheidung längst getroffen, wollte sie aber nicht akzeptieren. Wenn sie ehrlich ist, hat sie es auch Simone in den letzten Wochen angemerkt, dass es ihr zu viel wird.

Mehr als ein paar Minuten Vorsprung können sie nicht haben. Sie war im Restaurant, hat sich dort umgesehen. Dadurch hat sie kostbare Zeit verloren. Sie rennt über den Asphalt, dabei rechts und links nach den Freundinnen Ausschau haltend.

Mit Mühe springt sie über einen Graben und erschrickt vor zwei auffliegenden Enten, die mit lautem Geschnatter gegen die Ruhestörung protestieren. Das Wasser steht hoch für diese Jahreszeit, kein Wunder, bei diesem Wetter. Sie ignoriert den Schmerz in ihren Oberschenkeln und rennt in das Wäldchen. Im hohen Gras, das hier üppig wächst, rutscht sie aus, kann sich gerade noch auf den Beinen halten und läuft weiter. Jetzt etwas langsamer, weil sie sich orientieren muss. Ihre Beine brennen wie Feuer. Ihr ganzer Körper tut weh, protestiert bis in die kleinen Zehen. Sie ignoriert es einfach. Soweit sie sich an Simmelincks Bericht erinnert, muss es hier irgendwo sein, am nördlichen Rand des Wäldchens. Also muss sie sich links halten. Durch die Bäume sieht sie schon das Weideland dahinter und befürchtet einen Moment lang, dass sie hier völlig falsch ist. Doch dann entdeckt sie etwas Gelbes zwischen den Zweigen. Corry trug ein gelbes T-Shirt. Sie läuft langsamer und etwas geduckt weiter. Jetzt hat sie ihre Atmung wieder unter Kontrolle, das Luftholen fällt ihr nicht mehr so schwer. Die leise, hohe Stimme von Corry erkennt sie zuerst, dann hört sie auch die tiefere Stimme von Hanne. Sie atmet einigermaßen erleichtert auf, beide sind unverletzt. Für eine Sekunde ist sie stolz, dass ihr Gedächtnis sie nicht im Stich gelassen hat. Und dann konzentriert sie sich wieder auf ihre Arbeit.

Sie flüstert in ihren Knopf: »Ferry, bist du noch da?«

»Nel?«

»Ich bin in dem Wäldchen, in dem die Freundinnen ihr Geheimversteck haben. Sie sind hier.«

»Wir kommen gleich.«

Sie schleicht sich näher an die beiden heran und ist dankbar für das schlechte Wetter. Die Sträucher sind wegen des übermäßigen Regens dicht belaubt. Das hilft ihr, unentdeckt zu bleiben. Auf einmal sieht sie etwas aufblitzen, den silbernen Pokal. Er steht in der Aushöhlung eines Kiefernstammes, die offensichtlich durch Menschenhand entstanden ist und die zumindest im Augenblick schlecht getarnt ist. Aber wahrscheinlich lässt sich die Nische mit Laub verdecken. Das ist also das Geheimversteck.

Corrys Stimme wird lauter, aber was sie sagt, bekommt sie nicht mit.

»Du nimmst dich selbst immer so verdammt wichtig.« Das ist Hannes Stimme.

»Nein, wenn hier jemand immer die Hauptrolle spielen will, dann du«, sagt Corry sarkastisch.

Die beiden wechseln ein paar Worte, aber so leise, dass sie nichts davon verstehen kann. Sie kriecht näher, wobei ihre Beine heftig protestieren.

»Du hättest Julia aufhalten können.«

»Julia aufhalten?« Corry lacht etwas zu laut. »Das hat noch nie jemand geschafft.«

»Sie wollte sich schon öfter absetzen, auch von uns. Du bist diejenige, die uns immer zusammengehalten hat. Das hättest du jetzt auch tun können.«

»Diesmal nicht, nicht mehr.« Corry klingt bedrückt. »Nicht nach letztem Sonntag. Außerdem hatte sie sich längst entschieden, sie wollte aufhören. Und der Pokal, der stand mir einfach zu.«

»Sonst wäre ich zur Polizei gegangen, um alles zu gestehen.« Hannes Stimme. Eine kurze Pause. »Aber jetzt bleibt uns nur noch eine Lösung. Wir halten den Mund, alle beide.«

»Auch, was den Pokal betrifft?«

»Na klar«, hört sie Hanne sagen. »Ich weiß von nichts.«

»Wir wollten doch anstoßen?«, sagt Corry.

»Ja.«

»Na dann mal los.« Corry holt zwei Trinkflaschen aus ihrem Laufgürtel. Die mit dem schwarzen Verschluss gibt sie Hanne. »Auf Julia.«

Sie stoßen mit den Fläschchen an, die ein dumpfes Geräusch machen.

»Auf das Leben.« Corry setzt die Flasche an den Mund und trinkt den Apfelkorn, als sei er Wasser.

Zum ersten Mal sieht Nelleke so etwas wie Selbstsicherheit auf dem Gesicht der kleinen Rothaarigen.

Sie springt auf und vergisst ihre verkrampften Muskeln, sie kann einen Schmerzensschrei gerade noch unterdrücken. »Hanne, stopp, um Himmels willen, nicht trinken!«, schreit sie. Wie besprochen betätigt sie den Knopf, um den Kontakt zu Wagener herzustellen. »Ferry, sorg dafür, dass die Sanitäter herkommen. Und ruf einen Krankenwagen, sofort!«

»Prost.« Bedenkenlos ignoriert Hanne Nellekes Worte und nimmt einen großzügigen Schluck. »Auf unsere Freundschaft«, sagt sie lachend zu der anderen.

»Auf unsere Freundschaft. Für immer«, sagt Corry.

Sobald sie Hannes zynisches Grinsen sieht, die einen großen Schluck aus dem Fläschchen nimmt, merkt sie, was hier wirklich los ist. Nicht von ungefähr hatte sie von Anfang an den Eindruck, dass Hanne die Gewiefteste von den dreien ist. »Corry, tun Sie das nicht. Sie hat …« Geräuschlos beendet sie ihren Satz und fühlt, wie ihre Beine nachgeben, bevor sie Corry erreicht hat. Sie verflucht den nassen Moosboden und rappelt sich mühsam wieder auf. Ihre Beine versagen den Dienst und sie bekommt einen heftigen Krampf in der linken Wade.

Hanne lässt sich ihr Getränk sichtlich schmecken.

Stolpernd und den Krampf ignorierend, stürzt sie sich mit letzter Kraft auf Corry und entreißt ihr das Fläschchen. »Gift, dein eigenes Gift.« Sie flüstert die Worte, weil sie keine Kraft mehr hat. Sie lässt sich keuchend zu Boden fallen, lehnt sich gegen einen Baumstamm und umklammert die Trinkflasche wie einen kostbaren Schatz. Sie schickt ein Dankgebet zum Himmel, weil ihre Intuition sie nicht im Stich gelassen und sie Hannes triumphierenden Blick richtig eingeordnet hat.

In der Ferne hört sie eine Sirene.

Sollten die beiden wirklich nur Apfelkorn getrunken haben, hätte sie sich sauber blamiert. Sie lässt Corry nicht aus den Augen, doch dann taucht zu ihrer großen Erleichterung der Blondschopf ihres Assistenten hinter den Frauen auf, zusammen mit den beiden Sanitätern.

»Bist du verletzt?«, fragt Wagener.

Seine Stimme klingt wie aus weiter Ferne, leise hört sie das Knacken seiner Finger. Macht er sich Sorgen? Um sie?

»Sie braucht vermutlich eine Spritze mit Vitamin K«, erklärt sie den Sanitätern. »Ich nehme an, dass sie Acenocoumarol zu sich genommen hat, aus dieser Flasche. Wenn Sie den Inhalt in ein Glas schütten, können Sie es sehen. Ansonsten wird man im Krankenhaus hoffentlich schnell genug dahinterkommen.«

In diesem Moment hören sie die gellenden Sirenen des Krankenwagens ganz in der Nähe, und kurz darauf kümmern sich zwei Rettungssanitäter um Corry Fierink.

»Ferry, bringst du Hanne bitte aufs Revier? Wo ist Simmelinck? Und wo steckt Cornelissen?«

»Mach dir deswegen mal keine Sorgen. Komm, ich helfe dir«, sagt Wagener. Nur gut, dass er sie stützt, aus eigener Kraft wäre sie gar nicht mehr hoch, geschweige denn wieder in Gang gekommen.

Während sie im Krankenwagen sitzt, der mit Blaulicht und Sirene wegfährt, beginnt sie zu zittern. Sie kann gar nicht mehr damit aufhören und gerade noch sagen, dass ihre Beine wehtun. Sie wird in Decken gehüllt und bekommt einen Becher heißen Tee aus einer Thermoskanne. Dann breitet sich langsam ein angenehmes Prickeln in ihrem Körper aus. Eine warme Müdigkeit überfällt sie. Corry greift nach ihrer Hand und drückt sie. Sie will ihr anscheinend etwas sagen. Der Sanitäter beruhigt sie, er nimmt an, dass sie gerade im richtigen Moment zu Hilfe kam, und lobt ihr beherztes Handeln.

Sie lässt ihn in dem Glauben, weil sie zu müde ist, etwas einzuwenden. Außerdem muss er es eigentlich wissen. Aber man kann es auch anders sehen, fast wäre es schiefgegangen, und dann hätte Corry dem sicheren Tod ins Auge gesehen. Sie hätte schneller und fitter sein müssen.

57

Der behandelnde Arzt hat soeben zufrieden den Raum verlassen. Die Dosis Acenocoumarol war beunruhigend hoch, aber zum Glück sind sie rechtzeitig gekommen. Das Vitamin K tut seine Wirkung. »Wir behalten sie zur Kontrolle heute noch hier, aber im Grunde fehlt ihr nichts. Sie war allerdings ziemlich außer sich, deswegen haben wir ihr ein Beruhigungsmittel gegeben. Vermutlich schläft sie in einer Viertelstunde ein«, hat er gesagt und sie noch gebeten, die Patientin nicht zu überanstrengen.

Eine Viertelstunde. Sie fühlt sich unwohl in dem weißen Ärztekittel, den ihr die Pfleger angeboten haben. Für Unbekannte ist sie im Moment Dr. Zerchanovic. Sie bekam auch ein Diktiergerät, so plump und groß wie es ist, wohl eins aus den Sechziger-, Siebzigerjahren. Die altmodische Kassette ist beinahe größer als das Gerät, das sie normalerweise benutzt.

Als sich der Arzt um Corry kümmerte, hat sie kurz bei ihrer Mutter vorbeigeschaut. Die war ganz überrascht, sie in einem weißen Ärztekittel zu sehen. Sie sah noch schwach aus, aber ihre Augen waren lebhaft, und sie machte ihr schon wieder Vorhaltungen. Wegen Nellekes deutlich sichtbarer Erschöpfung natürlich. Sie hat ihrer Mutter einen Kuss gegeben und fühlte sich sofort besser.

»Was ist passiert?«, flüstert Corry.

Sie legt eine Hand auf den blassen Arm, wo sich die Sommersprossen, wie in ihrem Gesicht, sehr schnell ausgebreitet haben. »Ist schon in Ordnung, ich weiß alles.«

Corrys Augen werden feucht, und kurz darauf kullern Tränen über ihre Schläfen und aufs Kissen.

»Ist Eduard hier?«

»Er macht sich große Sorgen.« Sie betrachtet die Frau, die es nie leicht hatte und sich mühsam hochgearbeitet hat. Jetzt ist sie nur noch ein Häuflein Elend. »Der Arzt, die Schwester, die zur Patientin wird. Die Geschichte von Dr. Teer und Prof. Feder passt besser zu Ihnen als zu Sjors Seesink, auch wenn Sie uns etwas anderes weismachen wollten.«

Mit Mühe gelingt es ihr, das altmodische Aufnahmegerät einzuschalten, die rote Taste muss gleichzeitig mit der Play-Taste gedrückt werden. Früher war das selbstverständlich. Sie hofft, dass das Gerät sie nicht im Stich lässt.

»Logisches Denken, das passt doch zu Poe?« Corry gähnt.

Mist, gleich schläft ihre Verdächtige ein, bevor sie ein Geständnis hat.

»Poe hat mir sehr geholfen, aber anders, als Sie das mit dem Text beabsichtigt hatten. Julia hat auf die CD gezeigt, auf Ihre CD, *Tales of Mystery and Imagination*. Sie hatten ihr die CD kurz vorher vorbeigebracht. In ihrem Todeskampf tat sie, was sie konnte, um auf ihre Mörderin hinzuweisen.«

Corry schweigt.

»Seesink kam Ihnen da gerade recht, ihn haben Sie sich ausgesucht, weil er Sie nicht beachtet, nicht gefördert hat, weder früher noch heute.«

Seufzend schließt Corry die Augen, und Nelleke hat die Befürchtung, dass kein Wort mehr über ihre Lippen kommen wird. Nur das nicht, nicht jetzt. Sie überlegt keine Minute und dreht den Infusionsschlauch zu, aus dem das Beruhigungsmittel tropft.

Corry öffnet die Augen, sie scheint nichts gemerkt zu haben.

Nelleke überprüft das Aufnahmegerät. Am Rauschen hört

sie, dass das Band läuft. Sie hat nicht viel Zeit, und sie braucht Antworten. »Sie waren eifersüchtig auf Julia. Die wurde nicht von ihrem Mann betrogen, würde bald eine eigene Firma haben und hat Sie außerdem beim Laufen geschlagen. Vorläufig. Deshalb haben Sie auch den Pokal mitgehen lassen.« Sie blufft, fällt Corry darauf rein?

»Das heißt noch lange nicht, dass ich sie ermordet habe.«

Trotz ihrer Erschöpfung spürt sie den Adrenalinschub. Sie hat richtig gehört, Corry hat die Trophäe gestohlen. »Sie haben den Pokal entwendet.«

»Julia hat diesen Witz am Sonntag nicht nur zum Spaß gemacht, von wegen, dass ich nicht durchhalte, wenn sie nicht dabei ist. Sie hat damit bewusst auf die Vergangenheit angespielt, als meine Mutter nie dabei war, nie zuschauen kam. Das hat wehgetan und war typisch Julia. Salz in die Wunde streuen, provozieren. Das hat mich jedenfalls so aus dem Gleichgewicht gebracht, dass ich verloren habe. Der Pokal stand mir einfach zu.«

Sie muss den Druck erhöhen. Eigentlich kann sie das nicht bringen, aber sie braucht einen Beweis, ein Geständnis. »Was wollten Sie? Gemeinsam diese Firma gründen? Deswegen haben Sie doch gestritten.«

»Nein. Ich wollte, dass sie im Verein bleibt, ich wollte unsere Freundschaft retten. Und dann hat sie diese Bemerkung über meine Mutter gemacht. Meine Mutter war kein netter Mensch, und das ist noch vorsichtig ausgedrückt. Aber wenn das jemand sagen darf, dann ich.«

»Und deshalb haben Sie sich gerächt und sie mit ihrer größten Angst konfrontiert. Sie waren damals dabei, als Julia die Spritze ins Knie bekommen hat. Sie wussten besser als jeder andere, welche Angst sie vor Spritzen hatte.«

Sie will von Corry hören, warum sie die Spritze in Julias Po gerammt hat. Darauf kommt es jetzt an, weil sie es sonst nicht beweisen kann.

Corry schüttelt den Kopf.

»Julia hat immer nur an sich gedacht, sie hat Sie im Stich gelassen.«

»Ich war es nicht.«

Sie muss es anders versuchen.

»Haben Sie sich nie gefragt, ob die Tabletten wirklich unbedenklich sind?«, fragt sie.

Corry sieht sie verwirrt an. »Die Tabletten?«

»Was ist mit den beiden Patienten auf Ihrer Station, die plötzlich gestorben sind?«

Mit einem Mal klingt Corrys Stimme ganz eingeschüchtert. »Ich habe sie nie verwendet, auch nicht auf meiner Station. Wer behauptet denn so etwas?«

Niemand, das ist ja das Problem. Sie will, dass Corry gesteht. »Hatten Sie die Tabletten nicht zu Hause? Meine Kollegen sagen, Sie hätten ein Döschen versteckt, als die bei Ihnen waren.«

»Das waren ganz normale Vitamintabletten. Für mich sah es so aus, als wollte einer Ihrer Beamten die mitnehmen, deshalb hab ich sie im Schrank verstaut.«

»Sie sollen befördert werden.«

»Dank meiner Therapieerfolge. Die beiden Patienten waren schon sehr alt. Irgendwann ist Schluss.«

Ashes to ashes, earth to earth and dust to dust. Der Titel ist auch auf der CD, sie hat ihn sich vorher auf Corrys MP3-Player angehört.

Corry bittet um Wasser. »Mir tut die Kehle weh.«

Sie kann das Gespräch nicht mehr lange fortsetzen. Nelleke lässt sie trinken und sieht, wie sehr sie ihre Unterhaltung mitnimmt. Was hilft's? Es geht nicht anders, sie braucht Antworten.

»Jetzt mal ganz ehrlich, Corry, ich glaube Ihnen nicht. Sie haben die Tabletten aus der Praxis gestohlen, zusammen mit dem Ketamin. Letzte Woche, am Sonntagabend. War Ihr Vorrat alle?«

Corry leugnet.

»Und danach haben Sie beschlossen, sich zu rächen. Erst musste der Hund dran glauben.«

»Nein.«

»Am Dienstagnachmittag haben Sie Julia besucht und sie ermordet.«

»Ich habe ihr die CD gebracht, sie ging aus dem Zimmer, und ich habe den Pokal mitgenommen.«

»Wo haben Sie den dann gelassen?«

»In unserem Geheimversteck. Da hat Hanne das Ding am Dienstagabend gefunden. Sie ist die Täterin.«

»Corry, ich bitte Sie, Sie wollten auch Hanne ermorden!«

Tränen kullern über Corrys Wangen auf das weiße Kissen. »Ich wollte Hanne erschrecken, sie etwas davon trinken lassen und ihr dann erzählen, was ich in den Apfelkorn getan habe. Aber nur, weil ich wusste, dass sie Julia ermordet hat.«

»Acenocoumarol sorgt für einen langsamen, qualvollen Tod. Und das wussten Sie, Sie waren an dem Nachmittag bei Hanne, als ihr Cousin vergiftet wurde.«

Corry schweigt. Sie merkt, dass sie Corry kein Geständnis entlocken kann, noch nicht. Sie steht auf, um sich die Nase zu putzen, kehrt zurück zu Corrys Bett und dreht den Infusionsschlauch wieder auf. Sofort beginnt die durchsichtige Flüssigkeit wieder zu tropfen. Sie unternimmt noch einen letzten Versuch. »Hanne wollte zur Polizei gehen. Sie wusste Bescheid.«

Corry schüttelt panisch den Kopf. »Hanne hat mir gedroht, falls ich nicht den Mund halte. Sie wollte, dass die Polizei Zuidema verdächtigt. Ich hatte Angst, wollte ihr aber zeigen, dass ich ihr dasselbe antun kann wie sie Julia.« Corry röchelt leise, sie muss ihr das Geständnis regelrecht aus der Nase ziehen. »Wo ist Eduard?« Ihre Augen werden feucht. Corrys Stimme ist kaum noch zu verstehen.

»Warum haben Sie ihn geheiratet? Sie waren noch sehr jung.« Sie muss Zeit schinden, vielleicht verplappert sie sich, kurz vor dem Einschlafen.

»Ich war schwanger.«

»Und er hat es Ihnen ermöglicht, Ihr Elternhaus zu verlassen.«

Corry nickt unmerklich. »Deshalb habe ich mich auch nie beschwert«, flüstert sie. »Wegen seiner Seitensprünge.«

Corry fängt an zu husten und bittet um ein Ende der Vernehmung.

»Schicken Sie ihn zu mir rein?«, flüstert sie fragend.

»Der Einzige, der vor Ihrer Tür steht, ist ein Polizist, um dafür zu sorgen, dass Sie nicht abhauen. Die offizielle Version lautet ›zu Ihrem eigenen Schutz‹.«

Corry lässt sich weinend zurück in die Kissen fallen. »Ich bin so müde.«

»Ich will, dass Sie mir die Wahrheit sagen«, flüstert ihr Nelleke ins Ohr. »Nur mir. Haben Sie Julia Zuidema ermordet?«

Corry schüttelt den Kopf und beginnt zu husten, bis sie knallrot anläuft. Nelleke beschließt, sie in Ruhe zu lassen. Sie steht seufzend auf und merkt plötzlich, wie erschöpft sie ist.

Unzufrieden verlässt sie den Raum.

58

Nelleke fährt zurück aufs Revier und ruft Wagener an. Sie bittet ihn, Zuidema gehen zu lassen, die Papiere wird sie später fertig machen. Alles sei unter Kontrolle, sagt ihr Assistent, sie warten auf sie und trinken Wein.

»Wein?«

»Cornelissen kam gerade mit einer Flasche vorbei. Aber das erzähle ich dir später. Unser Dienst ist zu Ende, der Fall ist abgeschlossen, also dachte ich, das ist erlaubt.«

Sie hat eigentlich das Bedürfnis, sich etwas anderes anzuziehen, sie fühlt sich unwohl in ihrem klammen Sportdress. Aber dann halt doch erst aufs Revier. Sie holt ihre Jacke aus dem Auto, um sich aufzuwärmen. Ihre Muskeln protestieren bei jeder Bewegung. Sie schaut in ihr Handschuhfach und holt die Fitmacher-Snacks heraus, die sie heute Morgen noch so guten Mutes dort deponiert hat. Die Müsliriegel bekommt Simmelinck. Den Energydrink trinkt sie in einem Zug aus. Muskeln, aufgepasst, ihr dürft euch entspannen, ich mach's nie wieder, murmelt sie vor sich hin. Ohne das anstrengende Training kann sie von nun an auch wieder normal essen. Schluss mit den riesigen Pastaportionen, die ihr schon zu den Ohren rauskamen.

Dass Julias Hand nach der CD griff, um auf den Täter hinzuweisen, stand ihr klar vor Augen, das muss einfach so sein. Julia hätte ihre restlichen Kräfte bestimmt nicht verschwendet. Vielleicht hätte sie längst früher darauf kommen können. Aber als Beweis hätte das nie ausgereicht. Trotzdem ist sie noch nicht vollkommen überzeugt, Corry hat nicht gestanden.

Schluss jetzt, alles spricht gegen sie. Natürlich ist Corry schuldig. Morgen noch ein Verhör, da werden sie ihr die Daumenschrauben dann fester anziehen. Warum ist dann da immer noch diese nagende Unsicherheit? Hat sie etwas übersehen? Eigentlich glaubt sie das nicht, auch wenn sie mit ihren Gedanken vielleicht zu sehr bei Suzan war.

Suzan.

Hat Cornelissen deshalb Wein mitgebracht? Es gibt etwas zu feiern, er hat sie bestimmt gesehen. Aber das ungute Gefühl bleibt, sie hat kein Geständnis. Na und? Sie sollte keine Gespenster suchen, wo keine sind. Sie tritt fester aufs Gas, der schnelle V 40 reagiert sofort, und im Nu ist sie schon wieder über hundert.

Sie erschrickt, als sie schon wieder geblitzt wird.

Mist, Mist, Mist!

Hätte sie früher darauf kommen können, dass Corry die Täterin ist? Sowohl die Freundinnen als auch Zuidema und Seesink kannten Julia und ihre Vergangenheit schon lange, sie wussten von ihren Ängsten und Träumen. Sogar Schallmann kannte die drei, wenn auch nicht so gut. Auch der benahm sich verdächtig und machte sich schuldig, wenn auch nicht eines Mordes.

Hanne ist gescheit, das muss sie zugeben, sie ist eindeutig die Raffinierteste von den dreien. Andererseits kannte Hanne Corry natürlich auch schon von klein auf und hat ihre Entwicklung mitverfolgt. Hanne hat bei ihrer privaten »Trauerfeier« am Dienstagabend zwei und zwei zusammengezählt. Als sie in ihrem Geheimversteck die Trophäe fand, wusste sie genug. Die Kollegen trinken also Wein. Ihr ist auch nach einem kleinen Schwips.

Cornelissen. Sie hat tatsächlich beschlossen, dass er bleiben kann, vorausgesetzt, er nimmt professionelle Hilfe in Anspruch und nimmt sich frei, bis er wieder auf dem Damm ist. Und zwar unabhängig davon, was Markant, Nummerdor oder sonst wer beschließt. Er hat sich nichts Schlimmes zuschulden kommen lassen, stattdessen hat man bewusst nach Gründen gesucht, ihn ins Abseits zu drängen. Und genau damit wird sie drohen, wenn man Cornelissen immer noch loswerden will. Sie ist nicht damit einverstanden. Der Brief an den obersten Chef befindet sich bereits als Entwurf auf ihrem Computer.

Auf dem Revier heißt man sie im Besprechungsraum herzlich willkommen. Man schenkt ihr ein Glas Wein ein, und Simmelinck bringt einen Toast aus. »Darauf, dass doch noch alles gut ausgegangen ist.«

Zögerlich hebt sie ihr Glas, es ist immerhin eine Tote zu beklagen.

Als sie Cornelissen sieht, zweifelt sie an den Gründen für den Wein. Er sieht kein bisschen so aus, als hätte er gute Neuigkeiten.

»Wir haben Zuidema wie besprochen nach Hause geschickt«, sagt Wagener. »Der Tierarzt kommt am Montag wieder, um seine Aussage zu unterschreiben.«

»Und Schallmann?«

»Den haben die Kollegen in Deutschland übernommen. So wie es aussieht, wird der Pillendreher noch ganz schön Ärger bekommen.«

»Ich sollte auch nach Hause, aber ich habe mich geweigert«, sagt Cornelissen ungewöhnlich gelassen.

»Und Hanne?«

»Hanne wartet im Verhörraum eins.«

»Einen Moment, ich bin gleich wieder da.«

Warum hat Cornelissen nichts gesagt? Jede Faser ihres Körpers schreit nach Suzan. Sie will es wissen, traut sich aber nicht zu fragen. Sie hat Angst vor einer Antwort, die sie nicht hören will.

Hanne te Brake sieht kaum anders aus als beim letzten Mal. Nur ihr rechtes Auge, das etwas mehr schielt als vorher, verrät etwas von ihrer Erschöpfung. Ansonsten wirkt die Frau völlig normal, obwohl sie gerade einen Regenguss abbekommen und einen Halbmarathon hinter sich gebracht hat. Ihre Locken sehen tadellos aus. Sie selbst hat noch gar nicht in den Spiegel geschaut, aber ihre Frisur sieht sicherlich aus, als wäre ein Tornado darüber hinweggefegt.

»Corry wird überleben«, sagt sie knapp.

»Das freut mich zu hören.«

»Hätten Sie zugelassen, dass sie das ganze Fläschchen leer trinkt?«

Das Lächeln verschwindet. »Nein, natürlich nicht. Und zur Sicherheit hatte ich bereits gestern eine Spritze mit Vitamin K versteckt.«

»Wo?«

»An unserem sogenannten Geheimversteck. Das habe ich Ihren Kollegen auch schon erzählt, und die haben das Ding bereits gefunden, Sie brauchen sie nur zu fragen. Sie lag in dem Pokal, den ich ebenfalls zurückgebracht hätte. Er gehört uns beiden nicht.«

»Warum haben Sie die Fläschchen vertauscht?«

»Weil ich ihr beweisen wollte, wie verrückt sie ist. Die hätte mich das Zeug bestimmt austrinken lassen, da bin ich mir sicher. Woher wussten Sie, dass ich sie vertauscht hatte?«

»Das wusste ich gar nicht«, erwidert sie aufrichtig. »Aber ich habe es in Ihren Augen gesehen, als Sie völlig selbstsicher und triumphierend einen Schluck nahmen.« Sie überlegt, ob Hanne genauso aufrichtig ist wie sie.

»Das gilt bestimmt nicht als Beweis. Außerdem konnte ich ja nicht wissen, ob Corry das richtige Fläschchen erwischt, oder?«

»Kein Mensch hat so viele Rituale wie ein Sportler. Ich habe gestern selbst gesehen, in welcher Reihenfolge Corry ihre Socken hochzieht, ihre Schnürsenkel zumacht, nach ihren Fläschchen greift.«

»Das sagen Sie.«

»Sie wussten, dass Corry Julia ermordet hat, warum haben Sie nichts gesagt?«

»Ehrlich gesagt hatte ich Angst. Ich hatte am Dienstagabend vor lauter Aufregung den Pokal aus unserem Versteck mitgenommen. Corry wusste also, dass ich das war.«

»Woher wussten Sie, dass der Pokal dort ist?«

»Das war nur so eine Vermutung. Am frühen Abend habe ich mit Hein telefoniert, um ihm zu kondolieren, und er hat mir erzählt, dass die Trophäe verschwunden ist. Und da dachte ich, wenn Corry die Täterin ist, hat sie das Ding dort versteckt.«

»Ihre Angst war also wichtiger, als dass die Mörderin ihrer Freundin verhaftet wird?«

Hanne zuckt mit den Schultern. »Ich hatte keinerlei Beweise, und bei meiner Harreveld-Vergangenheit hätten sowieso nur alle mit dem Finger auf mich gezeigt. Da hielt ich es für vernünftiger, nichts zu unternehmen.«

Sie sagt Hanne, dass ein Kollege ihre offizielle Zeugenaussage so bald wie möglich aufnehmen wird.

»Und so lange muss ich noch hierbleiben?«

»Vielleicht sogar noch länger.«

Sobald sie die Tür hinter Hanne te Brake geschlossen hat, verstummt der Protest. Es lässt sie kalt.

Sie trinkt den ersten Schluck Wein, lässt ihn die Kehle hinunterrinnen und wartet darauf, dass sich ein angenehmes Gefühl einstellt.

»Darauf, dass noch mal alles gut gegangen ist«, prostet ihr Simmelinck erneut zu, aber sehr überzeugend klingt das nicht.

Erst jetzt sieht sie sein blaues Auge. Was hat der denn angestellt?

»Nelleke, Respekt.« Wagener macht eine übertriebene Verbeugung und versucht wohl witzig zu sein, aber niemand lacht.

Sie sieht Cornelissen erwartungsvoll an. In Gedanken hört sie schon, wie er sagt: ›Ich habe sie gesehen‹, aber er weicht ihrem Blick aus, genauso Simmelinck.

»Wir müssen noch über den Wettlauf reden«, sagt sie. Sie schaut von einem Kollegen zum anderen, in der Hoffnung, dass einer das Wort ergreift.

Inzwischen ist es schon fast fünf. Sie muss Jaap anrufen.

»Eine Minute«, sagt sie und springt auf. »Ich muss kurz telefonieren.«

Erleichterung scheint sich in dem Raum breitzumachen, aber sie verdrängt das Gefühl. Läuft sie jetzt vor der Wahrheit davon?

Jaap ist tatsächlich sehr nervös. Und enttäuscht. »Lass mich raten, du schaffst es nicht.«

»Diesmal täuschst du dich«, sagt sie angestrengt fröhlich. Ihre Erschöpfung lässt nach. Wahrscheinlich schenkt ihr der Alkohol neue Energie und macht sie fit für den Abend. Ein Essen im Restaurant. Hunger hat sie auf jeden Fall für zehn. »Ich nehme an, Evelien kommt?«

»Punkt halb sieben wollte sie hier sein.«

»Ich bin bald da.«

Kurz bevor sie den Besprechungsraum betritt, hört sie, wie Simmelinck sagt: »Sag du es ihr, Partner.«

Ein Brummen von Cornelissen.

Da stimmt was nicht, ihr Gefühl hat sie nicht getrogen.

Cornelissens Gesicht verheißt nichts Gutes, und Simmelinck sieht auch nicht gerade fröhlich drein.

»Was ist hier los?«

Stille.

In dem Moment weiß sie bereits Bescheid.

»Und?«

»Ich hatte meinen Knopf im Ohr nicht an.«

Gut, dass sie sitzt, sie spürt, wie ihr schwindelig wird. Von den paar Schlucken Wein? Nein. Cornelissen hat gar nicht nach Suzan Ausschau gehalten, das will er ihr mitteilen. Sie spürt, wie sie den Boden unter den Füßen verliert. Der Mann, für den sie sich so eingesetzt hat! »Niemand? Also hat niemand gesucht?«

»Han hat mich angefunkt.« Cornelissens Stimme klingt dumpf. »Aber ich hab's nicht gehört.«

»Ich hatte Ärger mit ein paar dämlichen Bauerngolfern, weil ich aus Versehen einen Ball weggekickt habe. Ich konnte ja nicht ahnen, dass da gerade die Niederländische Meisterschaft stattfindet. Ich hab Ton angefunkt, aber der hat nicht reagiert.«

Nichts. Keine Suzan. Er hat nicht nach ihr geschaut, nicht gesucht. Aber wenn er nicht gesucht hat, besteht doch noch Hoffnung?

»Das blaue Auge ist mir egal, aber genauso gut hätte da auch ein Kerl mit einer Waffe stehen können«, schiebt Simmelinck hinterher.

Sie versteht seine Enttäuschung, seine Ohnmacht. Sie spürt dasselbe.

Und dann stürmt Commissaris Markant in den Besprechungsraum – einen ungünstigeren Moment hätte er sich wirklich nicht aussuchen können. Mit seiner dominanten Erscheinung beherrscht er sofort den Raum und lässt keinen Platz mehr für ihre private Geschichte.

»Wie ich hörte, ist der Fall geklärt? Das freut mich, denn dann können wir ja über die Zukunft sprechen. Und ich denke, alle wären froh, wenn sich Cornelissen diesbezüglich zurückhält.«

Sie erhebt sich langsam und zögert kurz. Tut sie wirklich das Richtige? Hat Cornelissen sie nicht gerade furchtbar im Regen stehen lassen? Nein, sie darf ihre Privatangelegenheiten nicht mit ihrem Beruf vermischen und ihn wegen dieses Patzers im Stich lassen. Das war ihr Patzer, nicht seiner. »Damit bin ich nicht einverstanden«, sagt sie bestimmt.

Markant sieht sie verblüfft an. »Würdest du bitte mal mitkommen?« Das ist keine Bitte, sondern ein Befehl.

Auf dem Flur, gleich hinter der geschlossenen Tür des Besprechungsraums, fragt Markant sie in gedämpftem Ton, ob sie weiß, dass sie kurz davorsteht, befördert zu werden. Hat sie etwa nicht mit Nummerdor gesprochen?

»Ja, seine Worte waren mehr als deutlich«, sagt sie.

»Und du bist informiert über Cornelissens Vergehen?«

»Offiziell nicht, nein, ich habe nichts schwarz auf weiß gesehen. Und selbst wenn – wir haben nun mal auch keinen leichten Beruf.« Bei diesen Worten sieht sie ihren Chef herausfordernd an, um ihm jene Phase ins Bewusstsein zu rufen, in der er auch nicht gerade in Hochform war.

»De Winter, du wurdest für eine Beförderung vorgeschlagen. In Utrecht ist eine Stelle als Hoofdinspecteur frei. Muss ich noch mehr sagen?«

»Ich bin nicht damit einverstanden«, wiederholt sie.

»Du bist damit einverstanden, du willst es nur vorher deinen Leuten erklären«, verbessert Markant sie und will schon wieder reingehen.

Ihr lautes »Nein« hält ihn davon ab.

»Nein«, sagt sie noch einmal, wenn auch nur, um sich selbst darin zu bestärken. Sie macht die Tür auf, damit die Kollegen sie hören können. »Mir erst mit Tons Rauswurf drohen und mir dann eine Beförderung in Aussicht stellen. Erst Druck ausüben und dann schleimen? Nein danke, darauf falle ich nicht herein. Mein Team bleibt, wie es ist, und zwar mit Cornelissen. Der Brief an Van Luchtenaer ist schon geschrieben. Darin erkläre ich haarklein, warum ich die Aussicht auf eine Beförderung, die auf die bizarrste Weise an einen Diskriminierungsbericht und die Suspendierung eines Kollegen geknüpft ist, absolut unannehmbar finde.«

Sie betritt den Raum und hält Markant die Tür auf. »Wollen Sie noch an der Abschlussbesprechung unseres Falls teilnehmen?«

Markant verschwindet, schon an seinem Stechschritt sieht sie, wie wütend er ist.

Zitternd lässt sie sich auf einen Stuhl fallen.

Wagener schiebt ihr ein Glas Wasser hin. Sie greift danach und will einen Schluck trinken, aber ihre Hände zittern zu sehr. »Die Chance ist groß, dass sich unser Team am Montag ändern wird«, sagt sie so ruhig wie möglich.

Cornelissen steht auf. »Das kann ja wohl auch nicht Sinn der Sache sein«, knurrt er und stürzt aus dem Besprechungsraum.

Simmelinck seufzt. »Wenn jetzt einer nach dem anderen davonläuft, sitzen wir morgen immer noch hier.« Er meint es ernst, muss dann aber über seine eigenen Worte grinsen. Wagener erkennt die unfreiwillige Komik und fängt an, laut loszuprusten. Simmelinck stimmt ebenfalls mit ein, woraufhin ihr Assistent nur noch lauter lachen muss. Sie kann nicht anders, sein fröhliches Gesicht und sein schallendes Gelächter stecken auch sie an. Sie platzt laut los, wenn auch eher vor Nervosität als vor Freude. Tränen laufen über ihre Wangen.

Cornelissen kommt zurück, nimmt sein Weinglas und schnuppert daran. »Was hat man euch denn da reingetan?«

Es dauert eine Weile, bis sie sich wieder gefasst haben, und sie ist einigermaßen erleichtert.

Cornelissens Worte holen sie in die Realität zurück. »Ich habe Markant gerade gesagt, dass ich den Dienst quittiere.«

Sie will protestieren, genau wie Simmelinck und Wagener, aber ihr Kollege kommt ihnen zuvor. »Ich habe einen Entschluss gefasst, Chef. Ich würde mich an Ihrer Stelle befördern lassen. Dann kommen Ferry und Han weiter, und die Polizei bekommt endlich einen guten Commissaris.«

»Hoofdinspecteur«, widerspricht sie ihm.

»Und dann Commissaris«, fährt ihr Kollege fort.

»Bist du sicher, dass du wirklich aufhören willst?«

Cornelissen nickt. »Den Fitnesstest würde ich sowieso nie bestehen«, sagt er grinsend, aber seine Augen lachen nicht mit.

Das ist nicht wirklich sein Wunsch, da ist sie sich sicher. Vielleicht glaubt er momentan, dass er das will, aber sie kennt ihn gut genug, um zu wissen, dass er der geborene Polizist ist.

Sie leeren schweigend ihre Gläser, und jeder hängt seinen eigenen Gedanken nach.

»Was machen wir mit Hanne te Brake?«, fragt Wagener.

»Sie meinte, ihr hättet die Spritze gefunden, stimmt das?«

Simmelinck nickt.

»Dann unterhalte dich nett mit ihr und mach die Zeugenaussage fertig. Ich bespreche mich mit dem Staatsanwalt. Mit einer Gerichtsvorladung darf sie von mir aus wieder nach Hause.«

59

Sobald Nelleke ihren Fuß über die Küchenschwelle gesetzt hat, genießt sie das Gefühl, zu Hause zu sein. Josien gibt ihr einen Kuss, unter jedem Arm hat sie eine Tüte Chips und im Schlepptau Daya, die nach dem raschelnden Plastik schnappt. Emma beißt in ein Butterbrot, während sie gleichzeitig mit flinken Daumen eine SMS verschickt.

»Herzlichen Glückwunsch«, sagt Jaap, »du hast es also wieder einmal geschafft.«

Sie murmelt etwas annähernd Bestätigendes.

»Evelien ist im Wohnzimmer.«

»Wartest du?«

Jaap nickt. Er hält Josien zurück, die lauthals protestiert, und verspricht ihr, dass sie gleich zu Evelien aufs Sofa darf.

Die Frau, die einerseits ihre Mutter ist, andererseits aber auch nicht, steht auf, als sie hereinkommt. Sie sieht schick aus, eine echte *grande dame*. Evelien glaubt bestimmt, dass sie immer so schlampig gekleidet ist, vor allem jetzt, wo sie im Laufdress von der Arbeit kommt. Was muss sie nur von ihr denken? Nelleke fühlt sich unwohl. »Ich muss mich umziehen«, sagt sie und fährt sich durch die Locken.

»Du bist schön«, sagt die Frau, in deren Gegenwart sie sich linkisch fühlt. »Ich wünschte, ich hätte etwas mehr von deiner unkomplizierten Ausstrahlung, damit ich nicht einen ganz so unerreichbaren Eindruck mache. Würde es dir dann leichter fallen, mit mir zu reden?«

»Es liegt an mir«, bricht es aus ihr heraus.

»Ich hätte dich gern früher kennengelernt«, sagt Evelien. Sie legt eine Hand auf ihren Arm, die sich angenehm warm anfühlt. »Ich hätte dich gern im Arm gehalten, als Baby, als Kleinkind. Aber als du erst mal bei deinen Pflegeeltern warst, hielt ich es für falsch, dich da wieder wegzuholen. Du musst mir glauben, wenn ich dir jetzt sage, dass ich nichts lieber getan hätte.«

Und dann passiert, was sie stets vermieden und nie gewollt hat, nur vielleicht irgendwo tief im Innersten: Evelien breitet die Arme aus, und ehe sie sichs versieht, wird sie von ihr umarmt. Sie nimmt einen vertrauten Geruch wahr und überlegt, ob es das Vanderbilt-Parfüm ihrer Mutter ist oder etwas anderes, mehr ihr körpereigener Geruch, der ihr bekannt vorkommt. Evelien streicht ihr über den Rücken, sie spürt die Wärme durch ihr T-Shirt. Und dann kommen ihr doch die Tränen, sosehr sie sich auch dagegen wehrt. Sie weint, bis ihre Nase zu ist und sie nicht mehr kann. Sie erzählt von Suzan. Dass sie glaubt, sie gesehen zu haben, dass sie dieses Gesicht nicht mehr aus dem Kopf bekommt und dass das beinahe ein weiteres Opfer gefordert hätte. Für ihr Gefühl klingen die Sätze unzusammenhängend, aber Evelien versteht und tröstet sie, wie eine Mutter. Sie merkt, dass sie es genießt, und schon ist die Angst wieder da. Sie darf das nicht zulassen. Doch, sie darf. Sie hat das Gefühl, Stunden so dazustehen. Ihr Kopf brummt. Erinnerungsfetzen tauchen auf. Dann merkt sie, wie sie sich allmählich beruhigt, dass alles gut ist. Sie löst sich von Evelien und lächelt, während sie sich die Augen wischt.

Plötzlich ist sie verlegen.

Evelien lacht. Auch sie hat feuchte Augen.

Mit einem gebügelten, blütenweißen Taschentuch wischt ihr Evelien eine vergessene Träne von der Wange.

»Schön, dass du dich bereit erklärt hast aufzupassen.«

»Jederzeit.«

»Ich muss mich umziehen. Jaap hat bestimmt Hunger wie ein Wolf.«

»Wie ein ganzes Wolfsrudel, vermutlich.«

»Ich übrigens auch.« Sie dreht sich noch einmal kurz um, obwohl Josien bereits hereingestürmt kommt. »Können wir uns irgendwann mal in Ruhe über früher unterhalten? Ich glaube, das ist wichtig für mich.«

»Sag mir einfach, wann.«

Jaap führt sie aus in ein Restaurant, in dem sie noch nie war. Bis dahin dauert es eine Dreiviertelstunde mit dem Auto, sagt Jaap, ohne ihr zu erzählen, wo es hingeht. Unterwegs lässt sie die Unzufriedenheit mit Corrys Verhör einfach nicht los. Sie muss jetzt abschalten, der Fall ist abgeschlossen, alles passt zusammen. Sie haben hart gearbeitet, das Netz ist gesponnen, und die Beute hat sich darin verfangen.

Warum freut sie sich dann nicht über Jaaps Glückwünsche?

Ihr Befugnisbereich endet in Tolkamer. Kurz wundert sie sich, als sie Ziegelfabriken und Industrie sieht, aber ein Stückchen weiter scheint sich die Fahrt doppelt und dreifach gelohnt zu haben. In dem stilvoll ganz in Schwarz-Weiß eingerichteten kleinen Restaurant Villa Copera versucht sie, Corry aus ihren Gedanken zu verbannen. Sie erzählt Jaap von ihrem innigen Moment mit Evelien, während sie über den Rhein schaut.

»Und, bist du erleichtert?«

»Merkwürdigerweise ja, obwohl ich fast nichts gesagt habe.«

»Manchmal ist das gar nicht notwendig.« Jaap hat seinen Satz kaum beendet, als er sich auch schon einen leckeren Happen des Zwischengangs in den Mund steckt.

»Was ist denn das Köstliches?«

»Ravioli mit einer Füllung aus Königsgarnelen und Spargel, an gegrillten Zucchini auf Schaum von Krustentieren.« Sie muss den Namen des Gerichts von der Speisekarte ablesen, um ihn wiederholen zu können.

Der Geschmack ist neu und doch irgendwie vertraut. Das Restaurant ist laut Jaap für einen Stern vorgemerkt. »Wir haben Hunger für zehn«, hat er zum Koch gesagt, den er von einem Fotoauftrag in diesem Jahr kennt. Der Koch hat die Botschaft begriffen und serviert ein Fünfgängemenü.

»Darf ich dir zu deiner Beförderung gratulieren?«, fragt Jaap vorsichtig.

Sie nimmt einen Schluck von ihrem Weißwein, um sich etwas Mut anzutrinken. Nur ein Glas, auch wenn sich ihr Körper nach totaler Betäubung sehnt. Ein Glas, sonst kippt sie um, und sie will wach bleiben. Das nagende Gefühl der Unzufriedenheit lässt sich nicht verdrängen, im Gegenteil. Ein Boot fährt vorbei, nah genug, dass sie erkennen kann, dass es aus Rotterdam stammt, aber zu weit weg, als dass sie wüsste, ob ein Mann oder eine Frau am Steuer steht.

»Du nimmst sie nicht an«, folgert er, weil sie zögert.

»Ich habe Van Luchtenaer einen Brief gemailt, eine Kopie davon ging an Ruud.«

»Deinen Chef in Den Haag?«

Sie nickt. »Es kann gut sein, dass die Polizei ein Antidiskriminierungsprogramm braucht, aber nicht so, wie sich das manche vorgestellt haben. Und wenn man mich auch gleich mit entfernen will – bitte sehr!«, sagt sie selbstsicherer, als sie sich fühlt. »Aber lass uns das Thema wechseln und das Essen genießen.«

»Klingt spannend. Allerdings wüsste ich gern, was du dann tun willst.«

»Am liebsten würde ich mit meinem Team weitermachen. Vielleicht ohne Ton, denn der will den Dienst quittieren. Er ist in ein tiefes Loch gefallen. Keine Ahnung, ob er es sich noch mal anders überlegt, und vielleicht wirft ihn Den Haag sowieso raus, trotz meines Protests.«

Suzan. Jaap wird sagen, dass sie sich das nur eingebildet hat, dass die Fantasie mit ihr durchgegangen ist. Wahrscheinlich hat er recht.

Sie merkt, dass Jaap unruhig auf seinem Stuhl hin und her rutscht, ja, er wirkt beinahe nervös. Auch wenn sie sich mit jeder Faser ihres Körpers nach Suzan sehnt, beschließt sie nichts von ihrem Hirngespinst zu erzählen. Mehr war es schließlich auch nicht, bestimmt nicht. Das kann warten, sie kann jetzt sowieso nichts daran ändern. Und Jaap hat einen schönen Abend verdient, ihre ungeteilte Aufmerksamkeit. Er bemüht sich redlich, etwas möglichst unauffällig aus seiner Tasche zu ziehen. Glaubt er wirklich, dass sie nichts ahnt? Auf der Fahrt hat sie das Schächtelchen längst entdeckt, das für eine ungewöhnliche Beule in seinem Jackett sorgt. Wenn man eine Polizistin an der Nase herumführen will, muss man früher aufstehen, De Geus.

Ihr kommen all die Momente in den Sinn, in denen sie Gott für diesen Mann dankbar war. Dafür, dass sie doch noch ein Zuhause gefunden hat. Sie erinnert sich auch an jene Momente, in denen sie zweifelte und sich zurückzog, fest davon überzeugt, dass sie niemanden richtig lieben kann. Sie zwingt sich, ins Hier und Jetzt zurückzukehren. Will sie diesen Schritt wirklich wagen?

Der Kellner schenkt Jaap Wein nach, sie lehnt dankend ab. Jaap hebt sein Glas.

»Ich muss mal kurz auf die Toilette«, entschuldigt sie sich.

In dem sterilen, nüchternen Toilettenraum blickt sie seufzend in den Spiegel. Irgendwo tief in ihrem Innern möchte sie wirklich zu ihm gehören. Aber dieses Gefühl liegt im Widerstreit mit ihren Zweifeln und ihrer ewigen Angst.

Auf was kann man sich im Leben verlassen? Doch nur auf Dinge, Menschen sind immer wieder anders, als man denkt. Das hat sie in den letzten Tagen mehrfach erfahren müssen. Nichts ist, wie es scheint, selbst Poe wusste das schon. Sie denkt an die Worte ihrer Mutter im Krankenhaus. Das Leben ist zu kurz, um sich nicht zu lieben. Aber eine zweite Scheidung würde sie nicht verkraften. Und wie lang wird es Jaap mit ihr aushalten? Er hat jetzt gerade ersten Erfolg und beschlossen, dass das noch nicht das Leben ist, das er sich vorgestellt hat. Aber er kann seine Meinung auch wieder ändern.

Sie kann nicht länger wegbleiben.

Corry Fierink. Kein Geständnis.

Sie seufzt erneut, während sie sich im Spiegel mustert und sich bewusst aufrichtet.

Als sie zurückkommt, liegt zu ihrem Erstaunen kein Schächtelchen auf dem Tisch. Wohl aber sein Smartphone, das elektronische Büro im Taschenformat, mit dem er auch telefoniert. Sie kann nicht sehen, ob die Wölbung in seinem Jackett verschwunden ist. Hat er es sich anders überlegt? Nach ihrer Absage für den gestrigen Abend kann sie ihm das nicht mal vorwerfen.

»Ich habe Evelien angerufen, alles bestens. Möchtest du noch Wein?«

Sie schüttelt den Kopf.

Jaap hebt sein Glas erneut und stößt mit ihrem an, in dem Wasser ist.

»Ich geh zurück ins Studio«, sagt Jaap. »Oder besser gesagt zurück in die freie Natur. Die Fotografie ist mein Leben, die Ausstellungen lassen sich auch ohne mich organisieren. Dabei soll es mir auf einen roten Punkt mehr oder weniger nicht ankommen.«

»Das hat doch nichts mit diesem Zeitungsartikel zu tun?«

»Nein, der konnte meine Entscheidung nicht mal beschleunigen. Ich hab bereits am letzten Sonntag Nägel mit Köpfen gemacht. Meine Kinder gehen vor, das hatte ich anscheinend beinahe vergessen. Emma hat mir die Augen geöffnet, aber nicht nur sie.«

Und am Montag hat er auch von diesem Essen angefangen. Ist das seine große Überraschung? Sie muss sich beherrschen, nicht laut loszulachen. Das kann doch nicht alles gewesen sein? Nein, er hat bestimmt noch etwas in petto.

Jaap küsst sie. Na also.

Widerwillig beenden sie ihren langen Kuss, weil es langsam peinlich wird vor der Kellnerin, die den nächsten Gang servieren will.

Kurz glaubt sie, es sei nur Einbildung, doch dann schwillt der Klingelton ihres Handys tatsächlich an. Auf dem Display erscheint eine unbekannte Nummer, und mit einem entschuldigenden Blick drückt sie auf die grüne Taste.

»Inspecteur De Winter.«

Sie hört zu. »Van Luchtenaer«, flüstert sie Jaap zu und merkt, wie schrill ihre Stimme klingt. Sie sieht, wie er die Servietten im Zeitlupentempo exakt aufeinanderstapelt. Er muss nicht einmal aufstehen und auf und ab laufen, um ihr zu verstehen zu geben, wie spät es ist.

Sie nickt einmal, murmelt »in Ordnung« und beendet verwirrt das Gespräch.

»Den Haag?«, fragt Jaap.

»Er hat mich gebeten, gleich zurückzurufen. Er hat mir eine E-Mail ins Büro geschickt. Morgen ist Stabsbesprechung, und er möchte sich vorher über ein paar Dinge Klarheit verschaffen.«

»Jetzt? An einem Sonntag?«

»Es geht um Cornelissen, Jaap, vielleicht sogar um mein Team. Um meine Zukunft.«

Er seufzt laut auf und probiert das Fleisch auf seinem Teller. Als sie schon fast damit rechnet, dass er wütend aufspringt, ruft er den Kellner.

Sie gehen zur Rezeption, wo der Besitzer auf sie wartet. Er wird ihnen die Rechnung nachschicken, so können sie sofort los.

Jaap schweigt. Ihr Team, Suzan. Sie fühlt sich, als stünde sie am Rand eines Abgrunds. Sie hätte gern seine Umarmung gespürt, dann hätte sie jetzt nicht solche Angst abzustürzen.

Jetzt weiß sie immer noch nicht, was er vorhatte.

60

Ihre Schritte knirschen auf dem Parkplatzkies. Jaap hält den Schlüssel in Richtung Volvo. »Wenn ich näher geparkt hätte, hätten wir noch schneller losfahren können«, sagt er ein wenig bissig. »Und jetzt werden wir zu allem Überfluss auch noch nass.«

»Ich fahre«, sagt sie, »ich hab nur ein Glas Wein getrunken.«

In diesem Moment wünscht er sich bestimmt eine andere Frau, sie fühlt es.

»Ganz wie du willst.«

Jaap wirft ihr die Schlüssel zu. Sie versucht die negativen Gedanken zu verdrängen. Es ist nun mal, wie es ist. Er ist verdammt noch mal ihr oberster Chef in Den Haag und will was von ihr. Sie steigt aufs Gaspedal, während ihr Jaaps Bemerkung über den Parkplatz nicht mehr aus dem Kopf geht. Warum bleiben ausgerechnet diese unbedeutenden Worte bei ihr hängen? Aus irgendeinem Grund bringt sie sie mit dem Lievelde-Fall in Verbindung.

Auf der Autobahn herrscht nur wenig Verkehr, sie kommt gut voran. Und dann fällt es ihr auf einmal ein, sie sieht das Videobild vor sich.

Sie zweifelt und versucht die Fakten in ihrem Kopf zu ordnen. Mit einem schlecht gelaunten, schweigsamen Jaap neben sich und Suzans Bild vor ihrem inneren Auge fällt ihr das schwer. Am Ende wird er erst recht wütend werden, weil es gefährlich ist, so was während der Fahrt zu machen. Konzentrier dich, De Winter, ermahnt sie sich. Was hat das zu bedeuten, wenn du recht haben solltest?

Ein paar Minuten später ruft sie Wagener an. Sie gibt ihm Anweisungen und versucht, nicht schneller als hundertfünfzig zu fahren.

Jaap knurrt, dass sie langsam fahren, den Tempomat benutzen soll.

Sie bittet Wagener, das Tankstellenvideo von Bocholt herauszusuchen und Simmelinck anzurufen.

Dann meldet sie sich bei Luchtenaer, um ihm zu sagen, dass sie Besseres zu tun hat, als E-Mails zu lesen, und dass er sie bei einem wichtigen Essen gestört hat. Sie würde sich aber jetzt kurz Zeit nehmen, um ihm zu sagen, was er wissen muss. Spontan wird sie alles los, was sie stört. Anscheinend hätten sie die Besprechung gleich am Telefon führen können, denn zehn Minuten später sind sie fertig.

Anschließend weiß sie auch, wo die Anzeige geblieben ist, die gegen Cornelissen erhoben wurde. Ihr Misstrauen war offensichtlich berechtigt. Verbeek hat eine ganz eigene Interpretation der Fakten hinzugefügt, auf Anweisung von höherer Stelle. Dazu fällt ihr automatisch Markant ein, aber darüber möchte sich Luchtenaer nicht äußern.

Sie beendet das Gespräch und dreht den Kopf vorsichtig nach rechts, um unauffällig zu überprüfen, wie es um Jaaps Laune bestellt ist. Er sieht sie finster an, aber als sie kurz darauf noch einmal zur Seite schaut, sieht sie bereits einen Funken Wohlwollen in seinem Blick.

»Es ist schön, der Mann an deiner Seite zu sein.«

»Es tut mir wirklich leid, ich mach's wieder gut, das versprech ich dir.«

»Den Satz kenne ich. Fahr lieber ein bisschen langsamer, einverstanden, Lauda?«

Sie geht etwas vom Gas, um das Pedal kurz darauf noch tiefer zu treten. Ihr Kopf dröhnt, und ihre Beine lassen sie wissen, dass es höchste Zeit für ein erholsames Bad ist. Sie massiert ihre Muskeln, so gut es geht, und denkt nach. Sie macht einen Denkfehler. Julia hat nicht von ungefähr versucht, auf ihren Mörder hinzuweisen, und sie schien dabei ganz auf die CD ausgerichtet. Hat sie sich getäuscht, und das Opfer wollte doch zum Telefon greifen? Nein, das kann sie sich nicht vorstellen. Van der Haar ist die CD auch aufgefallen.

Erneut ruft sie Wagener an. Ihr Assistent sagt, dass die CD bereits wieder bei der Spurensicherung in Doetinchem ist, zusammen mit den anderen Beweisstücken. Sie denkt an Frau Berendsen-Rietman. Daran, dass sie sofort an den Lievelde-Fall denken musste, als sie dahinterkam, dass es in der Zeitschrift und bei der Zeugenaussage um dieselbe Frau ging. Weil sie sich mit dem Mordfall beschäftigen muss, hat sie damals gedacht, dabei hatte es tatsächlich etwas mit ihrem Fall zu tun. Diesen Hinweis hätte sie ernster nehmen müssen.

Sie holt das eingetütete Beweismaterial vom Revier ab. Sie klappt die CD auf und liest sich den kurzen Text im Booklet durch.

In noch größerer Eile fährt sie nach Lichtenvoorde. Es stimmt.

Hat sie die Suche nach Suzan so abgelenkt?

Eine geschlossene Ortschaft, die Tachonadel steht bei siebzig, und Jaap warnt sie erneut.

Als sie den Renault Kangoo von rechts kommen sieht, kann sie nur noch an eines denken: Sie hat sich getäuscht, sich furchtbar getäuscht.

Und dann geht alles schief.

Das Auto kommt von rechts, und sie sieht es zu spät. Wie kann das sein, ein so auffälliges, orangefarbenes Auto, und sie hat es trotzdem übersehen. Sie sieht den Fahrer, einen älteren

Mann. Sein Gesicht drückt nur eines aus: Angst. Dasselbe gilt für Jaap. Er sagt nichts, aber sie spürt, dass er sich festklammert. Im Bruchteil einer Sekunde muss sie eine Entscheidung treffen. Wenn sie weiterfährt, bohrt sie die Schnauze ihres Volvos in die Seitentür des Kangoos, und das wird dessen Fahrer unter Umständen nicht überleben. Sie trifft eine Entscheidung. Sie reißt das Lenkrad nach links und weiß genau, dass Jaap im Falle eines Fehlers am meisten gefährdet ist. Gleichzeitig steigt sie auf die Bremse, aber nicht zu fest, sie pumpt. Sie klammert sich fest und ist kurz dankbar für das stabile Auto, das sofort reagiert. Sie schafft es, eine scharfe Linkskurve hinzulegen, verliert aber anschließend die Kontrolle über den Wagen. Das Heck bricht zwei-, dreimal nach links und rechts aus, und zwar zunehmend stärker. Einen furchtbaren Moment lang glaubt sie, in einen Laternenmast zu rasen. Sie tut, was sie vor Jahren zum letzten Mal geübt hat, sie tritt mit aller Macht auf die Bremse und reißt das Lenkrad so weit wie möglich nach links. Sie schließt die Augen und schickt ein Stoßgebet zum Himmel. Bremsen quietschen. Sie hört die Reifen über den Asphalt rutschen und bereitet sich auf einen Zusammenstoß vor. Doch dann ist es plötzlich still. Sie öffnet langsam die Augen und merkt, dass nichts passiert ist. Die Kühlerhaube ihres Autos zeigt jetzt in die Gegenrichtung. Ein perfektes Manöver, und wenn sie nicht solches Herzrasen hätte, wäre sie beinahe stolz auf sich. Ein alter Mann im Overall, der sich über einen Rechen in seinem Vorgarten beugt, hat die Szene scheinbar ungerührt mit angesehen. Enttäuscht zieht er an seiner Kippe. Sie will ihm beruhigend zunicken, begreift aber, dass es ihn wahrscheinlich nicht einmal interessiert, außer, es wäre etwas schiefgegangen. Dann hätte er zu Hause oder in der Kneipe etwas zu erzählen gehabt. Sie schaut zu Jaap hinüber, er sieht blass aus. Sie erkennt, dass er sich zwischen Erleichterung und Wut nicht entscheiden kann.

Der Fahrer des Kangoo rennt auf sie zu und fragt, ob ihnen etwas passiert sei. Sie beruhigt ihn. Jaap begleitet ihn zurück zu seinem Wagen. Wie zuvorkommend. Sie zittert von Kopf bis Fuß, nimmt ein paar Schluck Wasser und atmet tief ein und aus.

61

»Jetzt versteh ich gar nichts mehr.« Ihr Assistent schüttelt den Kopf. »Ich dachte, Corry Fierink ist die Täterin? Ich habe gerade erst kapiert, wie alles mit Poe, den Pillen und so zusammenhing.«

»Hast du das Video gefunden? Ich zeig es dir.«

»Es steckt im Aufnahmegerät im Verhörraum.«

»Gehen wir.«

»Du siehst aber blass aus!«

»Eine kurze Schleuderpartie, aber es ist gerade noch mal gut gegangen. Cornelissen kann übrigens bleiben, was man von Markant und Nummerdor wahrscheinlich nicht sagen kann. Ich habe gerade mit Luchtenaer gesprochen.«

Wageners Gesicht beginnt auf einmal zu strahlen.

Sie spult das Band vor, guckt und spult bis zu der Stelle, wo Schallmanns Mercedes zu sehen ist.

»Sieh mal.«

»Was denn?«

»Sein Auto. Das steht viel weiter weg als nötig. Er hätte sein Auto auch zwanzig Meter näher an der Tankstelle parken können.«

»Ja und?«

»Das ist noch nicht alles. Kannst du das Band laufen lassen?«

Als sie sieht, was zu sehen war, haut sie mit der Faust auf den Tisch.

»Ich hätte es sehen müssen.«

»Was?«

»Das kleine Scheißauto, das hinter dem BMW parkt.«
»Wie bitte?« Wagener klingt ungeduldig.
»Schau doch mal!«
»Ein Audi TT Coupé.«
»Und wer fährt so einen Sportwagen?«
Wagener fällt die Kinnlade herunter, dann sieht er andächtig auf den Bildschirm. »Kannst du das Kennzeichen erkennen?«
»Vielleicht, wenn das Auto wegfährt.«
Sie spulen und gucken, bis sie sehen, was sie sehen wollen. Ein niederländisches Kennzeichen. Sie sehen noch mehr.
Auch sie hat bei Julias Firma mitgemacht.
Dann passt auch endlich die Spritze ins Bild.
Simmelinck kommt klatschnass herein. Er hat Jaap nach Hause gefahren. »Wir haben uns draußen noch unterhalten«, sagt er. »Keine Ahnung, was du angestellt hast, Nel, aber er war ziemlich sauer. Was ist denn hier los …« Dann sieht er das Video und schaut es sich mit den Kollegen an. Es dauert nicht lange, bis auch bei Simmelinck der Groschen fällt. »Also knackt diesmal niemand den Jackpot«, lautet sein trockener Kommentar.
Wagener will schon etwas sagen, doch Nelleke kommt ihm zuvor. »Ferry, kommst du mit? Hast du, was wir brauchen? Han, würdest du bitte die Papiere fertig machen und zwei Leute mitbringen?«

Sie sieht den Stolz in Wageners Augen, als sie zum Verhörraum eins gehen. Mit Recht, denn er hat die Verdächtige gerade noch erwischt, am Eingang zum Krankenhaus. Er hat sich in diesem Fall sehr verdient gemacht, und während sie ihm auf die Schulter klopft, sagt sie das auch.
»Sie hat mir eine Riesenszene gemacht, im Krankenhaus.

Sie wolle nur ihre Freundin besuchen, hat sie gesagt. Ich brauchte noch einen Polizisten, um sie festzunehmen.«

Als sie zu Hanne te Brake ins Zimmer tritt, spürt sie die Kälte. Kein Gruß, ihre Lippen sind zusammengepresst. Wagener macht das Video an. Bei den ersten Bildern von Hanne und Schallmann schielen die zu schmalen Schlitzen gezogenen Augen in ihre Richtung. Hanne ist auf der Hut. Nelleke kann förmlich sehen, wie sie ihre Gedanken ordnet und nach einer plausiblen Erklärung sucht. Die hat sie sich bestimmt schon zurechtgelegt.

Sie muss Hanne ablenken, dafür sorgen, dass sie nicht zu lange nachdenken kann. Sie muss ihr klarmachen, dass es keinerlei Zweifel mehr gibt. »Kompliment«, sagt sie bewusst fröhlich. »Ich habe wirklich geglaubt, dass Corry den Verdacht auf Seesink lenken wollte. Das Foto, der Verweis auf Poe. Ganz schön schlau.« Sie macht das Video aus. »Aber dann haben Sie doch ein paar Spuren hinterlassen.« Nelleke legt einige Ausdrucke auf den Tisch, auf denen Hanne te Brake mit Schallmann zu sehen ist. »Sie waren am Dienstagnachmittag nicht in der Firma. Sie waren erst in Bocholt und sind dann schnell zurück in die Druckerei. Zwischen halb vier und vier haben Sie sich von Bleunink Kaffee bringen lassen, damit er denkt, dass Sie den ganzen Nachmittag im Büro waren. Danach gingen Sie laufen. In diesem Punkt haben Sie die Wahrheit gesagt. Was Sie uns allerdings nicht gesagt haben, ist, dass Sie zu Julia gelaufen sind und danach schnell wieder zurück. Sie haben Onlineüberweisungen getätigt. Ein ziemlich stressiger Nachmittag.«

»Das heißt noch lange nicht, dass ich Julia Zuidema ermordet habe.«

Natürlich will sie ein Geständnis, so schnell wie möglich, weil alle Beweise gegen Hanne te Brake indirekt sind, und das weiß die Frau auch. Dafür ist sie intelligent genug. Wenn sie weiterhin leugnet, hängt alles davon ob, ob sie eine schlüssige Beweisführung hinbekommt. Ehrlich gesagt, geht sie davon aus, dass Hanne weiterhin schweigt. Die Frau ist klug, und sie hat den Mord bis ins Detail geplant. »Ihre Firma steckt in Schwierigkeiten. Als Julia ausstieg, sahen Sie Ihre Chance mit Schallmann. Nur wollte Julia die Tabletten leider nicht mehr zum Einsatz bringen. Sie wollte sich scheiden lassen, aber nicht die jahrelange Arbeit ihres Mannes auf einen Schlag wertlos machen. Sie war egoistisch, aber auch loyal.«

Nichts, kein Wort. Ein arroganter Blick ist die einzige Reaktion.

»Sie haben einen Fehler gemacht, als Sie Julia die Spritze in den Hintern gesetzt haben. Für Julia kam das überraschend. Sich ausgerechnet eine Methode auszusuchen, vor der das Opfer eine Todesangst hat, ist kontraproduktiv. Sie wollten mir weismachen, dass Julia Angst eingejagt werden sollte. Sie wussten, dass mir jemand von Corry Fierinks Anwesenheit erzählen würde, als Julia das Kontrastmittel gespritzt bekam, und dass sie seitdem eine Todesangst vor Spritzen hatte. Sie hofften, ja verließen sich darauf, dass ich meine Schlüsse daraus ziehen würde.«

Die Frau, die ihr gegenübersitzt, lächelt freundlich. Nelleke fängt an, die Geduld zu verlieren, und entschuldigt sich. Sie befiehlt Wagener, bei Hanne zu bleiben.

Auf dem Flur versucht sie sich zu sammeln. Sie muss ruhig bleiben. Was kann sie tun?

Simmelinck kommt aus dem Verhörraum zwei und kaut auf einem der Müsliriegel, die sie ihm gegeben hat. »Markant hat vor fünf Minuten angerufen. Er konnte dich auf dem Handy nicht erreichen.«

»Keine Zeit.«

»Er klang sehr bedrückt.«

»Mit Recht.« Aber das freut sie nur mäßig, ihre Gedanken sind woanders. Sie holt tief Luft und betritt erneut den Verhörraum.

62

»Da wäre auch noch die Anzeige wegen des vergifteten Apfelkorns, und die Kollegen in Deutschland verhören gerade Schallmann. Der hat immerhin gestanden, dass er am Dienstagnachmittag in Bocholt war. Nur nicht, warum, aber das werden die deutschen Kollegen schon noch aus ihm herausbekommen. Lassen Sie mich raten, Hanne. Sie wollten das mit der Internetfirma allein durchziehen. Ohne Julia. Wusste Schallmann, was Sie vorhatten? Ich glaube das ehrlich gesagt nicht. Das war Ihre Idee, hab ich recht?«

Hanne schweigt.

»Ich habe Zeit, Hanne, wie lange wollen Sie das noch durchhalten?«

Sie greift nach einem Bericht über Hannes Aufenthalt in Harreveld und liest einzelne Passagen daraus laut vor, einfach so, ohne Erklärung. »Wissen Sie, Hanne, meiner Meinung nach fanden Sie den Aufenthalt in Harreveld gar nicht so schlimm. Sie waren da unter Gleichgesinnten. Lauter Kinder, die durch etwas, das sie erlebt hatten, erwachsener geworden waren.«

Hannes Mundwinkel zucken nervös, mehr nicht, aber Nelleke wittert ihre Chance.

»Sie bekamen erst Schwierigkeiten, als Sie in den Alltag zurückkehren mussten. Aber für Sie war das kein Alltag mehr. Ihre Noten waren schlechter. Sie sind zwar nicht sitzen geblieben, aber vor Harreveld waren Sie stets Klassenbeste.«

Sie spürt, dass die Frau, die ihr gegenübersitzt, ihren Widerstand aufgibt. Stück für Stück beginnt Hanne te Brakes Fassade zu bröckeln.

»Wenn ich noch weiter in Ihrer Vergangenheit wühle, was finde ich dann wohl? Jede Menge Frustrationen?«

»Das hat nichts damit zu tun.« Hannes Stimme klingt dermaßen wütend und hart, dass Nelleke richtig erschrickt. Hanne rutscht unbehaglich auf ihrem Stuhl hin und her. Sie klammert sich an der Tischkante fest, und einer ihrer sorgfältig manikürten Nägel reißt ein. Hanne scheint es gar nicht zu bemerken.

Endlich hat sie sie. Es geht nicht um die Zeit in dem Heim. Erst danach bekam Hanne Schwierigkeiten. »Die Wahrheit ist bitter. Die beliebte Julia ließ sie ausgerechnet damals fallen. So eine Freundin aus dem Heim passte nicht in ihre perfekte kleine Welt. Corry hat das Trio zusammengehalten, wenn auch nur aus egoistischen Motiven, sie hatte niemand anders. Wäre sie nicht gewesen, hätte Julia Sie keines Blickes mehr gewürdigt.« Sie streut noch mehr Salz in die Wunde. Sie liest einen weiteren Abschnitt aus dem Bericht vor, einen Teil der Beurteilung, die ein Jahr nach Harreveld von einem Psychologen verfasst wurde. »Hanne fühlt sich zu alt für die Kinder in ihrer Klasse und ist deswegen ...«

»Hören Sie auf«, schreit Hanne. Sie atmet schwer, und Nelleke sieht, wie ihre Hände zittern.

Mach weiter, setz bei ihrer Wut an. Sie beugt sich weit über den Tisch, bis ihr Gesicht direkt vor dem von Hanne ist. Sie spuckt die Worte förmlich aus. »Julia hat auf den Täter hingewiesen, wussten Sie das, Hanne? In ihrem Todeskampf hat sie sich nur noch auf eine einzige Sache konzentriert, darauf, den Namen ihrer Mörderin zu nennen. Und das sind Sie!« Sie erhebt sich langsam, sieht Hanne direkt in die Augen, bis sie auf die Frau herabschaut. Eine reine Machtdemonstration, ihr letzter Trumpf.

Hanne erhebt sich ebenfalls, schnaubend vor Wut. Beide

kämpfen sie um den Sieg. »Das stimmt doch gar nicht«, keucht sie. »Corry war es! Julia hat es selbst gesagt, denn Corry hat ihr die CD gebracht. Julia hat auf Corry hingewiesen.«

Endlich. In der darauf folgenden Stille merken beide, dass sie über die Ziellinie hinaus sind. Kurz glaubt sie, so etwas wie Respekt in Hannes Blick zu sehen.

Nelleke lässt Luft in ihre Lungen strömen. Sie atmet so tief durch wie schon lange nicht mehr. Sie hat gewonnen. »Sie konnten nicht wissen, wonach Julia gegriffen hat. Das haben wir niemandem gesagt. Aber Sie haben recht. Sie hat nach der CD gegriffen. Und Ihr Name stand in der Hülle. Danach wollte sie greifen, nur leider ist ihr das nicht mehr gelungen. ›Alles Liebe von Hanne Wopereis‹, stand da drin, in Schönschrift. Sie waren damals verheiratet. Ich habe das gelesen, ohne die Bedeutung richtig zu erfassen.«

Während sie das sagt, sieht sie, dass ihre Gegenspielerin den Kampf aufgegeben hat.

Hanne sitzt mit hängenden Schultern auf ihrem Stuhl. Sie ist blass, ihr Blick ist leer und in die Ferne gerichtet. Ihr Schielen wirkt nicht mehr verletzlich, sondern nur noch trübselig. »Mein Onkel würde es nicht überleben, wenn ich den Betrieb schließen müsste, für den er sein Leben lang geschuftet hat.« Hanne klingt erschöpft. Plötzlich schlägt sie sich auf die Oberschenkel, und Nelleke lässt sie toben. Ein Wutsausbruch, der einem verzweifelten Tränenstrom weicht.

Sie schaut zum Konfrontationsspiegel hinüber. »Han, holst du der Verdächtigen bitte ein Glas Wasser?«

Es wundert sie, dass sie die Boshaftigkeit, die Verbitterung an dieser Frau nicht längst bemerkt hat. Aber etwas davon hat sie schon gespürt, als Hanne von Harreveld erzählte. Vielleicht hätte sie dort einhaken, Hanne mehr unter Druck setzen müssen. Aber wer weiß, genauso gut hätte es sein können, dass sie völlig dichtmacht. Außerdem hatte sie damals noch zu wenige Informationen, um das Verhör richtig auf die Spitze treiben zu können.

Simmelinck kommt herein und stellt ein Glas Wasser auf den Tisch.

»Danke.« Nelleke schiebt es Hanne hin. »Sie wollten nicht akzeptieren, dass der Plan mit der Internetfirma aufgegeben werden sollte. Sie hatten bereits sehr viel Zeit in das Projekt investiert.«

»Wenn Sie das alles bereits wissen, warum fragen Sie mich noch danach?«, sagt Hanne tonlos und erschöpft.

»Ich will es von Ihnen hören, Hanne. Ich will hören, warum Sie das getan haben, und wenn es bis morgen früh dauert. Was war das für eine Verabredung mit Schallmann am Dienstagnachmittag? Wollten Sie ihn überreden, trotzdem weiterzumachen?«

Hanne te Brake nickt. »Er rief an. Er hatte Julia am Samstag gesprochen, und sie wollten das Projekt canceln. Ich habe Hans gebeten, noch etwas Geduld zu haben. Ich überredete ihn, sich am Dienstagnachmittag mit mir zu verabreden. Ich habe ihm die Entwürfe für die Website und den Werbefolder gezeigt. Er fand sie toll. Ich sagte, ich wolle noch einmal versuchen, Julia dazu zu bringen, ihre Meinung zu ändern. Er hat mir geglaubt. Nach Julias Tod habe ich ihn davon überzeugt, dass Hein der Täter ist und dass wir, nachdem alles vorbei ist, unseren Plan weiter umsetzen können.«

»Er wusste nicht, dass Sie Julia umbringen wollten?«

»Nein.«

Hanne versprach sich viel von der Internetfirma. Sie hatte die Wirkung der Tabletten an Julia gesehen. In der Kombination mit der Diät funktionierten sie fantastisch. Das mit den Ernährungsrichtlinien würden sie in die Werbung mit einfließen lassen. Sie selbst hat die Tabletten nie genommen. »Ich bin gegen alles Mögliche allergisch.«

Als sie fragt, warum Hanne te Brake um Himmels willen ihre Freundin des beruflichen Erfolges wegen ermordet hat, stellt sich heraus, dass es schlechter um die Druckerei steht, als sie das der Buchhaltung entnehmen konnten.

»Die Ware ist übertrieben hoch bewertet«, gesteht Hanne. »Ich habe zigtausend Kalender auf Lager, die uns kein Schwein abkaufen wird.«

»Warum drucken Sie sie dann?«

»Mit meinem Onkel mache ich jeden Tag eine Runde durch die Druckerei. Dann saugt er den Geruch in sich auf, und die Heidelberger Druckmaschinen klingen wie Musik in seinen Ohren. Bitte sagen Sie ihm das nie.«

Was bildet sich Hanne bloß ein? »Sie glauben doch nicht etwa, dass wir Sie einfach so laufen lassen?«

»Das ist sein sicherer Tod. Das Schlimmste ist, dass Julia dabei war, als er seinen Herzinfarkt bekam. Kurz davor mussten wir sechs Mitarbeiter entlassen. Julia wusste, wie sehr er an seiner Firma hängt.«

Dasselbe gilt eindeutig auch für Hanne.

»Aber eines Tages hätten Sie Ihrem Onkel doch sowieso alles gestehen müssen. Spätestens wenn der Betrieb umziehen muss oder pleitegeht.«

»Ich habe gehofft, dass wir noch eine Lösung finden. Aber mir wurde die Zeit knapp. Der Immobilienentwickler hat uns letzten Monat offiziell mitgeteilt, dass wir Ende des Jahres raus müssen.«

Ein Stück weit kann Nelleke sie verstehen, wegen der hoffnungslosen Lage, in der Hanne steckte.

»Warum musste der Hund dran glauben?«

»Der macht eine Menge Lärm, wenn jemand in die Nähe

kommt. Ich wollte nicht riskieren, dass das Tier am Dienstagnachmittag alles ruiniert.«

»Und die Tabletten haben Sie gestohlen, um den Verdacht auf Corry zu lenken. Weil sie sie für ihre Patienten braucht.«

Hanne antwortet nicht, aber ihr Blick bestätigt Nellekes Vermutung. »Ich würde das gern von Ihnen hören«, drängt sie sie.

»Ja«, sagt Hanne. »Ich habe sie gestohlen.«

»Eine Frage noch: Warum Corry?«

Hanne seufzt laut. Ihre geröteten Augen sind stumpf. »Corry war völlig fertig, dass Julia uns die Freundschaft einfach so aufkündigte. Und nach dem Streit vor dem Wettkampf, durch den sie am Sonntag verlor, war sie wütend. Als sie mir erzählt hat, dass sie den Pokal am Dienstagnachmittag heimlich bei Julia klauen wollte, witterte ich meine Chance. Außerdem war sie immer noch völlig aus der Fassung wegen der beiden Todesfälle auf ihrer Station, und da dachte ich, wenn ich Ihnen von Seesinks Dopingverdacht erzähle, zählen Sie zwei und zwei zusammen.«

»Corry hat die Tabletten überhaupt nicht auf ihrer Station verwendet.«

»Das lässt sich sicherlich nicht mehr beweisen, die Alten sind längst unter der Erde. Alle Beweise sprachen gegen Corry, vor allem nach dem Trick mit dem vertauschten Apfelkorn. Sie haben mir doch heute Nachmittag auch geglaubt?«

»Wie haben Sie das hinbekommen? Schließlich hatte Corry die Fläschchen.«

»Niemand hat so viele Rituale wie ein Läufer. Ich bekam immer das Fläschchen mit der schwarzen Verschlusskappe, sie das mit der gelben. Als Corry auf die Toilette ging, habe ich sie vertauscht.«

»Woher wussten Sie, dass Corry vorhatte, Sie zu vergiften?«

»Als ich am Donnerstagabend die Medikamente für meinen Onkel zusammenpacken wollte, merkte ich, dass die Hälfte seiner Tabletten aus dem Arzneischrank verschwunden war. Corry war als Einzige zu Besuch gewesen.«

»In diesem Moment hätten Sie mich anrufen können.«

»Ihr Plan hat mir hervorragend in den Kram gepasst. Ich hätte sie das ganze Fläschchen austrinken lassen, dann hätte sie auch nicht mehr erklären können, dass sie Julia gar nicht ermordet hat. Sie sind zu früh gekommen, das ist das Einzige, was schiefgegangen ist.«

»Und für den Fall, dass Sie sich in Corry doch getäuscht hätten, haben Sie die Spritze bereitgelegt. Dann hätten Sie sich das Vitamin K selbst injizieren können.«

»Genau.«

Eine kurze Pause entsteht.

»Die Freundschaft mit den beiden Frauen hat Ihnen wenig bedeutet.«

Hanne schüttelt den Kopf. »Was heißt hier Freundschaft? Ich habe ab und zu mit ihnen an einem Wettkampf teilgenommen und trainiert, aber mehr hatte ich mit ihnen nicht zu tun. Ständig dieses Gerede über Kalorien, schlaffe Brüste, fremdgehende Ehemänner. Während ich ganz andere Sorgen hatte und nicht mal wusste, ob es meinen Betrieb im nächsten Monat überhaupt noch gibt. Oder ob ich vierzehn Leute entlassen muss. Das war früher auch nicht groß anders als heute. Während ich mit dem Vorwurf fahrlässiger Tötung leben musste, sprachen sie über den ersten Kuss und ihre Schulnoten, wenn Sie verstehen, was ich meine.«

»Und wie haben Sie sich gefühlt, Hanne, als Sie Julia die tödliche Spritze gaben?«

Hanne lacht, aber in ihrem Lachen liegt mehr Bitterkeit, als Nelleke in den letzten Tagen bei ihr erlebt hat. »Ich sah, dass sie nicht mehr in ihrem Körper war, ein Gefühl, das Läufer ständig anstreben. Das Gefühl, dass alles wie von selbst geht und man die Anstrengung des Laufens nicht mehr spürt. Dass man vollkommen loslassen kann, eine zweite Chance bekommt. Das habe ich bei ihr gesehen. Ich wurde direkt neidisch.«

Als sie den Verhörraum verlässt, geht ihr ein merkwürdiger Gedanke durch den Kopf. Sie will ihn verdrängen, doch das funktioniert nicht. Was, wenn Hanne so schlau ist, dass sie sie bewusst abgelenkt hat und sogar verantwortlich ist für … Nein, aber das kann nicht sein, sie weiß nichts von Suzan. Oder vielleicht doch? Hanne sagte, sie sei zu früh gekommen, das sei das Einzige gewesen, was schiefgegangen sei. Aber das ist völlig unmöglich. Sie erinnert sich an den erstaunten Blick von Hanne, als sie sie dort in dem Wäldchen sah. Sie hat einfach nicht mit ihr gerechnet, dachte sie damals. Aber angenommen, Hanne kennt jemanden, der Suzan ähnlich sieht, angenommen, Hanne hat auch das auf ihrem Gewissen? Würde sie sie das dann nicht mit dem größten Vergnügen spüren lassen? Oder extra nichts sagen, was noch schlimmer wäre?

Sie traut sich nicht, noch mal hineinzugehen, um eine Antwort auf ihre Frage zu bekommen. Später vielleicht. Jetzt hat sie viel zu viel Angst, dass Hanne einfach bloß lacht, sie auslacht.

Sie würde auch gern loslassen.

63

Nicht ganz so fröhlich wie sonst beglückwünschen sie sich. Alle sind gekommen. Simmelinck bietet ihr an, sie nach Hause zu fahren. »Es sind nur fünf Minuten, Han. Das letzte Stück schaffe ich schon allein, aber trotzdem danke. Wir haben es geschafft. Du siehst übrigens auch aus, als ob du eine Woche Urlaub gebrauchen könntest.«

»Und unser Team bleibt, wie es ist? Mit Cornelissen?«

»Das hat Luchtenaer wortwörtlich so gesagt. Vorausgesetzt, Ton will das auch und löst seine Probleme, selbst wenn er ein paar Monate dafür aussetzen muss. Das ist meine Bedingung.«

»Super.«

»Julia wollte jung bleiben mit ihren Tabletten, und ausgerechnet die haben sie schließlich ins Grab gebracht«, sagt Wagener ungewohnt philosophisch. »Habe ich also jetzt die Erlaubnis zum Zugriff?« Das klingt schon um einiges handfester. Sie lacht über sein breites Grinsen.

»Du hast auf Zuidema gewettet«, sagt Simmelinck empört.

Wagener schüttelt lachend den Kopf. »*Nope*. Schau mal in den Topf. Ich habe extra nicht gesagt, auf wen ich gewettet habe. Ihr hättet mich bloß ausgelacht.«

Sie verabschiedet sich von ihren Kollegen und geht. Im Flur hört sie Schritte hinter sich und dreht sich um.

Sie sieht Wagener an, dass er ihr noch etwas sagen will, aber nicht recht weiß, wie. Er vermeidet es, sie anzusehen, während er nach Worten sucht.

»Immer nur raus mit der Sprache, Ferry«, ermuntert sie ihn. »Du willst unser Team doch nicht verlassen? Jetzt, wo ich mich so dafür eingesetzt habe, unsere Truppe zusammenzuhalten und du ein immer besserer Polizist wirst?« Sie versucht zu scherzen, auch wenn sie längst weiß, dass es um etwas völlig anderes geht.

»Ton hat ziemlich viele Leute erkannt während des Wettkampfes am Straßenrand. Ich habe mit ihnen gesprochen, auch mit Leuten von der Wettkampfleitung und so. Niemand hat Suzan anhand des Fotos wiedererkannt.« Er flüstert es beinahe, während sich seine Stimme überschlägt.

»Und die Frau Berensen? Rietman? Hinter die hast du dich bestimmt auch schon geklemmt.« Sie hört, wie unsicher ihre Stimme klingt.

»Zutphen hat auch nichts ergeben. Jede Spur läuft ins Leere. *I'm sorry.*«

Im Auto versucht sie, sich wieder zu sammeln, sich zu beruhigen. Das war natürlich zu erwarten. Wie konnte sie auch ernsthaft annehmen, dass sie ihre Tochter nach so vielen Jahren tatsächlich gesehen hat … Sie spürt, wie ihr übel wird, und fährt rechts ran. Tief Luft holen hilft auch nichts mehr, also übergibt sie sich an der Böschung, bis nur noch grüne Galle kommt. Es tut ihr gut. Suzan, meine Suzan, wo bist du? Lieber Gott, bitte mach, dass ich sie finde, fleht sie innerlich. Bitte. Sie nimmt die Landschaft der Achterhoek nur noch verschwommen wahr und kann die Tränen nicht zurückhalten. Bitte mach, dass ich sie wenigstens begraben kann.

Sie nimmt einen Schluck Mineralwasser und spült ihren Mund damit aus. Tief einatmen und weitermachen. Sie reißt sich zusammen und lässt den Motor an.

Sie hat keine Lust, nach Hause zu fahren. Jaap räumt bestimmt sämtliche Bücher und Zeitschriften auf. Sie kämpft gegen ihre Nervosität an. Er wirft sie bestimmt raus, und das geschähe ihr nur recht. Wegen ihrer Fahrkünste, ihrer Abwesenheit. Weil sie mit ihren Gedanken ständig bei Suzan ist, weshalb es beinahe ein zweites Opfer gegeben hätte und sie auf der falschen Fährte war. Hanne hat sich das Ganze wirklich klug ausgedacht, das muss sie zugeben. Aber wenn sie richtig bei der Sache gewesen wäre, hätte sie die Hinweise bestimmt früher erkannt. Der Name in der CD-Hülle, die Art, wie Julia die Spritze verpasst wurde. Hannes Beteiligung an der Internetfirma. Sie hätte es früher merken müssen.

Geht sie nicht etwas zu hart mit sich ins Gericht? Diese Frage kann sie nicht beantworten, aber allein, dass sie sie überhaupt stellen muss, ist kein gutes Zeichen.

Hätte ihr Corry von Anfang an die ganze Wahrheit gesagt, auch das mit dem Diebstahl des Pokals, dann wäre sie nicht der falschen Fährte aufgesessen. Hätte ihr Hein Zuidema von Anfang an vom Diebstahl des Ketamins, dem Tod seines Hundes erzählt ... Hätte. Wenn. Der Arzt hat ihr versichert, dass Corry noch mehrere Stunden fest schlafen wird, ansonsten wäre sie jetzt sofort nach Winterswijk gefahren, trotz ihrer Erschöpfung. Dann hätte sie den Fall endgültig abgeschlossen. Die Frau hat gelogen, Informationen verheimlicht, und wahrscheinlich wird man sie des versuchten Mordes anklagen, aber des Mordes an Julia hat Nelleke sie zu Unrecht verdächtigt.

Simmelinck wird sie zu einem späteren Zeitpunkt über die neuesten Entwicklungen informieren.

Im Café Van Ooijen kauft sie eine Flasche Champagner. Vielleicht hilft ja eine Charmeoffensive. Der Besitzer will ihr einen neuen Wein zum Probieren geben, aber sie lehnt dankend ab. Sie muss nach Hause. Nicht trödeln, es nicht mehr länger vor sich herschieben. Er gibt ihr noch ein Fläschchen mit. »Dann müssen Sie den eben zu Hause verkosten«, lautet sein fröhlicher Kommentar. Sie bedankt sich für seine Großzügigkeit, während ihr der Mann gutmütig rät, mal wieder richtig auszuschlafen.

Weil sie aussieht wie ausgespuckt, hat er sich bestimmt insgeheim gedacht.

Zu Hause erwartet sie eine derartig heimelige Atmosphäre, dass sie sich fühlt wie ein Fremdkörper. Evelien und die Kinder sehen fern. *The Sound of Music*, wohlgemerkt. Anouk sitzt gelangweilt daneben, scheinbar hält sie ein Gläschen Wein vorläufig noch im Wohnzimmer.

»Wo ist Jaap?«

Evelien begleitet sie in die Küche. »Jaap kam nach Hause, fing an aufzuräumen wie verrückt und hat sich dann in sein Studio zurückgezogen.« Evelien streicht ihr aufmunternd über den Kopf. »Er liebt dich.« Sie verspricht, bei den Kindern zu bleiben, bis die ins Bett müssen.

Im Studio ist es dunkel. Jaap sitzt am Computer.

»Es tut mir leid, Jaap, ehrlich. Ich habe mich über mich selbst geärgert, weil ich mich dermaßen getäuscht habe. Aber jetzt ist alles geklärt, die wahre Täterin wurde verhaftet.«

Sie sieht, dass er nicht mehr wütend ist. Eigentlich wäre ihr das fast lieber gewesen, damit kann sie besser umgehen. Jetzt ist er schlecht gelaunt, enttäuscht. Sie hat ein schlechtes Gewissen. Wenn er sie jetzt bitten würde, ihren Beruf aufzugeben – sie würde es tun.

»Es muss auch anders gehen«, sagt er. »Sonst nimmt das eines Tages noch mal ein böses Ende.«

Jaap macht sich aufrichtig Sorgen, das sieht sie ihm an, und sie bekommt ein ganz warmes Gefühl. Er sorgt sich um sie, und das ist wunderbar. Hat sie wirklich daran gezweifelt, dass er noch mir ihr zusammen sein will? »Ich dachte schon, ich muss die Koffer packen.«

»So darfst du nicht denken«, seufzt er. »Ich liebe dich, aber das bedeutet nicht, dass ich mir alles bieten lasse. Ich bin stolz, dass du diesen Fall aufgeklärt hast, aber deine Methoden sind manchmal nicht sehr zweckmäßig, und dann sage ich dir das auch.«

»Ich war nicht wirklich bei der Sache, und das habe ich mir übel genommen.«

»Das verstehe ich.«

Es dauert ein wenig, bis sie sich ausgesprochen haben, aber dann ist die Luft wieder rein.

Jaap fragt, wie sie den Fall aufgeklärt hat, und sie erzählt ihm kurz, wie es gelaufen ist. Dass Jaap sie auf die richtige Fährte gebracht hat mit seiner Bemerkung über das Parken. Sie erzählt von der CD von The Alan Parsons Project, von Edgar Allan Poe, denen sie das Geständnis zu verdanken hat.

»Die Täterin wollte dich also mit Poe an der Nase herumführen, und das ist ihr am Ende zum Verhängnis geworden.«

Zu Suzan muss sie nichts sagen, er hat die Geschichte schon von Evelien gehört, sagt Jaap. Er gibt zu, dass er sich nur schwer vorstellen kann, wie das auf sie gewirkt haben muss. Er begreift, dass das eine der Ursachen für ihre Zerstreutheit und ihr unverantwortliches Verhalten war. Und eigentlich liebt er sie deswegen nur noch mehr, gesteht er ihr.

Ihr fehlen einen Moment lang die Worte. Sie wird ihm später erzählen, dass ihre Suche vorbei ist. Oder auch nicht. Diese Worte werden ihr wahrscheinlich nicht über die Lippen kommen, dafür sind sie zu endgültig. Dann leckt eine nasse kleine Zunge über ihre Hand, gefolgt von einem Niesen. Sie spürt eine kalte Schnauze im Gesicht und muss Daya streicheln. Mit weniger gibt sich der Hund nicht zufrieden.

»Verrücktes Tier. Komm, wir gehen etwas trinken und bringen diese behaarte Dame ins Bett«, sagt Jaap. »Und du kommst als Nächstes dran.«

»Ich hab Prickelwasser mitgebracht«, sagt sie heiser.

»Das mache ich lieber auf, ich kenne dein Geschüttel, und am Ende bleibt kaum noch Champagner zum Einschenken übrig.«

»Dafür ist das Zeug doch da«, erwidert sie.

»Ganz wie du meinst.« Als er den Korken beinahe aus der Flasche hat, schüttelt er sie ein paarmal wild, bis der Inhalt mit einem lauten Knall aus der Flasche schießt. Sie schreit auf, weil sie klatschnass ist von der klebrigen Flüssigkeit. Jaap weist sie freundlich darauf hin, dass sie es ja nicht anders gewollt hat. Er nimmt einen großen Schluck und reicht ihr die Flasche. Sie nimmt genüsslich ebenfalls ein paar Schlucke.

Jaap schenkt ihnen zwei Gläser ein. Plötzlich wird er ernst und prostet ihr zu.

»Ich wollte dich etwas fragen. Etwas, wozu ich heute Abend nicht gekommen bin.«

In diesem Moment klingelt ihr Handy. Sie schaut Jaap schuldbewusst an und läuft zu ihrer Tasche.

»Wenn du die jetzt aufmachst …« Seine Stimme klingt drohend, aber sie hört den ironischen Unterton.

»Es ist Markant«, sagt sie so ernst wie möglich. »Da muss ich wohl oder übel rangehen.«

Sie greift nach dem Handy. »He, Piet, weißt du was? Du kannst mich mal«, sagt sie energisch, »ab mit dir in die Jauchegrube, du arroganter Mistkerl!« Danach wirft sie das Handy wieder in ihre Handtasche.

»Du bist nicht drangegangen.«

»Und du wolltest mich was fragen.«

Jaap küsst sie, und dann dauert es nicht lange, bis Josien die Wohnzimmertür weit aufreißt. Daya springt ihr gegen die Beine, aus denen die Müdigkeit vorläufig verschwunden zu sein scheint, und es ist klar, dass erst mal keine Zeit mehr ist für intime Fragen. Aber es geht ihr besser, gut sogar. »Das Leben wird vorwärts gelebt und rückwärts verstanden.« Kierkegaard. Was sie hat, das muss sie schätzen, die Vergangenheit verstehen und weiterleben. So ist es doch, dann lebe auch danach, nimmt sie sich vor.

Nachwort

In meinen Romanen mache ich eine Momentaufnahme unserer Zeit, mit Menschen, die es geben könnte, und von Situationen, die einem begegnen könnten. Was ist wahr, und was ist erfunden? Und spielt das überhaupt eine Rolle? Für mich nicht. Hauptsache, es könnte so passiert sein, und die Geschichte ist es wert, erzählt zu werden.

Zur Sicherheit möchte ich noch einmal betonen, dass es sich bei *Der letzte Atem* um einen Kriminalroman handelt. Das bedeutet, dass alle Personen, die darin vorkommen, frei erfunden sind. Es gibt zwar eine Tierarztpraxis in Lichtenvoorde, aber dort arbeitet kein Arzt mit dem Namen Zuidema. Sollte dort per Zufall inzwischen ein Tierarzt dieses Namens arbeiten, handelt es sich bestimmt um einen hochanständigen Mann. Und Lievelde? Der Ort ist an einem Sommertag unbedingt einen Ausflug wert, um sich dort in aller Ruhe auf einer ruhigen Gartenterrasse zu erholen, vom Laufen in der Umgebung zum Beispiel.

Corine Hartman